Hans-Peter Boer · Niewweltieden

Hans-Peter Boer

Niewweltieden

Aschendorff Münster

Manibus parentum filius pie dedicavit

Illustrationen von Thea Ross

Gesamtherstellung: Druckhaus Aschendorff, Münster, 1993

ISBN 3-402-06109-0

Wat daoin steiht

'ne Gäöpsvull Wäörde vüörnewegg

Drei Frönde

5 Den Geburtsdagg
14 Roggenduorp daomaols
19 Kortmanns Kiegelbahn
23 Dat Schüttenbeer
29 Den nieen Sportverein
33 Dat Klaowerblatt
39 In Pastors Diek
44 De niee Trecker
49 De Mesterprüfung
54 Roggenduorp kümp in't Radio
59 De Fahnen haug
63 Tüschken Saien un Maihen
68 De Buernkass
73 Den Namensdagg

Verquante Jaore

80 In'n Pittermann
87 Bramkamp, Brüse & Co
93 Dat Kraftfahrerkorps
99 De Revision
105 Den Stürmerkasten
110 De HJ marscheert
116 Met Guott!
120 Den langen Dagg
129 Van wiägen de Pest
135 Kristalldagg
145 Aolle Naobers, niee Naobers

152 Grummeln
159 Lanwers Stempels
167 Milites gloriosi
170 Den Kartuffelemmer
178 Wat te liäsen
185 Den Aschkenkasten
189 Tevull Daude
200 Passion

Annersrüm

212 Sunnendage
221 Papiere
228 Dat Kuffer
235 Heimkährers
241 Niee Lüe
248 Balkenbrand
254 Naogedanken
259 Küörwe Geld
264 De niee Partei
270 De Piärdeversieckerung
275 Up'n Patt
285 Verännerungen
291 Up Fabrik!
295 Denkmäöler
301 Tiedsverlaup

313 Nachwort

'ne Gäöpsvull Wäörde vüörnewegg

Dat magg nu so teihn Jaor trügge liggen, dao was ick en Tiedken lang tostännig för en lütt Museum hier in't Mönsterland. Up 'nen gueden Dagg raip mi 'ne fröndlicke Dame ut so'n Düörpken in de Naigte van Lünkhusen an. Ön was ne Möhne dautgaohn, un in dat Hues van de aolle Frau wäör no düt un dat för usse Museum te haalen, auk en aollen Kinnerwagen.

Eenen Aobend föhrde ick nao'n Denst hen. Dat Düörpken lagg de so, äs all de annern Düörpkes bi us in't Mönsterland. Den Kiärktaon keek all van wieden ut de giälen un gröönen Kämpe un Hieggen. Den Kiärkhoff, de Wäertschopp, de Schoole: alls prick un propper, äs dat bi us nu so is. Dat aolle Hues was licht te finnen, faots ächter den Kiärkhoff, un de fröndlicke Frau, we mi anroopen haer, wees mi den schönen Gaorn, de Wuehnung, de Küeke, de Diäl un all de aolle Rehschopp, wao nu nich eenen mähr wat met doon wull.

Dat Framensk haer Kopp un Hiärt un kaonn gued vertellen. An'n End van de Visit' wees se mi auck en üörnlikken Stuoben, 'ne nüdlicke Upkamer. Iärst vertrock se sick en biettken, dann verkläörde se mi de Geschicht van üöre Möhne, we nu baoll vettig Jaor alleen in düt Hues üöre Tieden liäft haer. In den lütten Stuoben met de blanken Feesterschiewen, dat aolle Schapp, de aoltmodäernen Tapeten un de Bettstiär ut Ekenholt schlaip bes in't Fröhjaor 1945 dat ennzigste Kind van düsse Familge, en Jungen nömmt Heinz. Äs den twedden Krieg baoll an'n End was, in'n Mäet fiefenvettig, wuor he met den lesten Jaorgang introcken un an de Front smietten. He is de nich van trüggekuemen.

De Jaore verlaipen sick. Den Vader kamm unner de Äer. De Moder patt haoll sick an, üören Heinz mäögg no wieerkuemen. Se haoll sienen Stuoben in Uorder, dai putzen un wischken. Se keek de Wäöschk un de Brocken nao, un auk dat Schohwiärks bleef blank. In eenen Hook van den Stuoben kreeg den schönen, grauten Kinnerwagen sien Plätzken.

Wu faken magg düsse Frau in all de Jaore met üöre Truer un Naut up de Bettstiär siätten hebben? Vettig Jaor Huoppen un Afwaochten! Sölwst in üör lest Stündken, so vertellde mi üör Broerkind, gaong üör dat Wierseihn met üören Jungen üöwer de Siäl.

Äs ick den Aobend düör't Mönsterland nao Huese hen föhrde, gaong et mi nich ut den Kopp. Baoll vettig Jaor was nu den twedden Krieg vüörbi, ick sölwst häb de nicks van beliäft – ick sin je nao de Währung iärst up de Wiält kuemen –, un no ümmer seiht wi de Wunnen un de Truer un de Naut van de Mensken. Wat hät de Tied daomaols alls tebruoken, an dat Liäben, an de Mensken un besunners an de Hiärten.

Men dat sind faken noog för us in't Mönsterland „Niewweltieden“. Niewwel häbt wi hier satt, baoll in alle Jaorstieden. Un de hät so siene eegene Gestalt. Wann wi fröher bi usse Wanderungen in'n Hiärwst üöwer de aollen Feldwiäge laipen, kamm us mangst en Gespann in 'ne Möte, den Lieckwegg draff. Iärst kaonn m' dat Rumpeln un Draihen van de Stüörtkaor häören, dann dat Schnueben un den Tratt van't Piärd, dat Trecken un Schuern van Liäder un Kieern. Iärst an'n End saog m' den Buern an de Siete van't Gespann, wann he met sien Piärd ut den Niewwel harutkamm.

Wisse, den Niewwel will ümmer wat verstoppen, patt he läött us biätter häören. Will m' wat metkriegen, mott m' fien tolustern un gued uppassen. Un faken noog is den

Niewwel för de Lüe kommodig, wann nich alle Naobers in't Kiärspel alls metkriegen drüewt, to'n Eksempel.

Men, den Niewwel giff't nich blaoß in de Natur. He ligg auk faken noog üm usse Hiärt un ussen Verstand. Un dao is he för männige bi us wisse kommodig. Gäern schuuwt wat Lüe den Niewwel tüschken sick un annere Lüe, tüschken üöre Jaore un lang un gäern vergiättene Tieden: Niewweltieden! Dao schinnt kiene Sunn harin, un mankeenen verläött sick drupp, dat kien'n Wind düsse Jaore an't Lecht brengen kann.

De Geschichte met de aolle Moder un üören Kinnerwagen maok mi heel uprennig. Nu kamm mi all dat wier in'n Kopp, wat mi de Öllern, Verwandte, Frönde üöwer Jaoren hen vertellt haern, de Geschichten ut de verquanten Tieden hier in't Mönsterland. Geschichten, we'k haort haer tehuse an'n Dischk, äs Breefdriäger in de Buerschoppen in miene Studententied, in't Wäertshues up mankeenen Sundaggmuorn, äs jungen Magister up miene Stiärn in't Mönsterland, bi miene Frönde van de Geographischke Gesellschopp in Mönster. Up vettig Lüe vertellden mi üöwer de Jaore üöre eegenen Beliäfnisse ut de Niewweltieden van usse Jaorhunnert; men – et duerde wat, bes se in't Vertellen kammen. Un so äs den Buern met siene Stüörtkaor düör den Niewwel sachte naiger kamm, so kamm auk de Tied sachte trügge. Un sachte kreeg dat Beld siene eegenen Konturen un sienen eegenen Rahmen. Up eenen gueden Dagg faong mien'n Frönd Georg Bühren an te driewen: „Schriew et up, wat se di vertellt häbt!"

Nu is de Geschicht feddig. Wi kuemt nao Roggenduorp hen in't Mönsterland. Drei Frönde un üöre Familgen sind met daobi. De staoht nich in't Adressbook, patt Roggenduorp is üöwerall bi us, wao Mensken de lesten hunnert Jaore liäft un arbeit't häbt. Un wann Ji meint, dat sick dat Düörpken met Jue glick, off eenen Mensken in't Book sick met Juen Naober glieken dööt, dann is dat kien Tofall. Et mott so sien, wieldat et nich anners geiht.

Nottuln bi Mönster, in'n Summer 1992 Hans-Peter Boer

Drei Frönde

Den Geburtsdagg

Siet verlieddenen Friedagg staonn Roggenduorp Kopp. Uppen Kiärkplatz, bi Kortmanns an'ne Thek un üöwerall gaff't blaoß een Geküerssel. Naomdaggs, jüst nao de Unnerst, gaong bi Alwis Terbrüggen dat Telefon; den Aoltbüörgermester was baoll van't Sofa stüörtt't un met Hassebassen no Brentrup up de Gemeindeverwaoltung föhrt. Dao satten den Häern Gemeindedirektor un de Häern Fraktionsvorsitzenden un den nieen Büörgermester un wussen nich wieders. Den Muorn was en Schnellbreef van Düsselduorp kuemen. Den Häern Minister sölwst wull up den naigsten Saoterdagg nao Brentrup kuemen un in Roggenduorp Philipp Stohlers to sienen 75. Geburtsdagg Kumpelmente seggen.

Den Gemeindedirektor un den Büörgermester haern sich faots up den Patt maakt un wullen all's met Stohlers in de Riege brengen, aower den aollen Mann lait se schön afblitzen. Sienen Geburtsdagg was je wull sienen Geburtsdagg un kien Fest för de Gemeind', un wann den nieen Gemeinderaot met den grauten Sportpark wat puchen wull bi den haugen Häern ut Düsselduorp, dann säöllen s' ön doch sölwst inviteeren. He häer ön nich inviteert, un'n Geburtsdagg häer wisse jede Koh un de Aaperie möök he nich met! Punktum! Schliepstiärtsk was de Delegation nao Brentrup trüggeschliecken. Stohlers kaonn patt den Minister nich so stickum an Huese upniemmen! Un de Schangs för de Gemeind'!

„Alwis, du maoß us helpen!" haer den nieen Büörgermester stüehnt. „Du alleene büss fluhig noog un kaas Stohlers en biettken fiemmeln un flatteeren. Ji kennt ju wull baoll siebbenzig Jaor, un wann he up us nich häören will, vlicht lustert he teminst di en halw Stündken to!"

Den Aobend namm sick Terbrüggen sienen Handstock un gaong nao Stohlers hen. De satt tüschken siene Rausen un wuss faots, wat den Aoltbüörgermester in'n Kopp haer. „Alwis, mienen Bescheid is harut!" knuerde he kuortaf, patt Terbrüggen, we all laigere Kunnen hat haer, lait nich locker un luowde den Vüördeel för de Gemeind', wann Philipp Stohlers sienen Geburtsdagg äs Fieer för Duorp un Kiärspel haollen dai. Un wieldat he wuss, dat Stohlers auk wull up de Kassmännkes keek, küerde he baoll van den Repräsentationsfond un dat de Kosten för de Fieer up de Gemeindekass gaohn säöllen.

Dao kamm he bi Stohlers schlecht an. Den aollen Mann wuor baoll uprennig un venienig: „Ick häb mien Liäfsdagg alle Fieern sölwst betahlt, un so kümp auk mienen 75. Geburtsdagg ut mienen Büel. Un wann Ji fieern willt, dann up miene Art un nao miene Kondizionen. Un een Deel, Alwis, weest du sölwst genau! Siälgen Pastor Holtmann hät ümmer seggt: ‚Geburtsdagg hät jede Koh!', un mienen Schutzpatron Philippus Neri hät äs maol schriewwen : ‚We in de Wiält liäft, magg sick an Huese hilligen!' Un drüm wull ick blaoß met usse Familge, met Terlauh un'n paar Frönde fieern. Dat häs du genau wietten kaonnt. Un blaoß wiägen 'ne Visit van Düsselduorp sall't bi us kiene Weherie giebben!"

Twee Stunnen un eene Butellje Wien wieders haer Terbrüggen sienen aollen Frönd doch rümkrieggen. Stohlers maok patt sienen eegenen Akkord. De Fieerstunn maoß in de Schoole sien. Et draoff kiene Geschenke un Metbrengsels giebben. We wat schenken wull, de säöll 'nen Schien in'n Kästken doon för 'ne lütte Volksschoole in Indien, un dat Büffeh ut dat fiene Restaurant in Brentrup kamm auk nich bineene. Et säöll blaoß 'ne Iärftensupp giebben, en paar Schnieeen, Beer un Wien un aollen Klaoren. Dat Iätten wull Stohlers sölwst betahlen. Un van de Gemeind' draoff kien Geld utgiebben wäern för sienen 75. Geburtsdagg.

Dat was en suer Stück Arbeit west för Alwis Terbrüggen, patt de aollen Häerns gneeseden an'n End, un jeddereen wuss genau, wat he van den annern te haollen haer. Eene Saake lagg den Aoltbüörgermester no twiärs in'n Buuk. Stohlers wull nich, dat de Gemeind' up Karten inviteeren dai. We van de Roggendüörpers kuemen wull, de draoff kuemen. Un en paar annere Lüe inviteeren, we öm an't Hiärt laggen, dat wull Stohlers sölwst doon. „Un eenen, leiwe Alwis," mennde he, „kümp in de iärste Riege!" Terbrüggen lait en Söcht: „Bökers Janbernd, den aollen Twiärsbrenner! Di is iäben nich te helpen!" Stohlers gneesede: „Jüst so is't, Alwis! Ji häbt ön ümmer to'n aollen Käffket afstempelt. Patt wann eenen trüe is, dann is't Janbernd. Un drüm krigg he en Plätzken gaas vüörn!"

Up düsse Art haern sick de aollen Häerns akkordeert, un äs Terbrüggen den annern Muorn bi de Gemeind' anraip un de Lüe instrueerde, was de en Steen van't Hiärt fallen. De naigsten Dage gaong't rund in Roggenduorp. Alle Straoten un Hüeser wuorn naokiecken. De Gemeindewiärkers maoken de Schoole blank un vüörn an den Schoolplatz staonnen up eenmaol muorns niee Fahnenstangen. Gued was nu, dat de niemoodsken Öllern lest Jaor den frieen Saoterdagg fundeert haern, drüm bruekede den Hauptlährer kien Schoolfrie te giebben. Anners wull Terbrüggen partout, de Kinner mäössen Spaleer staohn un winken, wann den Häern Minister Roggenduorp de Ähr gaff.

In Brentrup in't Archiv haalden s' auk dat Güllene Book ut de Treck. Äs de Regierung Roggenduorp daomaols met de Gemeindereform nao Brentrup trocken haer, haern s' auk dat Güllene Book üöwernuommen. Dao staonnen all de haugen Häerschaften ut de lesten seßtig Jaore in, we nao Roggenduorp up Visit kuemen wassen. Jaoren vüördem haern s' all den Liäderinband met Linnen üöwertrokken, dat de Hakenkrüüskes in de veer Ecken nich so upfallen säöllen. Nao 'ne Tied van Jaoren scheenen de patt driest düör dat Linnen, un drüm haern s' dat Book all lang in de Treck laoten. Wann m' met de Fingers düör de Blär gaong, kaonn m' de Stiär finnen, wao so'n Schaleier twee Sieeten bineenekliäwt haer. Dao haern sick daomaols den Häern Gauleiter un den Häern Kreisleiter met Bellers indriägen. Den Breef van Adolf Hitler, waoin he sick för den Ährenbüörgerbreef van Roggenduorp bedanken dai, lagg all lang in'n Panzerschrank. An'n End kammen s' dann doch üöwereen, dat Güllene Book in't Schapp te laoten, dao laggt je gued. Un de heele Wiäke was up de Gemeind' graute Weherie, blaoß Philipp Stohlers lait sick de nicks van anmiärken.

De miärsten Lüe hier, de jungen un auk dat totrocken Volk, wussen met düssen Pensionär nich vull antefangen. De saogen je wull den aollen Häern, we alle Dage pielup met sienen Stock un met'n krieggel Rüeken üöwer den Prossionswegg laip, we sunndaggs ümmer in de Kiärke dicht bi de Kanzel satt un nao de Miß bi Kortmanns sien Beer namm. He dai mangst no de Epistel vüörliäsen inne Kiärk, haoll auk wull bi den Mütterverein en Vüördragg un haer bes in de lesten Jaore för dat Brentruper Bildungswiärk so wat Fahrten arrangscheerd.

De aollen Roggendüörpers wussen wat mähr. He was äs Blage daomaols in't Duorp kuemen, un sienen siälgen Vader was kuorte Tied Magister in Roggenduorp west. De was patt ut den iärsten Krieg nich trüggekuemen, un de Widdefrau haer üöre Kinner alleen grauttrecken maoßt. Läterhen was Stohlers up de höggere School gaohn, up't Lährerseminar un dann Magister in Roggenduorp wuorn. Men, he haer den Posten auk in de verquanten Tieden haollen kaonnt, nao den twedden Krieg haern s' ön faots äs Schoolraot nao'n Kreis haalt, dann nao de Regierung in Mönster; un an'n End was he de lesten Jaore äs Staatssekretär in Düsselduorp an't Ministerium west. Nao siene Pensionierung haer he sick up den Schultenkamp en Grundstück kofft. Stohlers, we baoll diärtig Jaore van Roggenduorp weggwest was, wull teminst hier unner de Äer kuemen. So haer he't daomaols, äs he trüggekamm, siene aollen Frönde vertellt.

We wat van de Politik verstaonnen, de wussen auk, dat den Stohlers daomaols in dat Ministerium so'n jungen Referenten an de Siete haer. De was üöwer 'ne annere Fünte haollen wuorn, was lutherschk, un auk no bi de annere Partei. Stohlers haer de Hannen drüöwer haollen, un we kaonn fiefenfüfftig wietten, dat düssen Kunnen twintig Jaor läter Minister wäern säöll. Un so haer sick dat rieget.

Nu kamm den grauten Dagg för dat lütte Roggenduorp. Muorns gaff't in Sünte Sebastian 'ne Hillge Miß, we nich in't Kiärkenblatt staonn. Üm halw acht was all en grauten Wagen ut Mönster kuemen, haer vüör dat Pastraot haollen un den aollen Domkapitular Terlauh afgiebben. De was all an fiefenachtzig un daomaols in de verquanten Tieden Kaplaon in Roggenduorp west. He wull sölwst de Miß to Stohlers Ährendagg doon. Eenen jungen Seminaristen maoß öm wull to Hannen gaohn; äs patt nao Epistel un

Evangelium den aollen Geistlick, all bineentrocken un wat krüeckelig, siene Priäke haoll, dao miärkeden de Lüe, dat dao no Füer insatt. ’t wassen wisse blaoß de nao de Miß kuemen, we de Klocken haort off anners daovan Künne krieggen haern; drüm was de Kiärke nich vull, patt den Pastor maoß sick wünnern. De Lüe wassen met Iärsse daobi, un et wuor mähr un biätter sungen äs mankeenen Sundagg. Äs de Sunn üöwer dat Pastraot stieggen kamm, schmeeten de Feesters an’t Chor üöre Klöer in de Kiärke, un met all de Bloemen un dat Üörgel was’t ’ne Haugmiß för so’n Dagg unner de Wiäke.

Nao de Miß gaff’t bi Stohlers en üörnlick Fröhstück, un dann trock den Jubilar met de Familge un Terlauh van’n Schultenkamp nao de niee Schoole hen. Siet twintig Jaor haern s’ in Roggenduorp blaoß no de lütten Kinner bes to’t veerde Schooljaor, de grauten mossen all lang nao Brentrup off föhrden in de Kreisstadt up de annern Schoolen. Den Hauptlährer haer aower Spaß an’t Singen un ümmer en lütten Chor praot staohn. Äs Stohlers an den Schoolplatz üm den Hook kamm, gaff’t faots en Leedken, un ächter de Blagen, jüst in’n Blick van de Fotografen, staonn den Häern Minister un haer sienen Spaß. He wull auk äs iärsten gralleeren. He namm den aollen Häern in’n Arm un gaong met öm in de Halle. De Brentruper Füerwiährkapelle gaff faots en Tuschk, un dann kamm en flotten Marsch ächterhiär. Dat gaase aollen Roggenduorp was kuemen. Dat duerde baoll ’ne halwe Stunn, bes dat den Jubilar un siene Gäst sick düör de Stoolriegen bes nao vüörn düördruckt haern. Dat was een Hannenschüeln, een Gralleeren un Roopen. Nao de Musik gaff’t en Ständken van den Kiärkenchor, un de Kast met den Schlitz för de Spennen was baoll proppenvull.

Nao’n Tiedken kamm up eenmaol en grauten Tuschk, un alle Lüe wuorn naidigt, sick en Plätzken te söken. De

Halle was heel vull, un mankeenen vertrock sick up de Feesterbänke. De Kinner un den Schoolchor steegen up de Bühne. Et gaff 'ne Festmusik un dat Spiell van den armen Duorpmagister, we sick bi de dicken Buern düörfriätten maoß. Nu gaong den Minister an't Mikrofon. Un he küerde so gued, dat an'n End sölwst den Büörgermester mennde, eelicks mäöß so'n Mann doch bi de richtige Partei sien. Van Kopp un Hiärt tellde düssen Häern gewiß to de Mönsterlänners. He küerde eenfack un klaor, patt nich up Platt, van den Liäbenswegg, we Philipp Stohlers afsolveert haer. De Tieden vüör den twedden Krieg, de Utbildung, de Naut in de Familge un in't heele Land. Dann kamm he up de Nazis un de verrückten dusend Jaore te küern, un dat Stohlers in'n Kreis baoll den ennzigst Magister west was, we nich dat „Hoheitszeichen der Nation" up sienen Schlips hat haer. Un dann den Wegg nao den Krieg bes in't Ministerium. Dao was he up 'nen gueden Dagg sölwst äs Referenten bi Stohlers anfangen un haer so vull van öm lährt: Wu m' in so'n Liäben met Verstand un Geföhl siene Schülligkait doon kann un daobi nich ut den Tratt kuemen mott. Pielup wäör Stohlers ümmer west, klaor, iährlick un taoh, un faken noog nich in'n Akkord met siene Ministers un de annern Parteien. „Nee," sagg den haugen Häern un keek up'n Sieddel en Striepen Platt nao, „Philipp Stohlers was sien Liäfsdagg nich schliepstiärtsk un nich willmödig, he was kiene Ruhbrake un auk kiene Klaffkunt. Un daoför will't wi all öm usse Reverenz wiesen!"

He trock so'n Kästken met en güllenen Uorden ut de Taschk, un Stohlers maoß sick de Dekoration gefallen laoten. Wisse – afseggen kaonnt he't je nich mähr, wao so vull Lüe tokeeken. De Reporters wassen de Bühne haugklait un äs uwies an't Bellersmaaken. Met Klatschen un Musik gaong den Minister up sienen Platz. Sienen Referenten keek tefriär. De Lüe flatteerden sick nich, raipen auk van

Bravo un staonnen up, un dao maoß he nich drüöwer gruusen, dat sienen Chef de schöne Referenten-Priäke in de Mappe liggen laoten haer;

Eelicks mäöß nu de Iärftensupp kuemen. Dat haern sick de Maltesers annuommen, patt äs de Musik nu an'n End kamm un de iärsten Lüe all in'n Gang staonnen, buorstede Alwis Terbrüggen up de Bühne schnappede sick dat Mikrofon un raip van Augenschlagg un naidigte de Lüe, no eenmaol totelustern. Stohlers schüelkoppede, patt eelicks haer he't in de Niäse hat, dat Terbrüggen siene Küerie nich sien laoten kaonn. He lait en Söcht un satt sick wier hen. Dao draiheden sick auk de annern Lüe wier nao üöre Plätze.

Terbrüggens Priäke was kuort. He wull blaoß äs Aoltbüörgermester un aöllsten Frönd van den Jubilar gralleeren. He wuss auk van de Verdenste te küern un kamm baoll an'n End. Patt dao verhaspelde he sick. He schmeet sick in de Buorst un küerde up eenmaol van all de Probleme nao fiefenvettig, un de haern blaoß Lüe äs Stohlers un „usse Generation" in de Riege maaken kaonnt. Lüe so käernfast äs Ekenholt, so trüe un mangst auk hatt un taoh. Met weekmödige Kunnen un met Twiärsbrenners häer m' de Republik nich wier up'n Stand krieggen. Un m' saog je nu auk, dat sogar in'n Austen „usse Arbeit" Respekt funn. Un daobi keek Terbrüggen met Füer inne Augen üöwer de Lüe hen un gnöchelde wat afgünstig un lubitschk den aollen Janbernd Bökers in't Gesicht, we an'n End van de iärste Riege satt.

De aollen Roggendüörpers wussen genau, wat bestellt was. Siet Jaor un Dagg wassen Böker un Terbrüggen, aolle Naoberskinner, in de Politik uteen un twiärs. Un se saogen auk, dat Böker met den Kopp schüedelde un sick all uprischkede: „Laot us nao de Supp kieken, Philipp!" raip he in'n Saal. Dao kamm patt Liäben in den Jubilar, un Stohlers klaiede no eenmaol up de Bühne, namm Terbrüggen bi de Hannen, sagg'n Kumpelment un staonn sölwst an't Mikrofon.

Den aollen Magister keek üöwer de Lüe wegg, we nun wier an te klatschen faongen. All haern's haort, dat Stohlers eelicks nich küern wull; de remsterde sick un faong nu an te vertellen. Iärst sachte un leise, dann ieliger un met Iärsse. He dai sick bedanken, sagg Kumpelmente för de Musik, de Schoolblagen un de Küeke, för den Minister un an't lest auk för Terbrüggen.

Men, dat was 'ne annere Musik: „... un wisse häs du recht, Alwis, dat m' usse Republik nich blaoß met Weekmödigkait wier upbauen kaonn. Patt kiek di blaoß eenmaol usse Roggenduorp an. Wat is dao eelicks passeert de lesten seßtig Jaore, wat häbt wi beiden un all de annern hier all's beliäft – un wat häbt wi daodrut lährt? Wibbelt hät eenmaol seggt: ‚Up dat Kleine maoß Du achten, dat is farken graut!' Un is nich farken noog en Frönd äs Twiärsbrenner naidiger äs en Gattkrueper? Mien Meinen is, dat wi in usse Mönsterland un in Roggenduorp nich noog Twiärsbrenners hat häbt all de Jaoren. De häern us 'ne Masse afnuommen. Et is för de miärsten kommodiger, den Kopp weggtedraihen, weggtekieken, de Gardinen vüörtetrecken un de Klappen te sluten. Un, Alwis, weeßt Du würklick nich mähr, wu dat in de Jaoren in Roggenduorp west is, äs wi twintig wassen, nao den Gesellenverein laipen un dao usse Fieerdage haollen. Nu bliew äs eenmaol staohn, häb äs Denk up düsse Jaore un kiek de würklick hen. Met graute Wäörde könnt wi de Jungen vandage nich verkläören, wu dat all's kuemen ist – un wat wi daobi daon off laoten häbt. Mi staiht no eenen Geburtsdagg vüör, äs wi junge Mannslüe bi Kortmanns up de Kiegelbahn an't wehren wassen, met'n Gesellenverein, daomaols, baoll seßtig Jaor trügge ...!"

Roggenduorp daomaols

In de Jaoren was Roggenduorp so'n Hook, äs m' in't Mönsterland wull up hunnert finnen kaonn. Nich tweedusend Lüe tellden to de Parochie van'n Hilligen Sebastian; blaoß den Schuortsteenfiäger was lutherschk un tellde nich daoto; un Aron Mendel un siene Familge, de Frau un de twee Döchter, wassen Juen, wuorn patt mettellt. De Familge haer je all ümmer in Roggenduorp wuehnt.

Twiärs düör dat Duorp laip de Kreisstraote, de Chaussee, we van Mönster nao de Kreisstadt gaong. Roggenduorp haer kuort vüör den Krieg en Bahnhoff krieggen. Bes daohen maoß m' een'n Kilometer laupen üöwer de Appelbaumchaussee un an den nieen Kiärkhoff vüörbi. De lesten Jaoren was den Verkähr up de Straoten wat mähr wuorn, un Magister Meier, we de Schoole in de Buerschopp Gladbieck haoll, haer verliedden Fröhjaor en langen Breef an den Gemeinderaot schriebben. Siebben Autos wäörn an eenen Schoolmuorn an siene Schoole vüörbibruust, un drüm wull he van wiägen de Sieckerhait en Stankett off 'ne Frechte tüschken Straote un den Schoolplatz hebben. Den klooken Gemeinderaot wull sick de Saake bedenken un gaff den Magister up, eene Wiäke lang alle Autos te tellen, we düörntieds de Schoolstunnen vüörbikammen. Meier maok sick Strieckskes uppen Sieddel un maoß siene Ingabe no eenmaol schriebben, bes dat de Chausseewärters antriäden draoffen un 'ne niee Hiegge anpuotten daihen.

Männige Lüde kammen muorns up den Bahnhoff; de föhrden to't Arbeiten nao Mönster off in de Kreisstadt. In't Duorp off in de Buerschoppen wassen de miärsten Lüe no Buern, graute un lütte, un dann gaff't wat Lüe, we för de Buern arbeiten kaonnen: Dagglaihners un Hüerlüe. De Hüeser laggen längs an de Straote, un blaoß an'n Kiärkhoff sölwst was en biettken mähr Liäben. Dao satten de paar Kauplüe un Handwiärkers.

Dao saog m' iärst den grauten Kiärktaon van Sünte Sebastian. Bes an de Klockenstuowe was he ut Sandsteen un fast upmüert. Dann kamm de hauge Taon-Spitzsk, we met Leyen beleggt was. All siet fiefhunnert Jaor laipen de Roggendüörpschken nao düsse Kiärke hen, un bes vüör hunnert Jaore kreegen se auk üör Graff hier up den Kiärkhoff. Men, äs de Prüeßen an't Regiment kammen, haern s' den Kiärkhoff vüör dat Duorp up Schult Roggenduorps Kamp an de niee Chaussee verleggt. Nu was den aollen Kiärkhoff met Gräs insait un eenmaol rund met Linnen bepuottet. Üm de Kiärke laip 'ne Straote met Plaostersteene un Guotten; all's was üörnlick un rein, un de Lüe hier haern Spaß an üör Düörpken.

Wann m' dann up den Kiärkhoff kamm, staonnen dao links drei graute un stäödige Hüeser. Teiärst kamm Smett Terbrüggen, we hier en gued Geschäft un in Roggenduorp sölwst kiene Konkurrenz haer. Alle Dage staonnen muorns Piärde to't Beschlagen vüör siene Smie, un he haer auk en gueden Hannel in Landmaschinen un Rehschopp för de Buern. Dat twedde Hues was Sattler Böker. De haer dat heele Liäderwiärks te vekaupen un te repareeren un prakteseerde auk in Polstermöbel. Dat diärde Geschäft was auk anseihnlick; dao haoll Aron Mendel sienen Verkaup un haer en Hannel in Tüeg för Graute un Lütte, auk in Kuort- un Wittwaren.

Up den Hook van den aollen Kiärkhoff, dao laip de Straote je uteen, haer de Gemeind' vüör en paar Jaoren dat niee Kriegerdenkmaol hensett't. En grauten Engel staonn up sien Postament un wees armen Gefallenen en Lorbeerkranß. Up de Taofel unner an dat Postament wassen de Namen van de Dauden un Vermißten ingraveert, mähr äs siebbenssig junge Mannslüe alleen van hier. Jeddereen, we ut de Kreisstadt kamm, maoß sick iärst das Denkmaol bekieken.

Stolt wassen de Lüe in Roggenduorp auk up de niee Schoole; de haer de Gemeind' so iäben vüör den Weltkrieg baut, äs dat Geld no in'n Wäert was. Den schönen Niebau staonn jüst an de Stiär van de aolle Schoole, un wat Lüe vertellden gäerne ut de Bautied, äs den aollen Magister Stohlers un de Juffer Wichmann up Kortmanns Saal muorns un naomdaggs Schoole haollen maossen, baoll döüreen heel Jaor, bes dat de niee Schoole feddig was. De staonn breet un schön van twee Etaschen. Unner was so'ne lütte Halle met stäödige Säulen, un rechts was de Klasse för de Wichter, links de för de Jungs. Buoben in de Schoole wassen de graute Wuehnung för den Hauptlährer un auk de lütten Rüüme för de Juffer. Ächter de Schoole lagg Pastors schönen Diek, wao sick dat Hues för de Kinner un dat Pastraot in speigeln daihen. Up de annere Siet van de Kiärke kamm iärst Kortmanns Wäertshues, 'nen wichtigen Platz för de Roggendüörpers.

Kortmanns haern dat Hues all üöwer 250 Jaor, un fröher nömmden s' dat „In den halwen Maond". Dat wassen iärssige Lüe, haern Kolonial un Bäckerie daobi, maoken üör eegen Beer, haern en düftigen Utspann un 'ne schöne Kiegelbahn för den Summer ächten in'n Gaorn. Up Kortmanns Saal kammen alle bineene, we in Roggenduorp wat te fieern un te prosteweeren haern: De Sebastianus-Schüttenbröer, de Soltät, den Gesellenverein, Kriegerverein, Männergesangssverein, den Mütter- un Jungfrauen-Kongregation un auk dat Zentrum. Dat was de ennzigste Partei in't Duorp, siet dat Bismarck füfftig Jaor vüördem en Pastor ut Roggenduorp in't Kaschott un ächter de Tralljen bracht haer.

Naigst to Kortmanns Hues kamm in eene Riege an den aollen Kiärkhoff dat Armelüe-Hues, auk all üöwer tweehunnert Jaor aolt. Dat haer daomaols ne Widdefrau van den Kabeleeren, we up dat aolle Hues Roggenduorp in de Gladbieckschke Buerschopp satt, üm üör eegen Siälenheil de Gemeind' schonken. Twee Wuehnungen wassen dat, wisse minn un sieg un höggstens för twee äöllrige Lüe timmert. Fröherhen haern de alle Jaore no Brandholt ut de Kiärkenbüschke krieggen vanwiägen de aolle Stiftung, nu maoß patt de Gemeind' daoför upkuemen. De Wuehnungen haern tesammen blaoß eenen Schuortsteen, un den Amtmann draoff de Rüüme an de Armen verdeelen. In de iärste Tied daomaols haer de linke Wuehnung aollen Bäernd Franzmeier, de rechte Jans Musiks. De haer't nich richtig in'n Kopp, was patt weekmödig un haoll alltied Friär un faoll de öffentliche Armut to Last. Un wieldat de kiene Familge haer, was de Vinzenz-Konferenz för ön dao.

Ächter dat Armelüe-Hues staonn de lütte Kösterie. Dao liäfte Köster Franz Uthoff met siene graute Familge un haer no so'n Kräömken för Bleistifte un Papiere, un alle Schoolblagen maossen bi öm kaupen; et gaff aower auk Kiärssen dao, Krüüse un Wiehwaterpöttkes. Uthoff was en flietigen Mensken un wull ut all siene Jungs am leiwsten Pastörs maaken.

Uthoffs naigsten Naober was den Kaplaon Terlauh, en jungen un krirgelen Geistlick met 'ne Masse guede Ideen. De Bischop haer ön nao Roggenduorp schickt, wieldat aolle Pastor Holtmann, we nu all üöwer diärtig Jaor hier was, so sachte in de Tied kuemen was, wao m' auk nich all's mähr kann. Holtmann haer Spaß an sienen jungen Metbroer un lait öm auk baoll dat heele Regiment üöwer de Parochie, wann he sick men nich te vull met de dicken Buern un de aollen Juffern inne Wull' kreeg. Wisse, nich all's, wat niee un modäern was, kamm bi de Lüe in Roggenduorp ümmer gued an.

De Roggendüörper wassen eelicks fromme Mensken un haern auk ümmer 'ne Mark för de Kiärke üöwer. Äs Holtmann sien güllen Priesterjubiläum fieern kaonn, satten s' öm 'ne niee Marien-Säule vüör dat Pastraot. De Kollekten wassen nich schlecht. De Lüe van den Kiärkenvüörstand wussen patt auk, dat nich äs Schult Averkamp un Schult Roggenduorp sovull Land unner de Holschken haern äs de Kiärke un den Pastor. In siene jungen Jaoren haer Holtmann an de Ökonomie siene Fraide hat; ümmer üm Sünte Miärten namm he de Flinte van de Wand un gaong met de Buern up de Jagd. Dat was nu wiägen de Augen vüörbi; de aolle Pastor lait Guotts Water üöwer Guotts Land laupen un sien'n jungen Kaplaon de Arbeit doon. An Imm un Rausen haer he no noog te besuorgen.

Trügge bi Kortmanns gaong de Straote wier ut den Kiärkhoff harut an dat Sprützenhues vüörbi. Sogar en Gefängnis was daoin, un de Polßei-Deiner haer in dat lütte

Hüesken siene Wuehnung. Roggenduorp haer daomaols en eegenen Büörgermester un en Gemeinderaot van siebben Mann, all bineene van dat Zentrum, Buern un Handwiärkers. Dat Duorp tellde to dat Amt Brentrup, un för alle amtlicke Saaken mossen de Mensken ut Roggenduorp daohen up't Büro. Wieders laip de Straote in de Duorpbuerschopp üöwer Brentrup nao Mönster hen. De miärsten Lüe liäften daomaols in de drei Buerschoppen, in Gladbieck, in de Duorpbuerschopp un in Wiering. Sunndaggsmuorns kammen s' patt alle in't Duorp, gaongen nao de Miss un maoken üöre Geschäfte.

Et was in de Jaoren no en stillen Hook, Roggenduorp in't Mönsterland. En Plecksken, wao't so vull van gaff in düsse Tied, met all de Feihlers un Döchten, met all de Besunnerhaiten un Däösigkeiten, we bi sock Schlagg Lüe un unner düssen Hiemmel upkuemen könnt.

Up Kortmanns Kiegelbahn

Aolle Bäernd Franzmeier wuor langsam dullköpschk. All üm halwer teihn haer he de Klappen an't Armelüe-Hues tosmietten un de Hakens upleggt. Nu was't all an ellm Uhr, un he kamm ümmer no nich in'n Schlaop. All wier dat Volk up Kortmanns Kiegelbahn! Iärst haer he eenmaol off tweemaol düör't Küekenfeester roopen; de jungen Lüe haern ön gar nich haort un maoken wieders üör Bohei. De Klappen an de aolle Bahn, we ächter Kortmanns in'n Gaorn laip, haern s' all in't Fröhjaor uthangen, dat Baollern van de Kuegeln, dat Stüörtten van de Kiegel, dat Gebölke un auk dat Stüehnen un Singen un Suupen gaong twiärs düör den Gaorn bes an den Kiärkplatz. Franzmeier was 'ne Masse gewuehnt, patt vanaobend!

Men, all wier staonn he met sien Schennen alleene. De aolle Jans Musiks, we de annere Wuehnung in't Armelüe-Hues haer un sien Iätten un siene Wäöschk up't Pastraot kreeg, schlaip ümmer daip un fast. Un he bruekede sick auk nich alltied so vull Suorgen te maaken; he haer iäben nich alle bineene.

Franzmeier staonn up. He haalde sick siene Bücks van'n Stool, stoppte dat Nachthiemd ächter' n Bund, steeg in siene Holschken, namm sick en Kiel un gaong düör de ächterste Döör nao buten. Et was en schönen Summeraobend. Wisse, de Jungs haern en gueden Dagg to't Fieern; men, he haer nich eenen mähr. Stickum gaong he bes an de Hiegge. Dat Lecht faoll van de Kiegelbahn wiet in'n Gaorn, un jüst kammen dao twee van de Wöstbrakers met Lachen un Quatern harutstuortt't un sochden sick en Plätzken anne Hiegge to't Miegen. Bäernd wuss faots Bescheid: den Gesellenverein was all wier an't Suupen!

Un vüörnewegg Alwis Terbrüggen, dat Sappholt! He un no so'n Suupklappen staonnen dao an Moder Kortmanns Kassbeeren un maoken sick dat kommodig. Kaonnen s' nich wennigstens üörnlick up't Hüesken gaohn? Dat staonn faots ächter den Piärstall un dat aolle Bruehues!

„Ji aollen Wöstbrakers!" faong Franzmeier an te flöken: „Güennt ji nich äs'n aollen Mann siene paar Stunnen Ruh – un krakeilt hier to nachtschlaopen Tied harüm?" De Jungs verschruocken sick un saogen ielig to, dat se üöre Bucksen in'ne Riege kreegen.

„Ach Vader Franzmeier, du büss dat blaoß!" raip Alwis Terbrüggen un was an't Lachen an. He haer all en raud Gesicht, un siene Tung gaong nich so ielig äs süss. „Nu laot us men ussen Spaß! Dao was van'Aobend Versammlung van'n Gesellenverein, un den Kaplaon is all wegg. En biettken Kiegeln is an so'n schönen Dagg wull recht, off nich?"

„Gaoh mi wegg met'n Gesellenverein, all so'n niemoodschk' Wiärks, un en Kaplaon, we up eenen Dagg in Schult Averkamps Fischkediek schwemmt met'n blanken Buuk, un'n annern Dagg äs Geistlick an't Altaor steiht, dat sall wull wat sien!"

„Nu sie nich so uprennig, Franzmeier! Dat Liäben is wisse schön, un wi fieert all Geburtsdagg vandage, un wann eenen van us achteihn wedd, dann drüewt wi auk äs'n Spaß hebben; en biettken singen – un'n Glässken Beer ut Kortmanns Fättken drinken."

„Üörnlicke Lüe magg et wull gunnt sien, patt ji aollen Harümdriewers! Van Arbeit kiene Spur, alle Dage inne Wäertshüeser swiemeln un sick nich eenen Penning üm annere Lüe draihen. Hier is nu stantepee Schluß met den Krach, off ick haale den Schandarm ut't Sprützenhues! De sall ju wull löchten!" Franzmeier was nu upgebracht un gaong in'n Brast. De Jungs kreegen met, dat met öm kien Kiärsseniätten mähr was. Se keeken spee nao de Kiegelbahn, wao nu all wier dat Rullen un Stüörtten un Juchhuen was. Met eenmaol kamm no 'en jungen Mann an den Düörgang. He staonn no in't Lecht un keek in den düstern Gaorn.

„Ah, kiek äs an!" bleffte Franzmeier: „Schoolmagisters Suohn! Ne fiene Gesellschaopp vanaobend! Meinee Philipp, kaas Du auk en aollen Mann nich schlaopen laoten? De Häerns hier küert blaoß van't Suupen un Fieern un Krakeilen un van' Spaß! Wat häb ick dann för'n Spaß? Teihn Jaor is't nu hen, dao is mienen lesten Jungen in Frankriek bliewwen, un an so'n Dagg meint ji hier, mi te öwen un te täddern! Ji säöllt ju wat schiämem!"

Den Diärden was wat naiger kuemen. Dat was en anseihnlicken Jungen, haer aower auk en raud Gesicht. Faots kreeg he met, dat hier an de Hiegge bi de Kassbeeren Unfriär was.

„n'Aobend, Vader Franzmeier! Ick sin schuld. Ick häb vandage Geburtsdagg un maoß drüm eene Runde giebben. Dao is't aower nich bi bliebben, un drüm sind de Jungs en biettken rüsig. Et is je nu noog rüngelt, un üöwer 'ne Veerdelsstunn iss wisse Ruhe. Güenn us doch den Spaß!"

„Güennen, güennen!" Franzmeier schnuwkede: „Mi is auk nicks gunnt. Vüör twiälf Jaor, dao haern wi wat, dao wassen wi no wat. Dao haern wi Familge un twee Süöhne. Un vandage sitt ick in't Armelüe-Hues un sall ju den Klamauk güennen. Paßt blaoß up, Jungs, wat ju dat Liäben güennt! Un wann de Häer Gymnasiast äs sölwst Schoolmagister off Geistlick sien sall, dann magg he je wull ächter de Naut kieken un de Suorgen van Öllern, we s' ächterheer nao de Schoole de Kinner dautscheit't."

„Ick weet't je wull," mennde Philipp Stohlers sachte, „'t was je vanmuorn dat Siälenamt in'ne Kiärke; men Franzmeier, mien Vader ligg auk in'n Argonner Wald. Un alle Dage geiht usse Liäben wieders. Wi maakt nu Schluß, kuemt Jungs! Guede Nacht, Vader Franzmeier. Ick kuem muorn üöwer den Kiärkhoff un brenge di en Flachmann äs Akkord för den Krach. Un wat dat Holtsaagen angeiht to'n Winter, segg men bi usse Moder Bescheid!" Philipp paock sick de beiden Frönde un schauw se langsam üöwer den Gaornpatt wier nao de Kiegelbahn.

Dao was jüst en graut Bohei. Janbernd Bökers was ut Brentrup trüggekuemen un haer wat Schöns beliäft. He gaong äs Gesell bi'n Sattler, un jüst an de Straote was de iärste Tankstiär för Autos. Dao was den Naomdagg Töns Brüse met sien nie Auto vüörbikumen. Brüse was en laigen Puggbüel un'n lubitsken Kunnen. He haolp sienen Vader bi't Griäbenssmieten un bi Dränaschen, un jüst düsse Familge, we met de Stüörtkaor, 'ne Schute un'n lütten Kuotten in de Duorpbuerschopp mähr Prüddel äs Geld haer, jüst de maoß sick dat iärste Auto in Roggenduorp kaupen.

„Un nu stell di äs vüör," raip Böker, „dao kümp de aolle Gattaape an de Tankstiär, läött sick dat Benzin infüllen un is daobi an't Smaiken. Up eenmaol segg et ‚Buff', un dao is den nieen Wagen an't briännen. Un üöwer en Augenschlagg steiht dat düere Ding heel in't Füer un is in'n Tott. Hölkers Lüe haern Last noog, met'n Ishaken dat Auto up de Straote te trecken. De Füerwiähr was de auk. Un dat Allerbest: Wat Töns siene Moder is, de was met up düsse Tour. Un äs Töns nu an't Grienen was üm dat schöne Auto, dao häöllt se öm de Hand un is an't Tröisten: ‚Ao Töns, maoß nich grienen, Papa sall di wull en nieen Wagen kaupen!'"

Dat Lachen gaong düör de Kiegelbahn, dat Wäertshues un auk üöwer den Gaorn bes in dat Armelüe-Hues. De Jungs haollen aower Waort; äs Philipp Stohlers dat verkläört haer, maoken s' en End met Kiegeln un gaongen nao Huese hen.

Bäernd Franzmeier häer nu eelicks Ruh finnen kaonnt, patt he was no laat in de Nacht up un satt üöwer de paar Fotos, we öm van Hues un Hoff, van Familge un Süöhne bliebben wassen.

Dat Schüttenbeer

All to de rechten Tied wassen an düssen schönen Sunndaggmuorn twee van de Knüppeljungs ut Brentrup to't Wecken düör dat Duorp trocken. De Sess-Uhrs-Miss was vüörbi, dao kaonn m' den Trummelschlag düör de schöne

Summerlucht häören. Wann de Trummlers en langen Touren laupen maossen, gaff't ümmer blaoß up eene Trumm en eenfacken Schlagg; kammen s' in de Naigte van'n Hues, wat 'nen Üppersten van de Broerschopp tohaorde, dann kamm 'ne Locke üöwer de eene Trumm, un de annere spiellde faots met. Un met düsse Musik schmeeten s' nao de Riege den Gildemester, de Vüörstehers, des Scheffers, de Offziers un an'n End auk den Küening ut de Fiädern. Dat was in Roggenduorp alltied so west, un in de Hüeser waochteden de Lüe all up de Knüppeljungs un haern 'ne Tass Kaffee un en biettken Drankgeld praot. Eenen van de Jungs, dat wuss m' auk, maogg all in de Muorntied en lütten Kluck.

Dat Schüttenbeer was in de Tieden den gröttsten Fieerdagg in't Duorp, un alle Familgen haern Deel an de Broerschopp un maoken daobi met. De Küeninge un de Offziers, dat wassen miärsttieden so wat Dickbälg' un Üpperste, graute Buern un Lüe met Geld, patt wieldes de Broerschopp en kiärklicken Verein was, üöwer dreihunnert Jaor aolt un auk tostännig för de grauten Beerdigungen, betahlte jedereen sienen Bidragg un verlait sick auk drup, dat he sölwst äs maol en anseihnlick Naofolgen kreeg. De Bröers un Süstern van den Hilligen Sebastian wassen nao aollen Bruek schüllig, en Dauden ut üöre Riegen staotsmäötig nao Schult Roggenduorps Kamp te brengen; so nömmden s' den nieen Kiärkhoff an de Chaussee. Un up'n anseihnlick Naofolgen, dao wassen alle Familgen in Roggenduorp stolt, auk wann m' dann bi Kortmanns wat mähr för den Kaffee un den Twieback betahlen maoß.

Tweemaol in't Jaor schlöerden de Schüttenbröers üören Schutzhilligen, Sünte Sebastian, in'n Ümgang üm de Kiärke un bi de Hagelprossion düör dat heele Duorp, un ümmer faots ächter dat Allerhilligste. De jüngsten Schüttenbröers draoffen met üöre hölternen Flinten an de Sieten van'n Hiemmel gaohn un uppassen. Et was wisse no nie nich wat passeert, et saog aower gued ut, wann de Uniformen, de Farwen un all de Rehschopp van de Bröers ut Trecken un Schäppe kammen.

Un nu was all wier Schüttenbeer. Meddag was vüörbi, un üöwer'n Veerdelstündken säöllt nao de Vuegelrod' gaohn. Aollen Bruek was, dat dat Bataillon iärst aftrecken kaonn, wann den Pastor met de Christenlähre üm halw Twee an'n End kuemen un sienen Siängen för de Kinner quiet wuorn was.

Un bi Bökers in't Hues was Upstand. Janbern gaong dat iärste Maol met, up de Versammlung haern s' öm lesthen den Posten äs Fähnrich van de Junggesellen üöwerdriägen. He draoff nu all met siene eenentwintig de Fahne driägen un auk up'n Aobend den Fahnenschlagg danzen. Un glieks maoß et loßgaohn, un an'n Kragen schiälde en Knopp, un den Uorden van den Fähnrich haer no kiene blau-witte Schliepe. Janbernd was all uprennig. Tante Franziska staonn vüör öm, haer 'ne Nadel inne Muule un Garnröllken in de Hand. Vader Böker laip düör de Küeke te driewen, un de klenneren Süstern wassen auk dao te öwen. Den Schweet staonn den jungen Fähnrich nu all vüör den Kopp: „Meinee, Tante Franziska, nu maak doch an, ick kuem no telaate! Un dat äs Fähnrich!“ „Nu men sachte,“ gneesede de Möhne un haoll de Lippen wiägen de Nadel fast bineene, „de Broerschopp is mien Liäfsdagg nao nich aohne Fahne haruttrocken. Un de steiht hier bi us in'n Laden.“ Vader Böker haer auk wat te mellen: „Un pass up, Jung, de Sunn staiht haug! Drink van Naomdagg kien Beer, süss kriss du de Fahne aobends nich böert. Un Pastor Holtmann sall sick wünnern, dat sienen aollen Mißdeiner all an'n Sundaggaobend dick is!“

„Vader, wi häbt so lang arbei't an den Fahnenschlagg! Mennst du, ick will mi dat met Willmödigkait up eenen Dagg kaputtmaaken?“

Dat stimmde. Wiäkenslang haer Janbernd met den aollen Fähnrich un de heele Naoberschopp ächten up Terbrüggens grauten Hoff den Fahnenschlagg exerceert. Tante Franziska un Moder Terbrüggen haern dat aolle Leedken summt off met de Muule blaosst. De Jungs haern met'n Nagel un'n Band en grauten Krink up den Hoff trokken, un de aollen Mannslüe haern den Takt up Emmers schlagen. Aron Mendel maoß an eenen schönen Aobend an'n End dat Beer betahlen, wat se van Kortmanns kuemen laiten. Faken kammen de Naobers bineene un keeken to un haolpen Janbernd met üör Geküerssel. Stolt wassen s' in Roggenduorp up den Fahnenschlagg. Kien Düörpken wiet un siet, wat so'ne Attraktion vüörtewiesen haer. Un nu säöll den Fähnerich telaate kuemen?

Janbernd was all an't Triäden äs'n jung Piärd. Tante Franziska was bi den Uorden ankuemen, maoß patt nao eenmaol anner Gaorn haalen: „Ick kann de Schliepe nich met witt Gaorn an den schwatten Gaiskiel naihen!" Janbernd wöer baoll dull, äs se met Genott in den Naihkuorw te prüeddeln faong. Un vüörn düör de Huesdöör kammen de Fahnenunteroffziers, Philipp Stohlers un Alwis Terbrüggen, un faongen auk an te driewen. Hiemmel Sakrament! Men de aolle Möhne lait sick nich ut de Ruh brengen un tiähmte iärst äs dat niee Gaorn in. „Un een Deel will'k je nu vlicht van diene Hölpers klook wäern. Mi, diene Patentante, häs du nich vertellen wullt, met wat för'n Därnken du vanaobend up den Ball gaohn wiss. To Philipp! Alwis! Wao is usse Janbernd an't rümstriecken?" De beiden schaut't in't Lachen: „Meinee, Tante Bökers, giff't wat in Roggenduorp, wat du nich klook wäern kaas? Wi küennt schwiegen äs'n Graff!" Un Janbernd maok all en Aapengesicht un was üöwer Möhnen Schuller an't Schüeddelkoppen.

Men de Süstern van Janbernd, vetteihn un seßteihn Jaor aolt, kaonnen uthelpen: „Ussen grauten Häern Broer is doch lesthen met Blömkes nao Ternardens Klara henlaupen, häs Du dat nich wieeten? Un de Blömkes . . ."

„Verdori," raip Franziska, „dat wassen miene Rausen, we üm de Bloemenkugel in miene Rabatten staonnen! Dat kost Di wat!" un stack den Jungen sachte in'n Buek. Dann draihede se den Faden üm de Schliep un den Uorden. „Dat sall wull haollen, wann Du van Naomdagg nich te ruhbraakig büss. Ji beiden paßt je wull up ussen Janbernd up. Van Aobend magg he je wat drinken, patt iärst nao den Fahnenschlagg!"

De drei Jungs klabasterden met de Fahne, üöre Hööde un Diägens düör den Flur un den Laden nao buten. Vader Böker, Tante Franziska un de Wichter stellden sick vüörn up de graute Trepp un keeken to, wu den Schüttenzug an Kortmanns Hues Upstellung namm. Dat gaong so äs alle Jaore, met den Intratt van de Fahnen, de Musik un Vüörfahrt van'n Küening. Vader Böker lait en Söcht. Bes vüör twee Jaor, äs Moder Böker dautgaohn was, wassen s' alltied metgaohn. Un nu staonn he met Tante Franziska un de Kinner alleene. De Süster keek nao den Broer hen: „Et gaiht all's wieders, Hannes. Nu löpp all Janbernd nao de Broerschopp hen, un wi bliewet an Huese. Dat sind de Tieden! Een Jaor häbt wi Schwatt driägen un sind nich loßgaohn, un du maoß muorn fröh teminst nao't Hochamt un nao den Fröhschoppen gaohn!" – „Wisse," knurrede Vader Böker, „un dao sitt ick dann bi de Aollen!"

De Musik haer den Präsenteermarschk upspiellt, un nu gaff't Kommando to'n Afmarschk. An'n Kiärkhoff gaong't lang bes nao dat Kriegerdenkmaol, un so staonn de Junggesellenkompanie bi Bökers vüör de Dööre. De Daudenehrung was fieerlick; Janbernd draihede sick aower nao eenmaol üm un kneep siene Lüe en Aug' to.

„Un een Deel no," mennde de Möhne, „Klara Ternarden is'n üörnlick Wicht. Wann dat wat wedd, könn wi gued tefriär sien. Et is de Tied, Hannes. Wi häbt auk usse Tied hat!"

Wier gaff't Kommandos, un de Schüttenbröers gaongen nu würklick loß to't Vuegelscheiten. Denn heelen Tropp trock harunner van'n Kiärkhoff, un ächten an'n End laip Jans Musiks met siene lütte Trumm, we s' öm vüör'n paar Jaor schonken haern. So wat Lümmels haern ön daomet för Narr haollen wullt, patt den armen Mann haer sien Spaß an dat Dingen un trock daomet nu ächter jede Musik hiär.

Bökers gaongen in't Hues un keeken nao den Kaffee. De Sunn lagg hell üöwer den Kiärkhoff, un Roggenduorp saog met all de blau-witten Fahnen nao eenmaol so gued ut. Franziska gnöchelde en biettken. Terbrüggen haern de Fahne verkatt uthangen: Dao was dat Witte nao vüörn hen, daobi was dat Schüttenbeer 'ne weltlicke Saake, un dann maoß eelicks de Farwe nao vüörn. Bi Prossionen un kiärklicke Fierdage kamm blaoß dat Witte daohen. Eenen Blick nao links: Sölwstverständlick, Jue Mendel wuss äs ümmer Bescheid. De haer siene blau-witte Fahne richtig haruthangen.

Den nieen Sportverein

„Mött' ji dann auk ümmer an'n Dischk katten?" stüehnde Moder Terbrüggen un keek bedrüewt up üöre beiden grauten Mannslüe, we sick an de Koppennen van'n Küekendischk twiärs tieggenüöwer satten un Füer in de Augen haern. „Et is doch all's gued west vandage! Wat sall düsse Katterie dann wier?"

Wisse was all's gued west. Vader un Alwis haern den heelen Dagg gued Arbeit hat. 'twassen en paar Piärde te beschlagen west, 'nen Ploog haern s' repareert un auk 'ne niee Wagenasse vüör en Buern bineenbaut. Nao den Angelus haern de Mannslüe de Smie uprüümt un sick ächten in'n Hoff an'n Pütt iärst äs üörnlick waschket. All's was in Uorder west, bes Alwis nu vertellde, dat he de naigste Tied gunsdaggs aobends un sunndaggsnaomdaggs wat häer.

„Dao schlött't doch patt diärteihn!" haer de aolle Terbrüggen roopen un was baoll dullköppschk wuorn, äs he dat Nieeste ut Roggenduorp nu haorde: En Tropp van junge Mannslüe was daobi, en Sportverein te fundeeren. Sport – Smett Terbrüggen kaonn sick blaoß no an'n Kopp packen. Dat kamm all's van den nieen Kaplaon, we de jungen Lüe uprennig maok un van de Arbeit afhaoll.

De was dat , we met de Mißdeiners anfaong, sunndaggs nao de Christenlähre te spiellen. Iärst haern s' blaoß so Geländespiellkes maakt, un de Jungen wassen troppwies met'n Bollerwagen twiärs düör de Gemeind' laupen un maossen den Bollerwagen up de annere Siet van't Duorp brengen un draoffen sick üöwer den heelen Naomdagg dat Dingen nich aflucksen laoten. Wat haern de Möders schennt, äs de Jungs met Klinken in de Bucksen un Hiemden trüggekuemen wassen un auk stolt en paar blaoe Augen vüörwiesen kaonnen. Un dat Dollste dran: Et haer de Jungs Spaß maakt, un se küerden de heele Wiäke van nicks anners äs van Kaplaon Terlauh un sien Spiellen. Un nu düsse niee Aaperie: Sport - Fußball - un dann all's met faste Tieden! Arbeiten säöllen de Jungs un nich up verrückte Gedanken kuemen. 'twas noog te doon in Hues un Hoff, in Gaorn un Wiärkstiär! Un nu - de Jungs, in dat Aoller, wullen uppen gaas normalen Gunsdagg van Huese wegg un spiellen! Un dat Allerbest: De niee Fußballmannschaft kamm faots in so'ne Riege drin, wao all 'n paar Vereine ut den heelen Kreis metspielden, un drüm säöllen de Jungs baoll jeden Sunndagg met Rad off met'n Bus loß un waoanners auk ächter den Ball hiärsusen. De Sensation was perfekt, un dat Schennen was nich blaoß bi Terbrüggen graut.

Moder Guste mennde, äs dat Katten nu ümmer heeschker wuor, en biettken Stüern dai daobi gued. „Nu luster doch äs to, Alwis! Sport is wat för de Lüe ut de Stadt. De mött't den heelen Dagg in üöre Wuehnungen up Hüer sitten, häbt kien'n Gaorn un kien Utlaup, sitt' in't Büro off in de Fabrik. För sock Schlagg Lüe magg dat met den Sport je wull wat sien. Patt wi, hier bi us up Lannen? Kiek doch äs to in'n Summer! Alle jungen Lüe sind uppen Kamp. Klankenmaaken, Upsetten, Inföhren, Packen, Haugdoon, Vüörsmieten! Wat bruket wi in Roggenduorp Sport? Un wisse, dat is doch all's so'ne Saake. Ick kann nich glaiwen, dat Kaplaon Terlauh so'ne Aaperie metmaaken will, so'n weltlick Wiärks!"

Alwis was baoll platzt vüör Lachen: „Terlauh is ussen Übungsleiter, in England nömmt s' so'n Kunnen ‚Trainer', un icke sin dat Zentrum, wieldat ick in de Midd' met den Ball stürmen mott, dat wi vull Tore scheiten könnt!"

„Un de Kiärk is met sowatt upverstaohn?" schüelkoppede de aolle Terbrüggen. „Gewiß, Vader!" raip Alwis. „Wi telld nu nao de Deutsche Jugendkraft, so nömmt sick den Verband, un de is van ussen Bischop in Mönster organiseert."

„Aower Jung," haer Terbrüggen an'n End knurrd, „dao feihlt all's: Wi häbt kien'n Sportplatz, kiene Rehschopp daoto, wao giff't en Ball, düsse famosen Tore sind'de nich, un dat sall wat wäern?"

Den Aobend haern Terbrüggen no häören maoßt, dat Terlauh all's in de Riege bracht haer. De graute Anweid ächter Pastors Diek säöll Sportplatz sien. Dao wassen je wull 'ne Masse Göersopper drup; patt de eenfacken Lüe

ut Roggenduorp draoffen wieders üöre Schäöpe un Sieggen drup driewen. Dann bleef dat Gräs auk kuort. Aower buoben un unnen an de Anweid kammen twee graute Tore hen. De haer Timmermanns Jans ut schöne Schleiten maaken maoßt, we de Kiärkengemeind ut üöre Büschke spendeert haer. De aollen Roggendüörpers wassen sick siecker: Pastor Holtmann maoß krank sien, dat he sienen jungen Kaplaon maoken lait wat he wull.

Dann kreeg Vader Terbrüggen harut, dat Naober Böker en echten Liäderball stiftet haer. Un Aron Mendel was in de Stadt extrao met en Kollegen in Akkord kuemen, dat de Roggendüörper Jungs üörnlicke Sportliewkes in Blao un Witt, äs dat nu in de grauten Städte Mood was, up den Buuk kreegen. Dao verstaonn de aolle Smett de Wiält un de Naobers nich mähr.

Men, nao de Summervakanz gaff't de iärsten Spielle up den lütten Sportplatz. Alle vetteihn Dage kammen mähr un mähr Lüe ut Roggenduorp un keeken to, wu sick de Jungs met üören Fußball so maoken.

Dann kamm dat Spieel tieggen de aollen Puggbüels ut Brentrup. Alwis Terbrüggen kaonn daobi twee van de Grön-Witten an'n Grund laupen un schaut auk würklick en Tor. Dao gaong aolle Smett Terbrüggen ächter dat Tor van Janbernd Böker un gaff den Kaplaon sienen Bidragg äs Fördermitglied van den „Ballspielverein DJK Germania Roggendorf".

Dat Klaowerblatt

De drei Jungs wassen in düsse Jaore miärsttieden bineene. Wat se maoken, dat küerden se vüördem af, un wann et blaoß gaong, dann maoken s' all's tehaupe. Dat was anfangen, äs se äs Kinner in'n Blagenkiel rümlaipen. Daomaols was Lährer Stohlers met siene Familge nao Roggenduorp kuemen. Et haer blaoß eenen Dagg duert, dao wuß den lütten Philipp, dat up de annere Siet van de Straote twee so Jungs van sien eegenen Kaliber satten. Un de beiden haern auk üören Spaß, dat nu en Jungen mähr an'n Kiärkhoff wuehnde. Iärst gaff't no'n biettken Puchen un Praohlen un Katten, aower daonao was de Fröndschopp fast, un van de Tied an haollen de drei bineene. Pastor Holtmann küerde dann eenen Dagg van dat ‚Klaowerblatt van'n Kiärkhoff', un würklick, saog m' eenen van de drei, dann wassen de twee annern nich wiet.

Roggenduorp was för de Jungs daomaols baoll'n Paradies. Alle Dage gaff't wat te doon un te spiellen un te kieken. De drei laipen bineene düör de Büschke baoll bes nao Brentrup hen. Se klaiden sunndaggs üöwer de Kutschken un in'n Winter üöwer de schönen Schlieens, we ründ um de Kiärke staonnen off bi Terbrüggen un Bökers Utspann haern. In't Fröhjaor satten s' an Pastors Diek un beschmeeten sick met Poggenschao. Blaoß Philipp namm sick in'n Inkuoksglass wat met nao Huese hen un keek to, dat he en paar schöne Stiärtpoggen graut kreeg, we he dann unner de Lupe unnersöken kaonn. In de Fastentied draiden de Kinner de Knickerlöcker up den Schoolplatz, un auk usse Klaowerblatt namm de Knickerbüels un spiellde all üm Hues un Hoff, teminst üm twintig lütte Knicker un – wisse gaas selten – äs eenmaol üm'n Bastert.

Nickelig kaonnen s' patt auk sien. Laggen s' nich ümmer ächter Aron Mendels Briärtuun, wann siene Sieggen wier so wiet wassen. Stunnenlang keeken s' bi Bökers düör dat Balkenfeester, blaoß üm mettekriegen, wann Mendel met sien graut un blank Schächtmess unnern Arm in'n Stall gaong, de Siege in't Höffken up den grauten Saagebuck schmeet un üör met dat graute Mess ruckzuck düör de Struot gaong. Se keeken je auk süss wull bi't Schlachten to, aower bi Mendel was dat wat anners. De aolle Jue maok ümmer so wat Sermonien.

Auk Undocht was daobi. Haern se sick nich unner an'n Diek verspruoken, up de Duer haruttekriegen, wat nu eelicks den Ünnerscheid würklick tüschken Jungs un Wichter was? Un Philipp haer up 'nen gueden Dagg Alwis Konzession giebben, he maogg siene Süster en Sööten up de Muule drücken. Dat was patt met Kathrin nich afküert un dai auk met 'n Schlagg an Alwis' Schnute ennigen, aower en Beliäfnis was't. In'n Summer laggen de drei Jungs met'n blaut Ächterpant an Schulte Averkamps Diek ächten in de Buerschopp un maossen düsse Sünn met raude Aoren naigsten Saoterdagg in de Kiärke bichten.

Üöwerhaupt, de Kiärke! Dao draihede sick baoll all's üm. Un is ’ne Kiärke nich auk en schönen Platz to’t Spiellen? Köster Uthoff kaonn so schön schennen, wann he bi’n Angelus klook wuor, dat all wier so’n afscheilicken Schaleier de Klocken uthangen haer. So maoß he – willens off nich – mähr äs achtzig Stufen haugklaien un den Klöppel to’t Kleppen an de Graute Klock päössig inhangen. Äs dat Klaowerblatt läterhen Mißdeiner was, gaong’t nich biätter. Wann Sundagg-Naomdagg Pastor Holtmann kiene Christenlähre haoll, aower ’ne Andacht met de Kinner biäden wull, bruekede Uthoff veer Mißdeiners. Alwis, Janbernd un Philipp wassen ümmer daobi. De wuehnden je so dicht bi de Kiärk. Iärst was dann dat Allerhilligste dran un kreeg den höggsten Platz buoben up’t Altaor. Dann maossen de Jungs dat Wiehrauksfättken wier in de Sakerstie brengen un üöwer de Andacht schön fromm an’t Altaor kneien. Dat duerde üöwer ’ne halwe Stunn, un Uthoff gaong dann gäern nao Kortmanns, in’n Summer up een Glässken Aoltbeer off twee, in’n Winter auk wull üm’n Schnäpsken off twee. Wann he dann pünktlick to’n Sakramentalen Siängen wieerkamm, gaff’t iärst n’grauten Hoosten. Dao haern de laigen Blagen de Feesters an de Sakerstie totrocken un up de Kuohlen van’t Wiehraukfättken lieppelkeswies dat guede Tüeg verraikern laoten. Un haern de Lümmels nich eenmaol den End van’n Wiehwaterswedel locker maakt; äs Holtmann jüst met Schwung siene Schäöpkes siängen wull, was dat Ding düör de heele Kiärk fluogen un de Andacht an’n End! De Köster kreeg van’n Pastor wat te schennen, un de Jungs van’n Köster wat an de Muule.

Dann kammen de Jaore, dao haer Uthoff Suorgen üm sienen Mißwien. Ümmers wann dat Klaowerblatt bi't Mißdeinen utholp, keek he extrao drup, dat nich eenen van düsse Kunnen te dicht an dat Wien-Schäppken kamm. Men, he sölwst maogg dat guede Tüeg auk gaas gäerne.

De schöne Tied was langsam an'n End kuemen, äs dat met de Schoole ümmer laiger wuor. Läernen kaonnen s' all gued, patt bi Terbrüggen un Bökers was dat je persee': Janbernd maoß up de Duer Sattler wäern, Alwis en stäödigen Smett. Bi Stohlers was dat nich persee', wieldes den Magister in Frankriek bliewwen was. Un so gaong Philipp nao de seßte Klass ut de Volkschoole un laip alle Dage te Foot nao Brentrup up de Rektoratsschoole. Wat afgünstige Lüe haern all harümriäkend, wu de Widdefrau Stohlers de Rektoratsschoole un ächterhiär dat Gymnasium betahlen kaonn. We bruekede dann auk te wietten, dat Pastor Holtmann in eene Schatulle packen kaonn, wao blaoß he wat van wuss? Auk in de Johren bleef dat Klaowerblatt no gued bineene. Men, nao de Schooltied was daomet iärst äs Schluß. Janbernd un Alwis gaongen äs Lährjungs in annere Düörper, un Philipp gaong up de höggere Schoole un föhrde alle Dage met de Bahn in de Kreisstadt. De Jungs saogen sick blaoß no an'n Sunndagg.

Äs de beiden Handwiärkers üöre Gesellenbreefe vüörwiesen kaonnen, dao kammen s' baoll nao Roggenduorp trügge. Eelicks wullen de aollen Mesters üöre Süöhne no up 'ne längere Wannerschopp schicken, patt de beiden haern kiene Lust daoan. Se wassen all drei Jaor van Huese wegg west. Punktum, un so was dat Klaowerblatt wier bineene. Äs Philipp sien Abitur maok un dann up Magister studeeren wull un nich up Geistlick, wat sick Holtmann wull utriäkend haer, dao was dat all's in Uorder. He kaonn düör de Studientied met de Bahn nao't Lährerseminar föhren un süss in Roggenduorp bi de Moder wuehnen blie-wen.

En Siängen för de Jungs was et, äs dann Kaplaon Terlauh nao Roggenduorp kamm. Dat was siene twedde Stiär, un et was je no en gaas jungen Mann. De kamm sölwst van de Buern, küerde Platt, wuss auk, wat Arbeit bedudd un haer'n Hiärt för de jungen Lüe. Jüst an dat Klaowerblatt haer he en Narren friäten. Faots haer he miärkt, dat he in Roggenduorp schlecht wat aohne de drei upstellen kaonn. Un drüm haalde de junge Geistlick sick de un no'n paar annere junge Mannslüe eenmaol inne Wiäke bi sick up'n besten Stuoben bineene un küerde van Häerguott un de Wiält, van Politik un Kultur, wat ümmer sick de Jungs dao-unner vüörstellen daihen.

Un düsse Aobendstunnen bi Terlauh maoken de Roggendüörpschken Jungs de Augen wiet.

Eene Saake haolp daobi düfftig met. Kaplaon Terlauh haer baoll äs iärsten in Roggenduorp en Radio. Den lütten Apparat staonn dann ümmer up sienen Dischk in'n besten Stuoben. He un de Jungs satten drum rum un maossen sick de Kopphäörers deelen. Dat saog mangst spassig ut, wu de Köppe aneenstotten un jeddereen blaoß een Aor to't Tolustern haer un sick dat annere Aor tohaollen maoß. Wat kaonn m' nich all's häören ut de wieede Wiält in de „Westfäölske Funkstunne". Wat gaff't dao nich all's an Expeditionen un Abentüer? Eene Tied kammen de Jungs alle Dage aobends vüörbi un wullen van de Südpolarexpedition häören, we de Amerikaners maoken. Daoto gaff't faken noog schöne Musik un auk anner, spassig Wiärks.

Terlauh sagg patt ümmer wier, de Jungs mäössen auk politischke Sendungen häören. „Ji willt wat üöwer de Antarktis klook wäern, aower wat in Mönster, in München off in Berlin loß is, dat sall ju nicks angaohn?"

Eenen Aobend küerden se üöwer de niee Partei van de Nazis, we nu auk in't Mönsterland upkuemen was. „Dao kümp wat up us to!" mennde Terlauh, patt de Jungs saggen, wann so'n paar uwiese Kunnen met üöre komischke bruene Uniform wat bölken daihen, was dat no kiene Politik. Un üöwerhaupt, Politik! Philipp, we äs Lähramtsstudent wat daovon wietten maoß, sagg driest: „Wi häbt wisse guede Lüe in de Politik. Dao brueket wi us bes nuhen no kiene Suorgen te maaken. Gewiß, en paar Stemmen för de Sozialdemokraten giff't je auk bi us, aower süss wählt Roggenduorp üörnlick dat Zentrum. Mennt Ji dann, Häer Kaplaon, dat bi us in't Mönsterland sock Schlagg Schaleier wat afhaalen könnt an Stemmen. Ick glaiw dat nich!"

Men Terlauh bleef eegensinnig: „De Lüe wiet't nich noog. Nu kiek dao äs to. Hier bi us giff't blaoß eene Zeitung. Den ‚Brentruper Mönsterlandboten'. Un wat steiht daoin? De Schwienepriese, de Marktdage, Hochtieden, Berdigungen un vüörnwegg eene Spalte Naorichten ut de Politik, we s' no bi de annern afschriewwen häbt. Wi hier in't Mönsterland krieget nich noog met. Wi mött' mähr uppassen. De Wiält wäd up de Duer klenner. Un wat dao buten passeert, kann auk bi us wat utrichten.

De Jungs laiten – auk wiägen de Jazzmusick – de Kopphäörers wegg un dispelteerden met üören Kaplaon. Philipp haer Spaß dran, nu kreeg he eenmaol för de Naorichten den heelen Häörer för beide Aoren. Ächterhiär küerden de Jungs no van düt un dat, un dann gaongen s' nao Huese hen.

An't Kriegerdenkmaol bleewen Janbernd, Alwis un Philipp no'n Augenschlagg staohn, et was so'n schönen Hiärwstaobend. Janbernd gaong't nich ut'n Kopp, wat den Kaplaon wull mennt haer. „De Wiält wäd klenner auk düör de Technik, un wi krieget de Last daomet!" Alwis un Janbernd kaonnen sick dao kien Beld van maaken. Un Philipp mennde an'n End, äs Tante Franziska all düör't Feester an't Roopen was un van nachtschlaopen Tied schennde, dat dat Wiärks so laig doch wull nich sien kaonn. „Van Aobend is düör de Naorichten kuemen, dat dao in Neu-York Kummedig an de Börse is. Dao hannelt de Lüe met düsse Aktien un met Geld. Dao is graute Upriägung. Patt dat is doch baoll seßdusend Kilometers wiet wegg. Dao bruekt wi hier in Roggenduorp nich een Feester drüm loßterieten!"

In Pastors Diek

Pastors Diek was heel tospöllt. Faken noog haern de Fraulüe sick all beschwiärt, dat se bi't Wäöschkespölen üör Wiärks driettriger wier ut dat Water haalen mäössen, äs se't harinhaollen häern. Düör den Diek laip de lütte Roggendüörper Bierk, patt de haer nich Water noog un kaonn den Sand un all dat annere Wiärks nich metniemmen. Vader Terbrüggen, düörntieds Ortsbüörgermester, haer up't Amt in Brentrup inreekt, se mäöggen nu äs eenmaol den Diek utmoodern. Dat kaonnen doch auk wull de Arbeitslosen ut de Gemeind' doon.

Dat gaong je auk wull. Up'n gueden Dagg nao Johanni kammen de jungen Mannslüe bineene, mähr äs 'ne Dutz wassen dat nu all, stäödige Jungs met'n gesund Liew un üörnlicke Iärms, we patt niärnsnich Arbeit finnen kaonnen. Äs dat nu in den Amtsbezirk van eenen Monat to'n naigsten mähr Arbeitslose gaff, haern de Gemeinden füördert, et mäöß nu Arbeitsbeschaffungsmaßnahmen giebben. De jungen Lüe kaonnen sick up't Amt mellen un kreegen wat Arbeit todellt. De Griäbens an de Gemeindestraoten, de Büschke un Wallhieggen, de Dieke un Bierken wassen up eenmaol so üörnlick äs süss Jaoren nie.

In Roggenduorp kreeg m' je so vull van de graute Wirtschaftskrise nich met. „En Buer bliff en Buer!" saggen de Lüe hier wull mangst un kaonnen sick up Land, Stall un Gaorn verlaoten. „Wat te Iätten behaollt wi ümmer!" Men so vull Mannslüe äs fröher föhrden nu nich mähr in de Kreisstadt off nao Mönster hen up Arbeit. Faken noog satten an'n lechten Dagg de Käerls an'n Kiärkhoff to't Küern un Kartenspiellen bineene. Wecke daihen auk mähr an Huese bi de Familge; de Gäörns wassen propperer äs fröher un de Guotten wuorn alle Dage fiägt. Aower me wuss auk, dat up mankeen Hues en schwaor Krüüs lagg, den Huessiängen scheep haong, vull Suuperie un mangst auk Burkerie upkamm. Dao staonn et schlecht in de Familgen.

De Stohlers' haer't hatt druopen. Iärst wassen s' van de Regierung ut Moder Stohlers an de Pension un dat Widdefraungeld gaohn. Dann kamm de Gemeind' in Druck. Se bruekede de lütte Wuehnung buoben in de Schoole för de niee Juffer, we sick afslut nich anners unnerbrengen laoten wull. Un drümm haer de Gemeind' iärst en biettken socht, patt dann gaas tefriär Bescheid giebben, äs m' up 'nen Wintermuorn den aollen Franzmeier in't Armelüe-Hues daut in siene Bettstiär funnen haer. Stohlers kaonnen nich vull seggen, un so wassen s' van eenen Dagg up den annern üöwer den Kiärkhoff ümtrocken, van de schöne graute Schoole in dat siege Armelüe-Hues. Moder Stohlers haer versocht, üöre Kinner te tröisten, dat gaong patt nich. Tüschkendüör haer Philipp sien iärste Examen äs Schoolmagister afleggt, aower 'ne Stiär kaonn he in heel Prüeßen nich kriegen. Eenen Kommilitonen ut sienen Jaorgang haern s' up Friedagg en Telegramm schickt, he maogg sick up naigsten Maundagg in Königsberg in Ostprüeßen för 'ne Lährersstiär bi de Regierung mellen. Wat bleef üöwer:

De junge Mann satt sick annern Muorn up de Bahn, föhrde de dusend Kilometers un funn sick Maundaggsaobends äs Magister in'n lütt Fischkerdüörpken an de Kurischke Nehrung wier.

Philipp kaonn un wull patt siene Moder nich alleene laoten, un 'ne Stiär haern s' öm – auk bi siene bestgueden Zensuren – nich äs in Ostprüeßen anbeiden kaonnt. So tellde de junge Magister nu auk nao den Arbeitslosentropp, we all düör den heelen Summer gemeindlicke Updriäge üöwernamm.

Pastors Diek was'n hatten Brocken Arbeit. Iärst haern de Lüe dat Water aflaoten. Dat was all wat west; dao kammen de Roggendüörper bineene un keeken to, auk nao de Fischke. Wisse was den Diek en Gemeindewater, patt van aolle Tieden hiär wussen de Lüe genau, dat de Fischke eelicks den Pastor tofallen maossen. Holtmann kamm sölwst in siene Alldaggssoutane un met den grauten Quamstaken to't Kieken, äs de Mannslüe dat Stauwiähr sachte in de Höggte trocken un wiägen de Fischke an'n Düörflaut un twiärs düör de Bierk en Draoht spannt haern. „Niemmt men, Lüe, wat de Häerguott us schenkt!" haer he lacht, äs de iärsten Blagen bes an'n Buuk in Water un Driete staonnen un nao de iärssigen Fischke greepen. Nao twee Stunnen bleef van Pastors Diek blaoß eene graute, schwatte Kuhle üöwer, un düör de Midd' flaut so'n biettken de Bierk. Et duerde nich lang, dao faongen de Lüe an te schennen, wieldat van den Diek en düftigen Rüek düör dat Duorp gaong. Drüm wassen s' alle tefriär, äs up 'nen Maundagg de Arbeitslosen to't Utmoodern kammen.

Üm düsse Arbeit was patt kineen verliägen. Iärst bauden sick de Jungs ut Postens un Briär 'ne Rampe, we van buoben bes unnen in den Diek laip. Dann kamm up Balkens un dicke Schwellen en Gleis van de lütte Lorenbahn. De maossen s' unnen in den Diek met Schlamm un Moo-

der vullpacken un dann bes nao buoben up Pastors Anweid an'n Sportplatz trecken. Dao staonnen dann en paar Stüörtkaorn. De Driete maossen s' ümladen un dann in'ne Kuhle buten up dat aolle Dreischkland föhren. De Lore was so schwaor, dat se blaoß met 'ne lange Reepe un Kiern, en paar Rullen un 'n Flaschkenzug te beweggen was. De jungen Mannslüe wussen wull, wat se an de Arbeit haern. Tüschkendüör maoß ümmer Gendarm Gerdes ut Brentrup naokieken, dat auk alle daobi wassen. To'n Meddag kamm den Amtssekretär met de graute Aktentaschk un studeerte siene Listen. Jeddereen, we siene Stunnen unner den Vüörmann afarbeit't haer, kreeg en Sieddelken för dat Iätten un kaonn sick bi Kortmanns an de Küeke twee Henkelmanns met Supp afhaalen.

Auk Philipp was iäben loßgaohn un haer sienen tweddden Henkelmann an Huese afgiebben. Nu satt he in de Sunn an den drügen Diek un küerde met de annern Mannslüe. Meddagg was vüörbi. Dao staonn up eenmaol Alwis Terbrüggen ächter öm un wull ön verschriäken. De beiden saggen sick de Daggstied, patt Alwis haer kiene

Lust, sick daobitesetten un wull met Philipp alleen wat beküern. De haer aower iärst kiene Lust, sick ut de schöne Sunn harut uptemaaken, men, Alwis dai so wichtig un so geheimnisvull, dat se nao en paar Minuten up de annere Siet van'n Diek alleene unner de Baime staonnen.

„Paß äs up, Philipp, wat ick di nu vertell, häb ick di nich vertellt! Sind wi us dao ennig?" Stohlers schaut et in't Lachen: „Meinee, Alwis! Du küers je all düörneen! Wiss mi wat vertellen, wat mi nich vertellen wiss?" – „Nicks nich, Philipp, wat'k di nich vertellen draff! Nu luster doch äs to! Gissern aobend was de Amtssitzung in Brentrup, un usse Vader was auk dao. Et gaong bes daip in de Nacht. Un vanmuorn kümp Schult Averkamp, de telld je auk nao de Amtslüe hen, in usse Smie un küert met usse Papa üöwer de Sitzung. De beiden wassen sick ennig, haern patt wull no Iärger met'n Amtmann, un . . .". Philipp faoll sienen Frönd in't Waort: „Un wat hät dat met mi te doon, wann de Zentrumslüe ut Roggenduorp in jue Smie Politik maakt?" „Nu luster mi doch to!" Alwis wuor öm all kuortaf: „Et gaong daodrüm: In Wettrup is den aollen Magister Hülswitt, un dat is'n Suupklappen un kann de Kinner nich mähr üörnlick instrueeren. Dao was lesthen Schoolraot Dange met 'nen Häern ut Mönster, van de Regierung. Un Hülswitt was wier dudeldick, up 'n Schoolmuorn. Nu mott he en paar Jaor fröher afgaohn. Wat seggs du nu?"

Stohlers krassede sick an'n Kopp. „Wat hät dat met mi te doon, wann de aolle Hülswitt süpp un afgaohn mott?"

„Du Däöskopp!" raip Alwis Terbrüggen. „Usse Vader, un den Schulten un alle van't Zentrum sinn sick ennig: Du sass dao de Stiär kriegen. Du sass Magister in Wettrup wäern. De Schoole is üörnlick, hät en nie Hues, jüst twintig Jaor aolt, 'ne graute Wuehnung, un dann kuemt ji met Moder un Süster ut dat Armelüe-Hues harut. Du häs dann 'en Posten un sass up de Duer wull 'ne faste Stiär kriegen!"

Philipp schweeg still. Iärst äs keek he up siene driettrigen Holschken, dann glieppte he üöwer den Diek un lait'n Söcht gaohn. He haer'n rauden Kopp krieggen un paock nu Alwis an'n Arm: „Un, is dat in Uorder, kann dat würklick henkuemen? Wat saggen dann de Amtslüe? Kann'k juen Vader daoüöwer befraogen?"

Alwis schüeddelde sienen Kopp: „Haoll de Muule daoüöwer, dat Wiärks kann't Küern nich hebben. Ick weet blaoß, dat de Amtslüe wiägen jue Moder en schlecht Gewietten häbt un drüm daomet an't Hexen sind. Et geiht eelicks gar nich üm di! Dat is patt nich so schlimm, will'k meinen. Wann ick recht tolustert häb, dann mott sick wull den Schoolraot Dange mächtig för di in de Reimens smieten!"

„Dat magg wull sien!" Philipp schlaog sick met Iärsse up den Arm, wao 'ne Blindirke an't Wehren was. „Dange un usse Papa wassen Frönde all ut de Studententied. Wi will't äs afwaochten. Maggst bedankt sien, Alwis, du büss en trüen Frönd. Un – luster wieder gued to, dat'k dat all's klook wäern kann."

Ächten in'n Diek kloppede den Vüörarbeiter met'ne Schut tieggen de Lorenwand, dat et blaoß so bummste. De Mannslüe staonnen up, nammen üöre Rehschopp un steegen in'n Diek. De Arbeit gaong wieders.

De niee Trecker

De Tieden wassen nich biätter wuorn, men in Roggenduorp laip all's sienen gewuehnten Gang. De Iärnte was päössig utfallen, un de Lüe staonn vüör, dat se wull üöwer den Winter kuemen kaonnen. Et gaff satt Kartuffeln düssen Hiärwst. De Kinner kaonnen de Kartuffelvakanz gued brueken un trocken för füfftig Penning den Dagg un wat te iätten to't Söken üöwer de grauten Hüöwe in de Buerschoppen. Alle Dage rumpelden de Stüörtkaorn met de Äerappeln düör't Duorp up de Diälen, dat de Fraulüe auk an't Sorteeren kammen. We satt Kartuffeln haer, maok auk wull üöwer de Bäuerliche Geschäfte met de Stadt. Dat Wiär was schön, un den Qualm ut de Kartuffelfüer gaff Roggenduorp so sienen eegenen Rüek.

Men, eene Sensation haer't düssen Hiärwst all giebben. Roggenduorp haer nu 'ne eegene Ortsgruppe van de Nazipartei. De aolle Bramkamp, haugdekoreert ut den Weltkrieg met blaoß een Been trüggekuemen, schmeet sick up de nationale Siete. De Lüe mennden, dat was daovon kuemen, dat he dat Fröhjaor in'n Kriegerverein nich iärste Mann wuorn was. He dai ümmer so gäern kummedeeren, un de dicken Buern laiten ön in'n Kriegerverein un auk in de Broerschopp nich haugkuemen. Un nu was he Ortsgruppenleiter un haer dat Kommando üöwer teihn Mann. Et gaff all 'ne Fahne un Pöstkes.

Bramkamp was jaorenlang bi den Arbeiterverein biwest, un Holtmann un auk Terlauh haern wull versocht, öm gued toteküern, patt de Aolle wuor ön heeschk un dai sick all de falschke Propaganda van de Schwattkiels verbaiden. Hier gaong't üm de nationale Saake. Up 'nen gueden Dagg was den nieen Ortsgruppenleiter auk bi Mendel in'n Laden kuemen to't Afriäknen. De beiden Mannslüe wassen in'n Weltkrieg bi de sülwige Einheit west un haern jaorenlang in de Driete liägen. Un nu küerde Bramkamp van ‚Sie' un wull sien Konto uplösen un dai heel schliepstiärtsk. Äs Mendel aower met de Pull kamm, dao verkläörde den Ortsgruppenleiter den Roggendüörper Juen, bi de Nazis gaong dat wisse nich tieggen so'n üörnlicken Mann, äs Mendel dat was, et gaong tieggen dat Internationale Finanzjudentum, un drüm was he in de Partei gaohn, un nich wiägen sienen Kriegskameraden Aron Mendel. Aron wuss genau, wuvull Blagen Bramkamp an Huese haer, namm dat lütte Kontobook van den nieen Nazi un gaff't öm in de Hand: „Niemm et mett, Alfons, un doo mi dat Geld, wann den nationalen Upbau et wier toläött!" Dao haern s' patt de halwe Pull baoll lüerig hatt. Bramkamp gaong dann – et was all düster – so äs he kuemen was düör de Gaorndöör wier nao Huese hen. He lait sick bi Mendels nich wier seihn.

An so'n Hiärwstaobend met de klaore un siedige Lucht staonnen de aolle Böker, Büörgermester Terbrüggen un Jue Mendel an Bökers Pumpe an'n Kiärkplatz. De laate Sunn faoll no so iäben inn un lait den Taon van Sünte Sebastian uplöchten. De Baime wassen bunt, et wuor all wat frischker un den Rauk van Piepen un Düemel steeg haug up. De drei Mannslüe küerden üöwer dat Wiär, de Iärnte un de nieen Inwüehners in't Armelüe-Hues, wieldes de Stohlers-Familge nao Wettrup in de Schoole ümtrocken was. De Klocken haern jüst 'ne Viärdelsstunn schlagen, dao gaff't up eenmaol 'ne niee Musik in de Lucht. Gass gliekmäötig schlaog et äs up 'ne daipe Trumm. „Meinee," sagg eenen van de Häerns, „en Dieselmotor um düsse Tied?" Un richtig noog. Üm de Kurve tüschken Kortmanns un Mendels an't Sprützenhues vüörbi kamm en stäödigen Lanz-Bulldogg un maok 'nen Krach, dat't tüschken de Kiärke un de Hüeser blaoß so knallde. Et was en heel niemodäernen Glühkopf, – un buoben drup satt Töns Brüse, den aollen Puggbüel. Un up de Haube van den Motor haern s' met giäle Farwe upschrieben: „Brüse & Sohn – Landwirtschaftliches Lohnunternehmen / Tiefbau".

Den Trecker maok 'nen Krach, dat m' sien eegen Waort nich mähr verstaonn, un Brüse haer auk wull Genott an düsse Aaperie. He föhrde schön langsam an de Naobers vüörbi, dai haugmödig met eene Hand winken un stüerde

an't Kriegerdenkmaol in den Kiärkhoff harin, stracks de Schoole lang an't Pastraot vüörbi, un kamm up de annere Siet van de Kiärke bi Kortmanns an. Dao stellde he den Motor af un drückte twee-dreimaol up so'ne graute Tute, we he an de Siete sitten haer. All de Suupnickels, we um düsse Tied vüör de Theke satten, un auk den Kiegelclub un'n paar Nazis wassen harutstuortt't' un keeken graut un gaffen Brüse Kumpelmente. De staonn haug up sienen Trecker un haoll 'ne Priäke.

Sienen Trecker, dat för en Bidragg för den Fortschritt, we nu nao Roggenduorp kuemen was. Anners äs üöwer Maschinen kaonn man de Lebensgrundlage des deutschen Volkes nich in Uorder haollen. „Met Maschinen un Technik sall't wi et wull twingen tieggen eene Wiält van Fienden!" Un daobi keek he uprennig up siene Frönde un nao de drei Naobers van'n Kiärkhoff hen. Siene Lüe gaffen öm Applaus un luowten siene Iärsse; dann trocken s' all in de Wäertschopp.

Terbrüggem remsterde sick teiärst: „Dat aolle Lumpenpack van Brüse säöll iärst siene Schullen bi us betahlen! En Trecker kaupen, in Roggenduorp ‚Landwirtschaftliches Unternehmen' – de Buern häbt bi us no sölwst Hannen un Lüe un Piärde, wat bruekt de so'ne Gattaape äs Brüse?"

Aolle Böker mennde, de Saake met dat Baugeschäft was vlicht nich verkatt. Büss nuhen wassen de Tieden je wisse schlecht, patt up de Duer kaonn't blaoß biätter wäern. Auk in't Mönsterland was m' nu anfangen biättere Straoten te bauen. Un met Drainaschen un Straotenbauen maogg m' wull en üörnlick Stück Geld verdeinen. We dann to de rechten Tied sick rüsten dai, kamm bestimmt äs iärsten an de Riege.

Aron Mendel trock an sienen Düemel un sagg dann up siene rühge Art: „Eelicks häbt ji beid' recht in düsse Saake. Brüse steiht dat Water bes an de Muule, dat weet jeddereen in Roggenduorp. He steiht üöwerall in de Bööker drin. Un – siet maol äs ährlick daobi – et gaong de Buernkass un de Kauplüe bes nuhen üm den Vader; dat is'n üörnlicken Mann un was ümmer hatt an de Arbeit. Töns patt is'n Lichtfaut un Windbüel. Aower – bi de Saake met de Maschinen – hät he dao vlicht unrecht?"

Terbrüggen schmeet sick in de Buorst: „Wi sind nu all üöwer tweehunnert Jaor Smett in Roggenduorp! Wi kennt de Buern un de Arbeitslüe hier. De häbt Mucki un Piär, wat bruekt de Maschinen?"

Mendel keek so sinnig üöwer den Kiärkplatz. „Nu kiekt äs in de Politik! In'n Weltkrieg gaff't de englischke Blockade, un de Lüe auk hier wassen an't Schmachten. Jaorenlang gaff't nicks äs Stengelrööwen. Un dat häbt sick de Häern Politikers un de Arbeitslüe in de Stadt miärkt. De Buernpolitick – un dao sind se sick alle ennig – löpp daohen, dat wi in Dütschkland up de Duer autark sien mött't, us sölwst versuorgen könnt. Dat geiht daohen, dat alle Buern Kunstdünger up den Kamp straihen säöllt. Et mott mähr un gröttere Kohdiers giebben, we 'ne Masse Miälk mähr äs vandage giewen käönnt. Ick segg ju dat vüörut, üöwer so teihn off twintig Jaor gaoht bi us de lütten Küötters kapott un de Buern sallt wull mähr äs Kauplüe denken. Dat Arbeiten met Piärde wedd wenniger, ji sall't seihn un beliäwen!“

„Meinee Aron, wat vertells du us dao för Saaken?“ raip de aolle Böker, „Wann't kiene Piärde mähr giff, dann sall dienen Naober Böker auk kiene Arbeit mähr hebben! Wuss du us äs Naober quiet sien?“

Aron schüelkoppede: „Dat is't nich! Wi mött't würklick in de Wiält kieken. In Amerika häbt de Lüe so graute Farmen, dao geiht usse Roggenduorp twee-, drei-, teihnmaol drin. Un dao arbei't de Lüe met Maschinen. De sait dat Kuorn met Maschinen ut, de schnieet't met Maschinen un käönnt et all binnen. Up de Duer sallt Maschinen kuemen, we dat Kuorn all up den Kamp düörschken käönnt. Un eenen Mann schafft dat Wiärks för teihn hier bi us!“

„Aaperie!“ knurrede Terbrüggen. „Wiede Wiält! Du küerst baoll äs Terlauh, we usse Jungs uprennig mäck. Wi sind hier no ümmer in Roggenduorp, un den Amerikaner magg gäern in sien Amerika bliewen. Wi drei van'n Kiärkhoff sitt't all Jaorhunnerte hier: den Smett, den Sattler, den Juen! Un aohne düsse drei kann so'n Düörpken nich bestaohn!“

„Magg sien,“ gneesede Aron Mendel, „patt aohne 'n Wäertshues auk nich. Ick laot us iäben drei Pöttkes Aoltbeer van Kortmanns kuemen!“

De Mesterprüfung

Den verlieddenen Summer haer en Artikel auk in den ‚Brentruper Münsterlandboten‘ staohn, dat all de jungen Mannslüe, we nu üöre Gesellenjaore afsolveert haern, sick up de Mesterprüfung hen mellen kaonnen. Dao gaff't dann en Kursus eenmaol inne Wiäke up'n Aobend, un dat was in de Brentruper Schoole. Den Kursus haoll'n Beroopsschoollährer ut Mönster. Vader Terbrüggen un Vader Böker haern gar nich lang driewen hofd, dao staonnen Alwis un Janbernd all up de Liste. Düör den heelen Winter wassen s' getrüe nao Brentrup föhrt, temiärst met de nieen Fahrriär, un haern düfftig studeert. Nich blaoß de Riäkenkunst maossen s' wier haruthaalen, nu gaff't auk so wat Buchführung. Eenen Aobend – an Huese haern de Aollen sick vüör Lachen de Büke haollen wullt – gaff't Menskenführung för junge Mesters. Dao gaong't drüm, wu m' allerbest met junge off annere Lüe umgaohn kaonn. Vader Terbrüggen haer mennt, dat för en wöstbrakigen aoff fuulen Lährjungen 'ne Schneese uppen Puckel biätter was äs Menskenführung, patt he un de aolle Böker daihen sick wünnern, wat m' vandage för de Mesterprüfung all's lähren maoß. Baoll alle Sunndaggnaomdage satten Alwis un Janbernd bineene un keeken in üöre Bööker. Wunnlick was auk, dat den Magister för de Prüfung Fraogen praot haer üöwer de Politik. De beiden keeken nu alle Wiäke in't Blättken un lausen nao, wat't in de wiede Wiält all's gaff.

Äs den Kursus nu vüörbi was, schreewen s' uppen Aobend 'ne korte Arbeit, dann kreegen s' Bescheid, se mäöggen up 'nen Naomdagg in Brentrup to de Prüfung antriäden. Et gaong all's gued, nao 'ne halwe Stunn wassen usse beiden Frönde Mester, Janbernd äs Sattler- un Polstermester, Alwis äs Smett. In de aolle Post in Brentrup kammen s' den Aobend no met de annern Kollegen bineene un haollen Afschaid. Dao gaff et gued wat te müemmeln un te suupen. Lang was't all düster, äs de beiden Hellen sick wier up üöre Riär nao Roggenduorp hen upmaoken. Alwis strampelde vüörrut, Janbernd haer siene Karbidlampe

nich anstuoken krieggen. Un nu juckelden de beiden üöwer de schöne Appelbaumchaussee trügge nao Huese. Heel liek kaonnen s' nich mähr föhren, et gaong so wat in Schlangenlinien, tüschkendüör wassen s' äs dull an't Quatern un Juchhuen. An Schult Averkamps Knapp, jüst an de Grenz' nao Roggenduorp hen, staonn nu auk so'n Gerüst för de Miälkkannen. Siet dat de niee Molkerie in Brentrup so'n schönen Upschwung namm, verlaggen sick de Buern mähr un mähr up Kohdiers un stellden muorns all de Miälkdüppen an de Straote. Dat den Miälkbuer et wat kommodiger haer met sienen grauten Buodenwagen, timmerden se öm üöwerall düsse Bänkskes an de Straote, we jüst so haug wassen äs sienen Wagen. Düsse Dinger maoken de Lüe Spaß; me kaonn dao auk schön drup sitten, to't Frieen - to'n Eksempel.

Usse beiden Mesters schmeeten üöre Fahrriär in't Gräs un maoken sick dat bequem. Alwis haer no 'nen lütten Kluck kaofft in de Post, un nu satten s' siälsvergnögt up de Briär un keeken runner up Roggenduorp, wao m' aower blaoß so iäben den Kiärktaon un'n paar Latüchten seihn kaonn. Et was en wunnerschönen Aoltwiewersummeraobend met 'ne siedige Lucht, wull en biettken frischk, patt nich kaolt.

Alwis namm siene Tiähne äs Gurksentrecker un speeg den Kuorkem wiet van sick: „De maakt wi nu lüerig, wat Janbernd? Prost un en Vivat up us junge Mesters!" Dann he en üörnlicken Schluck un haoll Janbern den Flachmann unner de Niäse. De lait sick nich lang naidigen un satt sick faots dat Pülleken an de Muule. Beide maossen sick schüeddeln un mennden, dat se in de Post nu auk all Balkenbrand verkaupen daihen.

„So, nu häbt wi dat met de Mesterprüfung auk in de Riege maakt. Wat kümp nu tenaigst, Janbernd?"

Böker maok sienen Frönd en biettken Däösigkait vüörwies: „Dao haern wi aower no wat in'n Kopp! Dao was no wat? Haer dat nich wat met Fraulüe te doon?"

Alwis schaut't in't Lachen: „Jau, dat Wichtken hett Klara Ternarden, un för dat Hieraoten hät Bökers Vader äs P de Mesterprüfung sett't. Is't nich so?"

„Du aollen uwiesen Smett! Si men tefriär, dat ick bi ju an Huese nicks vertellt häb, waorüm den Mesterkursus faken noog bes elm Uhr duern maoß. Ick satt all de Stunnen in de Post in Brentrup te waochten, un du büss an't Frieen un Schmeerdaisen west bi diene Anna. Du haers met den Mesterkursus faots twee Iesen in't Füer. Dao kaonn den Amboß siecker klingen!"

„Nu si patt nich so affgünstig, du laigen Sattlermester! Du häers di je auk en Wichtken ut Brentrup söken kaonnt. Men, du häs tevull up Terlauh lustert: ‚Frie Naobers Kind, kaup Naobers Rind!' Aower miene Änne un diene Klara, dat sind anseihnlicke un üörnlicke Wichter. Dao magg et wull met angaohn in't Liäben. Un baoll krieget wi nu all's harut, auk dat üöwer den Ünnerscheid . . .!" De beiden faongen an te prusten un nammen no 'nen Schluck ut de Pull.

„Häss du dat Nieeste auk all haort?“ Janbernd wischkede sick üöwer dat Muul. „Philipp is auk uppen Frieenspatt. Bi us in'n Laden häbt s' vertellt, he wull sick naigsten Monat, so üm Martini, met Kathrin Wilken verluowen.“

„So, sind sick de beiden auk ennig wuorn? Dat sall je wull gued passen: de Dochter van'n Dokter ut Brentrup un en jungen Schoolmagister. Dao kümp Verstand bineene. Wat dat för wiese Blagen up de Duer giff!“ Alwis haer sien Späßken.

Men Janbernd wuss no mähr: „De annere Saake, wao wi lesthen drüöwer küert häbt, de sall je auk akkordeert sien. Philipp is definitiv anstellt wuorn, un Holtmann, Terlauh un dienen Vader laupt all drup to, dat ussen Magister baoll nao Roggenduorp trüggekuemen kann. Lährer Bleiming geiht üöwer 'ne Tied in Pension. Un vlicht krieget wi ussen Frönd äs Naober trügge!“

„Guott si Dank, dann häbt wi met Terlauh den veerden Mann bi'n Doppelkopp. Ick fraihe mi för Philipp un siene Lüe. Un wat so vertellt wedd, sall he je in Wettrup en üörnlicken Magister sien. De krigg in usse Roggendüörpschke Jungenklass wier Zug in. Dao käönnt de Kinner wat lähren.“

„So is't recht, Alwis! Lähren! So äs wi in de Mesterprüfung! Wu hett den Reichskanzler – dao giff't alle Monat en nieen! Wat denkt wi üöwer den Vertragg van Versailles? We is den Ministerpräsident in Prüeßen? Wu hett ussen Finanzminister?“

„Hoho,“ raip Alwis, „dat wuss blaoß den lütten Maolermester ut Holtduorp: Popitz hett den Finanzminister! Den Maoler nömmt'se siecker bes up sienen Daud blaoß no ‚Popitz‘! Nu is patt noog küert. Eene Fraoge bliff us: Wao krieget wi no een Glässken Beer?“

Alwis was met Klafunni van de Bank sprungen un haer all nao sien Rad griepen: „To, Janbernd! Laot us van Nacht no'n paar Katten kniepen!“

Met Juchhu gaong't wieders nao Roggenduorp!

Roggenduorp kümp in't Radio

De Nazis haern in Roggenduorp üören iärsten Fackelzug maakt. Eenen Aobend was in Kortmanns Gaststuoben en Kameradschaftstreffen west, un düsse Versammlung gaong met'n fieerlick Leed un düssen Fackelzug an'n End. De Nazis, 'twassen nu all üöwer diärtig, trocken dreimaol üm den Kiärkhoff, bölkeden üöre Leeder van wiägen ‚De Fahne haug!' un flökeden auk, wann se bi Aron Mendel vüörbikammen. Temiärst kaonnen s' aower nich mähr so gued marscheeren, wieldat se all dudeldick wassen. Bramkamp haer patt Kommando giebben; he mennde, so'ne graute Ähre för de Ortsgruppe Roggenduorp mäöß man auk nao buten met Stolt wiesen.

Wat was passeert? Den Aobend, äs de Nazis bi Kortmann, we gäerne up sienen Beerverkaup keek, üören Aobend haollen, was auk den Gesellenverein kuemen. De Jungs haern siet lesten Winter en jungen Elektriker in üöre Riegen, we in Brentrup Arbeit haer, patt bi siene Verwandten in Roggenduorp wuehnen dai. Den Jungen was en Spaßvuegel un dai de annern gäern en biettken öwen. Anners haer he wull Künne in sien Handwiärk un up 'nen Aobend den Gesellenverein verkläört, wu nu de nieen Radios funktioneerden. Dat wassen je nich mähr de aollen Detektoren, dao gaff't nu Rüöhrenapparate met graute Lautspriäkers, un Kortmanns haern äs Sensation sick so'n düer Ding kaofft. Dat staonn up't Regal in de Naigte van de Theke. Men Fritz Meintrup, so nömmde sick den Elektriker, haer auk en Mikrophon an Huse un so'n Kabelwiärks un lait up 'nen Aobend de Gesellen äs maol düör't Radio küern. Wat maossen de sick all üöwer üöre Stemmen wunnern.

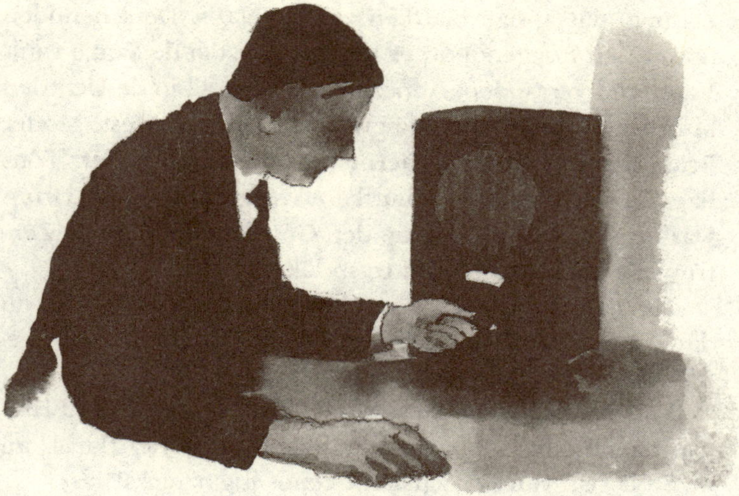

Wieldes nu de Nazis in den Gaststuoben satten un Töns Brüse tolusterten, we all wier üöwer dat Schanddiktat van Versailles un de nationale Rettung schandudelde, satten de Jungs an de Theke un saogen to, dat se üör lest' Beer upkreegen. Met enmaol stacken s' patt de Köpp bineene, un Janbernd Bökers un Fritz Meintrup schliecken sick so stikkum wegg. Oma Kortmanns maoken s' vüörwies, dat Alwis un de annern üör Beer betahlen wullen; so ielig was ön dat.

En halw Stündken läter was de Nazi-Versammlung an'n End, un Töns un sienen Tropp kammen an de Thek. Dat Wiär tüschken de Bruenen un den Gesellenverein was in de leste Tied nich so gued. Terlauh haer jüst 'ne Sunndaggspriäke üöwer de niee Guottlosigkait haollen, waoin he van de Bibel äs Fundament för alle küert haer. Dat schlaut alle Mensken in: „Un drüm draff m' kien'n Mensken, we us de leiwe Häer schonken hät, anners behanneln, auk kien'n Juen nich!“ De Roggendüörpers wussen genau, wat bestellt was. De Wiäke drup was graut Bewiähr in de National-

Zeitung, dat äösige Blättken van de Nazis. De schennden üöwer den Roggenduorper Kaplaon, he dai de Saake van't Vaterland verraoden. Annern Dagg lagg all in de Uchttied bi Brüse up de Infahrt 'ne graute Stüörtkaor Mest. Moder Brüse namm den Mest gäerne för üören Gaorn, patt Töns haer ön sölwst met de Schuffkaor weggföhren most. Drüm was he siet düssen Dagg up den Gesellenverein un de Zentrumslüe nich mähr gued te spriäken.

„Na Töns, is jue Versammlung all an'n End? Häss du dann met de Entente gued Afriäknung haollen?" sagg eenen van'n Gesellenverein.

„Wat versteihst du dann van Politik?" schnuwkede Brüse wat haugmödig. „Ji hangt men blaoß de Schwattkieels an de Stola. Un van Dütschkland kennt ji gar nicks!"

„Guott Dank könnt wi nu wat drüöwer lähren. Un dao giff't 'ne Anspraoke van juen Adolf Hitler in't Radio. Wi häbt't patt afdrait. Van de Politik will't wi nicks verstaohn!"

„Wat is," raip Bramkamp, „den Führer is in't Radio? Ielig, maakt wacker dat Dingen an! Hebbt wi dat dann vergiäten?" He drückte Moder Kortmann hennig an de Siete un draihede all an de Knöppe van dat graute Radio harüm. Daobi faoll öm gar nich up, dat vandage twee Kabels an den nieen Apparat haongen. Dat eene gaong nao de Steckdose, dat annere verlaip sick up de Feesterbank, un dat Feester staonn auk en biettken loß.

„Verdori, dat wi dat vergiäten häbt! Nu will dat blöde Dingen nich warm wäern! Wat was dat för'n Sender, Töns, Langenbiärg?"

Sachte kamm so'n Ruschken düör dat graute Radio, et bruusede en biettken, un dann up eenmaol kamm 'ne Stemm vertruocken un heeschk ut den Lutspriäker:

„... und so wird die Bewegung mit fanatischem Eifer für Deutschlands Wiederaufstieg aus schwerer Not kämpfen. Überall, soweit die deutsche Zunge klingt, treten wir Nationalsozialisten in Reih und Glied an, Deutschlands besudelte Ehre wieder von den Flecken zu reinigen. Ob in Schleswig-Holstein oder in Bayern, in Ostpreußen oder in Westfalen, überall steht der SA-Mann bereit, unser Vaterland aus tiefster Demütigung wieder zu erheben und das verbrecherische Pack des Novembers 1918 zu vertreiben. Tausende deutscher Herzen sind erfüllt von diesem Gedanken, hier in der Berliner Hasenheide, an tausenden Versammlungsorten bis tief hinein in das Münsterland, wo ich im Gasthaus Kortmann meine liebe Ortsgruppe Roggendorf herzlich grüße; in Köln ebenso wie in München oder Husum. Hier schlagen deutsche Männerherzen für die deutsche Erhebung! Und so grüße ich meine Gefolgschaft hier in diesem Saal zu Berlin, in Preußen, im ganzen Reich bis in die kleinste Ortsgruppe hinein: Sieg Heil! Sieg Heil! Sieg Heil!"

De Nazis wassen upsprungen, dat de Stöhle blaoß so flaugen. Haug gaongen üöre Iärms un et was een Bölken van ‚Sieg Heil'! Dann gaff't een Bruesen un Knacken in't Radio, un wat Lüe mennden all, dat sogar den Stunnenschlagg van'n Kiärktaon düör dat Radio gaong. Bramkamp draihede an den Knopp un sochde den Sender, kreeg aower blaoß no Musik harut.

Breet un met'n raud Gesicht staonn he up. Sienen Tropp maoß still schwiegen. De Nazis raipen van Ruhe, un dann blaoss sick Alfons Bramkamp up:

„SA – Mannslüe van Roggenduorp! Ussen Führer Adolf Hitler hät dat Leit un wiest us den rechten Wegg. He denkt alltied an siene Männer in't heele Dütschkland. Un vanaobend gaff he us in Roggenduorp, wietaf van de graute Wiält, en Teeken van siene Trüe un Fröndschopp. He satt us in eene Riege met de grauten Ortsgruppen, we all jaorenlang för de nationale Saake instaoht. Dat is usse Führer! Sieg Heil!"

Dat Wäertshues hallede van dat Gebölke un Jubeln, wat de Nazis anstimmeden. Eene Lokalrunne kamm nao de naigste, un an'n End, et was all Mitternacht, maoken s' üöre Prossion met Fackeln.

Den annern Dagg lachde dat heele Duorp üöwer de Nazis. Iärst was't blaoß so'n Geküerssel, un jeddereen schweeg met Gneesen still, patt dann gaff't üöwerall vull Spaß an düsse Geschicht.

Fritz Meintrup un Janbernd Bökers haern an düssen Aobend en Mikrophon un etlicke Metersennen Kabel haalt un 'ne Leitung van de Wäertschopp düör den Gaorn bes nao ächten up de Diäle trocken. Dao haern s' sick dann met dat Mikrophon un de annere Rehschopp up de Wieme sett't un afwaochtet, bes se düör dat Feester seihn kaonnen, dat Bramkamp an den Apparat an't Draihen was. Alwis Terbrüggen haer düör dat Feester eenmaol met sien Zigarillo winkt, un dann was de Priäke loßgaohn.

Janbernd Bökers, we van't Theaterspiellen in'n Gesellenverein dat fiene Küern lährt haer, wuss sick en graut Daschkendook vüör de Niäse un de Muule te haollen, un drüm was de Stemm auk so heeschk wuorn.

De Geschicht kaonn nich lang unner de Dieke bliewen. Den Spaß was so graut un den Iärger van de Nazis so daip, dat den Gesellenverein mähr un mähr uppassen maoß. Se saogen to, dat se nich an de Dage nao Kortmanns kammen, wann de Nazis dao satten. Up 'nen gueden Dagg sagg Kortmann sölwst, se mäöggen sick en anner Lokal söken. He kaonn an de Nazis nu all wat mähr verdeinen.

De Fahnen haug!

Köster Uthoff was drock. De Karwiäke maoß he siene Kiärke in Uorder brengen, putzen, fiägen un all de hillge Rehschopp naokieken un wienern. An'n End maossen auk wecke van de Naobers helpen, dat hillige Graff vüör dat Niäbenaltaor uptesetten. De Kiärk was stolt up dat schöne Beldwiärks, wat wull an tweehunnert Jaor aolt was. In de Midd', wao dat Allerhilligste van Grööndonnersdagg-aobend bes in de Osternacht sienen Platz haer, was dat Graff äs so'ne graute Hüöhle baut, un nao de Liturgie an'n Stillen Friedagg laggen se auk en höltern Beld van ussen leiwen Häern un Heiland daohen. An beide Sieten wassen so wat Felsen un Biärge maolt, un twee Suldaoten ut Rom kammen dao met üöre Säöbels un Lanzen.

Süss was et je würklick un waohrhafftig 'ne stille Wiäke. De Vereine haollen kiene Versammlungen, nao Gröndonnerstag schweegen de Klocken; de flaugen daomaols nao Rom hen, äs de Kinner van de Öllern vertellt wuor. Uthoff namm ümmer den Stillen Friedagg, dat he met Schohmaaker Upmann un Smett Terbrüggen de Klocken naokeek. De maossen dat Liäder an de Klöppels kontrolleeren un de Assen naokieken un schmeeren.

Eenen Besöök gaft patt düsse Dage. Wieldes de Klocken schweegen, kammen de Räppeln harut, de hölternen Klappern; daomet laipen de Mißdeiners an de lesten drei Dage vüör Ostern düör dat Duorp un de Buerschoppen un kollekteerden Eier. All vüör Dau un Dagg kaonn m' buten up't stille Land de Räppeln häören, un de Buern un de annern Lüe gaffen gäern de Ostereier af, haern de Jungs auk dat heele Jaor üören Denst an't Altaor afsolveert. Den Kaplaon keek nao, dat siene Mißdeiners bi düssen schönen Denst, we blaoß för de Jungs van't siewte, achte Schooljaor Bruek was, üörnlick bleewen un kien dumm Tüeg maoken. Et was patt Roggendüörpschke Tradition, dat m' wiet wegg van Huese bi düsse Geliägenhait de iärste Piep off de iärste Zigarett schmaikede. Dat tellde eenfack daoto, un de Huesvaders gaffen üöre Jungs wull de naidigen Pennige stickum in de Bucksentaschken. Et was iäben ümmer so west!

De Fraulüe in Roggenduorp haollen düörntieds üören Fröhjaorsputz un wassen an't üöwerleggen, wu dat met den Sunndaggsbraoden an Ostern sien kaonn. Wichtig was, dat m' för de Struwen an'n Stillen Friedagg Gest an Huese haer.

De aollen Lüe vertellden mangst, dat in fröhere Tieden an Stillen Friedagg 'ne gröttere Prossion was, wao m' dat Passionswiärks düör dat Duorp driägen haer. All Holtmanns Vüörgänger haer düsse Prossion verännert, un all de Rehschopp för dat Leeden Christi lagg siet Jaor un Dagg buoben up den Kiärkenbüen un was baoll vergiäten. In Brentrup patt gaongen s' an'n Stillen Friedagg nao met'n hölternen Jesus in sienen Sark düör dat Duorp un den Krüüswegg. Düssen Jesus staonn patt düör't heele Jaor uppen Büen van'n Wäertshues an den Kiärkhoff, un drüm satt't wull daoin, dat de Driägers an alle Stationen sick auk en lütten Kluck nammen. De Fraulüe nömmden düssen Krüüswegg blaoß de „Gardinenprossion": Alle kontrolleerden wisse, wu de Naoberschke putzt un waschket haer. Wiägen den Kluck un wiägen de Gardinen wull den Brentruper Pastor de Prossion all lang fromm verbiättern; bes nuhen kamm he in düsse Saake aower met sienen Kiärkenvüörstand nich in de Riege. Drüm bleef den Dagg för de Brentruper en besunneren Fieerdagg.

Düt Jaor haer Bramkamp up Grööndonnersdaggaobend de Nazi-Ortsgruppe nao Kortmanns up 'ne Versammlung bestellt. De Roggendüörper wassen platt. So wiet was et all met düsse Kunnen kuemen, dat se in de Karwiäke in't Wäertshues to't Suupen un Dispelteeren satten. De sülwige Tied was't in de Kiärke haugfieerlick äs alle Jaor. Nao de Haugmiß staonn dat Allerhilligste in dat schöne Graff, un de Lüe haollen üöre Biädestunnen bes nao Mitternacht. De jüngsten Sebastianus-Bröer staonnen afwesselnd Wake in de Kiärke.

Den annern Muorn was Spittakel in't Duorp. An't Kriegerdenkmaol, haug an de Mariensäule un auk buten vüör't Duorp, an de Vuegelrod' van de Broerschopp, haongen graute Hakenkrüüsfahnen. Driest un raud weihten se in'n Wind un in de fröhe Muorgensunn. Janbernd un Alwis haern dat Nazi-Tüeg an't Kriegerdenkmaol all fröh sein. Vader Terbrüggen schmeet sick äs Ortsbüörgermester in de Buorst un gaff de beiden jungen Mannslüe Kommando, de Nazifahne van't Kriegerdenkmaol harunner te haalen. Äs se daomet an't Wehren wassen, saogen s' Uthoff met 'ne lange Ledder harümlaupen.

Pastor Holtmann un Kaplaon Terlauh wassen muorns baoll üöwer üör Breweer holstert, äs se usse leiwe Moderguotts met 'ne Nazifahne an't Liew seihn maossen. Faots holpen de beiden Naoberjungs den Köster un nammen de twedde Fahne auk met. Dann kamm den Miälkbuer vüörbi un vertellde, buten an de Vuegelrod' haong auk so'n Lappen; dao wuorn de beiden Frönde beenig un raipen ielig den Junggesellen-Vüörstand bineene, laipen nao de Vuegelrod' hen, lait de Stange met de Reepen draff un haer nu de diärde Nazifahne. Was dat auk de leste? Wisse. Dann kamm den twedden Deel, we nich up Stillen Friedagg passen wull.

De acht Mann van'n Vüörstand gaongen te Foot nao Brüse hen. Äs se van de Straote üöwer dat Schemm nao Brüsen Kuotten kammen, gaff Janbernd Kommandos, un de Mannslüe stellden sick in Riege up, twee un twee, un dan trocken s' fleitend üöwer den Hoff bes vüör de Niendöör, wao Moder Brüsen heel verwünnert met üöre Schute staonn.

Töns was de nich. He lagg nao besuopen up Bedd'. Drüm maoken de Junggesellen ielig üöre Kumpelmente un gaffen met vull Buhei de drei Fahnen met de Hakenkrüüse, we m' äs häernloß Gut in't Duorp funnen häer, an den „Propagandachef der Nationalsozialistischen Arbeiterpartei – Ortsgruppe Roggendorf" trügge.

Moder Brüse dai sick bedanken un wull all met de Pull kuemen, aower de Junggesellen wullen up Stillen Friedagg kien'n Fuesel suupen un saogen leiwer to, dat s' weggkammen.

Äs Töns Brüse an'n hellen Middag de drei Pakete, we see öm in Packpapier bracht haer, loßreet, was he vüör Schreck baoll umstuortt 't. De düeren Fahnen wassen nich mähr te brueken. Löcker un Klinken wassen drin, van buoben bes unner düörrietten, de Schiewen met dat schöne Hakenkrüüs afrietten van den rauden Stoff; de eene witte Schiewe met dat „Hoheitszeichen der Bewegung" haer'n Verbriäker düör Kohschiete trocken.

In't Duorp un in de Buerschoppen küerden de Lüe drei Dage van nicks anners mähr äs van Töns Brüse un siene Propaganda. Dat he siene Fahne aower auk jüst an de Moderguotts uphangen maoß!

Tüschken Saien un Maihen

Niehoffs Öhm van den Kriegerverein was den Mester in't Böllern. All lang vüör den Weltkrieg haer he in Mönster bi de Prüeßen dennt un wuss ut de Tied, met Sprengstoff un Schwattpulver ümtegaohn. Füerwiärker nömmde he sick faken sölwst, un kien Spaß was öm grötter äs den, üörnlick te knallen un te scheiten. He haer an Huese 'ne heele Batterie aolle Iesenböllers: schwaore, dicke Iesenrüöhrs, en Foot haug un met Pulverrüöhrken un'n Füerpännken an de Siete. Niehoff kreeg tüschkendüör ümmer maol wier Bescheid, he mäögg met Böllers kuemen un hier un dao en düfftigen Salut scheiten. Dat was – to'n Eksempel – bi de grauten Prossionen. An Fronleichnam stellde he muorns vüör de Miß ächter de veer Stationsaltäöre in't Duorp un buten in de Buerschoppen ümmer eenen Böller hen, fix un feddig stoppt; kamm dao de Prossion met dat Allerhilligste an, Niehoff gaong wisse sölwst met, gaff he iäben Füer an de Lunte; met düssen Knall wussen alle Lüe, dat't nu baoll den Siängen üöwer Roggenduorp gaff. Dat was kommodig för de Aollen un Kranken, we sick an Huese siängen daihen. Vüördeel haern auk Uthoff siene Hölpers, we buoben in'n Taon un bi de Klocken satten. De wussen düör dat Böllern genau, wann se met't Üöwertrekken inhaollen maossen. Niehoff un siene Böllers kammen auk dan in Akkord, wann eenen van de Veteranen unner

de Äer kamm, an'n Heldengedenktag, bi't Schüttenbeer un faken noog bi graute Hochtieden.

Dao gaff't dann mangst Last met de Naobers, we dat Scheiten gäern sölwst üöwerniemmen wullen. De Gemeind' haer aower düör Publikandum fastsett', dat blaoß Niehoff dat Böllern doon säöll. De Naobers wassen all Dage lang vüör de Hochtieden an't wehren un fieern, maossen Gröön haalen un kränzen, un wann se sölwst Böllern daihen, kammen faken noog Runkelblaar in de Iesenrüöhrs. Dat maok wisse mähr Musik, men, dao haern all bi Explosionen wat Lüe Arm off Been un auk üör Liäben verluoren, wann den Böller sölwst in de Lucht gaong. Leßthen was de Mod' upkuemen, met 'ne graute Miälkdüpp un Karbid te scheiten; dat was gefäöhrlick, wieldat sick wecke Naobers met'n dullen Kopp gestrennen up de Miälkdüppe satten, Füer gaffen un tokeeken, dat se up dat Dingen sitten bleewen; den Dieckel van de Düpp flaug met Knall un Klafunni an'ne lange Kieer däör den Gaorn. We sick nich päössig upstellt haer un dat Geraih üm de Beene kreeg, kaonn sick faots in't Krankenhues wieerfinnen.

De miärsten Updriäge kreeg Niehoffs Öhm tüschken Saien un Maihen, wann de Roggendüörper jungen Lüe Hochtied haollen. Un düt Jaor haer he gued daomet te doon. De drei Frönde Böker, Terbrüggen un Stohlers haern sick met üöre Brüüte afküert un wullen binnen drei Wiäken hieraoden. Bi Stohlers was dat up eenmaol ielig gaohn; nich, dat dao wat ächter satt; dat gaff't in de Tieden in Roggenduorp nich so licht. Nee, de Wiäke vüör Ostern was Schoolraot Dange nao Wettrup kuemen un haer Philipp de Urkunne bracht, dat he äs Lährer nao Roggenduorp trüggekuemen kaonn. Was dat 'ne Freid för de heele Familge, un de aolle Frau Stohlers wuss sick nao de schwaoren Jaore siet den Weltkrieg üöwer so vull Glück nich te finnen. Haern de Bittfahrten nao Tellgt doch wat huolpen? Off was't auk de Hölpe van Dange west, we all lang sien Aug' up Philipp smietten haer. Üöwerall an'n Roggendüörper Kiärkhoff, bi Bökers, Terbrüggen un in de Schoole wuor tapseert un anstriecken. De Naobers keeken üöre Rehschopp nao. Wu kreeg m' blaoß de Reepen för so vull Kränze bineene?

Et wassen je all's Hueshochtieden. Bi Bökers un Terbrüggen kammen nu de jungen Lüe an't Regiment, in de Schoole was't jüst so. Un sock' Schlagg Hochtieden, de wuss m' in de Tied up Lannen no te fieern. Eenen Aobend kammen de Naobers bineene, haollen Raot un maossen de Huesdöör för den Kranß utmiäten. Dann maossen de Mannslüe Gröön haalen, un de Fraulüe Rausen draihen. Läter kamm den Kuorwaobend, wao m' dat Beer all en biettken probeeren kaonn. Kistewagenföhren was bestellt, maoggen auk de Saaken wiägen de schlechten Tieden nich so düer un stäödig sien äs süss Jaoren. De Fieerie lait sick üöwerall gued an.

Men, eene Katterie gaff't, teminst bi Bökers un Terbrüggen. De jungen Lüe haern sick verspruoken, tieggensietig äs Giegengängers bi de Hochtied te laupen. Dat was eelicks nich Mod' in Roggenduorp, wao m' de Familge för düssen Denst bitrecken maoß. Usse drei Hellen bleewen patt in de Saake hatt un haolpen sick daomet ut.

Vüörhiär maossen s' all nao den Bruutunterricht un dat Examen. Alwis un Philipp föhrden met Anna un Kathrin nao den Brentruper Pastor, Janbernd un Klara gaongen nao Pastor Holtmann. An beide Stiärn gaff't 'ne üörnlicke un vüörsichtige Priäke, men de Verluowten wussen ächterhiär nich vull mähr äs vüördem, un wat dat met den Siängen van'n Ehestand un met de Upgawen äs Öllern up sick haer, dao maoß m' sick eelicks n' biettken üöwerraschken laoten.

Vader Terbrüggen haer up 'nen Aobend met Alwis alleen in'n Gaorn up de Bank siätten un was so wunnlick an te küern fangen van dat Liäben met'n Fraamensk un all de Üöwerraschkungen, we m' äs Mannsmensk met düsse Art van Schöpfung beliäwen kaonn. Alwis wuss gar nich, wao't drüm gaong, un Vader Wilm was froh, äs Mendel un aolle Böker wiägen dat Schmücken vüörbikammen un he nao de Pull schicken kaonn. So mennden de drei jungen Mannslüe, m' mäöß et bi de Hochtied drup ankuemen laoten.

Met Mendel was dao no een Problem. He was auk bi de Hochtieden met sien Iätten wat wunnlick un att nich tevull ut den grauten Pott. Aower Hiltmanns Marie, we de Küek fröher in de Stadt lährt haer, was up düsse Saake inricht' un maok dann en eegen Pott för den Juen un siene Familge all den Dagg vüördem in siene Küeke praot. Dat namm he dankbar an.

Wat gaff't üöwer de drei Hochtieden te vertellen? Nich vull! De laipen so, äs dat in Roggenduorp ümmer Bruek was. Muorns gaongen de Naobers un Niehoff an't Scheiten, se haongen den Kranß ut un satten de Maibüschke up. Dan wuor de Bruut afhaalt to de Kiärke. De Hochtiedshüeser laggen je all an den Kiärkhoff, un drüm bruekeden de Lüe wennig Kutschken un Wiägens, blaoß de Naobers van Brentrup haern dao auk en Kranß uphangen un föhreden de jungen Fraulüe bes nao Roggenduorp vüör de Kiärkendöör, wao dann Terlauh de Bruut in Empfang namm un den iärsten Siängen gaff.

Aolle Pastor Holtmann haer de drei Bruutmissen sienen Kaplaon üöwerlaoten; he wuss üm de dicke Fröndschopp. Sölwst satt he sick düör de Miß in'n Chorstohl met Rochett un Stola un haer sick blaoß an'n End den Bruutsiängen üöwer de Naoberskinner utbiäden.

Dat heele Duorp kamm to't Kieken, auk de jungen Fraulüe un Wichter, we up de Duer sölwst gäern hieraoden un up de Kleeder spikuleeren wullen. De Kinner haollen Lienken un saogen to, dat se noog Bömmskes kreegen. Dat Meddagiätten was üörnlick in Supp, Rindfleeschk met Siepelsoß, Gemöös un Braodens un met Stiefpudding äs Naoiätsel. To'n Kaffee kamm den Fotografen ut Brentrup, un düörntieds kaonnen de Möhnen de nieen Stuobens bekieken. Wecke maoken auk driest de Schappdöen loß, tellden de Wäöschk met'n Dummen düör un kontrolleerden dat Linnenwiärks. Bi Bökers saog Janbernd met een Aug', wu Tante Fine ut Mönster en langen Arm maok un sogar ächter den Wäöschkestapel greep. Se wull sick gäerne üöwertüegen, dat auk ächten in't Schapp no Wiärks lagg. Aobends kamm Musik, un up de Diälen wuor danzt bes in de Nacht. Klock twiälf satten de Naobersfraulüe de Bruut den Kranß af, un dann maoggen sick de jungen Lüe wiedershelpen.

Den twedden Dagg was för de Naobers. Se kammen meddags met 'ne lütte Fahne, met Treckbüel un Trumm bineene un trocken düör de Hüeser. Üöwerall wuor de junge Frau inföhrt äs Naoberschke, üöwerall gaft satt Upgesett'ten, Kaffee, Kooken un Plätzkes. De Butten van de Rindfleeschksupp wuon fieerlick beerdigt, un tieggen Aobend kamm den hölternen Buck, we met Juchu an 'ne lange Reep düör't Duorp schlöerd wuor un üöwerall nao de naigste Hochtied rueken maoß. Duorst haer dat Dingen auk, un äs't all düör de Bierk un Pastors Diek gaong, satt mähr äs eenen Naober in de Driete. Tje, fieern kaonnen de Lüe in Roggenduorp daomaols no.

Un de Hochtiedsnacht? Janbernd un Klara funnen unner üör Bruutbedd' en Karton met'n Tunigel, we de heele Tied an't Schnuwen un Hoosten was. Ne Wiäke läter was bi Terbrüggen de niee Bettstiär hel uteenstiellt, un äs Philipp un Kathrin äs leste vüör dat Altaor triäden wassen, satten de beiden Frönde in düsse Nacht stunnenlang up den Schoolplatz un maoken Kattenmusick up aolle Marmeladenemmers, we se sick bi Kortmanns Bäckerie utlennt haern.

De Buernkass

In't Amt Brentrup gaff't siet füfftig Jaor en eegenen Spar- un Darlehnskassenverein, we nao dat Muster van den Häern Raiffeisen fundeert was; de Lüe nömmden den patt eenfack de „Buernkass". Et wassen eelicks alle Buern daobi, we auck bi de Bäuerliche metmaoken; de haer dao unnen an'n Bahnhoff üör Lager un üör Büro. De Buernkass was kiene graute Bank, den Verein haer Lüe daohenbrengen säöllt, dat se üöre Kassmänkes up de hauge Kante laggen un in den gemeenschaftlicken Geldbüel inbetahlten. Daodrut gaff m' dann de Kredite un kaonn sick graut Geld in Mönster bi de Zentralkass lehnen. De Jaoren gaong dat all's no üöwer Kontogiegenbökskes un was met 'ne Masse Schriewerie te doon. In de iärsten Jaoren gaffen de Pastörs den Vüörstand af, un de Magisters wassen de Rendanten. Aower äs de Arbeit auk in de klenneren Düörpkes wat mähr wuor, tratten Lährers den Posten temiärst af, un an'n End dai de Regierung in Mönster düssen schönen Niebenerwäerb verbeiden. Man in't Ährenamt kaonnen de Magisters wieders metmaaken.

In't Amt Brentrup haollen s' den Bruek, dat de ut de Amtsgemeind' den Vüörstand un den Rendanten utkieken draoffen, un de van Roggenduorp den twedden Vüörsitter un den Schriftführer. Vader Terbrüggen was all lang daobi, un äs Philipp Stohlers Magister in Roggenduorp wuorn was un Niewahlen anstaonnen, keek he to, dat sienen jungen Naober in den Vüörstand kamm. Up 'nen schönen Summeraobend in'n August maoken sick de beiden up den Wegg nao Brentrup to Philipps iärste Vüörstandssitzung. Se haern sick dat schöne Gick van Mendel utlennt un dat Piärd van Kortmanns haalt. Vader Terbrüggen was dat met'n Gick leiwer äs met'n Fahrrad, wao m' auk met in't Holstern kuemen kaonn. So'n Piärd kaonn auk alleen den Wegg nao Huese finnen, wan de Lüe an'n Tüegel mich

mähr so uppassen kaonnen. Et was wier en schönen Summeraobend. De Sunn staonn all daip un schmeet Lecht un Farwen üöwer dat schöne Mönsterland, de gröönen Wallhieggen un Büschke, des Wieschken un Kämpe. Dat Kuorn was to'n Deel all schnieeen un in Richten upsett't. De Appelbaim staonnen gued, un Terbrüggen un Stohlers keeken all to, wecken End van de Chaussee se sick bi der Auktion in Hiärwst gäern kaupen wullen.

Süss gaong dat Geküerssel üöwer de Politik. Twee Sunndage vüördem wassen all wier Wahlen west; de Nazis wassen nu de gröttste Partei in't heele Dütschkland wuorn. Tweehunnertdiärtig Sitze gaff't in'n Reichstag met knapp vettig Perzent! De leste Winter was hatt west, un de Arbeitslosen staonnen in Massen harüm un maossen täömig gaohn. Vader Terbrüggen haoll den Tüegel un lait dat Piärdken sachte laupen.

„Un nu denk äs, Philipp, sind wi düt Jaor nich all drei-, veermaol to't Wählen west? Iärst in't Fröhjaor tweemaol wiägen den Hindenburg. Dann gaong't üm den Landtag in Prüeßen. Nu lesthen den Reichstag. De Lüe sind dat leed. Paß up, nu krieget se kiene Regierung bineene, un den Hitler will blaoß all's alleene doon! Un siet dat siene Hellen van de SA wier met Uniformen un Trara rümlaupen drüewt, is't Land nich mähr siecker. Wao sall dat blaoß no hengaohn?"

Philipp schmaikede sien Zigarillo un keek den Damp nao: „Dann mott iäben no eenmaol wählt wäern. Vlicht geiht et no eenmaol gued. De Lüe hier in usse Mönsterland sind nich daomet upverstaohn, dat Brüning weggbietten is. Dat is en Mann met Vernüll. Un du häs bi de Wahlen seihn kaonnt, dat de Nazis üöre Stemmen nich bi us krieggen häbt. Dat heele Mönsterland gaff in Perzenten nich en Veerdel Stemmen för de Hitler-Partei. Hier staoht de Lüe trüe un fast bi dat Zentrum!"

„Aower in Roggenduorp wassen't nu auk all an diärtig Perzent, un daoüöwer mött' wi auk äs küern!" Terbrüggen wees met siene Schwüepp üöwer dat Land. Se wassen jüst buoben an Schult Averkamps Knapp. „Dao, de stolte Schult, en dicken Buern! De steiht dat Water baoll bes an de Tiähne. Un dao," de Schwüepp gaong up de annere Siete, „Küötter Brinkbaimer! Üöwer veer Wiäken sall de Auktion wull sien. Den Jungen will nao Amerika hen. Un de beiden Aollen? De sitt't üm Martini vlicht in't Armelüe-Hues an'n Kiärkhoff, wann den Jungen ön weggläöpp. Bi us in de Smie is nich vull loß. Wecke Dage bruekt wi kien Füer anteböten. Un bi Bökers was't auk all wat mähr. De leste Wiäke, so sagg mi Janbernd, häbt s' blaoß för den Laden arbei't. Bökers kiekt je nun wöst up de Polsterie. Un up düsse Art un Wiese käönn'k di twintig, diärtig Hüeser un Hüöwe in Roggenduorp wiesen, wao nicks loß is un't de Lüe schlecht geiht. De Nazis küert van Entschuldung un Upschwung för den Nährstand. Dat höert wat Buern gäerne un laupt auk de Nazis ächterhiär."

„Magg wull sien, patt Hindenburg sölwst hät de Nazis dat Regiment weigert. Un wi van't Zentrum maossen auk all för ön stimmen. So'n üörnlicken Feldmarschall magg so'n Schaleier van Gefreiten ut Östriek wull an de Kandare haollen!" Philipp, we alle Wiäke de Zentrumszeitung in't Hues kreeg, wuss genau Bescheid.

„Hauptsaake, du behäöllst dien Recht!" gnöchelde Vader Terbrüggen üöwer den jungen Magister. „Wi kuemt met usse Kieken un Küern patt telaate!" He gaff dat Piärdken en biettken de Schwüepp, un wat harrer gaong't nao Brentrup hen.

De Sitzung sölwst was kuort. Et gaff kiene Kreditvergabe; kineen in't heele Amt Brentrup kaonn wat upstellen. Den Vüörstand haer mähr Last daomet, dat lamme Kaptaol wier trügge in de Kass te trecken. Drei Hüöwe laggen sieg, un blaoß ut Kulanz wull m' met de Auktionen – auk bi Brinkbaimers – bes nao Martini afwaochten.

Eene Saake was nie. Philipp dai sick'n biettken iärgern, dat he dat nich äs siene Kathrin vertellen draoff. Töns Brüse haer, dat wuss he nu genau, all siene düere Rehschopp un Maschinen up Wessel kofft un twiärsschrieewen. Un de Wessels kammen nu in'n Summer un Hiärwst to'n Protest. Eenen van dusendtweehunnert Mark lagg bi de Buernkass in Brentrup. Dao was en paar Dage vüör den Termin Aron Mendel in't Kontor kuemen un haer den Wessel met Bargeld üöwernuoemmen: dusendtweehunnert Mark up de Hand. Den Rendanten haer te vertellen wusst, dat Mendel auk bi annere Kassen sick nao Brüses Wessel befraoggt haer.

Äs dat Gick in'n Maondschien nao Roggenduorp trüggeföhr, dispelteerden de beiden üöwer den Fall. Wisse haer Mendel den Brüse nu in de Hand un kaonn öm den Hals ümdraihen; aower Vader Terbrüggen mennde, Philipp dai den aollen Juen no nich gued genoog kennen. Dat wäör nich siene Art, un gewiß wull Mendel daomet den Nazi en Teeken giebben.

„Wann ick Mendel was, wees ick düssen rüeklausen un afschailicken Kunnen van den Hoff !" raip de junge Magister. „Dat dööt Aron Mendel gewiß nich!" gaff aolle Terbrüggen to Antwaort. „Kiek äs, Mendel un siene Familge, de kennt wat van Geld un Hannel. Dat sitt bi öm un siene Lüe all üöwer Jaorhunnerte in de Pöste. So'n Juen, de kiek wiet trügge un wiet vüörut. De häbt sick ümmer verlaoten kaonnt up de Lüe un up üören Kopp. ‚Dao kuemt no annere Tieden' segg he sick, ‚un magg Brüse nu men buoben sien, sock Schlagg Lüe kuemt auk wier üöwern Stiärt'. Dann schläött de Stunne van Aron Mendel. Towaochten, dat hät he lährt! Höer drup, Philipp, wat Vader Terbrüggen di segg. Un vlicht weet Brüse gar nich äs, wao siene Wessels afbliewen sind."

Dat Gick föhrde all up den Kiärkhoff an't Sprützenhues vüörbi. De beiden spannten ut schauwen dat Gick bi Mendels in de lütte Schüer un gaongen met dat Piärd nao Kortmanns. En Glässken Aoltbeer maogg de Sitzung besluten.

Haer Brüse vlicht Bescheid krieggen? De lesten Wiäken, siet dat de SA wier in Uniform loßlaupen draoff, lait Brüse eenen Tropp alle Friedaggaobende bi Kortmanns antriäden, jüst to de Tied, wann s' bi Mendels de Sabbatkäerssen anstiäcken wullen. De Nazis trocken dat kuorte Stücksken üöwer de Straote bes nao Mendels Hues hen un bleewen staohn. Dao stimmde Brüse so'n afschailick Nazi-Leed an, wao't üm Juenbloot un'n Mess gaong. Daomet mäöß m' alle Juen ut de Tied brengen.

Guede Lüe haern versocht, üöwer Bramkamp düsse Saake aftestellen. Brüse haer faots Bescheid giebben, dat Ständken säöll'n Bidragg van de Roggendüörper SA för de Duorp-Kultur un den dütschken Gesang sien. Mendel häer dao Vüördeel van: he käönn up düsse Art un Wiese üörnlicke Leeder lähren un brüekede nich alle Friedaggaobende up Hebräischk te bölken.

Den Namensdagg

De November was kuemen, un et wuor all wat rühger auk in Roggenduorp. De Kämpe un Gäörns wassen lüerig, de Kartuffeln in de Kellers un dat Kuorn up de Balkens. De lesten Mieten för de Runkelröwen haern s' tosmietten. De Buern maoggen met de Iärnte wull tefriär sien. Sünte

Miärten kamm, un de Roggenduorper laipen äs alle Jaore nao'n Brentruper Markt un haern dao üör Spässken auk up de Kiärmes. Sunndaggs, nao Ümgang un Miß, was dao dat Fest loßgaohn, un mankeenen – auk van de äöllrigen Lüe – satt sick äs maol wier in'n Schäsken off in de Schiffsschaukel. Düt Jaor gaff't Guott si Dank kien'n Unfall up de Kiärmis. Van't Amt haern s' en Verbott utgiebben, de jungen Mannslüe dräöffen up de Schiffsschaukel nich mähr den Üöwerschlagg eenmaol üm de Asse utprobeeren. Bi düsse Aaperie was't leste Jaor Schult Brentrup sienen Baumester draffstuortt't un met'n tebruoken Been in't Krankenhues kuemen. Men, auk aohne düsse Rüngelie was't 'ne üörnlicke Kiärmis, un den Veehmarkt an'n Maundagg trock vull Lüe an. In lange Riegen staonnen de Piärde an'n Kiärkplatz in Brentrup fastbunnen, up den Schoolplatz gaff't Kohdiers un Kalwer, Schwiene un Kotten troppwies te seihn; de Buern keeken de Diers nao un maoken dao üören Hannel. Dat was mangst 'ne iärssige Dooerie, bes dat se sick up Hannenschlagg ennig wuorn. Den Updrieww was wull gued, aower de Kassmännkes satten de Lüe fast in de Taschken, un temiärst wassen s' wull to't Kieken un Praohlen kuemen. Nao den Markt gaong m' dao in Brentrup de Wäertshüeser rund, att sick en Töttken off'n Wüörstken, drunk sien Beer un laip dann to'n Kaffee nao Huese hen. Spaß kaonn m' hebben met de fleigenden Händlers, we blaoß alle Lüe bedreigen wullen. Fröher, dao was Sünte Miärten no wat west: den Dagg för all Afriäken un niee Geschäfte. Dao maoß m' süss siene Schullen betahlen un namm sick up den Markt en nieen Knecht off en Küekenpüngel. Nu staonn all patt en Stand met Landmaschinen ächter de Brentruper Kiärk. Düssen Käerl ut Mönster luowde sien Wiärks luuthalsk, mennde, he maogg up de Duer mähr Treckers un Maschinen verkaupen äs de Veehhändlers Piärde. För düsse Reklame maoß he sick utlachen laoten; männige Lüe stacken sick aower de Reklamesieddelkes van de Firma in de Taschken.

De Lüe in't Mönsterland keeken nu wat gliekmödiger un gelaotener vüörut. Den Sunndagg vüördem haer't all wier Reichstagswahlen giebben, un de Nazis haern düfftig eenen up de Niäse krieggen. Twee Millionen Stemmen in'n Vergliek to de Juliwahlen haern s' afgiebben maoßt, un auk in't Amt Brentrup saog de Saake nich mähr so siecker vüör „Bramkamp, Brüse & Co" ut; so spassig haern de Lüe de Ortsgruppe van Roggenduorp döpt. Töns Brüse haer sick äs Propagandachef in den Wahlkampf stuortt't un 'ne Masse te organiseeren hat. Alle Aobende föhrde he met sien nie Lastauto de SA-Lüe düör dat Amt un düör den

Kreis. Se haern Fahnen up de Autos monteert, un wann dao so diärtig Mann drupstaonnen un van ‚Sieg Heil' bölkeden, kaonn m' 't auk wull met de Angst te doon kriegen. Mankeene aolle Moder schlaog no en Krüüs, wann se Töns Brüses willen Haupen te seihn kreeg. Läter an'n Aobend wassen de Kunnen miärsttieden dick un wisse nich suupfidel. Dan maossen de uppassen, we all Iärger met düssen Tropp krieggen haern, de Zentrumslüe un auk de paar Espedisten, wee't düsse Tied all in't Amt Brentrup gaff.

Äs't nu siecker was, dat et auk düttmaol för de Nazis to't Regeeren nich reek, trocken sick de Bruenen all wat trügge. Sölwst van Brüse was 'n paar Wiäken wennig te häören. Et wassen je per se stille Tieden van Sünte Miärten bes Midwinter. Dao gaff et nich vull te fieern, un den Hellengedenkdagg was bes nuhen 'ne Saake van den Pastor. De dai in de Haugmiß ut dat Gedenkbook de Gefallenen vüörliäsen, haoll Requiem un gaong nao de Miß met an't Ährenmal. Dao staonnen all de Roggendüörpsken Vereine met üöre Fahnen. De Ortsgruppe was auk dao, met Alfons Bramkamp vüörnewegg. Brüse lait sick den Muorn nich seihn. Den Kriegerverein was komplett. Äs aolle Böker sick de Riegen bekeek, wuss he wull, dat mankeenen van de aolle Kriegers un Veteranen an Huese all längst 'ne bruene Uniform in't Schapp hangen haer.

So kamm Sünte Kathrin, un de junge Frau Stohlers wull't iärste Maol üören Namensdagg in de niee Wuehnung fieern. Et säöll wat van den eegenen Upgesett'ten giebben, gued wat te iätten un Beer van Kortmanns för de Mannslüe. De jungen Familgen van'n Kiärkhoff haern sick afküert, se wullen tieggensietig to'n Namensdagg inviteeren. Nu satten de jungen Lüe van Terbrüggen un Bökers, Kaplaon Terlauh, Kathrins Öllern ut Brentrup un Moder Stohlers un Philipp sien Süster in'n besten Stuoben buoben in de Schoole bineene. Den Platz was lück knapp, un Stohlers haern sick en paar Stöhle bi de Naobers lehnen maoßt; men, et was gemötlick, un et wuor düfftig küert den heelen Aobend.

Tüschkendüör haern sick de Mannslüe äs eenmaol in de Küeke vertrocken un küerden üöwer den naigsten Doppelkopp; düörntieds satten de jungen Fraulüe un den Kaplaon bineene un dispelteerden üöwer de Priäke, we he lesten Sunndagg haollen haer. Et gaong üm de Upgawen, we Fraulüe in Kiärke un Wiält üöwerniemmen mäössen. De Roggendüörper haern temiärst met'n Kopp schüeddelt; mennde de Kaplaon würklick, dat Fraulüe in de Kiärke wat metmaaken draoffen. Klara Bökers un Anna Terbrüggen wassen auk met de Priäke nich upverstaohn. De Arbeit, we s' an Huese all haern, wäör ön satt un genoog. Maoggen sick de Mannslüe üm Politik un Kiärke besuorgen. Blaoß Katharina Stohlers, de haer all wat mähr van de Wiält seihn un bi de Schwestern in Mönster de Middelschool besocht, haoll met den Kaplaon: „Wi Fraulüe sind de Halfschaid van alle Mensken. Dann mött' wi us auk üm de Wiält un üöre Suorgen wat kümmern. Ick segg ju een Deel: gaff et mähr Fraulüe in de Politik vüörnewegg, gaff't wenniger Spitakel un Naut in de Wiält. Krieg – dat is miärst 'ne Mannslüesaake. Un wat häbt wi daovan hat: Naut, Suorgen un de Angst för'n nieen Krieg!"

Terlauh maogg je en modäernen Mann sien, patt en Fraamensk äs Reichskanzler kaonn he sick auk nich denken. Äs Ministerin för dat Soziale, to'n Eksempel, dat maogg je wull angaohn! An iärste Stiär häer'n de Fraulüe in Roggenduorp no annere Upgawen; un daobi kneep he een Auge to, dat de drei jungen Wiewer wat verliägen weggkeeken. De Kaplaon gnöchelde sick wat un vertrock sick in de Küeke; hier wassen de Mannslüe düörntieds bi de Politik ankuemen.

All bineen haern s' Plaseer, dat de Nazis nao üören jaorenlangen Upschwung so düfftig in den Keller holstert wassen. Terlauh bleef vüörsichtig: „Nu paßt äs up. De Bruenen häbt in'n Reichstag dreiendiärtig Perzent. De Kommunisten kuemnt met baoll füffteihn heran.Dann tellt men driest de Dütschknationalen daoto un so'n paar uesselige Tröppkes rechts un links: tje, dann giff et in Dütschkland kiene Mährhait vüör de Republik un de Verfassung. Dat is usse gröttste Naut! Dao häbt nu de de Mährhait in'n Reichstag, we düsse Republik afschaffen willt. Gewiß, auk wi van de Kiärke sind nich met all's upverstaohn, wat dao in Berlin maakt un akkordeert wedd, patt trügge nao de Hohenzollern will't wi wisse auk nich. Un Hindenburg? We weet eelicks, wat so'n lutherschken Kabeleeren würklick denkt? We sall nu Kanzler wäern? Von Papen, Schleicher off düssen Hitler? Et magg je gued sien, dat de Nazis up den Verlaisenspatt sind, aower de Naut is no nich an'n End. Un usse Zentrumspartei? Dao giff't auk wat Bischöpe in Dütschkland, de kiekt met Wohlgefallen up de Bruenen un meint: De küennt vlicht wier Uorder schaffen. Laot't ju dat geseggt sien: Wann't hatt up hatt geiht! Un wat könnt de grauten Häerns ut de Industrie all's utfiemmeln?"

„De küert men blaoß van't Geld un van't Verdeinen!" mischkede sick Stohlers in. „Leste Wiäke kaonn'k liäsen, dat in düt Jaor de Industrie blaoß no Saaken in'n Wäert to seßtig Perzent tieggen de Tied vüör drei Jaoren produzeert. Un den heelen Hannel up de Wiält, auk in Amerika, in Frankriek un in England hätt blaoß no vettig Perzent tieggen dat Jaor niegentwintig. Dat sind schlechte Tieden in de Bööker. In de Industrie kümp nicks mähr in de Kassen rin, un de Arbeiters staoht up de Straote. De wählt dann üöre Kommunisten off düssen Hitler. Hier bis us up Lannen, in Roggenduorp, dao haollt de Lüe wat te iätten, häbt Hüeser un Gäörns; de staoht de Probleme nich vüör de Döörn un vüör de Augen. Ick weet, wat et bedütt! Ick häb je eenmaol ’ne Arbeitsbeschaffung metmaakt, pat so laige äs dao in’n Kuohlenpott geiht’t bi us nich to.“

Janbernd un Alwis mennden, dat de Handwiärkers auk te lieden häern. De beiden häern den Summer un Hiärwst mähr up Lannen arbei’t äs in de Wiärkstiärn. Nao een Jaor kaonn m’ dat nich uthaollen.

Terlauh nickoppede: „Laiger draff et nich mähr kuemen, un nao düssen Winter sall den Wessel siecker dao sien. Wat de us aower brengt, dat weet kineen. Blaoß wat dat Fröhjaor an’n Roggendüörper Kiärkhoff brengt, dat häb’k nu all seihn!“ Un he stack met de Zeigefingers Janbernd un Philipp vüör de Buorst. „Ji häbt je all wat bestellt to Ostern! Nu men to Alwis, laot di nich lang flatteeren!“ De Mannslüe kammen in’t Lachen un keeken nao üöre Beergliäser.

Verquante Jaohre

In'n Pittermann

Dat Fröhjaor was kuemen, un jüst in den Marienmonat haollen de Familgen Böker un Stohlers en lütt Kind üöwer de Fünte. Bi Bökers haer't en Jungen giebben un bi Stohlers päössig en Wichtken. De aolle Bußmannschke, we all jaorenlang in Roggenduorp äs Wiesmoder gaong, was gued tefriär west met de Kinner un auk met de jungen Möders; nao etlicke Dage gaong't in de Hüeser den gewuehnten Tratt. Men, den lütten Hannes un de nüdlicke Libett haern 'ne Masse Arbeit metbracht, un nu staonn wier en Winnelpott up den Häerd, haongen Kinnerdöker up den Tuen; de jungen Lüe haern mangst Last, eene Nacht aohne Kinnerrähen te schlaopen. Drüm was't wisse gued, mennden de Manslüe, dat se üm Sünte Anna up dat Schüttenbeer nao Brentrup to't Kieken gaohn kaonnen. De beiden jungen Möders gaffen Janbernd un Philipp Vakanz, un Alwis gaong auk met. Siene Anna was nu auk in anner Ümstänne; de drei Fraulüe haern sick för den Sundaggnaomdagg to'n Spazeergang met de Kinnerwiägens affküert. Anna haer nu vull te fraogen.

In Brentrup up dat Schüttenbeer gaong't rund. De Lüe ut Roggenduorp keeken sick den Ümzug an, gaongen auk met nao de Vuegelrod' un saogen bi dat Scheiten to. An'n

Aobend nammen s' sick no een paar Glässkes Beer un föhrden dann met de Fahrriär wier nao Huese hen. Eelicks wullen s' bi Kortmanns no eenen niemmen; Philipp saog patt, dat dao den SA-Sturm an't wäehren was, un gaong drüm leiwer nao Huese hen. Janbernd un Alwis maoggen patt no een off twee Beer un gaongen driest in Kortmanns Gaorn. Et bleef de patt nich bi een Beer. Janbernd was't iärste Maol van Huese af, siet dat den lütten Hannes kuemen was, un drüm wull he de Geliägenhait nutzen. Alwis haer auk kien Trecken nao Huese hen, un faots gauten se sick düfftig eenen ächter de Binne. Den Aobend was päössig daoto. All's häer so friedlick bliewwen kaonnt, wäörn dao nich de Nazis west, we an düssen Sundagg all wier van eene graute Aktion ut Mönster trüggekuemen wassen.

De Kunnen laggen usse Frönde schwaor in'n Buek. Wat was dat för'n Bewiähren west, äs in'n Januar de Naoricht kamm, Hindenburg wull nu doch den Hitler äs Kanzler hebben. Un dann dat graute Füer in den Reichstag. Wat was Terlauh baff west, äs in'n Mäert dat Zentrum met den Prälaten Kaas vüörnan sien Inverstaohn met dat Ermächtigungsgesetz sagg. Anfang April maoken de Roggendüörper SA-Lüe den Boykott bi Aron Mendel: se staonnen den heelen Dagg vüör Mendels Döörn un up den Kiärkhoff, haollen Plakate un Fahnen in de Höchte un wullen de Lüe afhaollen, bi Mendel in't Hues off in den Laden te gaohn. Et kamm den Dagg aower kineen.

Wao m' henkeek un wat m' häören kaonn: de Nazis wasssen üöwerall un wussen üöre Finger un Niäsen tüschken alle Saaken te draihen. Met so'n verquant Gesetz haern s' up eenmaol sogar de Mährhait in den Roggendüörpschken Gemeinderaot un in de Amtsvertriädung. Vader Terbrüggen was sienen Posten äs Büörgermester quiet. Nu was Alfons Bramkamp iärste Mann. All in'n Mäert, up de iärste Sitzung van den nieen Gemeinderaot, haern de Nazis üören Führer un Reichskanzler äs iärsten „Ehrenbürger von Roggendorf im Münsterland" präsenteert. Wat äöllrige Lüe mennden, den Kunnen mäöß Dütschkland men iärst retten, dann kaonn je so'ne Ähr kriegen, patt in't vüörut all „Ehrenbürger".

Wiäken läter was Bramkamp stolt düör dat Duorp laupen un haer en Breef ut Berlin ut de Reichskanzlei vüörwiesen kaonnt. De Führer dai sick för de hauge Ähr, nu Ehrenbürger van Roggenduorp te sien, hiärtlick bedanken. Äs patt Terlauh uppen Sportplatz bi'n Pokalspiell so men henküerde, Hitler was tüschkendüör all in tweedusend Düörpkes Ährenbüörger, den Breef was blaoß aftrocken up so'n Kopiermaschinken, dao haer he annern Aobend auk en Fackelzug vüör siene Düör staohn un maoß sick 'ne Priäke van Töns Brüse anhäören.

Terlauh verstaonn siene eegenen Üppersten nich mähr. In Mai gaff't in Köln 'ne graute Kundgiebung wiägen düssen Schlageter, un jüst den Abt van Maria Laach, wao he süss Jaoren so graute Stücke drup haollen haer, küerde dao för Hitler un de nationale Erhebung. Iärst 'ne Wiäke was't hiär, dat den Nuntius nu dat Konkordat met Hitler afsluotten haer. Faots satt Pastor Holtmann sienen Kaplaon in'n Nacken, gaff öm en Sieddel in't Breveer, he maäögg en biettken uppassen un sick vüörseihn. M' wüss no nich, wu de Saake in Dütschkland tüschken de Kiärke un de niee Regierung wiederlaupen kaonn.

Düssen Sunndaggaobend gaff't en Gruemelschüerken, un Janbernd un Alwis, we ümmer no nich satt wassen, gaongen bi Kortmanns in't Hues un wullen sick en lest Glässken Beer kaupen. Tüschkendüör wassen s' beid all dudeldick, un an de Thek staonnen no twe, drei Mann van de Broerschopp, we sick läter ut Brentrup wier infunnen haern. Dao gaff et faots no'n paar Runden, un de Frönde wuorn auk wat luthalsk.

In eenen Hook van't Lokal satt den Üöwerrest van den SA-Sturm. Töns Brüse was iärste Mann un no an't Prosteweeren van wiägen de Aktion in Mönster, un wieldes he so harr küerde, keeken de Schüttenbröers wat iärgerlick up de bruene Gesellschopp:

„Dat is den Kunnen, we us usse Roggenduorp kapottmäck!" flisperde Alwis siene Frönde to. „Am leiwsten dai'k öm wat üm de Muule hauen, wann't nich so gefäöhrlick was!" Janbernd Böker keek met schlaiprige Augen üöwer sien Beerglass un mennde: „Gefäöhrlick? Wat säöll dao an gefäöhrlick sien, so'n Schienaos wat anne Muule te hauen?" He haer all 'ne schwaore Tung.

„Sachte Janbernd! Wuss du mi vertellen, du daihst den Nazi-Kunnen hier wat an de Aoren hauen! Häss du den Moot vanaobend?“ Een Waort gaff dat annere: „Wisse, wann du us ’ne Runde giffst!“ Alwis rischkede sick up: „Wann du den Brüse hier up de Stiär un in düsse Stunn eenen anne Muule haust, gieww ick ’ne Kist Beer van de Westfalia-Brauerei ut Mönster!“

Janbernd keek Alwis un de annern swaorens fast an, he was aower all wacklig up de Beene. Nu satt he sien Glass up de Theke un gaong düör den Gastruem an’n Dischk van de Nazis. Kuortaf staonn he up eenmaol ächter Töns Brüse, gaff öm en Stups up de Schuller. Den Nazi draihede sick üm, verschruock sick en Augenschlagg un maoß beliäwen, dat den Sattlermester Janbernd Böker, süss en üörnlicken un friedfeddigen Mensken, öm den Kopp trechtdraihede un ’ne düfftige Aorfeige loßlait. „Maggs bedankt sien, Töns! Dat was all lang naidig!“ stuederde he dann un gaong sachte an de Theke trügge.

De paar Nazis wassen upsprungen, un allbineene wassen up düssen eenen Schlagg wier nöchtern, auk de Schüttenbröers. Moder Kortmann kamm ächter de Thek harutschuotten met’n Bessem un wull de beiden Parteien uteenhaollen. So dick äs Brüse auk was, maoß he sick doch siene Backe riewen un flökede van wiägen de Reaktion un üör lest Upbaimen. „Ji kuemt all in’t Konzentrationslager!“ bölkede he. Un wäör nich de Kortmannschke met üören Bessem west un häer de Nazis nao ächten up den Hoff un de Schüttenbröers nao vüörn up den Kiärkhoff löcht’, m’ häer nich wietten kaonnt, wu düsse Saake den Aobend wieergaohn was.

De Sunn staonn all haug, äs Alwis den annern Muorn ut de Fiädern kruopen kamm. In de Küeke satt siene Anna un was nich gued tefriär: „Wat hebb’ ji gissern aobend blaoß instiellt! Gaoh wacker nao Bökers hen, dao was vanmuorn all wat loß!“

All üm halw niegen staonn Polßeideiner Wittenbieck bi Bökers in'n Laden un dai nao Janbernd fraogen. He mäöß en Protokoll upniemmen. Vader Böker haer met Tante Franziska sienen Suohn ut de Bettstiär haald, men Wittenbieck was'n Mann met Vernüll un saog up eenen Blick, dat he met düssen Kunnen nich trechtkuemen kaonn. To Klara sagg he faots, se mäögg üören Ehegatten ielig wier nao Bedd' brengen, den Delinquenten was nich verniemmungsfähig. Dann gaong he met Vader Böker in'n Gaorn un vertellde öm, wat all's passeert was in de Nacht, un dat Brüse 'ne Anzeige maakt häer. Wisse was't gued, dat Janbernd so vull suopen haer. Un he wull met de annern küern un dann bi den Amtmann in Brentrup de Saake in de Riege maaken. Patt dao kamm wisse no wat nao, un Janbernd mäögg sick nich graut ut't Feester hangen.

Annern Dagg was Wittenbieck in't Duorp te laupen un maoß bi Kortmanns Kolonial Seepe kaupen un bi Mendel 'ne Wulldieck un en Hanndook. Den Skandal was komplett. De Amtmann haer met Vader Terbrüggen un Vader Böker küert, se kaonnen de Saake met fief Dage Kaschott in Roggenduorp afdoon. Gaong de Saake iärst äs an de Kreispolßei off nao Mönster hen, satt Janbernd wisse all in so'n Konzentrationslager. Drüm dai den Polßeideiner den aollen Pittermann in't Sprützenhues utkähren un akraot maaken, lagg up de äösige Beddstiär de Wulldiecke un gaff Water in den aollem Emaillgpott un de Seepe daobi. Dann kamm he un haalde Janbernd för de Vollstreckung af.

Alle Lüe in Roggenduorp gaong dat in de Knuoken, äs Wittenbieck met sienen Arrestanten nao dat Sprützenhues henlaip un he ön sogar an siene Knebelkieer nuommen haer. Dat was je wull afküert tüschken Vader Terbrüggen, den Amtmann un den Polßeideiner, dat de Nazis tefriär wassen. De kammen je auk to't Kieken. Aower bi Bökers wassen s' all düörnanner. Vader, Tante Franziska un Klara haern den Delinquenten, äs he wier to Vernüll kuemen was, düfftig in't Gewietten küert. So'ne Geschicht draoff nich passeeren, wann m' äs Vader Verantwuortung för 'ne junge Frau un'n lütten Suohn häer. Auk Janbernd wuss sick de Saake nich anners te verkläören äs met de vullen Pöttkes Beer.

Nu satt en angeseihen Büörger van Roggenduorp ächter de Tralljen in den Pittermann, we s' daomaols för Landlaipers, früemde Suupklappen un dat Packvolk baut haern. Fief Dage keek Janbernd düör de lütten Feesters un saog dat schöne Wiär buten un keek nao siene Frau, we öm besöken kamm. Muorns un aobends was Friegang. Dann kamm Wittenbieck un namm den Zentrums-Hellen an siene Kieer. De beiden laipen 'ne halwe Stunn düör dat Duorp bes nao den Sportplatz un eenmaol üm de Kiärke. Dat was de Attraktion. De Nazis kammen alle Mann to't Kieken un daihen grautsnutschk, dat nu de Roggendüörper Reaktion in üören hatten Käern druoppen was.

Men, nao so een, twee Dage was den iärsten Schrecken vüörbi, un de Lüe gewüehnden sick an den Arrestanten in den aollen Pittermann. Janbernds Frönde laiten sick nich lumpen. Aobends, wann de Sunn wegg was, kammen s' düör den Gaorn schliecken, satten sick unner dat Feester van't Kaschott un drunken dat schöne Beer, wat Alwis nu betahlen maoß. Janbernd kreeg sien Pülleken düör de Tralljen; et gaff auk wat te iätten, un Wittenbieck, we nicks met de Nazis in'n Kopp haer, maok auk met. Dao haern s' up eenmaol en fidelen Pittermann in dat lütte Düörpken.

Kaplaon Terlauh namm sick dat Recht up den geistlikken Bistand för'n Gefangenen un haoll Janbernd 'ne düfftige Priäke. Et maogg je wull gued west sein, de Nazis eenmaol te wiesen, dat s' nich alleen in Roggenduorp wassen.

Men, de Tieden wuorn schlecht, un de Nazis haern je üöwerall den Dummen daotüschken. Nao düsse Saake dräöff sick Janbernd nicks mähr leisten.

Nao buten hen staonnen alle van de Broerschopp to düsse Geschicht; Janbernd haer aower äs ennzigsten den Hiemmel fief Dage lang düör de Tralljen seihn. Un een Deel wuss he genau: Dat draoff nich no eenmaol passeren. Waoför auk: för de Politik van't Zentrum? De Partei was all drei Wiäkens vüördem schliepstiärtsk van sölwst uteengaohn!

Bramkamp, Brüse & CO

Me kaonn je seggen wat m' wull: De Nazis haern üör Wiärks würklick up Schuß! Jüst twee Jaor wassen in't Land gaohn, dao was wier wat loß in Dütschkland, un all de, we sick Suorgen maakt haern, wassen faken noog verwünnert. De Arbeitslousen kammen langsam van de Straote. Sölwst Terlauh maoß togiebben, dat dao Iärsse ächtersatt: „Patt to wecken End? Leßthen hät so'n grauten Politiker seggt, dat Diärde Riek, dat is de Organisation van de Arbeitslosen düör de Arbeitsschüen!" Dat maogg he aower blaoß no bi'n Doppelkopp seggen, wann he met dat Klaowerblatt bineenesatt.

Liäben un Arbeit auk in Roggenduorp wassen nu in Druck kuemen. Bramkamp un Töns Brüse staonnen äs Kummedanten vüörnan un haern Hölpe bi den Kreis un auk bi de Partei bes nao Mönster hen. De Nazis suorgten sick üm all's un allemann, un de Lüe mennden baoll, dat ächter alle Döörn un in alle Gäörns in de Fitzebauhnen eenen to't Tolustern satt.

Dao was düsse Saake met den „Eintopfsonntag“. Dat mennde, de Lüe mäössen up düssen Sunndagg blaoß ’n eenfack Düörgemöös iätten un dat gesparte Geld för dat Winterhilfswiärk afgiebben. Un würklick kammen dao wecke van de Partei düör de Hüeser, haollen üöre Niäsen in de Küeken un maoken Krach met de Rappelbüssen. Bramkamp maok sick sölwst en Spaß daodrut, de Sunndage de Hüeser van de fröheren Zentrumslüe aftelaupen. Dao kamm he patt bi Klara Böker un Anna Terbrüggen gued an. Wann he dao bi Bökers to’n Eksempel von vüörn off ächten in de Küeke holstert kamm, staonn dao würklick un waohrhaftig en Pott met Iärftensupp up de Maschin. Den NS-Ortsgruppenleiter kaonn nich wietten, dat dat Wiärks all’n paar Dage aolt un met vull Water verlängert was. He haoll dann siene Priäke van wiägen de Volksgemeinschaft un de Hölpe för de Volksgenossen, kreeg siene Gröschkens un trock wier af.

Was de Döör to un den Nazi van’n Hoff, satt sick de Familge in’n besten Stuoben an’n Dischk, un et gaff äs alle Sunndage ’ne Rindfleeschksupp, Braoden, Kartuffeln met Iärfften un Wuordeln. Faken noog kamm den Stiefpudding no ächterhiär. So maoken dat wat mähr Lüe un haern eelicks blaoß eene Last daomet: Dat Iätten maoß so lang waochten, bes de Nazis wier bi Kortmanns bineenekammen.

Et haer sick nu auk in Roggenduorp ’ne Masse ännert. Den Sportverein maoß sien Teeken „Deutsche Jugendkraft“ afleggen. Dao gaff’t kien’n Ümgang mähr met de Kiärke un den Kaplaon, un den heelen Sportverband haern de Nazis daal maakt un up Duer verbuoden. Den Diözesan-Geschäftsführer haer veerendiärtig nao den Röhmputsch ielig de Beene unnern Arm niemmen un nao Holland afhauen maoßt, jüst so äs Heinrich Brüning auk. Laig was den Pick, we de Nazis tieggen all’s un alle haern, we nu no 'ne annere Meinung, en frieen Kopp off 'ne laosse Tung haern.

In de Schoole haong 'n Beld van Adolf Hitler, un Philipp Stohlers maoß uppassen, dat he bi dat Schoolgebätt en gueden Text funn. Auk de niee Juffer, we se öm schickt haern, was 'ne Hunnertperzentige. Jüst was dat Fraamensk in Roggenduorp, verlagg et sick all up den BDM. Nu kreegen auk de Wichter 'ne Uniform, maossen marscheeren un Leeder singen. Uhlmann Jüngsten sagg eenmaol in de Schoole, BDM, dat bedüde eelicks ‚Bubi drück mich!' Dao schaut't Philipp baoll in't Lachen. He namm sick vüör, Vader Uhlmann en Wink te giebben. Me kaonn gar nich mähr wietten, wat in Roggenduorp all's üöwerkamm. Bes nuhen haer he sick ut de Partei un all dat Wiärks ruthaollen, patt lange kaonn't nich mähr gued gaohn. Leßthen bi Führers Geburtsdagg haer Bramkamp in de Schoole all so wunnlick küert.

Üöwerhaupt Bramkamp, de was düfftig upliäft. Sienen Pruemenkuotten gaff he fröh an sienen Äöllsten un wulackte nu heele Dage för de Partei. De Lüe wussen patt, dat eelicks Töns Brüse iärste Mann van de Roggendüörper Nazis was un blaoß afwaochten dai, wann he Ortsgruppenleiter wäern kaonn. He haer düörntieds aower met siene Firma vull te doon, un den Utbau van de niee Kreisstraote kaonn he all met siene Lüe un siene nieen Maschinen üöwerniemmen.

De Nazis maoken würklick wunnlicke Saaken. In'n Summer un in'n Winter haollen s' Sunnenwendfieer. Dao maoken s' daip in den Ekenbuschk van Schult Roggenduorp 'ne graute Fieer unner den Stäernenhiemel. Dao stacken s' en graut Füer an; de Kinner maossen Gedichte upseggen, un wann't gaong, was auk Musik dao: Fanfaren un graute Trumm. Men, dat an'n End alle Lüe düör dat Füer sprangen un sick de Frieenslüe daobi de Hannen gaffen, was eelicks blank Heidenwiärks. Dat heele Duorp haer Späßken, äs nao een so'n Julfest te häören was, auk Bramkamp häer met sine höltern Been 'n paar Maol üöwer dat Füer susen wullt un wäör met sien Gatt un met de Hannen in de Glot kuemen. En paar Wiäken maoß he würklick en witten Verband driägen. Terlauh küerde sukzessive in de Kiärke üöwer dat niee Heidentum, un den Bischop van Mönster haer daoüöwer en Hirtenbreef an siene Pastörs un Schäöpkes. Bi de Priäke paoss Terlauh wahne up, dat he sick nich verholsterde un sien Muul nich te graut maok.

Bi't Kartenspiellen wuss he äs maol en Wüörtken van'n grauten Historiker ut Holland te seggen. Düssen Mannn haer dat Book üöwer den Ünnergang van't Aobendland schriewwen un noteert, wat in dat Book van den Nazi Rosenbiärg gued un richtig was: Dat wäörn blaoß de Nümmerkes buoben up de Sieten. In de Kiärke schweeg den Kaplaon van düsse Saaken leiwer still.

De Nazis kammen van eene Fieerie in de annere. Se wullen nu auk de Hochtieden üöwerniemmen. An 'nen schönen Summerdagg kamm de heele Ortsgruppe bineene un haoll 'ne fieerlicke Koplation unner Schult Roggenduorps grauten Ekbaum. Se haern dao 'ne Lichtung uthauen, en paar siege Hieggen puottet un'n graute Findlinge in'n Krink henleggt. De Stiär nömmden s' nu üören Thingplatz, äs wann't en Hilligdom was. Haug in den aollen Baum stack en Fahnenmast met de Nazifahne un weihede in de Summerlucht. En haugen Nazi was ut Mönster kuemen, dat Töns Brüse un siene Sophie unner den gröönen Baum kopleert wuorn. Töns kreeg bi düsse Sermonie en lütten Hamer ut Sülwer äs dat Teeken van den Guott Donar, un sien Fraamensk kreeg en lütt Slüedelbündken äs'n Teeken van de Göttin Freia. Dann maossen de beiden jungen Lüe düör dat Füer sprengen un wassen nu Mann un Frau. Ut

de Kiärke was Brüse all lang uttriäden, nömmde sick sölwst ‚gottgläubig' un küerde van Holtmann un Terlauh blaoß no äs Schwattkiels un ‚bevölkerungspolitischke Blindgängers'. Un et wassen nu all wat mähr Roggendüörpers, we Brüse tolusterden.

Dat Rheinland wuor wier met dütschke Suldaoten besett', un sölwst Vader Böker mennde, et was wisse gued, dat't wier 'ne Densttied för alle jungen Mannslüe un 'ne gröttere Reichswehr up dütschken Buoden gaff. Aower de Nazis maoggen upstellen, wat se wullen, auk in Roggenduorp bleewen de aollen Familgen trüe bi de Kiärke un üöre Geistlicken. Dao kammen de Nazis nich wieder. Holtmann mennde eenmaol, et duch öm, dat de Mensken, we in de

Kiärke kammen, wat inniger un naodenklicker in de Bänk un vüör de Hillgenbeller knaieden äs fröher.

Men, Nickels wassen s' bliewwen.

Eenen fröhen Sunndagmuorn staonnen Tante Franziska un Klara Bökers up de Trepp vüör dat Hues un keeken to, wu Bramkamp, Brüse & Co för 'ne graute Aktion antradden. Dat was nu all en langen Tropp, we van Kortmanns Wäertshues bes nao Bökers hengaong, twiärs bi Mendels vüörbi. De Nazifahne kamm met Trara bi Kortmanns harut un namm Stellung vüör de Front. De Ortsgruppe staonn stramm; jüst den Augenschlagg kamm Janbernd üöwer de Straote föhrt. He was to't Miälken up de Wieschke west un haer twee Miälkdüppen an't Rad hangen. Siälsvergnögt strampelde he met sien Rädken un siene Düppen jüst tüschken Bramkamp un Brüse, de Front un de Fahne düör, steeg nich af, dampkede siene lütte Mutz un lait'n gemötlick „Gued'n Muorn!" tüschken siene Tiähne harut. Faots was Liäben bi de Nazis, un de aolle Moder Kortmann, we't nu auk met de Nazis haoll un met Andacht bi all de Fieern daobi was, raip Janbernd ächterhiär: „Janbernd Bökers, miärk di dat! Hier bi us hett dat nich ‚Gued'n Muorn'! Hier bi us hett dat ‚Heil Hitler'!"

Janbernd haer't jüst haort, äs he an de Fahne vüörbikamm. He tratt in de Bremse, staonn üöwer de Stang' un draihede sick heel gemötlick üm. Dann speeg he iärst äs ut, gremsterde sick un raip trügge: „Moder Kortmann! Dööt mi leed: Bi mi hett dat ümmer no ‚Gued Muorn', wann'k de Daggstied segge!"

He steeg up un strampelde an de Nazis vüörbi, dai met eene Hand winken un stüerde met siene Miälkdüppen up Bökers Höffken.

De Nazis wuorn dull. Bramkamp bölkede van'n laig Eksempel för Roggenduorp, van Schwattkiels, Juenfrönde un Nöstbedrietter, we m' up de Duer wull de hatte Fuust wiesen wull. Dann gaff he iärst Kommando to'n Leed, wat äs Gruß an Mendels dacht was:

„Es stehn die Sturmkolonnen
zum Rachekampf bereit.
Erst wenn die Juden bluten,
erst dann sind wir befreit!
Sprung auf die Barrikaden,
der Tod besiegt uns nur!
Wir sind die Sturmkolonnen
der Hitlerdiktatur!"

Dann lait he dat bruene Volk up de Lastwiägens klaien, un loß gaong't nao Mönster up de naigste Kundgebung.

Janbernd maoß sick 'n paar hatte Wäörde van Tante Franziska, Klara un auk van sienen Vader gefallen laoten. Dee Lüe buten up de Straoten, auk de Nazis, wassen wisse Kunnen, we de Familge in'n Laden un in de Wiärkstiär up de Duer feihlen kaonnen. Sölwst Aron Mendel, we dat Spiell ächter de Gardinen bekiecken haer, was de nich met upverstaohn. Moot was wisse gued, patt Üöwermoot?

Dat Kraftfahrerkorps

Bi Bökers satten s' an'n Naomdaggs-Kaffeedischk. Klara un Tante Franziska haern de lesten Dage Pruemen-Prüett kuokt un wullen nu dat schöne Wiärks up frischken Stuten probeeren, we s' düssen Muorn in't Backs haruttrocken haern. Vader Böker un Janbernd satten met üöre blaoen Schüörten, un Klara haer Hannes un de lütte Kathrina en blao Hanndook ümbunnen, dat se sick nich heel met dat Pruemenprüett toschmeeren kaonnen.

Dao gaong up eenmaol de Huesdööre, patt so harr, dat m' sick verschriäken kaonn. De Klingel raip, un faots schmeet wat de Döör wier to un bruusede düör den Laden un ächter de Thek. Rumms – schmeet Tante Franziska de Pendeldöör nao de Küek loß. Düttmaol keek se nich äs, dat kineen van de Kinner d' ächter satt; daomet was se süss so genau.

De Möhne holsterde in de Küeke un satt sick heel ächter Aoms up den naigsten Küekenstohl un keek de Familge heel venienig an:

„Nu stellt ju äs vüör! Ji will't wisse nich glaiwen! Ick hät't auk nich glaowwt! Et is patt waohr! Un ji mött't äs sölwst kieken. He is jüst nao Kortmanns hen! Dat is 'n Dingen!"

Klara kamm met de Kaffeetass un stellde dat Braudküörwken, Buotter un frischke Pruemenprüett up den Dischk: „Wat för'n Pajass is di dann üöwer den Wegg laupen, Tante Sissa? Du büss je heel ächter Aoms! Nu laot dat aolle Holstern sien un vertell äs in alle Ruh! Kuem, maak us nich so niesgierig!"

„Et is auk nich te glaiwen! Bi mankeenen häer'k dat glaowwt, patt nich bi ömm! Dat de up düsse verquante Saake no so dämlick harinfäöllt un sick beküern läött!"

„Nu men sachte, Süster, un all's nao de Riege!" mennde Vader Böker un haer sienen Spaß an de Möhne, we so upgeregt un heeschk was.

„Ick wull doch iäben nao Bökers Kolonial. Nu haer'k jüst mien Wiärks bineene un betahlt un met Bendine all's düörhieckelt un will wier nao Huese, – dao kümp he mi jüst vüör de Döör in'ne Möte un hät 'ne funkelnagelniee Uniform van de SA an't Liew. All's schön bruen un met Stiebels un Reimens un Armbinnen un Müschk un all dat Wiärks, wat Bramkamps Lüe so met sick harümdriägen mött'. Häern ji dat dacht?"

Klara faong an te lachen: „Wann du us nich vertellen wuss, we di dao inne Möte kamm, könn't wi us je nicks

denken! Wat was't dann för 'nen Schaleier, dat du doch iärssig büss?"

„Dat is't je: Alwis! Alwis Terbrüggen!"

Rumms! Klara lait den Pruemenprüettpott sacken, dat he up den Küekendischk knallde. Janbernd keek up: „Patt süss feihlt di nicks, Tante Franziska? Alwis un 'ne bruene Uniform? Et is vandage doch nich Fastaobend!"

„Janbernd, mienen leiwen Patenjungen! Häb ick di eenmaol in mien Liäwen bedruogen? He staonn dao vüör mi met sien niee bruen Tüeg un was auk en Augenschlagg beschweicht."

„Dat kann doch nich sien, dat giff't gar nich!" raip Vader Böker. „Du häs di wisse verdaohn, Franziska!"

„Nee, nee! Dat was Alwis, un den Kunnen wuss faots, wat'k mi in düssen Moment so dacht häb."

Klara wuor niesgierig: „Du haers ön wisse auk verschruoken. Wat sagg he dann wieders?"

„He sagg gar nicks!" Tante Franziska greep nao de Tass met den Muckefuck. „Ick kaonn't patt nich sien laoten. Iärst häb'k mi Naobersjungen van buoben bes unnen ankiecken. So gaas sukzessive. Van de Stiebels bes nao de Müschk hen, van siene Armbinnen bes nao de Reimens. Un dann häb'k öm seggt: Alwis, wat häs du di vandage fien maakt!"

Bökers schaut't in't Lachen. So schlimm äs de Saake was, so nüdlick stellden se sick dat Beld van de Möhne un Alwis vüör.

„Je, un wat sagg he daodrup?" wull Klara wietten.

„Alwis?" Franziska beet iärst äs in dat Buotterbraut: „Alwis keek mi blaoß so an !"

De Geschicht was de Sensation an'n Kiärkhoff, un Janbernd lagg den heelen Aobend an't Feester te liggen un wull seihn, dat de Nazis van üören Denst trüggekammen nao Kortmanns. Un würklick, kuort nao teihn Uhr kaonn he sienen aollen Frönd ut de Kinnerdage bekieken. Iärst äs staonnen s' no bi Kortmanns vüör de Dööre. He un Bramkamp un auk Töns Brüse, un läterhen gaong he auk bi Bökers vüörbi un flaitede en Leedken. Janbernd dai sick aower nich wiesen un gaong den annern Muorn, nao dat Teihnührken, äs rüöwer in de Smie.

Dao staonn graut un breed en Wagen van Brüse, un Alwis lagg daounner un lait blaoß siene Beene seihn. He keek jüst an de graute Asse vüörbi un saog faots an de Föte un de blaoe Schüört, dat sien Frönd un Naober in de Wiärkstiär staonn. Wat haer he en schlecht Gewietten! Iärssiger draihede he an de Schruewen. Maogg dat Küern baoll vüörbi sien. Janbernd lait sick Tied un satt sick up den Dissel. Iärst küerde he üöwer de Arbeit, dann üöwer dat Wiär, van de Kinner un dat Stohlers je nu all dat diärde kreegen. He lait Alwis schmuorn in sienen eegenen Sapp.

De lait nao'n Tiedken en Söcht un kamm unner den Wagen weggkruopen: „Du kümps wisse nich wiägen Philipps un Kathrins Kinnermaaken! Franziska hät mi gissern naomdagg seihn in miene niee Uniform, un nu wuss du wat van mi daoto häören! Is't nich so?"

Janbernd keek den Frönd in't Gesicht: „Wi kennt us diärtig Jaor, Alwis. Un drüm dai'k daoto gäern wat häören. Waomet häbt de Nazis di denn an'n Kanthaken krieggen?"

Wünnerlickerwies bleef Alwis in'n Tratt un bruusede nich loß: „Ick sinn kien Nazi – un ick sall't van Hiärten auk nich wäern. Up de Duer aower – küennt wi gar nich anners! Büss nuhen sind all mähr äs de Halfschaid van de Buern bi de Nazis intriäden. De küert sick af, un wann wi us nich'n biettken drait, dann giff et för usse Smie baoll nicks mähr te doon. Verliedden Monat hät Brüse bi Kortmanns 'ne Versammlung maakt un'n Kraftfahrerkorps för usse Amt Roggenduorp in de Wiält sett't. Dao käönnt de Lüe dat Autofahren kennenlähren. Un dann kümp nu de graute Saake met den KDF-Wagen, de Volkswiägens. Dat is miene Schangse!"

„Aower Alwis!" raip Janbernd un haer all'n rauden Kopp krieggen: „Döhs du dien Gewietten wegg för'n Pott Düörgemöös?"

„De Nazis häbt'te seggen in Dütschkland. Dat kaas du draihen, äs du dat wuss. Un wi mött't us nu en biettken metdraihen. Dao bliff nicks üöwer. Usse Smie was ümmer en gued Geschäft, ick mott mi aower all mähr üm de Maschinen besuorgen äs usse Papa üm de Piärde. Wi mött't ümdenken! Du auk!"

„Un daobi helpt di de Däösköppe van de Nazis, dat du, Alwis Terbrüggen van'n Kiärkhoff in Roggenduorp, an't rechte Naosinnen kümps?"

„Nee, dat nich! Ick häb patt auk Frau un Kinner un 'ne Familge te versuorgen, un mangst mott m' sick in't Liäben auk no'n Wind draihen, we bläöss!" He reew sick de Hannen met so'n Putzlumpen af. „Den Wagen is nu feddig, un naigste Wiäke kriegt wi dat iärste Auto in de Wiärkstiär. Üöwer den Winter maak ick in Mönster en Kursus met äs Automechaniker. Du sass seihn un beliäwen, dat wedd wat hier bi us. Un dat met de Nazis, dat fäöllt de so met bi. Niemm et nich so tragisch, Janbernd, un si nich dullköppschk. Dat Liäben is so . . .!"

Janbernd haer sick ümdrait un was all üöwer den Hoff nao den eegenen Gaorn unnerweggens. Alwis raip düör de Paote ächterhiär: „Kiärl, Janbernd, nu blaos di nich so up! Up de Duer kümps du auk no daoächter!" Dao haer de junge Böker patt all sien Gaornpörtken tosmietten.

Wiäkenlang lait he sick bi Terbrüggen nich mähr seihn. Anna kamm mangst nao Klara hen un wull ön gued toküern. Men Klara was met düsse Saake nich inverstaohn. Wat Janbernd auk öwen kaonn: De Nazis kammen vüöran! Dat Liäben gaong wieders, de Lüe haern Arbeit, un bi de schönen Olympischen Spielle in Berlin gaff't graut Tam-Tam vüör de Nazis un Hitler. Wassen nich de Franzosen met'n Hitlergruß in't Stadion trocken? Un düssen englischken Politiker, den Churchill, wat haer de no Gueds üöwer Hitler seggt? All dat gaong Janbernd düör den Kopp.

Haern sick vlicht de Kiärke, dat Zentrum, Terlauh un alle Frönde verdaohn? Was dat met de Nazis un dat niee Dütschkland vlicht doch nich so schlecht? Janbernd bleef bi siene Arbeit, satt in de Wiärkstiär, laip nao de Buern hen un flickede de Lakens van de Binner, we nu bi de gröt-teren Buern upkammen. Daobi haoll he patt van den Dagg an de Muule üöwer Politik.

De Revision

Dat Doppelkoppspiellen was nu auk an'n End. Äs Terlauh anne Riege was daomet un Alwis eenen Dagg up den Kiärkhoff inviteerde, stuederde de so wunnlick harüm un küerde van wichtige Termine. He wull sick wull nich mähr bi den Kaplaon seihn laoten. M'kaonn in so'n Düörpken licht kontrolleren, we wann waohen laip. En veerden Mann, we to ön päössig was, kaonnen de drei, Janbernd, Stohlers un den Kaplaon nich finnen, un so haollen s' van dao an Küeraobende un nammen de Fraulüe met daobi.

Janbernd wull wiäkenlang nich begriepen, waorüm Alwis umstuortt't was un nu äs Nazi harümlaip. Terlauh mennde, dat kaonn m' wull verkläören. Gewiß maogg nich jeddereen tieggen dat Water schwemmen. De Nazis wäör'n bes nuhen up Winnenspatt. Nao buten saog dat Wiärks je auk propper ut. De Saake met de Juen was wull schlimm, patt siet de Olympiade lait m' de auk in Ruhe, un Mendel häer – van Brüses Gesangverein maol af – Friär un kaonn sien Geschäft maaken äs süss auk.

De Roggendüörper Jue gaong nu wier met'n Packen un laip nao de Lüe hen, we sienen Laden uppen lechten Dagg nich besöken draoffen. Patt süss? He kaonn siene Brocken quiet wäern un de Familge haoll üör Braut. Terlauh wuss auk te vertellen, dat Mendel äs alle Jaor Holtmann Bescheid giebben un twee arme Kommunionkinner, wao't an Huese schlecht was, för üören haugen Dagg stickum un umsüss utstaffeert haer.

Un, mennde de Kaplaon, wat häer Terbrüggen en Vüördeel met de Arbeit för Brüse un dat Kraftfahrerkorps. Dann de Filiale för den KDF-Wagen! „Et sind Mensken, un usse Alwis tellt daoto! Vlicht haong sien Beld bi di en biettken te haug!“ kamm den Kaplaon an’n End. „Vull schlimmer is’t, dat de Nazis üöwerall an’t Wöhlen sind. Up de Duer, häb’k haort, mäöggt wi wull den Borromäus-Verein sluten un drüewt kiene Bööker mähr utlehnen, we nich heel un gaas religiös sind. Dao käönn wi faots upgiebben. Kiek to, wat all’s in de Schoolen loß is. Philipp magg wull wat van vertellen können!“

De lait en Söcht un mennde, den Aobend wull he nicks van’n Denst vertellen. Daobi bleef he dann auk.

Jüst de leste Wiäke haer he wier Revision hat. Äs dat so Bruek was, kamm Schoolraot Dange düör de Döör, satt sick ächten in de Klass un lusterde twee Stunnen to. Dann gaong he auk nao de Juffer hen. Nao de veerde Stunn kaonnen de Kinner nao Huese hen, Dange beküerde all sien Wiärks met de Juffer. Dann kamm he to Philipp un satt’ sick nao de Bespriäkung bi Stohlers an’n Dischk. Dat wäör aower privat, mennde he gneesend. Dange haer all’s in de Schoole üörnlick funnen. De Taofeln un de Hefte wassen sauber, de Dintenpöttkes wassen nich indrügt, un äs de Stunnen van siene Magisters gued vüörangaongen, haoll he sick an siene Art un keek in de Schäppe un paock auk in de Bloemenpötte. Alle Lährpersonen in den heelen Kreis wussen, dat düsse Sökerie en gued Teeken was: De Häer Schoolraot was tefriär. Sienen Bericht käönn gued wäern för de Roggendüörper Schoole. So sagg he an’n End, äs he Hoot un Taschke bineenesochde un nao sien nie Auto keek.

Philipp mäögg äs metgaohn. De beiden Mannslüe staonnen iärst unner de Vüörhalle van de Schoole un keeken up den Kiärkhoff. Dange wull aower no wieders, bes up den Platz sölwst. Stohlers verstaonn iärst nich recht.

„So, Magister! Hier käönn wi äs in Ruhe en Wüörtken wesseln!“ stüehnde de Schoolraot un baud sienen jungen Kollegen en Zigarillo an. „Un nu no düt un dat, wat den BDM nich häören sall! Philipp, wat düch di van de Politik bi us?“ Stohlers was met eenen Schlagg hellwack: „Küer ick nu met Schoolraot Dange off met den äöllsten Frönd van mienen siälgen Vader?“

Dange keek scharp to: „Met Vaders Frönd, Philipp. Un hier lustert us blaoß den Häerguott to!“

„Dat Wiärks is bedrietten, Onkel Anton!“ Düör de heele Revision, auk wann Kinner off annere Lüe daobi wassen, gaong dat je per Sie, nu küerde Philipp aower, äs he dat siet siene Kinnertieden gewuehnt was: „Ick kann de nich mähr met utkuemen. Düsse Lehrpläne, dat Laigen un de Dooerie, all den Nazikraom. Dat is nich dat, wat ick lährt häb. Leßthen kümp Bramkamp in de Schoole, brengt den Brüse met un ’ne heele Kist Handgranaten. De häbt s’ bi Rockendreier Klapp in Brentrup ut Holt draihen un schwatt strieken laoten. Dat was nu dat Geschenk van de Roggendüörper SA för de körperlicke Ertüchtigung un Wehrkunde. Un wi säöllt nu met de Dinger dat Wietsmieten üben. Wecke van de Jungs in de Widd’ am besten wäörn, kreegen ’ne Medallch un dräöffen up so’n Wettbewiärb van dat Jungvolk off de Hitler-Jugend. In de Schoole mott ick uppassen äs’n Lucks, un wann Kathrin wat Wiärks för de Kinner brüek, geiht Klara Bökers, usse Naoberschke, up üören Namen nao Mendels – düör de Gaorndöör. All’s een Laigen un Bedraigen!“

Dange nickoppede: „Du kaas froh sien, dat dat Zentrum nich mähr is. Gaff et dat no un wäörs du no daobi, se häern’ di all lang an de Lucht sett’. Dat is gewiß! Up de Duer kümp den Religionsunterricht ut de Schoole harut. Dao is nicks mähr met Biblische Geschicht un Katechismus. Se will’t auk de Krüüse ut de Schoolen haalen, un äs Magister draff ick blaoß no eenen instellen, we weltanschaulick unbedenklick is. Philipp, paß up! De Juffer van den BDM is ’ne aolle Hex’! Haoll di dat Fraamensk van’t Liew!“ Dange gneesede: „Ick mein dat denstlick, süss häs du je diene Kathrin!“ Dann wuor he wier ernst.

„Du maggs et nich glaiwen, wat in de Städte all’s passeert. Hier bi us up Lannen häbt de Kinner no wat te doon, un de Öllern haolt’se an Huese, in’n Gaorn off uppen Kamp. In de Stadt sind de nu all organiseert. De Blagen laupt nich ’nen Tratt aohne de Partei. Dao geiht dat in de Schoolen alle Stunnen met ‚Heil Hitler‘ un Naziwiärks. Leßthen vertellde mi en aollen Frönd un Kollegen, he häer dao jüst in de achte Klass’ ’ne Riäkenarbeit schriewwen laoten. Tiegen End van de Stunne was dao so’n Bucksenbäernd upstaohn, häer üöwer sien Heft, waoin de Riäkenpäckskes staonnen, den Hitlergruß maakt un van ‚Heil Hitler‘ küert. Den däösigen Schlamps mennde würklick, dat käönn öm helpen. Wao bliff den Verstand, Philipp? Sind wi dann nu alle düördrait?“

„Un dat in de Kinnerköppe! Schlimm!“ mennde Philipp un gaff Dange recht.

De küerde sick nu in Brast: „Un dann düsse Minnachtigkait, düssen Hatt un düssen Pick, we se bi de Kinner tieggen annere in de Hiärten puottet. Wat häb ick’n Spaß hat, dat düssen schwatten Amerikaner bi de Olympiade veermaol de Gold-Medallch wunnen hät. Un den Hitler maoß öm vüör de Reporters äs gröttsten Sportler gralleeren! Aower in Brentrup, dao sind Juenkinner, Verwandtschopp van juen Mendel dao üöwer de Straote. An Hitlers Geburtsdagg maossen de vüör de Klass’ antriäden un sick äs Giegner van dat dütschke Volk utschennen laoten. Ick höer van düsse Saake un fraoge bi de Revision den Lährer Terboven daonao. Düssen Verbriäker segg mi, dat gaong jüst so nao de Richtlinie, un de mäöß ick äs Schoolraot wat biätter kennen äs he sölwst!“

Philipp Stohlers keek in de Höchte nao den Kiärktaonhahn van Sünte Sebastian: „Un waorüm vertells du mi dat hier, Onkel Anton, nao miene denstlicke Revision uppen Kiärkplatz?“

„Weil ick in de Schoole un auk in usse Amt all lang de Muule haollen mott. Drüm, leiwe Philipp! Ick mott mi auk äs eenmaol utküern! Un nu luster wat genauer to! Du häs wisse metkrieggen, dat'k verliedden Fröhjaor vetteihn Dage krank west bin. Den Dokter mennt je, ick häer en schwack Hiärt. Dat sall nu den Grund sien, dat se mi met no nich äs seßtig Jaor all up't Aollendeel setten un in Pension schicken willt. Dat Wiärks schennt mi all's akkordeert! Vandage was vlicht all mienen allerlesten Besöök in eene Schoole van mienen Bezirk. Tje, un nu büss du dran! Un dann häb es Denk drup, wat et bedütt, för di, baoll den lesten Magister in'n Kreis, we no nich bi de Partei is?“

„Afgaohn? Pension? Met nich äs seßtig Jaor? Onkel Anton! De Nazis sind wisse laige Kunnen, patt de Prüeßen liäft no, un de sind kniepig. Den Staat kann no teihn Jaor wat van di hebben!“

„De in Mönster sind patt in Druck!“ Dange keek lubitschk un satt sick up den Kotflüegel van sien Denstauto. „Ick laot mi nicks vüörsmieten. Mien Denst is in Uorder. Ick häb nicks klaut un sin kiene Juffer an'n Rock off de Wäöschke gaohn. De spüört aower alle Dage, dat ick nich met ön in eene Riege gaoh. Drüm sall ick afgaohn. Men to, patt miene Hannen kann'k nich mähr üöwer di haollen.“

„Hebbt s' all enen utkiecken äs dienen Naofolger?“

Dange schmeet sienen Cigarillo-Stüemmel düör de Lucht in de Guotte un scheen utspiegen te wullen: „Dr. Knopp ut Mönster!“

„Verdori!“ raip Philipp. „Dat is, düch mi, en dicken Gold-Fesanten!“

„Jüst dat is he!“ stimmde Dange Stohlers to. „Se seggt, he dai siene Uniform nich äs unner de Brause uttrecken! Un drüm, leiwe Philipp, maoß du nu wat mähr doon. Du häs ’ne üörnlicke Frau, drei Kinner un ’ne Moder in’n Hueshold te versuorgen. Ick häb mi üöwerleggt: Wi häbt je in Mönster den Westfäölschken Heimatbund un hier in’n Kreis en Kreiskulturwart. Met den Mann kann m’ no küern. Ick häb öm seggt, vlicht wulls du hier in Roggenduorp en Heimatverein loßmaaken. Dat is noog för de Lüe, un vlicht häöllst du dann diene Ruh’. En Rektorat kriss du unner düsse Regierung dien Liäfsdagg nich. Wann du aower nao buten hen so’n biettken wat döhs, laots’ di vlicht in Ruh un Friär. Häöllst dao een- off tweemaol in’n Winter en Heimataobend met’n biettken Musik un Plattdütschküern, schriwws äs maol ’ne schöne Geschicht för dat Brentruper Blättken; dann käönnt se di nich so vull!“

„We sick met Driete afgiff, magg de wull in ümkuemen!“ Philipp was van düt Projekt gar nich angedaohn.

„De Heimatäer is kiene Driete, auk wann de mangst Lüe drüöwerhiär marscheert, we de kiene Leiwe to häbt. De Idee is gued. Ick häb leste Wiäke ’ne nüdlicke Geschicht haort. Dao is in’n Naoberkreis en Magister, de mott nu auk wat met de Partei maaken. De hät an Huese, dat is in de Buerschopp, den ennzigsten grauten Dütschken Schäöperhund, en uwies Dier van’n Rüen, daoto van Rasse un met Papiere. Un düssen iärssigen Magister hät nu met sick sölwst un sienen Rüen un süß kineen de SA-Hundestaffel dao fundeert. Den Rüen krigg nu en Halsband met’n Hakenkrüüs un ’ne düfftige Dieck met Afteekens, un sienen Häern hät met nicks mähr Last! De Nazis säöllt ön wull in Ruhe laoten. De willt mangst auk blaoß en schön Spitakel nao buten hen hebben. Philipp! Denk an dat, wat’k di seggt häb. Gued gaohn, un naigsten Monat kuem ick äs Pensionär up Visit. Nao wat! Ick mott je auk de Denstwuehnung rüümen. Wi treckt wier nao Brentrup, dann sin ick in de Naigte!"

Dange steeg in sien Auto, schmeet den Motor an un töffkede langsam van'n Kiärkhoff runner.

Philipp Stohlers winkede ächterhiär un gaong dann – den Kopp vull Suorgen – in de Schoole trügge.

Aobends maoken he un Kathrin en Spazeergang. Philipp verkläörde all's siene Frau; de mennde, Dange häer wisse recht. Wann den Dr. Knopp kaim äs Schoolraot, mäöß m' siecker uppassen. Un'n Heimatverein was dao eelicks 'ne üörnlicke Saake, off nich?

Den Stürmerkasten

Et was den twedden Saoterdagg nao Fronlieknam, un de Lüe in Roggenduorp un in de Duorpbuerschopp – teminst de, we nich bi de Nazis metmaoken – keeken Hues un Hoff nao. Den annern Dagg was de graute Brand- un Hagelprossion, un dat Allerhilligste gaong düör alle Straoten un de naigeren Liekwiäge rund üm't Duorp. Men, tüschken Rausenkranzbiäden un Singen gaongen de Augen ümmer an de Hüeser un Gäörns lang. Dao wull sick kineen wat naoseggen laoten.

Janbernd haer vüör't Hues de Guotten un dat Trottoir kährt un dat Gräs un Moos tüschken de Kattenköppe utkrasst. Auk de Straote haer he bes an den Kiärkplatz fiägt. Annern Muorn wullen to de rechten Tied dao de Naobers üöre Bellers ut Sand, Kiesslinge un Bloemen utleggen. Üöwerall kaonn m' de Hamers häören; Lüe satten all de Iesens an de Straote un keeken auk no de Fahnenstangen. Dat frischke Gröön lagg up Haupens ächter de Hüeser.

Blaoß bi Aron Mendel was no all's rüh'g, wieldes he sienen Sabbat haoll. De Lüe wussen patt genau, dat he muorn all vüör Dau un Dagg siene Iesens setten, de Maien harutstellen un de Fahnen uthangen dai.

Tüschkendüör haern de jungen Mannslüe Tante Franziska vernatzt. Se kamm düt Jaor met üör Altäörken nich praot. Dat graute Feester an't Geschäft haer se utrüümt, un de Sättels, all dat Liäder- un Polsterwiärks in de Wiärkstiär packt. Dann haer se de Hockers ut de Küeke haalt, rein Linnen drupleggt un dat graute Herz-Jesu van'n Balken haalt. Dat kamm ümmer bi düsse Prossion harut. So vüör'n paar Jaor haern s' den sööten Jesus den Kopp afbruoken. Nao't Uprüümen haern de Naoberfraulüe te vull van Terbrüggens Upgesett'ten hat, un Franziska was met dat Herz-Jesu in't Holstern kuemen. Den Kopp was draff; et was patt en glatten Bruch – so sagg Vader Böker – un et was auk te kliäwen. Aower dat Wiärks wull nich haollen, un drüm kamm den Kopp van dat Herz-Jesu üöwer't Jaor bi Franziska inne Treck un maoß gaas an'n End van den Altaorupbau sachte up de Figur prakteseert wäern. De jungen Mannslüe maoken sick en Spaß drut, laipen düör den Laden, tratten faste up de Dielen off wackelten en biettken an dat Altäörken, bes Franziska den Bessem namm un de Mannlüe wegglöchtede.

Van'n Kiärktaon kamm üöwer 'ne Stunn dat Sunndaggsbeiern. Den Fieerdagg wuor inlutt, un nao't Aobendiätten satten Bökers ächten in'n Gaorn uppe Bank un keeken siälsvergnögt üöwer de Rabatten un Pättkes. De haern s' den Naommdagg schöfelt un harkt.

Ut Mendels Gaorndöör kam Aron harut. De haer sienen Sunndaggsten an un keek nao'n Hiemmel. In'n Westen gaong de Sunn ächter den Domänenbuschk unner. Met Glück maoggen de Roggendüörpers gued Wiär hebben bi de Prossion.

Bökers wussen siet Jaor un Dagg, wat Mendel Saoterdaggsaobend üm düsse Tied in'n Gaorn dreew. He haer all längst de Sticken un teminst eene guede Sigarr inne Taschk. Nu keek he nao de iärsten tweee Stäerne; wann de to't Löchten kammen, draoff he sick Füer schlagen un de iärste Sigarr nao'n Sabbat anstoppen.

Janbernd laip nao't Stankett un wull den Naober en biettken öwen: „Öhm Aron, du büss wat fröh! Wi häbt no en halw Stündken, bes dat de Sunn wegg is. Haoll du ja dienen Sabbat!" Mendel gnöchelde: „Ick mein baoll, dat miene Sigarren en halw Stündken vüörgaoht. Ussen Almanach segg wat van teihn nao niegen Uhr. Hebbt ji all's praot för de Prossion? Du maoß je muorn auk met de Broerschopp!"

„Dat häs du auk all haort?“ wünnerde sick Janbernd. „Ick tell je nu nao den Männer-Vüörstand un mott vanjaor ’t iärste Maol bi’t Kiärlkendriägen uthelpen. Vader mott nu sien Stiefken harutrücken!“

„Wann’t helpt tieggen Füer, Brand un Hagel, dann is’t wisse gued, dat ji juen Hilligen Sebastian düör Duorp un Buerschopp schlöert“, mennde de aolle Jue, „patt muorn is dao ’ne Konkurrenz! Ick häb haort, dat Brüse de SA to teihn Uhr för’n Antriäden bestellt hät. Kuemt ji dao nich jüst met de Prossion trügge nao’n Kiärkhoff?“

„Dat aolle Schienaos!“ schennde Janbernd. „De Nazis will’t all’s kaputt maaken, wat met de Kiärke un usse Duorp te doon hät!“

Mendel remsterde sick: „Kaputt maaken – he will je auk en Protest maaken, wieldat – du weeß wisse – den Stürmerkasten bi Kortmanns anne Müer – dao is all wier de Schiewe in Tott. Et is all veermaol passeert, dat eenen Schaleier met’n hatten Knicker un ’ne Smiete in de Schiewen schött.“

„Is dat nich schön, Onkel Aron!“ fraihede sick Janbernd. „Wat dao all’s an Laigen insteiht. Dat bruekt wi us in Roggenduorp nich gefallen laoten. Ick find’t gued, dat dao no eenen sovull Vernüll hät, un Töns Brüse wiest, wat met sien Klopapier loß is!“

„Maggs Recht hebben, Janbernd, patt . . .“, de aolle Jue keek all wier in’n Hiemmel, greep in siene Taschken un haalde de Sticken harut: „Da, niemm, eene Sigarr för di, eene för mi. Kiek hen, dao staoht de iärsten Stäerne!“ He schlaog Füer un trock sacht an siene Sigarr. Auk Janbernd haer sick bedennt.

De Aoll keek den iärsten Rauk nao: „Du weeß je auk genau, dat den Protest muorn Meddag bi us vüör de Döör is. Den Stürmerkasten hängt visavi van ussen besten Stuoben. Un we anners äs de Jue in Roggenduorp schött dann wull den Kasten in Tott?" Aron krassde sick en biettken an'n Nacken: „Wat de Smiete angeiht: Äs du no'n Jungen west büss, dao häb ick mi faken wünnert, wat du met de Smiete ümgaohn kaonnst." He trock wier an siene Sigarr. „Un mennst du, eenen van de Nazi-Däösköppe kümp up de Idee, dat m' auk van Bökers Balkenfeesters direkt up den Kasten haollen kann."

Janbernd haoll sick de Muul to un faong an te pruesten: „Dat häs du seihn? Nu segg äs sölwst: Is dat nich gued druoppen üöwer mähr äs twintig Meters!"

„Laot et sien, ick bidde di daoüm!" sagg Mendel, un keek up eenmaol bedrüewt. „Ick fraih mi je auk, dat du de Nazis wiesen wiss, dat nich alle Lüe in Roggenduorp ächter üören Tropp laupt. Et magg aower passeeren wat will: Is den Kasten wier kaputt, is Mendel wier schüllig. Janbernd, et is in düsse Tieden ümmer de Jue! Un in Roggenduorp hett de nu eenmaol Aron Mendel."

„Augenschlagg!" Janbernd keek heel verwünnert: „Du mennst, Öhm Aron, ick dai di kien'n Gefallen, wann den Stürmerkasten eenen verpaßt krigg?"

„Jüst so is't!" sagg Mendel. „Et sind verquante Tieden!" Janbernd kreeg et nich in de Riege. Wi sallt et tolaoten, dat usse Naober üöwer hunnert Jaor van Brüse un sien Packvolk düör de Driete trocken wätt?„

„Et is biätter so!" nickoppede Aron un keek Janbernd gliekmödig an. „Tieggen düsse Saake kuemt wi nich an, un wisse nich met Smieten un Knickers. Kann'k mi up di verlaoten, Janbernd?"

De nickede blaoß un schweeg iärst still. Nao'n Tiedken mennde he: „Dat is 'ne verkatte Wiält! De Nazis stellt all's up 'n Kopp, un wi säöllt tokieken? Öhm Aron, wao sall dat an'n End hengaohn met de Verbriäkers?"

Mendel gaong met siene Hand sachte üöwer so'n paar Stuockrausen: „Kiek äs, de kuemt baoll an't Blaihen! – Wao sall et hengaohn? Janbernd, wi wuehnt all so lange in Roggenduorp. Ick was in'n Weltkrieg, jaorenlang, un häb auk dat EK I. Wi häbt hier kineen wat daon. Un de Lüe bruekt us auk hier. Wao sall dat hengaohn? Käerls äs Hitler un Brüse gaff't ümmers maol wier, un de Jue kreeg ümmers mal wier wat up de Niäse. Men sock Schlagg Lüe, de kuemt, – un de gaoht auk wier. So'n Blättken äs den Stürmer wedd auk maol to Klopapier, würklick. Ick weet, dat us kineen in Roggenduorp wat dööt, dat Singen un de bruene Pucherie maol af. Un wann du mi würklick helpen wiss, usse Familge, diene Naobers helpen wiss, dann laot den Kasten in Ruh. Üöwer en paar Jaor is de Aaperie vüörbi!"

Janbernd trock de Schüllern haug: „Wenn't so sien sall, is't van mi ut in Uorder. Spaß, Öhm Aron, hät et mi maakt. Un segg äs sölwst: Giff 't no eenen Jungen in Roggenduorp, we met de Smiete so bannig genau ümgaohn kann?"

Mendel gneesede en biettken: „Schabbes is vüörbi, ick will no'n biettken met diene Lüe küern." He gaong düör dat Päörtken in Bökers Gaorn un nao de Bank hen. Tante Franziska lait üör Stricken sacken un fraihede sick up dat Praoten met den aollen Naober.

De HJ marscheert

Van all de Vereine, we in de aollen Tieden in Roggenduorp so iärssig an't Wiärks wassen, bleef blaoß de Broerschopp üöwer. Alle annern haern sick längst met de Nazis verbinnen maoßt un staonnen in de Nationale Einheitsfront. Terlauh wuor et mangst benaut, wann he van den Sportplatz dat Päöhlen van de Roggendüörper Jungs un dat Roopen van de Fußballfrönde häören maoß. He sölwst gaong all lang nich mähr to't Kieken, siet dat s' ön up'n Sunndaggnaomdagg dao up'n Stiärt triäd'n haern. Pastor Holtmann un den Kiärkenvüörstand haern aower den Sportplatz, de aolle Anweid, an de Gemeind' verpachtet un wullen de jungen Lüe den Spaß nich niemmen. Men, dat DJK-Afteeken haern s' van de schöne Paote afsaagen maoßt. Nu staonn dao auk en Hakenkrüüs.

Ächterrücks was Holtmann wull tefriär, dat sienen Kaplaon sick blaoß no um de Mißdeiners besuorgen kaonn. So haer den jungen Geistlick Tied, all de Anfraogen düörtekieken, we nu wiägen de Arier-Naowiese kammen. De nieen Gesetze maoken fast, dat jeddereen Öllern un Vüöröllern upschriewen un betügen laoten maoß. Un de enn zigsten Urkunnen daoto haern blaoß de Kiärken. We bi de SS intriäden wull, maoß bes up tweehunnert Jaor Naowies brengen, dat dao kien'n Juen off Zigeiner up sienen Stammbaum an't Klaien was.

„Am leiwsten mäögg ick Töns Brüse 'ne Verwandtschopp met Mendel dao rinschriewen!" haer Terlauh up 'nen Aobend bi Bökers met Lachen seggt; düör all dat Studeeren in de aollen Bööker un Papiere wuor he nu 'ne Masse klook üöwer de Roggendüörper Geschicht' un vertellde auk Janbernd un Philipp daoüöwer. De kaonn dat eene off annere Vertellsel gued för den Heimatverein brueken. Den Kaplaon wuor daohen aower nich inviteert. Dao wäörn öm de Nazis wull twiärs kuemen.

Alwis was nu bi de Roggendüörper Ortsgruppe met vüörnan. He haer met „Kraft durch Freude" te doon, kummedeerte den Verein för den Volkswagen un maoß sick auk üm de HJ besuorgen. Dao was he vlicht en biettken te aolt to, men, he was de ennzigste, we in de Jugendarbeit

Künne haer. Haer he nich auk jaorenlang de Geschäftsführung van den Gesellenverein unner sick hat? Nu schmeet he aower met Geld harüm. De HJ Roggenduorp kaonn all met füfftig, seßtig Mann antriäden, alle Jungs in Uniform; un se haollen 'ne Inrichtung för'n graut Zeltlager eegen: Acht graute Zelte – un de heele Rehschopp daobi! Daomet föhrden de Jungs in'n Summer loß un bleewen en paar Dage van Huese wegg. Dao was wat loß, un mangst beduerden Terlauh un Janbernd, dat m' fröher so schöne Saaken nich kaupen off krieggen kaonnt haer.

Eene Saake wuor up de Duer ümmer laiger. Brüse haer dat Kommando giebben, de heele Parteijugend mäöß nu ümmer an'n Sunndaggmuorn üören HJ-Denst antriäden,

tüschken half teihn un half twiälf. Äs nu baoll alle Jungs van de siewte off achte Klass an daobiewassen, kreegen s' schlecht Mißdeiners in de Kiärk; dat Jungvolk was je auk all so fröh unnerweggens, an't Marscheeren un Musikmaaken. Männige Öllern, we't nich so met de HJ haern, schickten üöre Jungs iärst nao de Miß, un laiten s' dann nao den HJ-Denst. Brüse, we ut Roggenduorp dat „Musterdorf" van't heele Mönsterland maaken wull, miärkede wull, dat de Lüe wat twiärs satt. He gaong sölwst nao de Öllern hen un maoß verniemmen, dat de auk üöre Bibel fast in'n Kopp haern: „Du sass Gott mähr deinen äs den Mammon!" sagg öm en äöllrigen Buern in Wiering. „Usse Jungs gaoht iärst nao de Miß, un dann, wann se Lust häbt, nao de HJ!" Äs Brüse drup bestaonn, raip den Vader siene drei Jungs bineene un keek se gliekmödig an: „Hebb ji Lust an de HJ?" De drei wussen genau, wat bestellt was: „Nee, Papa, dao häbt wi kiene Lust an!" Brüse wäör baoll explodeert vüör Iärger, patt tieggen so'n Buernnickel, we so vull Verstand häer äs'n Musebuck, kaonn he bes nuhen no nicks maaken. He wuss aower auk, dat männige Jungs gäern nao de HJ un dat Jungvolk kammen. Süss was in dat Düörpken auk nicks uptestellen.

Gued was, dat de Juffer Brockmann üören BDM so maneerlick in Schuß haer. Sölwst Töns Brüse gaong mankeenen Dagg nao de Gruppenstunnen un lusterde gäern to, wann van „Glaube un Schönheit" vertellt wuor. Siene Sophie saog dat nich so gäern, wann't nao düsse BDM-Aobende ümmer 'ne lange wiältanschaulicke Bespriäkung bi de Juffer up'n Stuoben gaff. Sophie verstaonn patt nicks van Politik; de Brockmannschke haer daogiegen en klook un nüdlick Köppken, un süss was dat Fraamensk auk nich unfacünlick. Brüse kaonn an Huese gued vertellen, he mäöß so faken üm de Schoole harümstrieken wiägen den

Niebau van de Turnhalle un dat graute Biwiärks. Un äs nieen Ortsgruppenleiter staonn öm dat gued an, sick üm de öffentlichen Belange te besuorgen.

Et was 'nen schönen Sundaggmuorn in'n Summer. De Sunn scheen lecht üöwer den Kiärkhoff, de Schiewen van de Hüeser wassen blank, un düör de graute Kiärkendöör, we för de biättere Lucht socke Dage ümmer loß staonn, kaonn m' dat Biäden un Singen un dat Üörgel häören. Tante Franziska maok an so'n Dagg gäerne de Feesters van'n besten Stuoben loß un auk wull de Ladendöör un lusterde de Kiärkenmusik to, wee üöwer den Kiärkhoff gaong. Se saog auk, wecke Suupklappens sick all nao de Wandlung nao Kortmanns up den Patt maoken off buten vüör de Kiärkendöören dat Kottenhanneln bedreewen. Wann de schönen Leeder kammen, summde se ümmer met, un faken noog kaonn m' häören, dat se bi't Pottkuoken van „Hier liegt vor Deiner Majestät im Staub die Christenschar“ sung.

In düsse Tieden was je sunndaggsmuorns den Laden loß un tüschken de Missen kammen de Buern met üör Liäderwiärks un annere Updriäge in Wiärkstiär un Laden. Arbeit't wuor nich, patt Geschäfte maok m' wull. Un'n biettken küern un tolustern kaonn m' up de Art auk no.

Men up düssen schönen Sunndag, we sien Lecht üöwer all de grööne Linnenpracht van den Roggendüörper Kiärkhoff guotten haer, laip up eenmaol Franziska wat twiärs üöwer de Liäwer. Dao kamm up eenmaol ächter dat Sprützenhues Musik wegg! Un süh dao! De HJ! Alwis Terbrüggen vüörn wegg, un Fanfaren un Trumm! Un nu: Es zittern di morschen Knochen . . . ! Franziska wuor met eenmaol heel uprennig un dullköpschk. Um düsse Tied! Et gaong dao nu up de Halwe Miß to, un dao laipen de Jungs met Tamtam üöwer den Kiärkhoff, maoken so'n Krach un verstüörden de frommen Roggendüörpers in de Miß! Un sogar in de Haugmiß! Faots laip Tante Franziska nao Klara hen: „Klara, Klara, kuem es wacker!“ De beiden Fraulüe keeken düör dat Wiärkstiärn-Feester; un würklick, de HJ kamm jüst bi Mendel vüörbi, un nu gäöngt üm de Fahne, we ön mähr was äs den Daud.

„Klara, segg de Jungs faots, se sallt stillschwiegen! Et is doch nu baoll an de Halwe Miß!“ De junge Frau wull daovan nicks wietten, se gaong en biettken van't Feester trügge. Nu was den langen Tropp all bi Mendels vüörbi. Tante Franziska keek ut dat Feester, keek up Klara, beet sick en biettken up de Lipp un laip vüörn düör den Laden up de Trepp. Jüst was de Spitzsk van de HJ an Bökers Ladentrepp ankuemen, dao faong de aolle Möhne äs uwies an te bölken:

„Alwis! Alwis! Segg de Jungs faots, se sall't stillschwiegen! Et is doch nu an de Halwe Miß!“

Alwis haer sick verschruoken, äs Naobers Möhne ut dat Hues stuortt't kamm un so laut roopen haer. He sölwst haer blaoß van ‚Halwe Miß‘ verstaohn, un sien Kommando kamm faots: „Lied aus!“ raip he un „Ohne Tritt, marsch!“

De Jungs verholsterden sick en biettken un den üörnlikken Tropp met siene Musik, un de Fahnen kamm düörneen. Nu trocken s' still an Bökers un Terbrüggens Hues un dat Kriegerdenkmaol vüörbi. Iärst ächter de Schoole, äs den lesten Jungen van'n Kiärkhoff harunner was, funn sick Alwis wier bineene un gaff't Kommando för'n anner Leed.

Teminst was Ruh un Friär west, äs de graute Klock van Sünte Sebastian Teeken gaff, dat nu de Pastor dat Hauggebätt sagg un de Roggendüörper vüör üören Häerguott up de Knaie laggen.

Tante Franziska was gued tefriär an düssen Sunndagg. Alwis Terbrüggen kreeg van Brüse wat te schennen, dat he vüör aolle Wiewer, we't met de Schwattkiels haollen, so kaduck was. Dat heele Duorp haer wat te lachen; un de aollen Mannslüe mennden, me wuss je wull, waorüm Bökers Franziska Juffer bliewwen was: We en heelen Tropp Nazis kummedeeren kaonn, bi de häer en Mannsmensk wisse nicks te seggen hat!

Met Guott!

Philipp Stohlers haer sick sachte in den Liehnstohl trüggeleggt. Guott Dank, dat den Sunndaggmuorn vüörbi was. Jüst üm elm Uhr was de Üöwergawe van de niee Turnhalle un de graute Pausenhalle west, we nu ächter de Roggendüörper Schoole staonn. Dat was ’ne üörnlicke Saake, de Halle up den allernieesten Stand met de Turnstangen un Rehschopp för Sport un Spiell. Auk de Pausenhalle met de nieen Hüeskes för Jungs un Wichter was akraot un kaonn sick seihn laoten. Nu lagg den Hauptingang van de Schoole nao ächten, nich mähr nao de Kiärk hen. Dat scheen Philip äs höggere Politik. Men, den Architekten van’n Kreis haer üöwer dat niee Portal in den Sandsteen „Mit Gott“ in schöne Bookstawen hauen laoten. Et maok kien schlecht Beld.

Holtmann un Terlauh wassen bedrüewt üöwer düsse Saake. Et staonn wull ‚Met Guott‘ üöwer de Dööre, aower de Kiärke van Roggenduorp haern s’ to de Inwiehung nich äs inviteerd, van Siängen off’n Gebätt nich äs te küern. Den Kreisleiter, de haugen Häerns van Partei un Regierung haollen üöre Anspraoken un de Kinner daihen danzen un singen un spiellden auk’n biettken Theater. Philipp haer’n lütt Stücksken üöwer den iärsten Schoolbau in Roggenduorp schriewwen. Daomaols, vüör 280 Jaor unner dat Regiment van'n Bischop Christoph Bernhard, haern de Buern teiärst den Schoolbau weigert un wullen sick met den Pastor üm de Kosten in't Wäertshues schlagen. Dat was 'ne spassige Saake wuorn, un de van de Partei haern dat Stücksken luowt, auk wann de Kiärke gued daobi weggkamm. An'n End häer doch den Buern- un Nährstand, äs den Kreisleiter sagg, dat Teeken för den Fortschritt sett't.

Düttmaol was aower van Kiärk un Geistlick nicks te seihn west, un de miärsten Öllern kamm dat spassig vüör.

An'n End gaff't för alle Gäst 'ne düfftige Iärfftensupp in de niee Pausenhalle ut'ne Gulaschkanone, un üm halwer twee was de Delegation aftrocken. De Nazis gaongen nao Kortmanns. Se wullen blaoß de Fahne un de Standarte weggbrengen, saggen s'.

Philipp haer de heele Wiäke 'ne Masse Arbeit met düsse Fieer hat un fraiede sick up siene Unnerst. He haer de Klocken haort, we nao de Christenlähre raipen, un dann was he sachte inschlaopen. Klock twee was all vüörbi, un de Christenlähre an'n End. De Kinner laipen met Roopen un Dettkerie nao Huese hen. Met de Stemmen kamm Philipp so'n biettken ut sien Draimen un keek verschlaopen up den Kiärkhoff. He mennde, he saog Kaplaon Terlauh met'n Rochett üöwern Arm harümlaupen. Wisse auk drommd! Sachte nickde de Roggendüörper Hauptlährer wier in.

Up eenmaol schaut he in de Höchte! Dao was wat unnen in de Schoole! Kathrin kamm in'n Stuoben: „Wat is dao unnen loß? Gaoh äs kieken Philipp. De Kinner liggt all in'n Schlaop!“

Philipp rischkede sick iärst un gaong stief an de Döör un up de Trepp, we nao unnen in de Schoole laip: Dao, twee, drei Stemmen: Dat was Gesang, Kiärkengesang, up Latien! Un nu wier de Stemm, van Terlauh:

„Omnes sancti discipuli domini!"

Un dann de hellen Stemmkes van twee off drei Jüngskes:

„Orate pro nobis!"

„Omnes sancti innocentes!"

„Orate pro nobis!"

„Sancte Stephane!"

„Ora pro nobis!"

De Allerhillgenlitanei! Stohlers was hellwack un faoll binao de Trepp draff, so ielig was he up eenmaol! Jüst gaong't üm den Dreih, un dao, in den Düörgang nao de Pausenhalle un de Turnhalle, staonn Terlauh. He haer sien Rochett un de Stola üöwer, dat Birett no uppen Kopp. Twee Mißdeiners wassen met. Den eenen haer den Wiehwaterspott un'n Gebiädbokk in de Hand, den annern dat Wiehrauksfättken un de sülwerne Wiehrauksbüss:

„Sancte Laurentii!" gaong't wieders.

„Ora pro nobis!"

„Schön, Philipp, dat du de Döör loßlaoten häs! Hebbt wi di ut de Unnerst jaggt?"

Stohlers stuederde, wat he dann hier dai. Terlauh scheen verwünnert: „Den Niebau inwiehen! Gaff't jemaols 'ne Schoole off'n Schoolbau in Roggenduorp aohne Guott's Siängen?

„Aower Kaplaon, du bes doch gar nich inviteerd!"

„Den Häerguott auk nich? Steiht graut üöwer de niee Paote: Mit Gott! Nu staoh du patt nich so draimmäsig harüm. Haoll äs mien Birett un niemm düt Gebiädbook. De Jungs könnt't nich so schön äs du! Sancte Vincenti!"

„Ora pro nobis!" Philipp was met infallen, äs van sölwst, un he gaong met de heele Allerhillgenlitanei düör. Äs Terlauh met dat Anroopen an'n End kamm, stellde he sick patt vüörsichtig an de Dööre un schlaut se to. Terlauh gnöchelde en biettken, sogar bi sien Biäden.

Dann trocken de veer stickum düör den Niebau, de Niäbenrüüme, de nieen Sammlungen un de Turnhalle un haollen de aollen Sermonien, we daomaols no Bruek nao't Rituale Romanum wassen. An'n End laus Terlauh dat Gebätt för de Inwiehung ut sien Book vüör: „Segne, Herr, dieses Haus und laß hier sein Gesundheit, Heiligkeit, Kraft und Ruhm, Demut, Güte, Milde, Sanftmut, Gelehrigkeit und Gesetzeserfüllung, Gehorsam und Dank an Gott den Vater, den Sohn und den Heiligen Geist!" Un daomet gaff he den Niebau sienen Siängen: „Und dieser Segen sei über diesem Haus und Anwesen; und auf alle, die hier weilen, Lehrende wie Lernende, steige die siebenfältige Gnade des Heiligen Geistes herab!"

„Amen!" saggen Philipp un de twee Mißdeiners.

„Un nu een Deel, Häer Hauptlährer! Hier häs du no een Krüüsken för de Schoole. Magg sien, dat de Nazis een't feihlt!"

„Du maggst bedankt sien, Kaplaon!" sagg Stohlers, „aower, häers du nich Bescheid giebben kaonnt van dienen Siängen. So sinn ick met Hassebassen ut miene Unnerst stuortt't. Dat is schlecht för't Hiärt!"

„Nu maak di men kiene Suorgen. Bi so'n Geschäft staoht wi unner den Schutz van'n Allerhöggsten. Vüör de Christenlähre kaonn'k seihn, dat dat heele Naziprüett met diene Juffer Brockmann nao dat Wäertshues trock. Uthoff hät no'n biettken spikuleert: de sin all no dao! De beiden Jungs hier sass du je wull kennen. De kuemt ut 'ne getrüe Familge, is't nich so? Karl! Henrich! Ji könnt no in füfftig Jaoren vertellen, dat wi de Schoole insiängt häbt, wao de Nazis ussen Häerguott nich seihn wullen. Un de häbt den Hilligen Geist so wahne naidig!"

Stohlers was 'ne Bangebüxe: „ Un wann du mi so iäben Bescheid giebben häers, was dat dann verkatt west? Un de Jungs?“

„De häbt sick iärst in de Schoole ümtrocken. Un – wann'k di Naoricht giebben häer? – Mennst du, diene Kathrin häer us laoten? Et giff nu mähr Angst vüör de Nazis, äs wi denkt. Wao kuemt wi hen, wann de all Angst häbt, 'ne Kinnerschoole unner den Siängen van ussen Häerguott te stellen? Hier bi us in Roggenduorp? Un de häbt dat Seggen in't heele Dütschkland!“

„Un wann nu eenen kuemen wäör un us seihn häer?“ Philipp haolp Terlauh, dat he ut sien Rochett kamm: „Wi arbeit' je baoll äs Verbriäkers! Uthoff steiht buten Schmiere. Un sie men froh, dat et hier nich so laip äs met mienen Metbroer Deckmann. Äs in sien Düörpken de Schoole aohne 'n Geistlick inwieht wuor, is he up den Maundagg in de graute Pause met Stola un Wiehwaterpöttken düör de Schoole laupen. So'n jungen Nazi-Lährer wull öm an de Soutane. Dat was'n Skandal. Aower, dat wull'k di nich andoon, Philipp!“

Stohlers lait'n daipen Söcht. De Jungs gaongen ächten ut de lütte Turnhallendöör, un Terlauh kamm no met up'n Köppken Kaffe. He haolp auk met, Kathrin te berühgen. De haer all simeleerd, Philipp häer düsse Inwiehung bestellt.

De geistlicke Rehschopp kamm iärst in't Düstern wier trügge in de Kiärke.

Den langen Dagg

Et was in'n Hiärwst un buten all wat frischker. Den Muorn was't düster; Niewwel lagg üöwer den Gaorn un den Kiärkhoff. Natt un kaolt trock et de Aollen in de Butten, un de Möders saogen to, dat s' de Kinner wier de warmen Liewkes antrocken.

Tante Franziska was all fröh up de Beene un haer in de Küeke de Maschin anstoppt. „Ick gaoh äs maol iäben rüöwer nao Mendels!“ raip se Klara to, we no en biettken schlaopmüschk up de Trepp staonn. „Schlaopt de Kinner no?“ De junge Frau rischkede sick en biettken: „Siecker, Tante Franziska, wi häbt blaoß Schlaopuulen hier! De Jung hät van Nacht so vull hoost’. De bliff vandage liggen.“

Franziska haer jüst den Üöwerzieher in de Hand: „Klara, dann kuem äs eenmaol met nao Mendels to’t Kieken. De haollt vandage üören langen Dagg! De säöllt sick wisse fraien, wann du auk äs eenmaol kümps!“

Klara was niesgierig wuorn, namm sick Jacke un Koppdook van’n Mantelstock; de beiden Fraulüe gaongen ächten ut de Döör, laipen düör den Gaorn un dat Päörtken ächter Mendels Hues. Se schuerderden wiägen dat nattkaolle Wiär. Mendels Döör ächten was nich sluotten, dat Hues staonn patt heel duster. Blaoß in’n besten Stuowen gaff’t en biettken Lecht. Twee graute Käerssen staonnen dao in sülwerne Löchte, un van de Diecke haong ’n aoltmodäern Uolglämpken met Döchtkes. Süss was kien Lecht.

Klara verschruok sick, äs Tante Franziska met eenmaol de Lampe andraihede un dat elektrischke Lecht den Ruum hell maok. „Gued Schabbes!“ sagg se to Aron Mendel, we in den Hook van’n Stuoben up so’n höltern Bänksken satt: „Schalom Schabatt, Franziska! Kiek äs an, Klara is de auk! Wuss du ussen getrüen Schabbesgoi helpen?“ fraog he vergnööglick. Faots stoppede he siene Niäse wier in’n dick, aolt Book, un lait den Finger van Unnen nao Buoben laupen, äs Franziska met een Maol saog. Frau Mendel kamm düör de Döör un sagg de Daggstied. Franziska wuor iärssig un fraogg faots, wecke Lampen se anknipsen säöll. Se käönn auk wull üöwer ’ne Stunn wieerkuemen. Un wu dat met de Üöbens was.

Den in de Küek bleef den heelen Dagg kaolt, patt hier un buoben draoff se Füer maaken, wann se so fröndlick sien wull. De Möhne keek all nao den Kuolenkasten un laip daomet flietig düör dat Hues.

Düörntieds was Aron no met sien Biäden togange, trock sick up dat Bänksken all wier so wunnlick düörneen un weigte en biettken hen un hiär. Dann lait he en kuorten Singsang häören, klappte sien Book to un staonn up. Nu iärst saog Klara, dat den Naober en langen witten Kiel an't Liew haer un sien lütt sülwern Käppi up den Kopp. He trock sick eenmaol in de Läng un sagg dann to Klara, we lück verwünnert keek: „Häb'k mi nich fien maakt, vandage? Et is den langen Dagg! Jom Kippur, un dat is ussen höggsten Fieerdagg. Dat teminst haollt wi in, un met David, Jula, Rachel un Lea sind wi bes nuhen fief Graute un drei Kinner un fieert vanjaor bineene!"

„Is dat nu 'ne Juen-Miß, wat ji dao fieert?" wull Klara wietten, we sick wat wünnlick vüörkamm. „Oh nee!" Aron lachte: „Dao feihlt us acht Mannslüe bi, un fröher sind wi drüm auk wull Friedaggsnaomdaggs nao Mönster nao de Synagoge föhrt, patt in düsse Tieden bliff m' wull biätter an Huese!"

„So is dat, Klara! Wi mött'uppassen, auk in Roggenduorp!" sagg Lea Mendel. „Wiett't wi, wu lange wi no hier in jue Naoberschopp bliewen käönnt?"

„Is dat dann so laig hier bi us?" mennde Klara. „Wi häbt us ümmer verstaohn, un met Bökers, wäd seggt, haern ji ümmer guede Naoberschopp!"

„Met Bökers, auk met Terbrüggen, fröher met Kortmanns un met alle Lüe baoll hier in't Duorp un de Buerschoppen. De Nazis, de schlagt nu patt all's kapott!" Lea Mendel steegen de Träönen in de Augen, un se sochde in de Schüörte nao'n Taschkendook. „Gissern aobend, nao

Kol nidre, äs wi hier all in't Dustern bineene satten, küerden wi daovan. Ick wuss genau, dat vanmuorn Franziska kamm, üm nao usse Üöbens te kieken un dat Lecht anteknipsen. Maoß wietten, wi sind een Aoller un häbt faken noog de Niäsen bineenestoppt."

Aron Mendel keek wat fluhig up de junge Naoberschke un fraogg up eenmaol: „Wees du eelicks, wat Kol nidre is?" Klara schüelkoppede.

„Lea, du vertells Saaken, we usse Naoberschke nich wietten kann. Paß äs up! Wi haollt vandage Langen Dagg. Dat bedütt, dat de frommen Juen up de Wiält Versüehnungsfest met ussen Häern fieert. Wi sitt't eenen Dagg bineene, van gissern aobend, äs dat Lechtzünden was, bes vanaobend. Un met de Küeke is drüm nicks te doon, wieldat wi an't Fasten sind!"

„Den heelen Dagg schmachten?" Klara was platt. „Dat is lange Tied!" Aron trock de Schüllern haug: „Magg sien, patt wann wi Kol nidre, so nömmt sick dat Gebätt, liäsen häbt, dann is iäben för den Dagg Schluß met dat gewüehnlicke Liäben. Eenen langen Dagg!"

„Drüm haollt ji vandage auk den Laden to un sitt't hier in'n besten Stuoben!" Klara keek sick üm. An de Wand tüschken de beiden grauten Feesters haong en Beld ut Stoff, bestickt met güllen un sülwern Gaorn. Aron haer den Blick miärkt: „Dat dao is so de Flucht nao Jerusalem hen, un drüm sitt ick hier to't Biäden. Well weet, wu lang Juen in Dütschkland no Jom Kippur fieern könnt?"

„Dat Biäden un Fieern mäöggt de Nazis ju nich weigern können. Häss du nich fröher sölwst seggt, dat et met düsse Kunnen nich so harr gaohn kaonn?" mennde Klara un keek düör dat Feester up den Kiärkhoff, we nu sachte lecht wuor.

„De Nazis häbt dat Wiärks in'n Griepp. Wisse, Töns Brüse is so dumm äs'n schwatt Schwien, aower laig un'n tückschken Kunnen. Bramkamps is eelicks en üörnlicken Mann. Wi wassen drei Jaor bineene in Frankriek. De hät sick blaoß verdaohn. Men, de an de Regierung, de Juristen un Beamten in Dütschkland, de wiet't all genau, wao düsse Saake hengeiht. Up de Duer sall Dütschkland aohne Juen sien!"

Tüschkendüör keek Franziska düör de Döör: „Lea, wu is dat met dat Water? Ick haal ju no en paar Emmers ut'n Pütt un geite dat in de Kannen! Is't so recht?" Lea was upverstaohn, un Aron vertellde wieders: „Du weeß je auk wull, Klara, dat usse Familge all lang in Roggenduorp wuehnt. Wu lang wull? Wat denkt di?"

Klara trock de Schullern haug: „Hunnert Jaor, wat weet ick?" Aron gaong an dat graute Ekenschapp: „De Häer magg mi vergiebben, dat ick 'ne Arbeit doo vandage!" He trock de Schappdöör loß un haoll en lütt Kistken in de Hand, wat ut fien Kiärssbaumholt bineenetimmerd scheen. Up den Dieckel was en Davidstäern ut'n Holt van anner Klöer inleggt, un äs Aron de Kast loßtrock, laggen daoin aolle Urkunnen un Papiere. „Dat is usse Patent för Wolbieck, dao was usse Familge so siet seßteihnhunnertsiebbenzig. Twee Generationen läter sind wi nao Roggenduorp kuemen, siebbenteihnhunnerttwintig. Kiek äs hier, dat iärste Geleit för usse Duorp. Hier," Aron schlaog den stiefen un fasten Buogen up, „dat Insiegel un Handteeken van Bischop Clemens August, we daomaols in Mönster satt. Alle teihn Jaor maossen wi för düer Geld dat Geleits-Patent nie kaupen." De Papiere raschkelden, un aollen Straihsand faoll harut. „Dat is den Akkord üöwer den iärsten Kuotten, we wi hier in Roggenduorp pachten draoffen. Buten in Wiering. De nömmt s' je vandage no den Juen-Kuotten. Usse Schlagg Lüe draoff nich an'n Kiärkhoff wuehnen. Nao de annern Gesetze, we unner Napoleon kammen, häbt wi Achteihnhunnertdiärtig dat Hues hier kofft, un siet de Tied sind Bökers un Mendels Naobers! Un nu küer du!“ Mendel scheen baoll hölplous met de aollen Papiere in de Hannen.

„Un dann mennst du, se will’t ju an de Lucht setten? De Nazis maakt ümmer so’n graut Bewiähr met Vüöröllern un Stammbaime. Mendels üören is wisse länger äs den van Brüse!“

„Jau Klara, wi sinn üöwer all de langen Jaorhunnerte alltied fromme Juen, Bar Mizwot. Wi häbt’n gueden Namen un wassen ümmer üörnlick. Usse Papa was den Mitbegrünner van’n Kriegerverein, de iärste Kassierer. Alljaoren häbt wi de Fahnen uthangen hat: Kaisers-Geburtsdag, Reichsgründungsdag, Sedanfieer. Ick häb dat EK I! Wi häbt ümmer wat för de Vinzenzkonferenz un de Armen üöwer hat. Un we dai dat iärste Geld nao de Inflation för ’ne niee Klock buoben up ussen Kiärktaon? All’s Jue Mendel! Dat helpt us nu aower nich. Dreiendiärtig gaong’t loß: Met düssen Boykott. Kineen dräöff bi us mähr kaupen! Siet dat Jaor draff ick nich mähr schächten. Dat bedütt, streng genuommen, dat wi in usse Familge üöwerhaupt kien Fleeschk mähr iätten käönnt. Gued, up Lannen kann m’ sick helpen, un Krischan Barwick in Gladbieck häöllt stikkum usse Gausen un Iärnen, we’k bi öm up usse Art schlachten un raikern draff. Men, de jungen Lüe seiht dat nu auk nich mähr so gäern. Ick mott mi aobends henschlieken un de Nacht alleen de Diers schächten un ruppen.“ Mendels Hannen gaongen wat biewwerig üöwer de aollen Papiere. Staonn öm Angst in’t Gesicht?

Klara wull wat tröisten: „Et giff methen no guede Lüe, we ju helpt!“

„Met de Roggendüörpers kammen wi je wull praot, aower düsse afschaihlicke Regierung, mäck us kapott! Düt Jaor alleen: In April kamm dat Gesetz, wi mäössen all usse

Wiärk un Eegen angiebben. Usse Dokters drüewt sick blaoß no Krankenbehandlers nömmen. Anwäölte un Juristen häbt Beroopsverbott. Siet den Summer häb ick en nieen Paß met'n graut ‚Jott' daoin. Aohne Konzession draff 'k mi nich äs üöwer'n paar Dage up de Bahn setten. Ächter mienen Namen steiht nu ümmer Israel, un ächter Leas Namen mott Sara staohn! So is dat. Wi wäerd afstempelt, van Jaor te Jaor en biettken mähr. Sass äs seihn, up de Duer mött' wi wier en giälen Hoot uppen Kopp setten!" Aron scheen vertwievelt.

„En giälen Hoot!" Klara wull baoll lachen, patt de aolle Jue bleef bedrüewt: „Wi sind nu kiene Reichsbüörger mähr. Wi drüewt nich wählen, wann't üöwerhaupt no wat te wählen gaff; wi drüewt nich mähr in de Parteien un Verbände; wi drüewt kien Personal haollen, wat arischk is. Un de, we all för een, twee Generationen de Thora upgaffen un sick döpen laiten, katholschk off lutherschk, finn' sick up eenmaol äs Juen wier!"

Klara was wat verliägen: „Wat ick weet, wassen Juen auk fröher all unbelaift, un äs ick liäsen häb, maossen s' fröher faken noog den Kopp henhaollen. Kiek di blaoß in usse Kiärke Christus an'n Ölbiärg an: De Juen up dat Beld sind wahne afschaihlick. Stillen Friedagg giff et mi in de Liturgie ümmer en Stieck, wann wi för de aollen gottlousen Juen biäden mött', un ick denk dann temiärst an jue Familge."

Aron gnöchelde: „Äs dienen Janbernd en Dötzken was, häb'k öm ümmer vertellt, dat wäörn de Juen ut Wolbieck west, we juen Jesus up Golgatha an't Krüüs niägelt häern! Daovan af! Dat de Christen us nich ümmer laif haollen, dat wuss m', dao kaonn m' sick up instellen. Wi haern aower baoll äs ennzigste Patent, Geld uttelehnen. We magg dann wull sienen Geldutlehner lieden? Un mien Opa vertellde all vüör füfftig Jaor, sienen Opa häer in de aollen Tieden de graute Roggendüörper Krüüsdracht seihn. Dao gaff et Stillen Friedagg de graute Prossion, un ächterhiär kammen de Buernriekels un schmeeten Jue Mendel de Ladens un Schiewen in. Dat wuss m' patt, dat was Bruek, un dao kaonn m' up verwaochten. Patt nu, all tweehunnert Jaor, naodem graute Gelährte üöwer Christen un Juen, üöwer Menskenrechte un Gliekberechtigung klooke Bööker schriewwen un dispelteerd häbt! In düsse Tieden giff et in Dütschkland socke Vernienigkait?" Aron sochde de Urkunnen un Papiere wier bineene.

„Un wann ji utwannern daihen?" Klara bleef baoll nicks mähr te seggen.

„Wi? Utwannern?" Aron wuor baoll heeschk! „Hunnertdusende van usse Lüe laupt all wegg, nao Amerika un Palästina. Aower, miene Öllern un Vüöröllern liggt dao an Wierings Buschk. Un dao kuem ick up 'nen gueden Dagg auk hen. Wi sind van hier, wi bliewet hier! Wisse, de Tieden sind hatt. Aower de Thora segg us wull päössig: ‚Äs de Tonäer in Pöttkers Hannen, so steihst du in Miene Hand, Hues van Israel!' Dao will'k mi an haollen!"

Tante Franziska kamm wier düör de Döör: „Men hennig to, Klara, wi mött' nu gaohn. Et is all wat late. Lea, Aron, guede Andacht för düssen Dagg!"

Äs de beiden Fraulüe wier düör de fuchte Lucht ächter de Hüeser laipen, sagg de Aollschke so hen: „Büss du nu wat klook wuorn van Aron un sienen Glauben? Denk di äs, de sitt nu den heelen Dagg up dat hatte Bänksken un is an't Biäden un Schmachten!"

„Dat dööt bi us kien Christenmensk mähr, wat? Men waorüm haer Mendel düssen wunnlicken, witten Kiel an?"

„Aoh," dai Franziska verwünnert, „dat hät he di nicht verkläört? Dat is sien Daudenhiemd. En frommen Juen häöllt all in Liäbenstied sienen Daudenkiel praot, eenmaol in't Jaor, an den Langen Dagg, treck he sick düt leste Hiemdken an't Liew. Is eelicks en besinnlick Teeken, off nich?“

Van wiägen de Pest

Kortmanns Möhne tratt ungedullig van een Been up't annere. Se haer met Janbernd Bökers all de Saaken düörhieckelt, we m' an so'n Muorn in Roggenduorp afküern kaonn. Aower den aollen Käerl maok düssen Breef ut

Mönster ümmer no nich up. De Möhne was heel niesgierig. Siet twintig Jaor haoll se de Poststiär bi Kortmanns unner sick un wuss üöwer all's in Roggenduorp Bescheid. Muorns föhrde se so üöre diärtig, vettig Breefkes rund, mangst auk Zeitungen off'n Päcksken, un daobi wuor se all's klook un kaonn üöwerall up de Namensdage gralleeren. Wecke Stiärn kreeg se faken noog en Upgesett'ten. Auk 'ne Visit satt d'mangst an.

Van Muorn haer't en „Inschriewwenen Breef" giebben. Dat was 'ne raore Saake. Un wann den van'n Avkaoten ut Mönster kamm, satt dao miärsttieden wat ächter. De Adress was all spassig: An die St. Sebastianus – Schützenbruderschaft Roggendorf, z. Hd. Herrn Schriftführer Janbernd Böker, Kirchplatz in Roggendorf. Wat haer wull de Broerschopp met'n Avkaoten te doon?

Janbernd wuss genau, wat dat aolle Fuckfell wull. He bleef schön in'n Laden staohn, liehnde sick kommodig an dat graute Regal un küerde en biettken; so lange, bes dat Franziska sölwst niesgierig düör de Pendeldöör keek un auk'n biettken metpraoten wull. „Kuem men driest, Bendine, wi häbt nao en Köppken Kaffe up de Kann!" naidigte se de Postmesterin nao ächten. „Dao is en wichtigen Breef kuemen, en Einschreiben, will ji dat nich iärst äs studeeren?"

„Ao wat," mennde Franziska, „dat hät siecker Tied! Wat daoin steiht, dat könn' wi wisse nich mähr ännern. Wi riäget us blaoß up, un ächterhiär is ussen Kaffee kaolt. Kuem wacker met in'ne Küek!"

Bendine keek met Beduern nao den Breef, we dao met sienen rauden Upkliäber un de Stempels up de Thek lagg, patt dann trock s' met Franziska af in de Küek. Janbernd gneesede ächterhiär. Düsse aolle Möhne van Kortmanns, niesgierig äs nich wat! He namm den Breef un gaong in de Wiärkstiär, wao Vader Böker an sienen Platz satt.

„Hier Vader, en Breef van düssen Avkaoten ut Mönster, vüör de Broerschopp!“

„Maak äs loß un liäs mi vüör, wat de Kunnen nu all wier in den Kopp häbt!“

Janbernd haer den Breef loßschniedden un trock dat Papier uteen. He faong an te liäsen un brummede daobi so'n biettken met: „. . . un luster äs Vader, teilen wir ihnen mit, daß die Erlaubnis für ein Schützenfest gestrichen werden muß, wenn Sie und die Bruderschaft den gestellten Bedingungen auch in der Zukunft nicht folgen wollen. Hochachtungsvoll – de aolle Gattaape!“

„Sühst du nu, Janbernd? Dat Wiärks wedd iärger. Wi mött de faots drüöwer küern, met den heelen Vüörstand un auk met'n Pastor!“

Janbernd keek up den Kalenner, we an de Wand haong. „Dat wedd patt würklick Tied! Wi kuemt in Druck met usse Schüttenbeer vanjaor. Wao sallt wi dann bineenekuemen?“

„Nich bi Kortmanns, bi dat aolle Naziprüett!“ mennde Vader Böker un schmeet en minnachtigen Blick ut dat Feester nao dat aolle Roggendüörper Wärtshues, wao all wier 'ne Nazi-Fahne haong. „Ick gaoh nao't Teihnührken üöwer'n Kiärkhoff nao Holtmann. Vlicht könnt wi in düsse Lage äs eenmaol tehaupe kuemen to't Küern. Dann brück den Pastor sick auk nich up de Beene te maaken.“

„Is gued, Vader!“ mennde Janbernd, un äs den aollen Böker vüör Meddag wier nao Huese kamm, maoß Janbernd en Rundbreef upsetten. Den Gildemester un den Pastor äs Präses bauden den heelen Vüörstand van de Sebastianer up, för 'ne wichtige Sitzung up den naigsten Dagg aobends up dat Pastraot te kuemen. Den Lährjung maoß daomet düör dat Duorp un de Buerschoppen laupen un kreeg üöwerall den Friedrich-Wilhelm up dat Papier.

Den Aobend gaong't haug hiär in Holtmanns besten Stuoben. Den aollen Pastor haer no en paar guede Pullen

Wien in'n Keller hat un mennde nu, eenen Sebastianusbroer maogg wull för eene Butellje staohn. Pastor Holtmann satt buoben an'n Dischk in sienen Liehnstohl un haer auk den grauten Qualmstaken van de Wand haalt. Wat an Arbeit met de kiärklicken Vereine no üöwer was, namm öm süss de Kaplaon af; Terlauh was nu en paar Dage up Exercitien in Mönster. Un de Saaken van de aolle Broerschopp haer Holtmann sick ümmer sölwst utbedungen.

„Ick mein', dat wi van Bökers no eenmaol den heelen Stand van düsse Saake häören säöllt. Dann könn wi je drüöwer küern, un ächterhiär mött wi'n Afschaid haollen. Vader Böker, Janbernd, we mäck dat nu van ju?"

De aolle Böker wees up Janbernd, we all en Haupen Papier vüör sick up den Dischk liggen haer: „Janbernd is je nu de Schriftführer, magg he dat Wiärks no eenmaol bineenstellen!"

De gremsterde sick: „Eelicks häbt wi met düsse Aaperie all siet veerendiärtig Last. Dao kammen de iärsten Breefe, wi mäöggen den Nationalsozialistischen Schützenbund bitriäden. Dao häbt wi us faots weigert! Dann kamm düsse Saake met dat Opferscheiten un dat Ährenscheiten för ussen Führer Adolf Hitler. Dao häbt wi twee Jaoren lang nich eenen van us loßschickt. Wi säöllen dao met'n paar Mann an dat ‚Preisschießen' Andeel niemmen."

„Wi un Preisschießen!" Kummanns Bäernd gaong't in't Lachen. „Met usse aollen Püsters fleigt de üöre Schiewen düör den heelen Schießstand. De sind wisse düördrait. Magg scharp scheiten we will, aower nich de Sebastianers ut Roggenduorp!"

„Magg sien," vertellde Janbernd wieders. „Dann kamm düsse Saake, wi mäössen bi den Ümgang un auk bi den Schüttenzug 'ne Hakenkrüüs-Fahne äs Teeken van't niee

Dütschkland metniemmen, un – mäössen dat Ding auk sölwst betahlen!“

Jans Hannings raip: „Blaoß üm dat Töns Brüse seihn kann, dat dat heele Roggenduorp ächter siene Fahne löpp!“

„Un nu“, Janbernd keek de Papiere düör, „kamm vüör twee Monate, in'n Mäet, en Breef van'n Schützenbund, wi mäössen Mitglied sien, mäössen Bidragg betahlen un mäössen de Fahne kaupen. Ick häb dao nich up tostüert un den Wischk liggen laoten. Dao kümp dann gissern düssen Breef van'n Avkaoten, wann wi us nich binnen vetteihn Dage mellen daihen, gaong de Saake an't Gericht. Wi mäössen daobi verlaisen. Off anners – wi drüewt kien Schüttenbeer mähr fieern.

Dat gaff en unchristlick Schennen in Holtkamps besten Stuoben. De aolle Pastor trock iärst äs an sienen Qualmstaken, dann faong he an te küern: „Tje, miene leiwen Sebastianer, ut düsse Saake kuemt wi nich harut. Ick haer mi all lang wünnert, dat de Partei daomet nu iärst kümp. In annere Kreise van't Mönsterland draoffen de kiärklicken Broerschoppen all sessendiärtig off siebbendiärtig kien Schüttenbeer fieern, wann se kiene Nazi-Fahne metschlöerden un düssen wunnlicken Verein bitratten. Us in Roggenduorp müegt s' vlicht vergiäten hebben. Et is aower de Politik van de Bruenen; Jan un allemann mött' organiseert sien, un nieben de Partei un üöre Vereine draff't nicks nich giebben. Leßthen vertellde eenen van miene Metbröers bi dat Conveniat, nu mäössen auk de männlicken Buorstkinner inne Partei. De nömmt'se dann –“ Pastor Holtmann trock an siene Piepe un keek wat schalou den Dischk draff, – „de nömmt s' dann AA-Männer!“

Dat Lachen van de Mannslüe bruusede düör dat heele Hues. Gued dat de Feesters to wassen. De Hueshäöllerschke kaonn je wisse dat Muul haollen, me wuss patt nich, wat in't Düstern all üm dat Pastraot harümstreek.

Holtmann küerde wieder: „Dao kuemt wi nich harut. Un nu kümp et up us an, up usse Trüe auk to de Saake. Bliewet wi en kiärklicken Verein, dann drüewt wi nich mähr ümtrecken un dat Vuegelscheiten afhaollen. Dann giff et blaoß no den Ümgang, Prossionen un de Sebastianusfieer. Streng genuommen drüewt wi nich äs mähr met de Fahnen un de Uniformen laupen, wao nich Kiärkenland is. Anners: Ji kaupt de niee Fahne un gaoht nao de Nazis. Dann fäöllt dat heele Kiärkenwiärks wegg, un ick sin nich mähr jue Präses. Üöwer de Rehschopp van de Broerschopp mött' wi us dann auk no unnerhaollen. Teminst de Hillige Sebastian mott in de Kiärke bliewen."

De Bröer schweegen still. Holtmannn haer äs Pastor de Saake up de Spitschk bracht. Dat was't, un nicks anners.

Aolle Böker namm äs iärsten dat Waort: „Häer Pastor! Ick sin, äs m' dat fröher so sagg, den zeitlichen Gildemeister, un unner mien Regiment fäöllt de Broerschopp nich af. Ähr äs dat wi ächter de Nazifahne hiärlaupt, mott no gaas wat anners passeeren. Gued, giff't 'ne Tied kien Schüttenbeer. Könn' wi auk met liäben. Den Fieerdagg is in usse Geschicht faken noog utfallen. Daomaols äs Protest in'n Kulturkampf! Dann den heelen Weltkrieg. 't leste Maol in tweendiärtig, äs den grauten Hagelschuer de Iärnte schlaog. Laot us äs Sebastianer trüe bliewen un an dat Aolle fasthaollen!"

Et gaff no en paar Inwänne, aower an'n End haern s' alle de Hannen haug, un Holtmann kaonn tefriär sien. De Sebastianer laiten leiwer dat Schüttenbeer fleigen äs 'ne Nazifahne te kaupen. Janbernd mäöß nu den Avkaoten en Breef schicken. He wull patt gäern wietten, wat he dann schriewen säöll. Holtmann un de annern mennden, he mäögg wat üöwer de Geschicht' van de Broerschopp äs kiärklicken Verein upsetten, dann mäögg den Avkaoten in Mönster wull Ruh giebben.

Annern Sunndagg satt sick Schriftführer Janbernd Böker an den Schriewdischk in'n besten Stuoben un schreew met siene schönste Handschrift düssen Breef:

„Auf Ihr Schreiben teilen wir Ihnen mit, daß unsere Bruderschaft schon im Jahre 1615 als kirchliche Bruderschaft gegründet wurde. Als im Jahre 1623 abermals die Pest ausbrach und sehr viele Menschen daran starben, wurde unsere Bruderschaft erneuert. Aus diesem Grunde können wir dem deutschen Schützenbund nicht beitreten."

Den Breef kaonn no nich eenen Dagg in Mönster ankuemen sien, dao kamm Ortsgruppenleiter Brüse in Bökers Laden stuortt't. Wu he dat mennd häer met de Pest un de Broerschopp un den NS-Schützenbund?

„Leiwe Töns", gaff Janbernd to Antwaort, „du weeß sölwst jüst so gued äs icke, dat usse Broerschopp fundeert wuorn is van wiägen de Pest, de Biätterung un Hölpe tieggen de Pest un för dat christlicke Begräffnis. Wi sind'n kiärklicken Verein. Un dat Vuegelscheiten kamm läter daobi. Wann't nu uphäören sall, häört et iäben up. Wi sind us in'n Vüörstand alle Mann ennig!"

Brüse haer all wier Schuum vüör de Muule, äs he gaong. Den annern Dagg kamm he trügge met'n Breef van den Kreiskulturwart. De Broerschopp mäöß nu, wieldes kien Schüttenbeer mähr afhaollen wuor, de heele kulturgeschichtlick wertvulle Rehschopp an dat niee Kreismuseum afgiebben. Men, dao was nicks mähr. De Gaiskiels haern Klinken, et gaff blaoß eene aolle un driettrige Fahn, de Diägens wassen üöwerall hen utlennt off nich te finnen. Un den sülwernen Vuegel, de aollen Küeningskieern met de Schildkes un dat dicke liädergebunnene Hauptbook met de Geschicht van de Sebastianus-Broerschopp was nich uptedriewen. Met Hölpe van Holtmann un Uthoff haern de Bröers reinen Dischk maakt un all's an de Stiär bracht. Bie den Pastor haern s' stickum met all dat Geld van de Broerschopp de Haug- un Siälenmissen för teihn Jaor in't Vüörrut betahlt. Bi de Nazis kaonn m' nich wietten, wat no naokamm!

Un wieldat de Broerschopp bi de Kiärke staonn un nich äs en Verein nao dat Bürgerlicke Recht was, kaonn Brüse auk kineen met Avkaoten un Richters kuemen.

Kristalldagg

De Nacht vüördem was Spitakel west up den Kiärkhoff un rund üm de Kiärke. Bi Kortmanns haollen de Nazis üöre Fieerstunn van wiägen den niegten November un den Upstand in München dreientwintig. Se haern sogar de Roggendüörper Blaosmusik äs SA-Kapelle umdöpt un in niee Uniformen stoppt. Et gaff satt de singen, te suupen un te küern. Töns Brüse kaonn't iärste Maol in sien Amt äs Ortsgruppenleiter de Priäke haollen; he sölwst un siene Mannslüe wassen de wull met tefriär. Den Saal was bes up den lesten Stool besett't, un üm elm Uhr wassen baoll alle Nazis ut Rogenduorp böltendick.

Drüm haern s' je auk kien Radio haort.

Et was all daip in'n Meddagg, un Janbernd Bökers satt in de Wiärkstiär an'n heel niee Kutschkgeschirr. Dat was 'ne schöne Arbeit un kaonn'n üörnlick Stück Geld brengen. To Sünte Miärten haer he' feddig toseggt, un an de Ächterbuckse feihlde no wat. Drüm gaff't vandage auk kiene Unnerst. Met eenmaol was buten en Hupen un Bruusen, un Alwis Terbrüggen kamm met sien niee Auto up den Kiärkhoff föhrt, vüörbi an Bökers, un suesede up Terbrüggens Hoff. Böker maoß sick wünnern: Kaonn de auk all nich mähr up de Kinner uppassen? Maoß he dann so harr föhren?

En kuort Tiedken drup kamm Klara in de Wiärkstiär: „Du, Janbernd, wat is dao loß? Alwis ist jüst düör ussen Gaorn nao Mendels henbruust. He hät dao wat düör de Gaorndöör bölked, un dann was he faots wier wegg. Ick mein baoll, de is met sien Fahrrad ächten üöwern Hoff an de Schoole vüörbi utknieppen!"

„So, dann segg he Mendels wull wier de Daggstied. Ick wuss, dat he en üörnlick Mensk is." Janbernd keek wat fröndlicker.

„Aower Janbernd! Jüst was Alwis wegg, dao sind Moder Mendel, de Döchter un twee van Julas Kinner ächten düör den Gaorn in dat aolle Backs stuortt't! Un David hät dao afsluotten."

„Afsluotten?" Janbernd keek van siene Arbeit haug, un sien Blick gaong üöwer de graute Naihmaschin düör dat Eckfeester nao Kortmanns hen.

„Un de Fraulüe raipen ümmer nao de Jüngste, nao de Judith! – Wat häs, Janbernd?"

Den Sattler was upsprungen un wees nao buten hen. Vüör Mendels Hues spiellde dat Kind inne Guotte, patt van Kortmanns wegg kamm en heelen Tropp SA, Töns Brüse un de Üppersten van siene Ortsgruppe vüörnewegg. Se haern Handstöcke, Schneesen, Äxte un Ishakens in de Hannen.

„Klara! Guott help us un Aron! Dao geiht et loß! Nu laupt s' nao Mendels hen! Häss du von Muorn kien Radio haort? Dat geiht tieggen de Juen, un nu auk tieggen usse Naobers.

He schmeet de blaoe Schüörte ümwegg un laip düör den Laden up den Kiärkplatz.

Dao knallden all de iärsten Schiewen. De beiden grauten Schaufeesters rechts un links van'n Ingang faollen met'n Bumms bineene un buorsteden in dusend Stücke. Dat lütte Juenkind staonn tüschken düssen Riägen ut Glass un wuss met siene tweenhalw Jäöhrkes daomet nicks antefangen. De Käerls sprungen met Iärsse in de Schaufeesters un reeten de Dekorationen harut: Lakens, Küssens Beddewiärks, de Ständers för de Kuort- un Wittwaren. Eenen van de Verbriäkers reet de Koppküssens up un schüedelde de Fiädern up den Kiärkhoff; de flaugen äs Schneeflocken düör de Lucht. Nu nammen s' met Äxte de Rückwand van de Schaufeesters utneen, un vüörn haern s' nu auk de graute, schwaore Huesdöör upbruoken. Nich äs de schöne Schiewe üöwer de Döör bleef heel. Dao haer siet de Tieden van Aron Mendels Opa drupstaohn, dat m' hier „Textil- un Galanteriewaaren" kaupen kaonn. Een Knall met den Handstock, de Schiewe faoll ineen. Aower der Schiärwen kammen so glücklick draffstuortt't, dat se den Schläger de Hannen upschneeden. Un so haer sick aolle Iasaak Mendel nao eenmaol melld't.

Nu laipen de Nazis in dat Hues harin, un binnen gaong dat Schlagen wieders. Van Tied to Tied flaug äs wier wat düör de Feesters, Stoff, Brocken, Beddewiärks, heele Trekken met Gaorn un Naihtüch. Nu kamm Jans Nordhoffs, eenen van de laigsten Verbriäkers, un wickelde met Schwung dat guede Linnenwiärks van de Rull, dat et twiärs üöwer de Straote bes up den Kiärkhoff laip.

Ne Masse Lüe wassen dao. De Schoole was jüst vüörbi, un de Blagen staonnen un keeken. Den eenen off annern van de grauten Jungs scheen dat Sensation te sien. Se faongen all an, wat intesammeln. Eenen van de Nazis kamm aower ran un lait dat guede Wiärks up eenen Haupen smieten. Dütschke Volksgenossen wullen nicks van'n Juen hebben. Sagg he.

Janbernd haer sien Fett all wegg. He haer iärst Klara nao de Straote schickt, de lütte Judith faots in't Hues te haalen. Dann was he üöwer't Höffken van ächten düör de Gaorndöör in Mendels Hues laupen. Düör den Flur gaong he in den Laden. Jüst dao staonnen Mendel un sien Schwiegersuohn David Wolff, un vüör ön staonn Nordhoff met 'ne dicke Schneese un verburkede de beiden. Böker haer roopen, se mäöggen ielig nao ächten harutkuemen, dao haer sick Brüse faots in den Düörgang stellt un Janbernd eenen met siene Schneese up de Schuller vertuckt, dat de blaoß schreien kaonn. He säöll faots verschwinnen, süss kreeg he no de SS nao Huese hen. Janbernd was gaohn.

Dat Knallen un Schlagen in Mendels Hues haoll baoll 'ne Stunne an. Tüschkendüör wassen no wat mähr Lüe kuemen, un de Nazis maoggen nich meinen, dat de all met düsse Dooerie inverstaohn wassen. Köster Uthoff kamm twiärs üöwer de Straote laupen un wull in'n Laden gaohn, äs öm Nordhoff in de Möte kamm un ön met 'ne Axt uphaollen wull: „Wat wuss du dann hier, Kiärkenköster?"

„Dat hier is'n Laden! Ick häb Schullen hier! Ick will miene Schullen betahlen! Hier draff m' doch rinkuemen. Dat is dat Hues van mienen Kiegelfrönd Mendel!" Nordhoff schmeet den Köster, we luthalsk an't Schennen was, wier rut.

Dat met den Kiegelfrönd was waohr. Mendel was all üöwer diärtig Jaor in'n Kiegelclub bi Kortmanns. Uthoff tellde daobi un 'ne knappe Dutz üörnlicke Handwiärksmester ut Roggenduorp. Äs de Nazis an te prüeddeln faongen, haer'n de Kiegelfrönde dat met Mendel düörhaollen. Se nömmden sick wisse „Fall um!", patt Mendel kaonn ümmer wieders to't Kiegeln kuemen. In de leste Tied was dat laiger wuorn, wieldes Brüse un de Nazis Kortmanns in'n Nacken satten. En Tiedken lang was Aron driest nao Uthoffs laupen un dann düör den Gaorn van ächten up de Kiegelbahn gaohn. Äs patt Kortmanns Wichter de Muule nich haollen kaonnen, kreeg Uthoff, we daomaols de Kiegelvader was, Bescheid van de Nazis un de Polßei, se mäössen Mendel utstauten. Dao haern s' den Kiegelclub uplöst. Uthoff un siene Frönde gaongen nich mähr nao Kortmanns hen, haalden sick dat Beer kistkeswies in Brentrup un satten in'n Summer in'n Kösterieen-Gaorn bineene – met Mendel. Moder Kortmanns keek mangst üöwer de Hiegge un dai sick üöwer de Geschäfte iärgern, we üör met düsse Dooerie düör de Lappen gaongen.

Düssen Dagg was den aollen Naober nich te helpen. Et gaong all up twee Uhr hen to, dao trocken de Schliägers af. Brüse gaff Instruktionen an Nordhoff, he mäöß dat

Juenhues uppassen. Den aollen Suupklappen schmeet sick stolt in de Buorst un kaonn nu üöwer drei Mann kummedeeren. David un Aron kreegen Kommando, de kaputten Schiewen weggtekiähren un de up de Straote un vüör dat Hues upterüümen. Ut dat Wiärkstiärnfeester kaonnen Bökers seihn, dat den Naober en Streimen met Bloot twiärs üöwer den Kopp haer. David Wolff saog nicks biätter ut. Äs de Straote un dat Trottoir wier rein wassen, kamm Wittenbieck un namm den jungen Juen met.

En Stündken drup kamm Schreiner Peters un maoß de kaputten Schaufeesters utschalen met dicke Briär. Den Ingang wuor toniägelt un van Wittenbieck versiegelt. Äs Kaffeetied was, faongen de Nazis an, de Briär met Farw te beschmeeren. Nao'n Veerdelsstündken staonn dao giäl un driest te liäsen „Juda verrecke!" un „Ab nach Palästina!" Davidsstäerne staonnen daobi.

Et wuor all langsam düster, dao kamm Brüse no maol vüörbi. He haer sick no wat Extras utdacht. An de Ekken van Mendels Hues niägelde he en paar driettrige Piersinge, un düör en tebruoken Feester van Mendels besten Stuoben schmeet he 'ne kaputte Kodde. Nu gaff he Nordhoff no en paar Kommandos. Een Deel van den SA-Sturm mäöß eene Nacht bi Kortmanns bliewen un dat Juenhues bes up den annern Aobend üöwerwaken. Dao haollen s' dann auk üöre Siegesfieer. De wösten Leeder gaongen bes laat an düssen Aobend üöwer den Roggendüörper Kiärkplatz.

Et was Aobendiättenstied.

Klara haer de Kinner, we so vull fragen wullen, all wat fröher nao Bedd bracht. Se, Vader Böker un Janbernd satten nu an'n Dischk un stuekerden in üöre Braotkartuffels harüm; kineen maogg wat iätten.

Ächten gaong de Gaorndöör. Franziska kamm harin: „De Nazis sind ächten ut den Gaorn harut. Et steiht blaoß no den Däöskopp van Nordhoff vüörn up't Trottoir!" Se behaoll üören Überzieher an un bleef dao niäben de Düör an den Spölsteen staohn. „Ick häb Judith nao Jula bracht."

Et bleef still in de Küeke. Kineen maogg wat seggen.

„Et giff je no wat Mannslüe in Roggenduorp!" sagg Franziska up eenmaol. „Holtmann un Terlauh wassen iäben bi Mendels in'n Gaorn un wullen Aron un siene Lüe wat helpen un tröisten! Aron hät sick met Träönen bedankt. He wull patt nich, dat de Geistlicken bi ön in't Hues kammen. Et wäör no nich uprüümt!"

Wier Stillschwiegen.

Met een Maol staonn Vader Böker up: „Janbernd, kiek nao dien Wams, wi häbt Naobersplichten!" Klara sagg nicks, Franziska haer natte Augen un faong an te grienen.

„Mendels mött' wat te iätten hebben. Hebbt wi no Miälk för de Kinner? De Kaffeekann is je heel vull. Wann de blaoß nich so verliägen üm üör Iätten wäörn!" Vader Böker keek auk nao'n üörnlicken Kluck.

Klara kreeg en grauten Pott gekuokte Kartuffeln, wat Appelkompott un'ne Schüeddel Pudding: „Up koscher magg et nu auk wull nich mähr ankuemen."

So trocken Bökers düör den Gaorn nao Mendels hen. Janbernd vüörnewegg, Franziska un Vader Böker daoächter. Klara paoss up de Kinner up. Buoben bi Mendels was Lecht äs van'n paar Kiärssen. De Waschkküekendöör was loßrietten un staonn scheef in de Hängsels. „Paßt up!" sagg Janbernd sachte. „Ick gaoh nu äs vüörut un haal ju dann nao!" He steeg üöwer en Haupen Kartons un anner Gereih, kamm baoll in't Stüörtten un funn dann de Trepp nao buoben.

„Aron, Aron," wisperde he, „wi sind dat, Bökers! Wao sind ji dann?" Buoben in't Treppenhues beweggde sick wat, en biettken Lecht faoll up de Trepp', un in den Kiärssenschien saog Janbernd den aollen Naober met'n graut Linnendook üm den Kopp: „Kuem stickum haug. Vüör't Hues staiht no wat!" Janbernd haoll sienen Wiesfinger up de Lippen, wees nao de Waschkküeke un haalde Vader Böker un Tante Franziska nao. Vüörsichtig schleeken sick de drei de Treppen haug. In de Naihstuow satten Mendels bineene. Jula haer sick patt met üöre drei Kinner henleggt. De wassen bes in't Hiärt verschruoken un haern blaoß nao den Vader roopen.

„Hier buoben in't Hues sind s' us gar nich kuemen," sagg Mendel, „dao häbt wi Glück hat. Patt unnen is all's in Tott: Den Laden, de Küeke, den grauten Wuehnstuoben un usse lütt Stüöwken. All's kapott. Brüse hät sogar met 'ne Spitzschkhacke up dat schöne Klaveer spiellt. Wi könnt nich äs mähr wat kuoken!"

Franziska faoll dat Iätten wier in'n Kopp: „För vanaobend magg't gaohn. Wi wiett't patt nich, off't koscher is. Patt Kartuffeln, Kaffee un'n Stiefpudding is je all wat. En Stuten häb'k no inpackt. Dat Wiärks maoß du di äs bekieken, Aron!"

„Et giff gröttere Sünne, äs in de Naut maol trefe te iätten." sagg Mendel; Lea haer natte Augen un wull sick ielig bedanken. Tante Franziska lait aower kien Bedanken to un keek nao dat guede Poschlainen, wat hier buoben no staohn mäöß. „Dat häbt de Verbriäkers teminst nich krieggen!"

In dat Kiärssenlecht atten Mendels en biettken un vertellden, wat all's passeert was. David Wolff satt in't Sprützenhues un maoß auk dao bliewen. Wann he wier trüggekuemen kaonn, wussen Mendels nich. Den Schaden unnen was graut, un nicks te repareeren. Bi Lecht maogg m' wat mähr seihn. Lea un Tante Franziska küerden all wier üöwer dat Fröhstück för den neigsten Dagg, wu m' dat an't best riegen kaonn.

Janbernd wull no en biettken met Rachel küern, men de verhaoll sick un wull nicks häören un seggen. De junge Mann spüerde wull, dat dao wat mähr in Tott gaohn was äs en Laden un'n paar Rüüme met Möbelmang. Up Mendels Bidde hen namm he de kaputte Kodde, we s' den Juen in't Hues smietten haern, met 'ne Zeitung an de Föte un schmeet se nao buten in den eegenen Gaorn. Annern Muorn wull he dat Dier up'n Mestfall ingraben.

Mendel un Vader Böker bleewen no 'nen Augenschlagg in'n Flur staohn. „Maoß wietten, Hannes, hier is nich blaoß usse Geschäft un Laden an'n End. Wassen ji nich kuemen, ick glaiw, wi häern us ümbracht. Kiek äs hier an de Döör, de Mesusa. De häbt hier üöwer hunnert Jaor Mendels wieset, wat üör Hues un eegen was. Un jüst de lütten Rüöhrkes ut Sülwer un Glass, wao'n Gebätt ut de Thora in steiht, häbt de Käerls kaputtschlagen. We dat kummedeert hät, wuss wull, wu m' en frommen Juen an'n Grund kriegen kann. Miene Gebiädbööker un mien Talmud häbt s' metnuommen, äs wann't politischke Saaken van't Zentrum off de Kommunisten wäörn. Mienen Tallith häbt s' uteenfaollen un drup miegget!" Aron biewwerte en biettken; dann sagg he entsluotten un met faste Stemm: „Et is vüörbi met Jue Mendel in Roggenduorp. Wi treckt af, Hannes. Et geiht nich mähr."

Vader Böker schweeg still. He gaff Aron de Hand un gaong düör dat Päörtken nao Huese hen.

All vüör Dau un Dagg kamm Aron nao Bökers hen. En paar Waschkküörwe met Tüeg un Brocken gaff he dao af. Dat Wiärks maogg wull hier un dao wat driettrig sien, patt de Vinzenzkonferenz kaonn daomet wat arme Lüe unner de Iärms griepen. Bökers haolpen stickum bi't Uprüümen.

Dat Geschäft bleef afsluotten. Nao twee Dage kamm David Wolff trügge. Düör de Blättkes un dat Radio wuor m' nu auk in Roggenduorp klook, wat all's passeert was in't heele Dütschkland un wecke nieen Gesetze nu tieggen de Juen harutkammen. Lang vüör Advent haern Mendels en Antrag up Utwanderung stellt. Wiäkenslang gaff't Verhanneln un Dooerie.

Tüschkendüör wuor m' auk klook, waorüm de Nazis Mendels iärst in'n Meddagg visiteerd haern. Den Aobend was bi de Fieern för den niegenten November den Sturm up de Juenhüeser loßgaohn. In Brentrup was aower de Poststiär nao teihn Uhr afsluotten; de Möhne Meermann, we dao üöwer Dagg an'n Klappenschrank sitten maoß, lagg all up't Bedd. Un drüm kreegen de Nazis in't heele Amt Brentrup dat Kommando nich met. In Roggenduorp haer to de Tied kineen Telefon; drüm wassen Brüse, Bramkamp & Co besuopen nao Bedd hengaohn.

Den annern Dagg kammen s' iärst so laate in'n Meddag, wieldat den jungen Magister Terboven ut Brentrup, en laigen Nazi, so gäerne metmaaken wull. De maoß den Dagg no de veerde Stunn haollen, un drüm gaong't iärst nao'n Meddagg loß. He haer auk de terbuorstene Düörenschiewe van Isaak Mendel siälig up de Hannen krieggen un maoß drüm 'n paar Dage met'n Verband harümlaupen. Dao was he patt recht stolt drup, up de Kampfverletzung.

De Roggendüörper haern mähr Respekt för Lisbett Bramkamps. Äs de Nazis bi Mendel an't Schlagen wassen staonn se up'n Kiärkhoff, haoll de Iärms in de Sieten un keek up dat afschaihlicke Driewen. Äs eenmaol Brüse un Nordhoff nao buten kammen, speeg se ut un raip so laut, dat't jeddereen häören kaonn: „Guott si Dank, dat usse Papa nich mähr Ortsgruppenleiter is!“ Wat Lüe haern auk seihn, dat se üören Mann meddaggs, äs dat Rullkommando bi Kortmanns bineene kamm, nao Huese löcht haer. Wann he dao bi Mendels metmaok, gaff't de iärste Scheidung in Roggenduorp. Dao was Bramkamps schliepstiärtsk aftrocken.

Eene Saake patt riäkeden de frommen Roggendüörpers Alfons Bramkamps haug an. Den Muorn nao den Kristalldagg was Gestapo kuemen, haer Köster Uthoff nao Mönster afhaalt un arreteert. He häer den gerechten Volkszorn met Föte triäden! Luthalsk häer he de Empörung van dütschke Volksgenossen Raiberie nömmt un üörnlicke Nationalsozialisten äs Stiähldeiwe, Raiberpack un Dautschliägers beleidigt. Dat käönn wat kosten. Äs de Saake ründgaong, haer Moder Bramkamps nich lang driewen hofd, un Alfons was met'n Rad nao de Brentruper Post föhrt. Meermanns Möhne haer tolustert, wu he sick äs aollen Kämpfer met hauge Parteilüe verbinnen lait un sick för den Köster, we 'ne graute Familge häer un süss üörnlick wäör, in de Reimens schmeet. Den Dagg drup was Uthoff dewieer. He sagg Bramkamp sienen besten Dank un haoll van den Dagg dat Muul van Politik.

Aolle Naobers, niee Naobers

Klara haer sick 'ne kuorte Unnerst haollen wullt. Dao was ümmer sovull Arbeit, un de lesten Wiäken gaong't in Hues un Geschäft iärssig to. Nao Witten Sunndagg kamm Hannes all nao de Schoole hen, un dat was auk een Bewiähren. De Jung was all niesgierig un uprennig un wull met Terbrüggens Grauten dat Schriewen sölwst lähren. Se kammen met de nieen Taofeln nao Vader Böker off Tante Franziska hen un wullen sick wiesen laoten, wu m' den eegenen Namen schriewen kaonn. Niesgierig wassen de Kinner, de kaonnen de Koh dat Kalw weggfraogen. Klara duemelde all en biettken in.

Up eenmaol was in'n Hoff Spitakel. Iärst haor m' so'n Schlöeren un Schmieten, dann wuor wat saagt un hamert, aower Klara was te duemelig, üm naotekieken. Äs patt ächtert Hues en Schennen loßgaong un de Stemmen van Vader Böker un Janbernd heeschk un iärgerlick wuorn, staonn de junge Frau up un gaong an dat Feester.

Kiek an, Beßvader un üören Mann haern sick maol wier anne Köppe. Up den Hoff laggen en paar Briär un Päöhle, 'ne Rull Draoht, den Spaten un Handwiärkstüeg. Janbernd wull wat bauen, waomet Vader Böker nich upverstaohn was.

Klara lait'n Söcht un gaong nao unnen. Wann de beiden eenmaol an't Katten kammen, was't biätter, wann een Fraamensk met Vernüll in de Naigte staonn un wat dämpen dai. Franziska haer s' nich haort off seihn.

„So lang äs ick denken kann, is dat Päörtken dao, un ick seih nich in, dat du dat verniägeln wiss!" Aolle Hannes Böker was all in'n Brast kuemen un haer en rauden Kopp: dat was en schlecht Teeken. Klara saog nu, dat Janbernd twiärs üöwer den Düörgang nao Mendels Päöhle setten un dat Stankett verlängern wull. Dat Päörtken lagg all uthangen an de Siet up'n Hoff.

„Wi bruekt dat Päörtken nich mähr. Usse Naober is de nich, un wat dao intreckt, dao will ick kiene Naoberschopp met haollen!"

Vader Böker verdraihede de Augen in'n Kopp un keek nao'n Hiemmel: „Klara, segg dao auk äs wat! Dien Mann küert us üm Hues un Hoff!"

„Augenschlagg!" Klara was niesgierig wuorn. „Wat treckt dann nu in Mendels Hues?"

„Brüse! Töns Brüse! Utgeriäknet den Häern Ortsgruppenleiter! Sünte Miärten maoß he hier in Mendels Laden äs Verbriäker burken, drieten un miegen; un nu, to Witten

Sunndagg, treckt he de sölwst in. Mienen Naober is dat nich!“ Auk Janbernd haer nu ’n rauden Kopp.

Klara bleef rüh’g. „Du bes mi en üörnlicken Handwiärksmester! Den nieen Paohl steiht je nich äs in de Flucht! Waocht, ick haal äs de Gaornlien, un dann pack ick met an!“ Vader Böker schmeet de Iärms in de Lucht, schweeg patt still un gaong in’t Hues.

An’n Aobend was dat Stankett feddig, un Klara un Franziska haern de Rabatte twiärs üöwer dat aolle Pättken verlängert. Guott Dank was de no Tied, den Bussbaumm ümteleggen. So kreeg m’ ’ne üörnlicke Rabatte för de schönen Stauden.

„Auk wann’t us schwaor fäöllt, wi mött us dran gewiehnen, dat Aron un Lea un alle Mendels aftrocken sind!“ sagg Franziska den Aobend. „Well weet, vlicht seiht wi de usse Liäfsdagg nich wier?“ Et haer aower ’ne Postkart’ ut Holland giebben, dat se siecker dao in Zwolle ankuemen wassen.

Üm Lechtmiß was för Mendels Termin west. Se haern den heelen Winter düör ’ne Masse Arbeit hat. Se kaonnen üören Laden un dat, wat no in’t Lager üörnlick was, an’n Kaupmann Wittover in Brentrup giebben. All de Schriewerie gaong üöwer’n Amt in Mönster, un Mendels maossen ’ne Reichsfluchtstüer betahlen. Nao’t Meinen van de Nazis maossen s’ wull äs Biäddlers van Roggenduorp aftrecken. Den Aobend nao den Kaup kam Wittover no eenmaol nao Mendels hen. Stillschwiegend gaff he up de Riäknung dusend Mark drup. Den Pries, we de in Mönster akkordeert häern, wäör te sieg, un he wull sick’t nich up’t Gewietten niemmen, ut de Naut van ’nen üörnlicken Kollegen Vüördeel te trecken. Daomet haer Aron niee Suorgen: Wu kaonn he dat Geld an de Polßei vüörbistüern.

En paar Dage vüör Wiehnachten kammen sick Janbernd un Philipp inne Möte. Se keeken to, wu Uthoff un siene

Jungs dat Bethlehems-Hüesken in de Kiärke schlöerten. Met sien Krippken was de Köster verbrüht, un de Dage vüör Wiehnachten wassen för öm bi all de Arbeit de schönsten in't Jaor. Äs he Uthoff saog, mennde Philipp so lichthen, off Alwis all Uthoffs Demonstration miärkt häer. Janbernd wuss nich, wat de Magister mennde. Kaonn he öm dat naiger verkläörn? „Ick sin de auk nich up tostüert, patt usse Moder geiht doch alle Muorn nao de Miß üm 'n Veerdel nao Sieeben. Leste Wiäke sagg se mi, et wäör doch verquant met Uthoff. Alle Dage un in alle Missen spiellde he dat sölwige Adventsleed. Un weeß du wat?"

Janbernd haer kiene Ahnung; he kamm blaoß an'n Sunndagg off düör de Wiäke to 'ne Siälenmiß nao Kiärk hen: „Wann usse Köster Üörgel spiellt, hät he so siene schönsten Leeder düör dat Kiärkenjaor. Ick häb patt düssen Advent nich uppaßt."

Philipp keek den Frönd an: „He schläött alle Dage flietig 'O komm, o komm Emanuel' up dat Üörgel, un ümmer blaoß de iärste Strophe."

„De iärste Strophe?" Janbernd faong an, dat Leed uptesеggen, äs m' dat siet Kinnerdage so in'n Kopp haer: „O komm, o komm, Emanuel, mach frei dein armes – Israel!" Dao gaong öm en Lecht up un he flaitede düör de Tiähne: „In hartem Elend liegt es hier, in Tränen seufzt es auf zu Dir. Bald kommt dein Heil: Emanuel! Frohlock' un jauchze Israel! - Düwel no maol! Dat gefäöllt mi. Mäk he dat, off is dat van Holtmann off de Kaplaon bestellt?"

„Dat weet ick nich! Bi Holtmann draff Uthoff all lang de Leeder sölwst utsöken bi de Missen; de verläött sick up sienen Köster. Bi Terlauh? Dat weet'k nich. Mangst, wann't gar nich päss, schüww Uthoff dat Leed so iäben tüschken Wandlung un Kommjon."

Janbernd keek nao de Kiärk un nao Mendels Hues, wat dao düster un verniägelt staonn: „Wi singt den Text faken nog so harunner, un up eenmaol is he päössig. Krigg de Köster dao wull Last met de Nazis?“

„Ick glaiw nich!“ mennde Philipp. „De Nazis, we no in de Kiärke kuemt, sind so buttig. De krieget dat vlicht gar nich met. Un de haugen Nazis in Mönster, de kuemt temiärst gar nich ut usse Bistum. Dat Leed is je van den Verspoell, en Geistlick, we vüör üöwer hunnert Jaor in Mönster liäft un arbeit't hät. Dat steiht blaoß hier in usse Gebiädbook. Ick sin extra nao Terlauh laupen, de kaonn mi dat verkläören. De kaonn't auk blaoß met'n Gneesen doon.“

„Usse Köster!“ sagg Janbernd: „Chapeau! Dat Leedken will't wi men wat andächtiger singen. Off't den Naober helpt?“ Met Naogedanken gaong he nao Hues

Üm Drei-Küeninge haer Aron en Aoltverkaup haollen, aower de miärsten Lüe ut Roggenduorp haern nich metmaakt. Iärst äs Vader Böker düör't Duorp küert haer, Mendel häer 't van wiägen de Reichsfluchtstüer naidig, 'ne Masse Geld te kriegen, wassen Kunnen un Frönde ut de aollen Tieden kuemen un haern düt un dat metnuommen. Dat schöne Hues was langsam lüerig wuorn. All's was up'n Inventar sett't un van't Zollamt kontrolleert wuorn. Dat leste Wiärks was in graute Kuffers un Kisten kuemen.

Eenen fröhen Muorn, et was no duster buten, was Lea Mendel met'n Kistken uppen Arm nao Bökers henschliekken. Se haer en nett Mokkaservice, dat mäöggen s' äs Erinnerung an Mendels brueken. Klara un Tante Franziska haern sick nich te draihen wußt, so schenant was ön de Saake west, patt Lea haer afsluet wullt, dat düt allerbeste Poschlainen en Plätzken in Bökers Vitrine kreeg.

En paar Dage drup was Aron sölwst kuemen: Nao teihn Uhr, stickum düör den Gaorn un van ächten harin. In siene Hand haer he'n Kuffer hatt. Janbernd haer jüst no in de Küeke üöwer't Blättken siätten, äs Mendel harinkuemen was. De maoß iärst van düt un dat küern, un haer dann fraoggt, off Janbernd öm en Gefallen doon wull: „Wi gaoht naigste Wiäke nu wegg, nao Holland. Wi könnt nich all's metniemmen. Un dao is no so'n Kuffer, dat dai'k gäerne in Roggenduorp laoten. Persönlicke Saaken ut usse Familge. De sind bi ju biätter uphuoben äs anners. Et draff aower kineen wietten off seihn, bestimmt nich de Nazis off süss eenen. Wi kuemt vlicht trügge – off de Tieden sind anners, dann haal'k dat Wiärks wier af." Janbernd haer't faots toseggt, dat Kuffer nuommen un 't no in de Nacht ächten up den Büen an'n Kohstall verstoppt. Dao was 'ne aolle Knechtekamer, wao Bökers Kisten un Kastens met aolle Rehschopp un Matrial ut de Wiärkstiär liggen haern. Unner dat aolle Planenwiärks keek wisse nich eenen to. Janbernd haer üm dat Kuffer no'n graut Wassdook wickelt un sick vüörnuommen, alle paar Monat de Kist te visiteeren van wiägen de Müüse.

Mendels Hues wass an den Staat gaohn. Blaoß met'n paar Kisten un Kuffers un met graute Zollkontrollen haer de Jue un siene Familge Afschaid van Roggenduorp un de Naobers niemmen maoßt. Töns Brüse un de Ortsgruppe haern den Dagg fieert: Nu wäör Roggenduorp nao mähr äs tweehunnert Jaor wier juenrein.

Brüse was sick in Vörrut all lang siecker, dat he dat Hues kriegen kaonn; för'n Appel un'n Ei! He wuss up de Kreisleitung te laupen un kaonn up siene Verdenste üm de nationale Saake wiesen. Drei Kinner häer he nu auk un'n Bedriew, we Geld un Arbeit nao Roggenduorp bracht häer. An'n End kreeg he den Toschlagg. De Repraturen, de nieen Schiewen, Döören un Feesterrahmens maoß Mendel no betahlen. De Wiäke nao Witten Sunndagg niegendiärtig satt den Ortsgruppenleiter van Roggenduorp stolt in dat aolle Juenhues, haoll hier sien Geschäft un tratt de Halfschaid van'n Laden äs Geschäftsstiär för de Partei un de Parteigliederungen af.

En rechten Naober kreeg he patt nich, maogg Sophie, we eelicks nich laig was un fröher met Klara en Tiedken in eene Klass siätten haer, sick auk wahne anstrengen. De Fraulüe saggen sick wull de Daggstied, haolpen sick ut, wann't in de Küeken feihlde off een Kind krank was, aower Naoberkaffee gaff't nich. Äs Sophie met dat veerde Brüsenkind in Kraom kamm, dai Klara iärst up 'ne Kart gralleeren, twee Wiäkens läter üöwer't Stankett.

Philipp Stohlers haer auck Mendels no Adies seggen kaonnt. Up 'nen Aobend gaongen s' nao Bökers hen, Mendels aolle Lüe kammen daoto. Ächter de Klappen in'n besten Stuoben wuor nao'n Stündken van de biätteren Tieden praotet. An'n End gaffen Aron un Lea den Magister en Kartöngsken met aolle Bööker, we s' vüör de Nazis verstoppt haern. Eenen van siene Vüöröllern, vertellde Aron, wäör nich blaoß Kaupmann west. De was Rabbiner un verstaonn auk wat van Medzien. Drüm wassen in de Kist 'ne halwe Dutz aolle Bööker up Latin üöwer Gesundhait un Krankhait, üöwer de Anatomie un hölpende Planten ut de Natur. Schöne aolle Bellers wassen daobi. Philipp sagg sienen Dank, un'n paar Dage drup namm Franziska dat Kistken unner de Schüörte äs'n Gemööspott un gaff se in de Magisterwuehnung af. Dao kreegen s' en Platz buoben up't Schapp un maoken Stohlers, we sien Latin no verstaonn, graute Freide.

Brüse gaong den Summer faots an't Timmern. Den linken Deel van Mendels Schüer baude he üm äs Schwienschott. Mendels haer den Ruum, we wunnlick bunt met Bloemen un hebräischke Teeken bemaolt was, faken äs Gaornhüesken un Spiellplätzken för de Kinner dennt; aower se haern ön ümmer in Ähren haollen. Vader Böker wuss van sien'n Opa, dat dao fröher de Synagoge för de Roggendüörper un Brentruper Juen was. Dat was in de Tieden, äs de no üöre teihn Mann bineene kreegen. Unner de hauge Dieck gaff't so'ne graute Luk; met düsse Konstruktion kaonn m' en grauten Deel van't Dack haugklappen. Aolle Roggendüörper wussen te vertellen, dat dao de Juen to't Lauwhüttenfest eene Wiäke lang aobends unnern Stäernenhiemel bineenkammen to't Biäden, Iätten un Fiern. Un nu lagg dao Brüsen Sueg met üöre Kodden te grunzen un te drieten.

Grummeln

Maidagg was kuemen, un düt Fröhjaor was schön. De Lüe keeken wier nao dat Hieggengemöös; de Blagen versochden, an Pastors Diek Stiärtpoggen te fangen, un in Sünte Sebastian haollen Holtmann un Kaplaon Terlauh alle Aobende de Maiandacht. De miärsten Hüeser in Roggenduorp haern in de Tied no en Maialtaor, un auk Tante Franziska maok sick wahne Arbeit daomet. Üm de Stationen in't Duorp un de Buerschoppen dai m' grawen, puotten un harken. An den Kiärkhoff staonnen de Linnen in'n frischk Gröön; all's was äs süss Jaoren auk, häer nich Brüse alle Dage an Mendels Hues Nazifahnen un Parolen hangen.

Vull Lüe wassen verquant drüöwer; me kaonn den Nazikraom nich ut den Wegg gaohn. Kamm m' sunndaggs in't Duorp, kaonn't passeeren, dat den Häern Ortsgruppenleiter mankeenen in sien Büro raip för eene uesslige Saake. Brüse sochde sick de richtigen Lüe för düssen Spaß ut un lait se driest bes an de Halwe Miß waochten; den Kiärkgang tellde för'n getrüen Katholiken nich mähr äs Sunndaggsmiß.

Siene Nazifrönde wassen stolt drup, dat de Partei middemang in Roggenduorp an'n Kiärkhoff satt. In den lesten Summer aower gaff't no graut Geküer üöwer Brüses Hueskaupen. Van den Hueseck laip je 'ne hauge Müer längs den Gaorn bes an'ne Grenz van Mendels Iärwe. Up 'nen Sunndaggmuorn staonn up düsse schöne, glatte Müer ut Backsteen, we buoben met Sandsteenplatten deckt was, in graute Bookstawen:

„Töns? Womit hast du das Haus bezahlt?"

Äs de Kiärkgängers ut de Buerschoppen nao de Iärste Miß kammen, haern s' alle üören Spaß. Männige Lüe, we daovan haort haern, gaongen extra in de Kinnermiß üm acht Uhr, dat s' de Inschrift auk seihn kaonnen. Brüse faoll mangst so laate ut Bedd, dat vlicht auk de Besökers van de Haugmiß no wat daovan hebben kaonnen. Tüschkendüör wassen aower wat Lüe bi Kortmanns unnerweggs west, haern dat Wiärks seihn un Brüse arlameert. He haer de Bucksendriägers üöwer sien Nachthiemd, was unraseert un nich waschked, äs he de kriminelle Tat lück visiteerde. He saog würklick äs 'n Dämlack ut aohne siene Uniform!

Dat was 'ne Arbeit, de Farw van de Müer te kriegen. En Kanister Terpentin maossen s' ut de Drogerie in Brentrup haalen, un wiägen de Draohtbüörssels saog m' wieders, wat up de Müer staohn haer. Dat heele Amt küerde üöwer nicks anners. Brüse maok Anzeige bi de Polßei un schennde üöwer Wittenbieck, we visavis van den Tatort in't Sprützenhues wull ewig an schlaopen un draimen wüör.

Annern Gunsdagg staonn auck 'ne Annongse in den „Brentruper Münsterlandboten": „Achtung! Wer den oder die Täter namhaft machen kann, die die Grenzmauer meines Gartengrundstückes in Roggendorf, Brentruper Straße, mit Farbe beschmiert haben, erhält eine Belohnung von 100 Reichsmark! Anton Brüse, Kirchplatz, Roggendorf."

Mellen dai sick patt kineen. Aower den annern Sunndagg staonn wier wat witt an de Müer, in graute Bookstawen:

„Töns! Wo willst du 100 Mark hernehmen?“

De Nazis küerden van de Reaktion un üöre Hölpershölper; de Gestapo was, so saggen de Lüe, bi Brüse un keek to, dat se Spuren funn. De Saake bleww aower in't Düstern un is nie nich harutkuemen. Üöwer de Geschicht haern de Lüe no lachen kaonnt. Nu haern s' annere Suorgen. Et was je Krieg. An'n iärsten September was't loßgaohn tieggen Polen.

Schult Averkamp was de iärst', we daovan küerde. Bi de Nazis laip he de so met, un äs dicksten Buern van Roggenduorp bleef öm vlicht nicks anners üöwer. Met siene Rehschopp kamm he aower wieders nao Bökers hen un gaff ön Arbeit. Brüse haer den Schulten all up 'nen Kameradschaftsaobend utdübeln wullt, dat he en Anhänger van de Systemparteien unner de Iärms greep, men de Schult sagg schlicht, Bökers häern de beste Sattlerie in't heele Amt, un he häer't nich naidig, för 'ne schlechte Arbeit off'n minneren Lauhn nao Brentrup te föhren. Averkamp verstaonn sien Waort te maaken, un drüm gaff Brüse in de Saake Ruhe. Politischk haoll Janbernd Bökers siet den Reichskristalldagg de Muule, un drüm kammen auk de annern Buern wier in Laden un Wiärkstiär, maoggen s' auk Uniform daobi driägen. In Brentrup, den uwiesen Tantdokter, so vertellden de Lüe, wäör äs Nazi so verquant, dat he all bi't Tantbriäken de bruene Uniform anhaoll un nich den witten Kiel äs Medsiener an't Liew haer. Üöwerhaupt, Uniformen saog m' satt, auk bi de Magisters un Juffern. Blaoß Philipp Stohlers bleef bes nuhen bi sienen griesen Anzug.

Den Dagg, 'ne Wiäke vüör Sünte Anna, kamm Schult Averkamp jüst in'n Meddag nao Bökers un haer'n Binnerlaken up den Wagen. He tellde den modäernsten Sölwstbinner in't Amt sien eegen, haer aower bi dat niee Modell

Last met de Binnerlakens. De Reimen wassen düttmaol schlecht utfallen, se reeten faken; Bökers staonnen de Iärntetied alle Dage praot, dat Liäderwiärks wier in Schuß te brengen. Me kaonn alle Tieden dao henföhren.

Janbernd satt an de graute Naihmaschin, un den Schulten haer sick Vader Bökers Hocker rankrieggen un sick met an de Wiärkbank sett'. „Du, Janbernd," sagg he up eenmaol, „du kennst doch ussen Fritz!" Den Sattler keek van de Arbeit haug: „De is no bi de Prüeßen, off nich? De wedd nu siecker baoll entlaoten, is't nich so?" De Buer keek wat naodenklick.

„De Jung is in Rheine, bi so'n Batallion bespannte Artillerie. De Jung hät je en Piärdekopp; iärst in de Schoole, wat läter Eleve in Brentrup; dann gaong he bi den Reitersturm. Ümmer hät he't met de Piärde hat. Dann kamm je den Arbeitsdennst, un bes nuhen twee Jaor all bi de Wehrmacht. Ick häb den Jungen baoll fief Jaor nich an Huse hat. Leste Wiäke häer he nu eelicks trüggekuemen säöllt."

„Je un?" fraogg Janbernd un saog to, dat he de dicken Nieten düör de Reimens kreeg.

„Se haollt den Jungen fast. He mäöß ut denstlicke Grünne nao'n Tiedken bliewen. Wi kreegen en Breef van de Einheit. Un up eenmaol hät de Jung 'ne niee Postnummer. Ick sin all in Suorgen un föhr leste Wiäke in de Rheiner Giegend. Wi häbt dao wat Verwandte, un ick wull dao up'n Piärd hanneln. Dao vertellt 'se mi, dat heele Batallion is ut Rheine afrückt un met de Bahn in't Manöver gaohn!"

„Manöver? Üm düsse Tied? Et is je nich äs Himmelfahrt, un dat laate Kuorn steiht vlicht bes Mariäe Geburt up Lannen!" Janbernd kaonn't auk nich glaiwen.

„Jüst so is't, Janbernd. Dao wedd wat bineenkuokt. Mi düch, dat is laig Wiärks. Haoll patt de Muule van düsse Saake. Du häs nich bar Frönde in Roggenduorp!"

Twee Wiäken läter kamm düör't Radio, dat den Krieg met Polen nu utbruoken was. Bedrüöwnis kamm üöwer de Mensken, auk in Roggenduorp. De Kiärke was alle Dage besocht, männige Kiärssen staonnen bi de Ümmerwährende Hölpe; Töns Brüse maok en Fackelzug.

Buer Dahlmann maoß twee Jungs nao de Bahn brengen, üm dat se no to de rechten Tied nao üöre Einheiten kammen. Aobends satt he bi Kortmanns un besaup sick. Daobi mennde he dann, de Jungs nao de Bahn te brengen, wäör öm suer wuorn. So'n Geföhl häer he hat, äs wann he twee guede un trüe Diers för den Piärdeschlächter Schlebusch in Mönster afliewern dai. Düttmaol aower – un dao haer he all 'n paar Hüeldöppe up – düttmaol wassen't je siene eegenen Jungs. Guott Dank haer dat leste blaoß Bendine Kortmanns haort. Se namm sölwst Jopp Dahlmann an't Händken un föhrde ön met sien Gick nao Huese. Bi sick mennde de Möhne, den Vader maogg wull recht behaollen.

Seß Wiäken drup was den Blitzkrieg an'n End un Hitler in Warschau. Den Triumph! De Nazis puggeden met de Verdennste van den Führer un gröttsten Feldhäern, we Dütschkland jemaols hat häer. All wier maoken s' 'ne Kundgiebung. In Sünte Sebastian wuorn patt Missen liäsen för de seß jungen Mannslüe ut Roggenduorp, we ut düssen Feldzug nich trügge kammen.

Pastor Holtmann lait sick infallen, ächten in de Kiärke de Wand upteresselveeren. Den aollen verschliettenen Behang gaff he nao de Spinnstoffkollekte. De Wand wuor utfoogt, nie putzt un wittelt. Dann haong de Kiärkengemeind' för de seß Dauden ümmer een höltern Krüüsken met den Namen drup un'n lütten Kiärssenlöchter daovüör. De Lüe funnen dat schön un anstännig. Köster Uthoff kamm bi de witte Wand aower in't Simmeleeren. De

Wand wüör graut un et häer no 'ne Masse Platz. Un met de Siälenämter aohne Naofolgen häer he nich so gued Salär. Bi de Kriegermissen maoß he blaoß de Tumba upsetten, dat aollen Laigensark, un buoben drup kamm en aollen Stahlhelm net'n Säöbel twiärs te liggen. Up de Kommjonbank stellde he twee Daudenbeller, un dat was't dann all. Kortmanns gaong dat biätter. Teminst de iärste Tied haollen de Lüe je nao den Beerdigungskaffee, auk wann se nich bes nao Roggenduorps Kamp haern laupen müetten.

Uthoff haoll auk nao den grauten Sieg nicks van de Nazis. Bes in düssen Winter haer he no mangst ut Spaß de Bevölkerungspolitik luowt. Dat vulle Kinnermaaken gaff öm je auk Vüördeel. Bi't Kinnerdöpen kreeg he van aolle Tieden to siene Köstergröschkens en grauten Buernstuten so van fief Pund. Teihn Jaor trügge kammen dao nich mähr so vull van harin, äs't de Lüe schlecht gaong. De lesten Jaore aower kreeg he tüschken Lechtmiß un Ostern mangst so vull Stuten, dat siene Marie an'n End Knabbeln drut maaken mäöß. Wann de Nazis nu düör den Krieg de Mannslüe aftrecken daihen un – Guott behüte – ümkuemen laiten, mäössen de Geschäfte wier schlechter gaohn. Dat sagg he patt blaoß to siene Marie aobends in de Schlaopkamer.

Den Winter üöwer bleef et rühg. De Lüe kreegen dat Iätten nu up Karten, un süss passeerde nich vull. In'n April gaong't nao Skandinavien hen. All wier en Sieg! Nu wuor m' patt klook, dat äöllrige Kanunnen van Krupp ut Essen, we de Norwiägers all vüör den iärsten Krieg kofft häern, dütschke Schippe in'n Tott schuotten haern. Wunnlicke Saake met de dütschke Wäertarbeit!

In de Nacht vüör den teihnden Mai was all's still. In't fröhe Schummerlecht wuor Janbernd up eenmaol wack. He wull dat Feester tosmieten. De Vüegel wassen all fröh äs uwies an't Roopen un Schreien. Bi denn Krach kaonn kineen schlaopen. Klara un dat Klennste draiden sick auk all üm. Janbernd staonn in sien Nachthiemd ächter dat Feester, trock de witte Gardin an de Siete un wull jüst met den Riegel afsluten, dao haorde he so'n wunnlick Brummen in de Lucht. Sachte trock he den Feesterflügel nao ächten, hakte de Klappen up un schauw se nao buten hen. Et was all n'biettken lecht. Den Taon van Sünte Sebastian staonn wat natt van'n Dau haug in de Lucht. In'n Austen löchtede raud dat Muorndämmern. An'n Hiemmel patt brummeden Flugzeuge, eene Riege nao de annere; hunnerte kammen de naigsten Stunnen üöwer Roggenduorp wegg, graute un lütte. Klara was upstaohn un met Janbernd in'n Gaorn laupen, üm sick dat Wiärk te bekieken. Ümmer wier kamm dat Brummen, trocken Bombers un Jägers üörnlick gestaffelt üöwer den Hiemmel.

„Knips äs dat Radio an!" sagg Janbernd to siene Frau. „Dao is wat loß. Un dat dao buoben bedütt nich wat Gueds!"

En Tiedken läter kamm de Naoricht, dat nu den Feldzug tieggen Holland, Belgien un Frankriek angaohn was.

Ne Wiäke läter kreegen Janbernd un Alwis Bescheid, se mäössen nu auk unner de Suldaoten.

Lanwers Stempels

De amtlicke Sueg was daut. Schöne upschnieen haong se up de Ledder, un we't in Roggenduorp wietten wull, de kaonn seihn, dat s' bi Bökers schlacht't haern. De Ledder staon so, dat m' tüschken Bökers un Terbrüggen up den Hoff kieken kaonn. Was dat en Schwienepriesen! Sölwst Jans Terbauhns, we in sien Liäben all 'ne Masse Schwiene up de Leddern bracht haer, dai sick üöwer so'n uwies Dier wünnern. Wünnern daihen sick auk wat Lüe drüöwer, dat Terbauhns so iärssig bi de Arbeit west, patt iärst laate nao't Aobendiätten bi Bökers wegkuemen was. Dao was't all düster west.

För den annern Aobend haern Bökers Dr. Lanwer bestellt, den Veehdokter ut Brentrup, van wiägen de Trichinen. Den Dokter haer all lang vüör den iärsten Krieg studeert un was wier nao Brentrup trüggekuemen, wao all sien Vader äs Veehdokter prakseert haer. Lanwer was en Eenspänner un Hiärwstgesellen – un was dat gäerne bliewwen; he maogg de Fraulüe lieden un auk 'n gueden Kluck. Dat kaim no ut siene Studententied in Hannover, sagg he mangst; auk süss maok he, wat he wull. In de Brentruper Kiärke kaonn m' den Dokter, wann't haug kamm, alle Veerhochtieden seihn. All de Pastörs un Kapläöne, we nie nao Brentrup kammen, haern versocht, siene Siäle te retten; äs den Dokter aower Station in een Wäertshues namm un dao fast wuehnde, lait sick in de Saake nicks mähr ännern. Männige stäödige Fraulüe in't Amt Brentrup wassen üöwertüegt: Den Dokter haer blaoß 'ne üörnlicke Frau schiält. He sölwst mennde dat nich.

Nu kamm he met sien Rad nao Roggenduorp un bekeek sick Bökers Sueg. Hier un dao an dat Dier maoß he wat harümschnieden un bekieken un lait sick auk dat Binnenwiärks vüörwiesen. Dann schneed he no een Stücksken

Fleeschk af, wat he an Huese unner sien Mikroskop unnersöken maoß. An'n End namm Lanwer ut siene Aktentaschk 'n Kästken, wao siene Stempels drin wassen. Dat was amtlick Wiärks: aohne de Stempels kaonn m' dat Fleeschk nich quiet wäern, un met de Stempels kaonn m' dat Dier äs amtlick schlacht't utwiesen. Dao staonn nich blaoß wat drup van ‚Trichinenfrei'.

Nu in den Krieg maossen de Veehdokters auk dat Schlachten kontrolleeren, dat nich so'n Buernriekel wat Diers an dat Nahrungsmittelamt vüörbi stracks in sien Pieckelfatt stüerde. Düsse Kontrollen wassen 'ne iärgerlikke Saake. De Beamten daoto satten in eene eegene Behörde in Unna, un drüm nömmden s' düsse niesgierigen Kunnen in't heele Mönsterland blaoß eenfack ‚Unna'. De kammen un keeken de Ställe un de Balkens un de Hillen düör, satten in de Kellers te kruepen un stoppden üöre Niäsen auk in't Backs. De wussen genau, wat een Buer an Diers un Wiärks haer, un mennden daoto, aohne üöre Arbeit wäör de Volksgemeinschaft to't Schmachten verurdeelt.

De in't Mönsterland mennden dat nich.

Wisse was't gefäöhrlich, patt männige Schwiene kammen in den Pott aohne den amtlicken Siängen. De Lüe maossen blaoß de Muule haollen un uppassen, wann de Wiägens ut Unna in't Duorp kammen. Dat was dann faken noog een Hassebassen. Jans Terbauhns sienen Äöllsten bruusede eenen Aobend met'n utlennt Fahrrad düör alle drei Rogendüörper Buerschoppen ächter sienen Vader hiär. Unna was unnerweggens, aower de Vader was de so ielig met de Rehschopp, dat he an düssen Aobend drei Diers up de Leddern hangen kaonn. Aolle Terbauhns was ähr wier an Hues äs de Suohn. So ielig gaong dat de Tieden.

Wann m' aower niäben den Ortsgruppenleiter wuehnde, was Schwattschlachten wull en biettken driest. Patt up

Dr. Lanwer kaonn m' sick verlaoten. He kamm nao dat Stempeln in de Küeke un keek in'n Pott. Vlicht kaonn he no'n Stücksken van't Filet kriegen. Dao was he ümmer drüm verliägen. Dann namm he gäerne en Schnäpsken, wann't dat no gaff. Daobi lait he siene Aktentaschk up den Stool off up den Dischk liggen un sagg de so hen: Wisse häern nich alle Lüe in't Amt Brentrup so'n schön Schwien. Wecke Lüe wussen nich, wat up den Dischk kuemen säöll, un auk de Küeke van't Krankenhues in Brentrup wäör faken noog lüerig in düsse schlimmen Tieden.

De Lüe wussen daomet Bescheid.

Vader Böker un Dr. Lanwer gaongen in den lütten Stuoben un satten sick an'n Uoben. Dann küerden s' van den Krieg un de schlechte Lage in'n Austen. Vüör Moskau lagg 'ne heele dütschke Armee unner dat Füer van de Russen in Ies un Fuorst un kaonn'de nich vüör off trügge. Un dat was je iärst den Anfang van düssen Winter. Auk de Lüe in Roggenduorp maoken sick üöre Gedanken. De westfäölschken Regimenter wassen daobi. Mankeene Moder kaonn nachts nich in'n Schlaop kuemen.

De beiden aollen Häerns haern't sick kommodig maakt. Böker paock no in de Treck van sienen Schriewdischk un haalde 'ne Sigarrenkist harut. „Meinee, Böker, wao häs du dann in't diärde Kriegsjaor so schöne Sigarren wegg?" De aolle Sattler gnöchelde: „De sind wat üöwerblieben. Ick schmaike dao blaoß no an'n Sunndagg, wann de up Veerhochtieden fäöllt. Nee, ick mott'n biettken met dat Schmaiken uppassen, un dat sind miene lesten ‚Friedenssigarren'. Wat biätter äs dat Wiärks van Bahlmanns Henrich, off nich?"

Lanwer maoß lachen. Bahlmanns Henrich, den lesten Tabakspinner in de heele Giegend, dai nu wier Tabak puotten un draihede up aolle Wiese siene eegenen Sigarren. He haer siene Methoden bi, un wecke van de Düemels maoggen auk angaohn; we aower wat verwüehnt was met Tabak, de kamm bi Bahlmanns „Original Roggendorfer Brasil" ümmer in't Hoosten un Spiegen. Dat Tabakspinnen was aower so intressant, dat sogar Philipp Stohlers met siene Schoolkinner to't Kieken hengaong.

Gaff et van de Mannslüe wat Niees, wull Lanwer teiärst wietten. Düsse Fraogerie kaonn mangst gefäöhrlick sien. Faken noog bleewen nu de Naorichten an de Öllern off Fraulüe ut. De lesten Wiäken kreegen auk Familgen in Roggenduorp Breefe eenfack trüggeschickt met'n Stempel drup: „Gefallen für Führer und Vaterland" off kuort un knapp: „Vermißt“. Dao was den Daudenbreef van de Einheit nich mähr ankuemen. Uthoff haer alle Wiäke ’ne Masse te doon. De Wand in de Kiärke kreeg ümmer mähr Krüüskes.

Bökers haern baoll alle Dage Naoricht van Janbernd, wann de Post laip; süss kamm auk wull ’ne Wiäke off teihn Dage nicks, un dann gaff’t fief off sess Breefe up eenmaol. Jüst so was’t auk bi Terbrüggen. Sophie Brüse kreeg patt kiene Breefe van üören Töns. De satt je up sien breet Gatt an Huese un schmeet sick äs Ortsgruppenleiter un Büörgermester in den Kampf an de Heimatfront.

„Et süht nich so gued ut in Rußland,“ mennde auk den Dokter. „Nu denk äs verlieddenen Summer, wu dat dao usse Suldaoten gaohn is. De häbt je nich äs Winterbrocken metniemmen maoßt, un nu sitt s’ in’n Fuorst un Schnee. Maoß wietten, Hannes, an düt Rußland häbt sick all wat mähr verschlucket. Ick sin daomaols in den iärsten Krieg je auk in Polen un Rußland west. Wi verdoot us all! Dat Land is so graut! Un den Winter dao! Van wiägen: Blitzkrieg! Wi will’t men huopen, dat dat gued geiht!“

Tüschkendüör gaong’t in Hues un Hoff met Iärsse rund. Jüst was den Dokter met Vader Böker sitten gaohn, dao haer Tante Franziska all de Taschk van’n Dokter in’ne Hand un kreeg sick dat Kistken met de Stempels harut. „Wacker to, Klara! Nu wedd’t Tied! Segg du faots Anna Bescheid. Ick gaoh all nao ächten hen. Un paß up den Hoff up!“

De drei Fraulüe kammen en Augenschlagg läter in Bökers Backs bineene. De Feesters wassen all tohangen, un Klara haoll auk blaoß ’ne lütte Käersse, äs se met de annern ächter den Backuoben kraup. Dao staonnen twee lütte Schwienkes up de Ledder. Dat eene was en schwatt Schwien van Bökers, dat annere was en schwatt Schwien van Terbrüggen, un Jans Terbauhns haer se beide vüör den Kopp haut un was ön düör de Struote gaohn. Et was 'ne Masse Arbeit west, patt met Hölpe gaong et je wull. De amtlicke Sueg buten up't Höffken haolp bi't Verstoppen.

„Hier mött't de Stempels hen," wisperde Tante Franziska, we van dat Wiärks wat verstaonn, „hier up den Puckel dreimaol, an beide Sieten, hier düssen. Aower schön drükken, dat m' dat auk seihn kann!" Bi't Uteenschnieden kreegen dann de Specksieten alle en Stempel af, un dat was gued van wiägen de Kontrollen. So, dat twedde Schwien was auk feddig. „Nu haollt wi üöwer den Winter wat te iätten!" fraiede sick Anna Terbrüggen. Stickum gaongen de Fraulüe üöwer den Hoff un düör den Gaorn wier trügge in de Hüeser. Lanwer kreeg nu den Deel för dat Krankenhues in de Taschke packt: en paar Mettwüörste un'n üörnlicken Reimen Speck. Dao kamm je auk no de Kollekte för dat Krankenhues, un dao kaonnen nich äs de Nazis wat tieggen maaken.

Klara keek in dat Stüöwken, wao de Mannslüe no ümmer an't Küern wassen. Dao gaong't wier üm de schlechten Tieden un de Zwangsbewirtschaftung; Lanwers Meinen was, de Nazis wäörn auk nich in alle Saaken kunnig. „Kiek äs Hannes, de Saake met de Separatoren. Nu häbt alle Lüe, we Kohdiers häbt, den Zylinner van de Separatoren afgiebben maoßt. Ick häb mi in Brentrup in de Molkerie ümseihn; dao liggt üöwer hunnert van de Dinger met Plomben dran up't Regal. Un de Beamten mennt, de Lüe könnt nich buottern. Dao bliff de Miälk äs 'nen halwen Dagg länger staohn, un met den Schmand kann m' äs fröher up de aolle Art un Wiese buottern! Et is blaoß nich so kommodig."

Vader Böker un Tante Franziska gneeseden. Se haern je auk 'ne aolle Buotterkiärne in'n Keller staohn. Lanwer küerde sick iärgerlick: „Arbeit un Iätten kann m' nich van buoben regeeren, wisse nich, wann m' 'ne Partei bedeinen mott. Wi häbt, en Eksempel, in Roggenduorp twee Bäckermesters. Den eenen hät en grauten, haugmodäernen Uoben met drei Häerde un kann, wann he't will, Brentrup alleen versuorgen. Den annern is no met Holt an't Böten nao de aolle Art. Den twedden is patt in de Partei. We wedd nu introcken un is nich mähr UK? Genau! Ussen Parteigenossen hät verkläört, he käönn dat wull alleene schaffen. Wat kümp nu: Brentrup krigg sien Braut to'n gröttsten Deel ut Holtduorp, wieldes ussen Nazi-Bäcker met sien Wiärks nich praot kümp. Un Baimers haugmodäernen Uoben staiht siet Summer kaolt. De junge Mester is in Jugoslawien, un de Aoll kennt dat niee Backen nich met siene üöwer siebbenzig Jaor!"

„Aower Dokter," schmeet Böker so harin, „de Lüe bi us up Lannen wiett' sick patt in alle Saaken te helpen. Aolle Kuopperschläger Hensink sall je nu auk wier harümknüeseln met siene Maschinkes!"

„Dat stimmt!" gnöchelde Lanwer. „Üm Martini kamm ick up Wenkers Kuotten to't Schwienestempeln. Wuorst un Wuorstebraut haongen in den Waschkpott te kuoken; de Lüe haern patt no 'nen annern Rüek in't Hues. Ick segg blaoß: ‚Wenker, laot mi auk dat annere Wiärks probeeren, wat ji van Nacht bineenkuokt häbt!' Du, Hannes, den Balkenbrand was üörnlick. Un sien Maschinken hät de Wenker bestimmt van Hensink; siene Frau is je 'ne Süster to den Kuopperschläger!"

En Tiedken drup maok sick den Dokter wier up den Patt. He haer met Vader Böker de Sigarr schön upschmaiket, un nu keek he in de Küek nao siene Taschke. Äs he s' haugnamm, nickoppede he tefriär, mennde patt, Bökers warnen te müetten: „Wat süss dat Iätten un de Iättensaken angeiht, paßt up, Lüe, paßt up! Rethmanns Jungs sind nu alle drei in'n Krieg. Leßthen hät Moder Rethmanns för den Paoter, we nu bi Pastor Holtmann inquarteert is, en

Küörwken Eier an de Siete stellt. Den Paoter maogg drei Missen liäsen för de Jungs. De Missen häbt s' haollen, den Paoter hät de Eier kriеggen, un een Schienaos van'n Nazi hät de guede Frau bi Brüse denunzeert. Töns hät de Moder faots kuemen laoten un wull'n Protokoll för Unna maaken. Se häer ‚wertvollste Nahrungsmittel dem deutschen Volkskörper entzogen und an unnütze Esser weitergegeben'!"

Tante Franziska wull sick upriägen: „Den Sauhund van'n Nazi!" schennde se. „Ne aolle Widdefrau, Moder un Naoberschke so te behelligen!"

Lanwer vertellde wieders: „Ick häb van twee Sieten haort, de Rethmannschke wäör in Mendels Laden kuemen un häer sick siene Priäke anhäören maoßt. Daonao häer se Brüse seggt, met drei Jungs an de Front dai se mähr för Dütschkland äs he met sien dick Gatt in Roggenduorp. Un wat üöre Jungs nu brükeden, dat wäör Guotts Siängen. Un den dai se ümmer bestellen, wann se wull un so lang äs se de Jungs all häer. Punktum, un dann wull se gaohn. Brüse häer rümbölkt un nao't KZ roopen. All in de Ladendöör häer sick de Rethmannschke ümdrait un vüör alle Lüe, we dao no satten, Brüse fraoggt, wu faken dann all sien Moder bi den Paoter 'ne Miss för sien eegen, Töns, Siälenheil bestellt häer? Dao was dat Book faots to, un Sophie sall öm wull den Kopp trechtdrait hebben."

Franziska gnöchelde: „Et is je för en Fraamensk all laig, met'n Mannsmensk verhieraot't te sien. Aower met'n Nazi, un sogar met Töns Brüse? – Dao luow ick mienen Juffernstand!"

De heele Küeke was an't Lachen.

Milites gloriosi

In'n laten Hiärwst tweenvettig kam Janbernd Bökers ut den Krieg trügge. De Familge haer all 'n paar Wiäken Angst un Schrecken hat, äs kiene Feldpost kamm; dann kreegen s' en Breef van de Einheit, Janbernd lagg in't Lazarett. Üöwer en Tiedken kaonn he sölwst schriewen, un Bökers daihen sick all wat beruhigen. Siene Verletzungen wassen wull laig. Nao'n paar Wiäken kamm den jungen Mann ut Rußland trügge. Baoll bes an den Kaukasus wassen s' den Summer kuemen, un nu gaong 'ne Schlacht üm Stalingrad anne Wolga, dao wassen auk annere Jungs ut Roggenduorp.

In een graut Krankenhues in Suerlannen haoll Janbernd Rekonvaleszenz; so nömmden dat de Dokters. Up'en Sunndagg föhrden Bökers de auk hen un maoken Visit. Et was ön wull benaut, üören leiwen Janbernd so sieg un schrao in'n Krankenstuowen te finnen. He haer en Granatsplitter un Kuegeln van ächten in den Büöwerschenkel un in't Gatt krieggen. Un dat was nich lustig west. Nu satt he aower all wier, föhrde met m' Rollwagen düör de Giegend un fraiede sick all up Roggenduorp.

Den Dokter mennde to Klara un Vader Böker, dat Janbernd wisse nich wier heel gesund wäern kaonn. De Hüep haer wat afkrieggen. Den Krieg was patt för ön vüörbi, un wann he uppaoss, kaonn he met düsse Verwunnung en aollen Mann wäern. Blaoß 'ne hatte handwiärklicke Arbeit, de kaonn öm wull benaut wäern.

Seß Wiäken drup kamm Janbernd wier trügge nao Huese hen. Iärst hümpelde he met siene Krücken düör dat Hues, läterhen met'n Stock düör den Gaorn un üm't Hues harüm. Sachte gaong et wat biätter, un he laip wier bes nao de Kiärk. Ächterhiär bruekede he den Stock gar nich mähr. Vader Terbrüggen knüesselde an sien Fahrrad un de Pedalen harüm, dat Böker auk met sien steef Been daodrup fahren kaonn.

Janbernds Familge, de Verwandten un Frönde fraieden sick; nu kaonnen s' auk wat ut Rußland klook wäern. Patt wunnlick, düssen Hellen, we siene Butten för Dütschkland giebben haer, wull nicks van de Tied buten vertellen. Wann eenen van Rußland küerde, dann laip he wegg. Wann eenen nao Rußland fraogen wull, dann wuor he kuortaff un wull de Niesgierigen löchten off lait se eenfack staohn. To Klara sagg he blaoß up eenen Aobend: „Un üöwer Rußland, dao will ick nich küern. Ick häb dao Saaken seihn un beliäft un van wecke Saaken haort, dao kann ick nich met praot kuemen. Wat maakt wi Dütschken dao in Rußland? Un wann dat Wiärks nich up us trüggefäöllt, dann weet ick et nich!"

Stolt wassen de Lüe aower up Alwis Terbrüggen. De haer daomaols in'n Summer vettig siene Utbildung maakt, äs Böker un de annern auk. Dann was he eenenvettig nao 'ne Einheit kuemen, we de grauten Russenpanzers affscheiten kaonn met de PAK off met Haftladungen un all so'n Wiärks. Terbrüggen was je ümmer all en gelenkigen Kunnen un kiene Bangebücks. Äs he alleen baoll en dutzend russische Panzers knackt haer, dao kreeg he dat EK II. En halw Jaor drup was't all dat EK I. In'n Hiärwst tweenvettig aower kreeg Alwis Terbrüggen van wiägen sienen Moot un twee dutzend afgeschuottene Panzers dat dütschke Krüüs in Gold. Dat was en nieen Uorden met dat Hakenkrüüs up 'nen güllenen Stäern. Äs dat düör't Blättken kamm, üöwerschlaog sick Töns Brüse. Düssen Hellen maoß m' fieern. Äs Alwis to sienen Urlauw uppen Bahnhoff in Roggenduorp ankamm, staonn dao den Rest van de Ortsgruppe stramm. Et wassen wisse blaoß de äöllrigen Lüe, patt de gaffen den miles gloriosus met'n Kutschkwagen Geleit nao sien Äöllernhues. Un den Wagen was fien schmückt met Dannen-

gröön un Nazifähnkes. Aobends gaff et all wier en Fackelzug, we bes nao Terbrüggen gaong. Alwis maoß sick met sienen Uorden up de Trepp wiesen, met Anna un de Kinner. Dao wassen auk Vader un Guste Terbrüggen stolt up üören Suohn. Brüse küerde üöwer de Hellentaten, we düssen gröttsten Suohn van Roggenduorp all leistet häer. Un dao kaim wisse nao wat nao. Äs naigste Stufe bleef je nu dat Ritterkrüüs, un dat häer Alwis längst verdennt.

De naigsten Dage maoß Philipp Stohlers beliäwen, dat Brüse un Alwis in siene Schoole kammen. De beiden küerden twee Stunnen lang üöwer „den Schicksalskampf des deutschen Volkes“ un all de Hellentaten tieggen de bolschewistischen Untermenschen. So nömmde Brüse de Russen blaoß. Wiägen düssen nationalpolitischken Unterricht draoff Stohlers för düttmaol dat Kollekteeren van Böckekkern un Eckeln afseggen. Dat was wennigstens wat!

Met sienen Kriegskameraden Janbernd Böker kaonn Alwis nich so vull küern. Iärst haer he düssen Urlauw nich so vull Tied, dann was Janbernd auk gaas anners wuorn. De kaonn sick an dat graute Beliäfnis van düssen Krieg nich begeistern. De beiden Frönde ut Kinnerdage wassen uteen.

Nao vetteihn Dage maoß Alwis wier loß nao Rußland. Den lesten Dagg was den schwaorsten. Anna un he haern nao 'nen Spazeergang üm dat Duorp maakt. Aobends satt de Familge bineene an'n Dischk. Dao kamm enen van de Jungs met'n grauten Sieddel; dao staonnen so wunnlicke Beller drup: „Kiek äs an, Papa! Hier häb ick de Panzers upmalt, we du all knackt häs, graute un lütte!" Würklick staonnen dao in de Riege mähr äs twintig Panzers met Kiern un Kanunnen. „Ick wuss blaoß nich," küerde de Jung wieder, „wuvull Russen bi so'n Panzer daototeIlt. Ick dai se gäern för di daoniäbenmalen."

„Oh Jung," mennde Alwis, „bi de grauten sind dat miärsttieden fief Mann, bi de lütten veer!"

Den Jungen haer all en hellen Kopp: „Dat sind dann je mähr äs – hunnert Mann, wee'k dao malen mäöß!" He was bedrüewt.

„Dao is gar nich noog Platz up dien Blatt!" gneesede Alwis.

Den Jungen was nao nich tefriär: „Du, Papa, wat passeert eelicks met de Mannslüe, wann du den Panzer afschötts?"

Alwis staonn ielig up un laip in'n Gaorn. Anna gaong faots ächterhiär. Dat Jüngsken keek Opa Terbrüggen un Oma Guste verwünnert an: „Ick mott dat wietten för mien Beld. Mi hät dat bes nuhen kineen vertellt."

Den Kartuffelemmer

Wier Fröhjaor. Nao düssen Winter patt kamm kiene Fraide up. Lechtmiß was de Naoricht kuemen, dat Stalingrad kapituleert haer. Dreihunnertdusend Mann, de heele sesste Armee, was an de Wolga unnergaohn. Kineen wuß, wu dat met Suohn off Mann was. Krank? Verletzt? Daut? In Gefangenschaft? Feldpost kamm nich mähr harut.

Van Alwis Terbrüggen haern s' 'ne wunnlicke Saake vertellt. Siene Einheit was jüst eenen Dagg van 'nen Afschnitt an de Front trüggeleggt wuorn, dao kamm den Angriff up Stalingrad. Um düssen eenen Dagg! He häer dao auk in de Kessel siätten maoßt un wäör gewiß in't Elend verkuemen.

De Sunn staonn auk üöwer Roggenduorp, un de iärsten warmen Dage dreewen dat fröhe Gröön harut up de Wieschken, in Hieggen un Büschke. Üöwerall keek me nu up billiger Iätten, un Tante Franziska haer Klara un Anna metnuommen un wull ön wiesen, wat nu de rechten Planten för en üörnlick Hieggengemöös wäörn. „Wichtig is, dat wi noog Jeest finnen könnt!" küerde se vüör sick hen un miärkte nich, dat de beiden jungen Fraulüe an de Hiegge staohn bliewwen wassen. Wat keeken de dann so verschruoken.

Franziska laip de paar Tratt trügge. Dann saog se't auk. Up de annere Siet van de Hiegge kneieden twee junge Mannslüe. Jäömerlick saogen de ut. De Haor wassen ratzekahl afschniedden. De Gesichter schmächtrig un blaß, Hannens un Iärms heel dünn, baoll äs Fitzebauhnenstangen. Un se küerden wat, aower kineen van de Fraulüe verstaonn dat. Dann maok eenen met de Hannen 'ne Bewiägung, haoll Dummen un Finger bineene un stoppde se sick in'n Mund. Den annern reew sick den Buek un was daobi baoll an't Grienen.

Dat wassen Russen ut dat Lager buoben bi Schult Averkamp. Franziska wuß faots Bescheid. Ächter de Gäörns van Roggenduorp kammen de Wieschken, we de Buern in't Duorp tostännig wassen. Den grauten Buschk daoächter was patt Domänenwald un haer fröher nao dat aolle Kloster haort, wat et in Brentrup maol giebben haer. De Russen wassen för de Arbeit hier indeelt. Se keek schalou üöwer de Hiegge wegg. Richtig, dao satten veer Mann an den Buschk. Aollen Schandarm Klapproth van Brentrup was daobi. De saog de beiden Gefangenen, saog de Fraulüe – un draihede sick üm.

Anna faong up eenmaol harr an te grienen. Se lagg üören Kopp bi Klara up de Schüllern un kaonn nicks seggen. De beiden Russen, we no ümmer up üöre Kneie laggen, verschruoken sick, Franziska patt auk: „Wat is de nu loß, Anna? Wat häs du dann? De beiden doht di doch nicks!" Auk Klapproth scheen wat naiger te kuemen. Anna schlukkede, un dat Water laip üör üöwer dat Gesicht: „Et is wiägen Alwis. Wi häbt nu all drei Wiäken kiene Post, un gissern kamm 'nen Breef van sienen Kompaniechef. He is bi'n Spähtrupp vermißt. Vlicht sitt he," se streek sick met'n Schüörtenend düör de Augen, „jüst so in Naut äs düsse beiden." Klara haoll de Naoberschke fast in'n Arm un wull se tröisten, patt de junge Frau bleef an't Hülen, un Franziska, we nao buten hen ümmer so buttig dai, waohrhafftig aower lück weekmödig was, kaonn dat nich hebben un gaong üöwer dat lütte Schemm, düör dat Heck un üöwer de Wieschke nao Klapproth hen. De haer sick met sienen Karabiner up den Arm dat Spiell bekiecken.

Tante Franziska verkläörde öm de Saake, un he was wat beruhigt. He kaim nu wisse teihn, vetteihn Dage met düssen Tropp in den Domänenbuschk. Dat wäörn üörnlicke un rühge Jungs, patt alle Dage häern s' Schmacht. Dat Iätten dao buoben in't Lager wäör 'ne laige Driete. „Wann'k mi vüörstelle, ick sölwst off mienen Jungen kamm in so'n Lager. Nee, nee . . . ". He haoll an. Franziska wuor up eenmaol wack: „Seggt mi äs, Klapproth, wat dai he dann, wann he Mensken so schmachten saog, am leiwsten? Wat is eelicks Christenplicht?"

Den Schandarm keek naodenklick üöwer de Wieschke nao dat Duorp hen: „Ick mein, dat auk Bökers Möhne de siebben Wiärke der Barmherzigkeit no in'n Kopp hät. Un wat miene Arbeit angeiht: wecke Saaken kann'k üöwerhaupt nich maaken. Wann sick patt eenen den Hiemmel verdeinen will, draff'k öm dat nich weigern. Hät se mi verstaohn?" Franziska haer 'n Löchten in de Augen. „Is gued, patt in'n Meddag. Un laot de Mannslüe an dat Schemm kieken, wat dao üöwer den Graben geiht, an dat lütte Heck doch ächten. Doht ju hen, Klapproth. He is'en üörnlicken Mann." Klapproth maoß lachen: „Dat ick äs äöllrigen Käerl Kumpelmente van 'ne stäödige Juffer kriegen kann!"

Dann gaong he met Franziska bes an de Hiegge trügge un namm de beiden Mannslüe, we jüst so verschruoken wassen, met. Den lütten Tropp gaong wier nao'n Buschk hen. De drei Fraulüe laipen nao't Duorp trügge un küerden sick unnerweggs för den Aobend af.

Äs't düster was, gaff et in Terbrüggens Backs Pottkuoken. Franziska un Klara haern Kartuffeln schiält, Anna 'ne kuorte Brühe kuokt. Nu maoken s' daodrut en Düörgemöös met 'n biettken Fleeschk, wat m' so haer. Se kuokten all för twee Dage en heelen Weckpott vull. Annern Meddag gaong dann Tante Franziska äs iärste met'n Dieckelemmer düör den Gaorn un dat Pättken bes an dat

Schemm. Se stellde den Emmer unner de Briär un lagg sess Lieppels daobi. Dann verstoppde se sick ächter den grauten Holunner, we nu all an Utdriewen was. Gued dat se van't Duorp hierhen nich rüöwerkieken kaonnen.

Klock twiälf was't, un jüst kamm den Angelus van Sünte Sebastian harunner. An'n Buschk staonn de aolle Klapproth un keek üöwer de Wieschke. Nicks passeerde. Up eenmaol saog Franziska, dat eenen van de jungen Russen all in'n Graben satt. De maoß je ächter de Hiegge langschliekken sien. He paock sick vüörsichtig den Emmer un laip baoll up alle Veere daomet wier trügge bes an de Hiegge un dann ielig bes an den Buschk. Klapproth keek sick üm, nickoppede un lait den Jungen in de Büschke verschwinnen. „Alle vetteihn Nauthölpers un Klapproth sie Dank!" sagg Franziska un schlaog en Krüüs. „Dat klappt je!"

Solang den Schandarm met düssen Tropp kamm, gaff't nu en Meddagiätten up düsse Art un Wiese. De Fraulüe gaongen nao de Riege den kuorten Wegg un trasporteerden den Emmer. De staonn Naomdaggs to de Kaffeetied wier sauber utputzt unner dat Schemm. All den annern Aobend kamm auk Guste Terbrüggen to't Pottkuoken un baut sick an, mettehelpen. De Naobers un de Kinner draoffen nicks daovan wietten. Guste mennde blaoß: „Dao magg in Rußland vlicht auk 'ne Moder sien, we ussen Alwis wat kuokt."

An eenen Dagg laip Anna, den lüerigen Emmer te haalen. Äs se dat Emailljdingen unner dat Schemm weggtrock, den Dieckel haugböerde un nao de Lieppels keek, lagg dao en lütt Päcksken in. Vüörsichtig faollde se dat aolle Zeitungspapier uteen. Dao haoll se 'ne nüdlicke Moderguotts ut Holt in üöre Hand, van eenen jungen Russen schnieen. Den annern Dagg gaff't wat Spielltüeg för de Kinner: Vüegelkes, we up'n Brettken nickoppeden.

Äs de Tied in den Domänenbuschk rüm was, gaff Klapproth stickum Bescheid. Äs he in'n Hiärwst wieerkamm, haer he en annern Tropp. De Saake sölwst laip aower jüst so äs in't Fröhjaor. Wao wassen wull de annern jungen Mannslüe afbliewwen. Janbernd mennde: „Wat wi in düsse Tieden Mensken helpen könnt, dat mött't wi doon. Et fäölllt no noog up us trügg!" Daobi gaong öm auk all dat düör den Kopp, wat öm Bontrups Jopp lesthen vertellt haer.

Bontrup was bi de Bahn. Jaorenlang satt he in Roggenduorp up den Bahnhoff un bedennde dao de Signale. Auk annere Arbeiden haer he dao te doon. Längst was he all in dat Pensionsaoller, patt wiägen den Krieg un den Utfall van all de jungen Mannslüe bleef he no wieders in'n Denst. Faken satt he nu in Mönster off in Hamm up den grauten Rangeerbahnhoff.

Eenen Aobend in de Fasten was he Janbernd in de Möte kuemen. De haer sick den Dagg in Mönster up't Versuorgungsamt uphaollen un wull nu met't Fahrrad wier nao't Duorp trügge. Vüör den Roggendüörper Bahnhoff laipen s' sick üöwer den Wegg. Wieldes Bontrup kien Rad haer un te Foot laupen maoß, auk dat Wiär gued was, maok sick Janbernd an't Schuwen. Dat gaong all wier gaas gued.

Se kammen jüst an den nieen Kiärkhoff up Roggenduorps Kamp, dao bleef Bontrup staohn, schlaog sick Füer för'n Düemel un faong up eenmaol so wunnlick an te küern. Böker lusterde genau to. Wat Lüe saggen ümmer, bi Bontrups wäörn s' allbineen Sozialdemokraten; teminst wassen de fröher all tehaupe bi de Gewerkschaft, un de heele Familge haong je an de Bahn. Vlicht kammen fröher van Bontrups auk de paar Stemmen för de SPD. Süss wassen't aower üörnlicke Lüe un alle Sunndage in de Kiärke. Bontrup maok so'n verknieppen Muul:

„Ick weet je auk, dat du dat nich so met de Nazis häs, Janbernd. Wat düch di eelicks van de Juenpolitick?"

Janbernd was schlaggmaols hellwack: „Maott ick di dat würklick seggen, äs aollen Naober van Mendels?" gaff he kuort to Antwaort. „Wann m' Lüe in Dütschkland wiägen üören Glauben – dat met de Rasse is bar wegg Aaperie – de Hüeser kaputtschläött, de Mensken ut üöre Bedriewe un Beroope schmitt, utplünnert un nu sogar de Kleederkarten afnimp, nee! Dat leste, wat'k haort häb, besegg, dat de Juenkinner nich äs mähr Miälk kriegen säöllt. Dat is usse Kulturvolk?"

Bontrup haer tolustert: „Wann Brüse hier was, kammen wi beide faots in KZ. Egal, de leste Tied haer'k Denst in Mönster. Up eenen Aobend geiht dao en Sonderzug af. Juen. De lesten Juen ut Mönster. Nao Theresienstadt. Dao häs du vlicht all wat van haort. Ick häb mi erkunnigt. De haern alle Juen, we't no in't Mönsterland gaff, nao Mönster haalt un in den aollen Gertrudenhoff packt. Dann maossen s' nao de Bahn hen. Et wassen miärsttieden äöllrige Lüe. Wecke up Tragbahren, so wat Krankenstöhle, Bollerwiägens. Un de kammen all bineene in Güterwaggons, Veehwiägens. Et was en Beld, jäömerlick antekieken. Un dann föhrde den Zug loß. So'n driettrigen Nazi maok Mellung, dat nu wier 'ne Ladung Unnermensken unnerweggens wäör. Mönster un dat Mönsterland wäörn patt nu juenrein. Ick häb mi dautschiämt. Wat maakt de Mensken, Janbernd, in usse Tieden?"

Janbernd keek üöwer den Daudenacker: „In Rußland, dat weet ick wisse, häbt s' up hunnertdusend Juen afschuotten. Ick weet dat van'n Suldaoten, we in't Lazarett lagg. De maoß dao up 'nen Dagg tokieken. Wann dat to Halfschaid blaoß stimmt, wat düssen Mann mi sagg, dann magg de Häer usse Volk bewahren!" He keek de Chaussee met de Appelbaime runner. „Men gued, dat Mendels to de rechte Tied afhauen sind. Vlicht sind se in Holland wat sieckerer.“

„Dao brüeks du nich up te riäken!“ mennde Bontrup nao'n Tiedken. „In wecke Städte hier laupt so wunnlicke Züge düör, mangst an'n lechten Dagg, miärsttieden in de Nacht. In Hamm häb'k eenen seihn. En Kollegen saog eenen in Coesfeld. De kuemt ut Frankriek, Belgien un auk ut Holland. Dao sind met eenen Transport vlicht tweedusend, tweedusenfiefhunnert Mensken drin. Juen! In Veehwaggons. De sind verplombt, de Luchten sind met Stiäkeldräöde toniägelt. Un all's nao den Austen hen. Düsse Züge rollt teminst eenmaol in de Wiäke. Un stell di äs vüör, de häbt in den Plan Vüörrang! Wann dao in'n Kuohlenpott de Engländer de Bahnhüöwe off Brücken kapottsmiet't, dann is de Ümleitung för düsse Züge iärst dran. Dat is äs 'ne Völkerwanderung. Patt bi de Tour mött' de Lüe all unnerweggens haupenwies ümkuemen.“

„Un dat in Mönster häs du sölwst seihn?“ Janbernd wull't genau wietten. Bontrup keek ön an: „Ick häb doch den Denstpaß för dat heele Bahnhoffsgelände. Dat was an den Landesbahnhoff an de Hafenstraote, dao in de Naigte, wao m' nao de Halle Mönsterland föhrt. De Kollegen wiett't auk Bescheid. Et draff aower nich drüöwer küert wäern. Verschlußsaake. Men, wat will't de Nazis met all de Juen in'n Austen doon?“

„Nicks Gueds, Jopp!“ Se wassen an den nieeen Kiärkhoff vüörbi, wao Bontrup afgaohn kaonn nao sienen Kuotten.

„Doh di hen, Janbernd!“ sagg he to'n Afschaid. „Haoll patt de Muule üöwer düsse Saake!“

Wat te liäsen

Kathrin staut üören Ehemann in de Siete; de was aower so schön in'n Schlaop un an't Baimesaagen, dat he mähr äs 'n Augenschlagg bruekede, üm wack te wäern. He maok Lecht, keek up den Wecker: drei Uhr: „Wat is loß?" „Dao is wat an't Feester, Philipp! Luster äs!" Un würklick, dao schmeet eenen lütte Steenkes tieggen de Klappen. Stohlers was met eenmaol wack, sprung ut dat Bedde un knippsde

dat Lecht wier ut. He trock de Verdunkelung an de Siete un staut de Feesters un Klappen nao buten.

„Pssst, pssst!“ kamm't van unnen. „Ick sin dat, Philipp“ Den Magister kaonn an den Giewel Kaplaon Terlauh kennen, we sick tüschken Hiegge un Schoolhues in't Düstern harümdreew. „Maak mi äs ielig loß!“ wisperde he nao buoben hen. Philipp trock de Klappen wier to, gaff Kathrin kuort Bescheid un gaong sachte üöwer den Flur nao dat Treppenhues. Gued, dat de aolle Nazijuffer üöre Stuobens nao de annere Siet haer. De Trepp gaong't ielig draff. Dat Schlott aower lait sick blaoß met'n biettken Quietschken ümdraihen. De Döör gaong nao buten loß – un faots staonn Terlauh in den Flur. Vüör de Buorst haer he'n Paket, inwickelt in aolle Blättkes, äs dat scheen.

„Wat mäcks du to nachtschlaopen Tied hier?“ fraog Philipp un chaapte all wier en biettken. Den Geistlick haer't ielig: „Du maoß mi helpen! Bi di kuemt'se gewiß nich to't Naokieken. Wittenbieck kamm mi gissern in'ne Möt un dai so, äs wann he up de Duer mien Hues visiteeren mäöß. De wull mi wisse no Tied giebben; he haäöllt dat je nich so met de Nazis. Van de Nazis was kineen in de Naigte, un wann de düt Wiärks hier in de Finger kriegt, kuem ick faots in't KZ!“

„Wat häs dann daoin?“ Philipp wuor wat vüörsichtig.

„De leste Priäke van Bischop Galen, un auk no wat van de drei Priäken ut vüörgen Summer. Wi mött't de in Siekkerhait brengen. Wi bruekt dat no för de Lüe. Un bi di in de Schoole sall wull kineen naokieken!“

„Ick weet' nich, mi is dat nich geheier! Ick häb dao buoben wisse auk'n Nazi unnert Dack. Dat is mi te gefäöhrlick. Ick häb drei Kinner. Kaplaon! Wann dat harutkümp . . .!“

Terlauh keek wat truerig: „Wao sall'k dann daomet hen? Philipp! Üöwerlegg äs!“

„Dao is nicks te üöwerleggen!“ wisperde eenen van buoben. De Mannslüe schruoken bineene. Kathrin kamm met blaute Föte de kaolle Trepp harunner. „Se könn’t sick up us verlaoten, Kaplaon!“ sagg se to Terlauh. „Wann dat de Priäken van Bischop Galen sind, dann bliewt de hier!“ Se keek üören Mann in’n Maondschien an, we düör de Sietenfeester infaoll. „Maoß ick di vüörliäsen, wat ussen Bischop seggt hät üöwer den Kiärkenkampf, de Klösters, üöwer de Saake met de Juen un de Kranken, dat Recht? Wat ussen leiwen Naober Jans Musiks angeiht?“ Philipp schweeg still.

Kathrin haer dat Paket all in de Hannen. „Gaoh’t men wacker nao Huese hen. Ick pack dat Wiärks tüschken de Kinnerdöker. Dao kümp de nicks an; we will dao naokieken? Un nu schwiegt still, süss kümp us de Borgmannschke no in de Möte. Gued Nacht bineene!“

Philipp schiämde sick en biettken, äs Terlauh gaong. Kathrin haer recht, un he sagg üör dat auk. Den annern Dagg namm he dat Paket un verstoppede ’t up den Schoolbüen tüschken Bökers un Papiere. Den Slüedel to dat Schapp haer he alleene. Wann he dat Wiärks wier naidig haer, maogg Terlauh Bescheid giebben.

De Saake was würklick gefäöhrlick. In’n Summer eenenvettig was jüst den Krieg met Rußland anfangen. De Nazis saogen nu de Geliegenhait, de Klösters un kiärklicken Hüeser utterüümen. Dao tratt Bischop Clemens August von Galen in Sünte Lamberti to Mönster up de Kanzel un knöppede sick in drei graute Priäken de Nazis vüör. All bineen wassen s’ platt, nich blaoß in’t Mönsterland. De Nazis wassen so baff, dat s’ te lang towaochteden un de Geschicht’ nich in den Griepp kreegen. Ächterhiär wuor m’ klook, dat eenen van de bischöplicken Kapläöne de Priäken stickum to’n Druck afgiebben haer. Faots haern de Nazis de Drukkerie afsluotten un den Mester ächter de Tralljen sett’t.

Den Bedriew gaffen s' faots en üörnlicken Nazi anne Hand. Iärssige Lüe in't heele Mönsterland schreewen aower de Priäken met de Hand af un schickden s' met de Post bes nao Rußland hen. Fraulüe in Büros maoken Matrizen, laiten de Stemm ut Mönster üöwer de Druckmaschinkes laupen off tippeden de Texte met Kuohlenpapier un so vull Düörschliäge af, äs't üöwerhaupt gaong. De Nazis staonnen verschruoken vüör düsse Flot van Waorhait. Se wuorn de nich mähr Häer drüöwer.

Pastor Holtmann in Rogenduorp mennde, he häer je sien Liäben all hat, un namm sick düsse Saake un de Hirtenbreefe, we nu kammen, sölwst vüör. Up 'nen Naommdagg, äs den Kaplaon den Religionsunterricht in de Kiärke haoll – in de Schoole gaff't dat för'n Geistlick nich mähr –, inviteerde he düör de trüen Kinner de Öllern dat iärste Maol up den Aobend in de Kiärke. Wieldes de Kinner dat Muul haollen un Uthoff bi düsse Andacht nich met siene Klocken an't Beiern kamm, wassen baoll alle getrüen Familgen ut Roggenduorp met eenen off annern vertriäden. Brüse kaonn nich eenen van siene Hellen to't Tolustern afkummedeeren. He haer't nich äs metkrieggen. Aolle Holtmann haer sick sien Rochett un de Stola antrocken; dann sung he met Terlauh un Uthoff dat „Veni Creator Spiritus". He klaiede, stief äs he all was, up de Kanzel un laus den Hirtenbreef sölwst vüör. De Lüe in de Kiärke spüerden, dat dao wat trüggekamm: De Kiärke haer üöre Stemm wieerfunnen. Un wat för eene!

Holtmann haoll et je all sien Liäfsdagg nich so met Dickbälg un Kabeleeren. Äs he patt an'n End van den Hirtenbreef kamm, sagg he: „Un schriewwen hät us dat ussen Bischop: Clemens August" – en lütt Anhaollen – „Graf von Galen, Bischop van Mönster!" Daobi keek he üöwer siene Brille up siene Schäöpkes in de Kiärke. De säöllen wietten, dat nich en Kiärkenköster off Hillgenschlücket den Breef upsett' haer, patt en Iädelmann ut eene van de äöllsten Familgen in't Mönsterland, we de Kiärke all fröher en Bischop un männige Domhäern schonken haer.

Brüse was baoll uwies wuorn. Jüst in düsse Wiäken, wao öm de Partei de Verwaoltung van dat upgehuobene Kloster van de Benediktinerinnen in Vinnendahl üöwerlaoten haer, jüst dao kamm düsse Priäke. Un he haer no so wöst pucht met düssen Updragg. Dat he all siene Kammern vull haer met Linnenwiärks un Brocken ut dat Kloster, dat maoß je kineen wietten. Un nu dat, auk in sien Roggenduorp, süss en Musterdorf in't heele Mönsterland! Breefe schreew he, eenen nao den annern: de Partei mäöß den Bischop un all siene Schwattkiels de Muule stoppen. Aower sölwst Gauleiter Meyer in Mönster wuss sick nich mähr te draihen. Wann se nu den Bischop Galen ächter de Tralljen satten un upknüppen daihen, wat düssen Verbriäker wull taostaonn, kaonn he för sienen Gau nich mähr garanteeren. Äs dann den Bischop auk no de Saake met de Euthanasie anpaock un de Juen in Schutz namm, was't vüörbi. In Roggenduorp wuss jeddereen, dat Jans Musiks nao Mönster kuemen was, nao Marienthal. Nu kaonn m' häören, dat all de Kranken dao den Gnadendaud kriegen säöllen. Bischop Galen haer 'ne Anzeige wiägen Mordverdacht bi de Staatsanwaltschaft afgiebben. Üöwer'n paar Wiäken was de Saake all bi Radio London ankuemen. Wann de Roggendüörper in de Nacht tieggen teihn Uhr stickum met 'ne Diecke üöwern Kopp dat Radio anknipsten un up dat daipe Trummelteeken draiden, wat dao ut England vüördem funkt wuor, kaonnen s' in de Naorichten wat üöwer dat Mönsterland un sienen Bischop häören. De heele Wiält kaonn verniemmen, dat teminst eenen Mann in Dütschkland sick tieggen dat Unrecht stemmede.

Den Bischop sölwst bleef an de Lucht, patt siene Kapitulare kammen in't Kaschott off in de Verbannung. Galen haer Moot, he wees sick in't heele Mönsterland un haoll de Firmungen in de Dekanate äs ümmer. Wao he henkamm, laipen de Lüe in Massen tehaupe un lusterden siene Priäken. Faken gaong he sölwst nao de Moderguotts van Tellgt, dai dao de Miss, haoll Priäke un Andacht. Lang haer de Stadt so graute Wallfahrten nich mähr seihn. Wao den Bischop auk henkamm, dat Mönsterland staonn bi sienen Hirten! Et was all lang verbuoden, annere Fahnen äs Nazifahnen uttehangen. De Lüe haolpen sick drüm un satten grööne Töge un Maien düör alle Straoten, we de hauge Häer namm. Se satten wier Triumphbüögens un föhrden met Fahrriär un Wiägens vüör un ächter sienen Wagen. Sölwst dat maoß de Polßei up Driewen van de Partei verbeiden. Wat Jungs maoken sick patt en Spaß drut, de Schandarmen te öwen, un sueseden ennzeln nao geheime Plätzkes hen, wao se bineenekammen un de Riär met Töge, Bloemen un Papier utstaffeerden.

De Nazis staonn den Schuum vüör't Muul. De annern aower fraieden sick. Endlick kaonn m' sick wier wiesen. Men, an de Politik gaff't gar kiene Ännerung. Et bleef Krieg, un de Mannslüe ut dat Mönsterland staonnen äs annere auk van Norwiägen bes nao Afrika in't Feld.

An't miärst dai de Nazis iärgern, dat de Mönsterlänner üören Bischop nu ümmer met „Heil" un Roopen de Daggstied saggen. Dao flaugen auk de Hannen haug to'n dütschken Gruß; de was patt för den Bischop. Den Dom in Mönster was jeden Sunndagg bes up den lesten Platz vull. Nao de Haugmiß maoken de Mensken Spaleer van den Dom bes nao dat Palais, wullen met öhren Bischop küern. Kamm de Polßei, wullen de Lüe nich weeken un bleewen eenfack staohn. Kamm den Bischop aower an't Feester un sagg en paar Wäörde un gaff ön ächterhiär sienen Siängen, dann gaongen s' tefriär nao Huese hen un gneeseden de Polßisten vergnögt in't Gesicht. Eenmaol haer sick en

Tropp HJ daohen verlaupen un wull den Bischop iärgern. De raipen so lang, bes dat Clemens August an't Feester kamm. Jüst wull de wat seggen, dao faongen de Jungs, we't nich biätter wietten kaonnen, an te singen: „Du schwarzer Zigeuner, komm sing uns was vor!" De Sängers maossen aower tokieken, dat s' heil ut den Menskendruwwel wier harutkammen. An'n End haern de miärsten kien'n Deel van üöre Uniform mähr üörnlick an't Liew.

Eenen haugen Nazi in Mönster mennde daomaols, de Mönsterlänner wäörn doch wat undankbar. De NSDAP häer ön dat Heilroopen un de Demonstrationen bibracht un se üöwer de rechte Taktik instrueert, un nu daihen düsse wieerspennstigen Kunnen all's tieggen den Führer verwenden. De in Roggenduorp wassen daomet wull upverstaohn. Sünte Sebastian wuor nu jeden Dagg gued besocht. Sunndaggs staonnen de Lüe bes up den Kiärkhoff. M' gaong wier in twee Missen un lait dat Hauge Amt daobi nich ut.

Eenen Dagg kamm Polßeideiner Wittenbieck up't Pastraot. He mäöß in'n Updragg van't Amt naofraogen, wu haug de Kollekten in dat leste halwe Jaor wassen. Holtmann was wat verwünnert, un Wittenbieck vertellde öm de Saake. De Partei wull unbedingt wietten, wu dat met den Ünnerschaid tüschken de Kollekten in de Kiärke un de Parteisammlungen up de Straote was. Äs den aollen Schandarm de Zahlen ut Holtmanns Kollektenbook afschriewwen haer, lachde he en biettken. Häer Pastor maogg men tefriär sien. De Lüe in Roggenduorp gaffen licht twee- off dreimaol mähr in'n Klingelbüel van Sünte Sebastian äs in de Rappelbüssen van de SA.

Den Aschkenkasten

Buer Berlmann haer Bescheid van den Amtmann krieggen; he mäögg de naigsten Dage äs eenmaol up de Amtsverwaoltung nao Brentrup kuemen. Hölscher haer eegens den Lehrling up dat Rad sett't un nao Wiering schickt. Drüm wuor Antonius Berlmann auk wat niesgierig un was all den annern Dagg nao Brentrup föhrt. Äs he in den Amtsstuoben kamm, keek den Sekretär wat wünnlick, un den Amtmann namm den Buern alleen met in sienen Stuoben.

Berlmann wuor naidigt, Platz te niemmen. Hölscher maok en ernst Gesicht un namm 'nen Breff ut de Mappe. Den gaff he Berlmann te liäsen. De keek dat Wiärks düör un kreeg natte Augen. „Ick weet, Berlmann," mennde Hölscher, „wu laig dat is. Wat sall ick bi so wat maaken?" Dann kondoleerde he un sagg amtlick, üöwer de annern Saaken mäögg Berlmann an Huese met de Moder un de Familge küern un öm naigste Dage Bescheid giebben.

„Dao bruekt wi nich drüöwer de küern, Amtmann Hölscher," haer Berlmann faots mennt, „auk wann mien Broer in'n Aschkenkasten trüggekümp, krigg he en Plecksken up den Kiärkhoff van Roggenduorp. Dat is men gewiß!"

„Ji häbt aower auk liäsen, dat't kiene fieerlicken Exsequien giff un kien graut Naofolgen sien draff; Berlmann! Ick kann wisse stillschwiegen, patt de Partei . . . ." Amtmann Hölscher was all lang in Brentrup, he kannde de Lüe un wuss, wat se so in'n Kopp haern. „Seiht es to, un'n stillen Grueß auk an jue Moder!"

Den Breef, we Antonius Berlmann nu up dat Pastraot nao Roggenduorp brengen wull, kamm van dat Konzentrationslager Buchenwald. Dao staonn drin, dat den Häftling Bernard Berlmann lesthen an eene ansteckende Krankhait dautgaohn wäör. De Liek häer m' inäschkern maoßt. För 'ne Kostenerstattung kaonn m' de Aschke in eene Normurne ut Iesenbliek trüggekriegen. Alle annern Saaken mäöß de Ortsbehörde in de Riege maaken.

Bernhard Berlmann was en rechten Knatterpott west, en Hiärwstgesellen un Eenspänner. He liäfde äs Öhm anne Müer up Berlmanns Hoff un was miärsttieden wat verquant. De junge Frau haer de wull unner te lieden hat; vernienig äs he sien kaonn, was he doch en uprechten Käerl. Met de Nazis haer he ümmer Last.

Laig was dat met den nieen Miälkbuern, we in düsse Tied nao Wiering kamm. Berlmanns Öhm saog alle Dage

to, dat he de Miälkdüppen to de päössige Tied an de Straote brachte, wann Miälkbuer Müelsteen met sienen Wagen kamm. Dat was en laigen Nazi, un Berlmann dai ön alle Dage öwen. Iärst was dat nich so schlimm, äs patt Brüse van düsse Saake haorde, klemmde he sick ächter den Miälkbuern. Summer eenenvettig, äs den Krieg met Rußland angaong, kamm Berlmann wier up eenen Dagg an de Straote un sagg so lichthen bi dat Dispelteeren: „Düsse Saake met Rußland, düssen Feldzug, den sallt wi wull verlaisen!“

Den sülwigen Dagg was all de Gestapo kuemen. En paar Wiäkens satt den Buern in Mönster in't Kaschott un was dann nao Buchenwald in Thüringen kuemen, in dat Konzentrationslager. Nu, twee Jaoren läter, kamm Bernd Berlmann trügge: in'n Aschkenkasten.

Berlmanns aolle Moder un den Broer Antonius kammen nao Pastor Holtmann hen. De lait faots Kaplaon Terlauh roopen, un tehaupe beküerden s' met de Familge de heele Saake. Exsequien draoffen nich sien, patt de Dagesmiss wull Terlauh doon för de Familge un de Verwandtschopp. Un de Urne kaonn m' gued Gewiettens in dat Familgengraff up den nieen Kiärkhoff brengen. Aolle Moder Berlmann haer all Angst noog hat, dat üören Suohn wiägen de Verbriännung nich äs up den Kiärkhoff kuemen dräöff. Verbriännen, dat daihen doch süss blaoß Heiden un Friemaurers.

Up 'nen Saoterdagmuorn was de Beerdigung. Blaoß de bedrüewte Familge un de naigsten Naoberslüe kammen hen. De Kiärke was patt gued besett't. In de Sakerstie haer Uthoff de Paramente för den Dagg utleggt. Den Almanach haer äs Farwe „Gröön“ angiebben. Terlauh staonn vüör den grauten Dischk. He haer all de Albe an, un de grööne Kasel lagg dao met Stola un Manipel. De Kaplaon lait met eenmaol 'n Söcht un schüeddelde sienen Kopp: „So geiht dat nich! So nich mähr! Uthoff, helpt Se mi! Ick niemm dat schwatte Tüeg. Bäernd Berlmann magg en aollen Knatterpott west sien, aower äs Christenmensk krigg he sien Requiem. All's äs dat Bruek is. Un för de Miss singt' Se buoben up dat Üörgel ‚In Paradisum deducant'! Hebbt Se mi verstaohn?"

„Ganz genau, Häer Kaplaon!" mennde de Köster un wuor iärssig. „Berlmann was van mienen Jaorgang, un nu haollt wi öm de Daudenmiss. Dat Altaor is patt all gröön upschlagen, un de Tumba is de auk nich!"

„Dat laot't wi vandage!" sagg Terlauh un kummedeerde all de Mißdeiners, sick auk dat schwatte Tüeg antetrekken.

De Lüe satten tüschkendüör verwünnert in de Kiärk. Dat Stunnenglöcksken haer all schlagen; et was üöwer de Tied, äs Uthoff ut de Sakerstie nao sienen Büen gaong. Sachte satt dat Üörgel in, un Uthoff sung alleen:

„In Paradisum deducant te angeli:
in tuo adventu suscipiant te Martyres
et perducant te in civitatem sanctam Jerusalem." (. . .)

Kaonnen de Lüe all wietten, äs m' nao den Krieg van eenen van Berlmanns KZ-Frönde klook wuor, dat üören aollen Verwandten un Naober van de Nazis un SS-Verbriäker up düssen Berg in Thüringen afschailick quiält un ümbracht wuorn was? Dat se met Berlmann nu in Roggenduorp würklick en eegenen Märtyrer haern? De Miß patt was en Requiem wuorn.

De Mißdeiners un den Kaplaon gaongen an't Altaor, un se haern de schwatten Paramente an. „Requiem aeternam dona eis, domine . . . " kamm't van den Üörgelbüen. Dat gaong de Lüe te Hiärten. Süss schennden s' je noog üöwer Uthoff un siene heeschke Stemm, patt düsse Miß was besunners fieerlick.

Nao den Siängen was dat daomaols no Bruek, een off twe Gebiäde för de Dauden un de Moderguotts te seggen. Terlauh knaiede sick up de Stufen van't Altaor un namm de Gebiädstaofel.

He faong an: „Lasset uns beten für unsere Verstorbenen, besonders für Johannes Heimann, genannt Jans Musik, und für Bernhard Berlmann, die beide fern der Heimat den Tod gefunden haben, heute aber in unseren Herzen und in unserer Mitte sind!"

Dat Vaderunser kamm un dat Ave Maria. Terlauh biädede no dat Salve Regina up Dütschk. De Antwaorden van de Lüe kammen klaor düör de Kiärk. De Miss was an'n End.

Den Aobend haalden s' Terlauh van de Gestapo af. Den annern Dagg satt he all met Kieern an de Hannen in'n Zug nao Dachau bi München. Dao was'n KZ, wao de SS all de uprennigen Geistlicken tehaupe un to Uorder brengen wull.

Tevull Daude

In de graute, aolle Böck up Schult Averkamps Knapp haong'n dauden Mann. We an düssen kaollen Dezembermuorn de Straote van Brentrup harunnerkamm, haer en Beld äs'n laigen Spök vüör sick. De dicke Böck staonn dao kahl tieggen den griesen Winterhiemel up den Knapp. An den grauten Ast, we nao de Straote un up Roggenduorp wees, haong dat Strick met den Dauden. Unner an den Knapp staonnen den heelen Dagg 'n paar Lüe van de SA. De haern s' hier afkummedeert. We naiger kamm, maoß drup riäken, dat de Nazis ön wat genauer bekeeken un kontrolleeren wullen. Staonn m' patt an den Knapp, kaonn m' seihn, dat en Kriegsgefangenen dao haong. Üm den Hals haer he en Schild met polnischke un dütschke Wäörde: „Ich wollte dem Feind helfen und habe die Arbeit verweigert!"

Eelicks was dat je nich so west. Düssen jungen Mann was up Terbroeks Hoff äs Kriegsgefangenen. De aollen Terbroeks wäörn üörnlicke Lüe, patt den Schwiegersuohn was'n laigen Nazi. Äs he dann Kriegsgefangene ut Polen kreeg, lait he sienen Iärger üm den stiefen Arm, we he ut Frankriek wier trüggebracht haer, an düsse unschülligen Lüe ut. De haern hatte Dage. Schlimme Saaken wuorn drüöwer vertellt; eenen Dagg was van Jans Terbauhns te häören, Terbroek häer 'nen jungen Polen, we sick bi dat Schlachten wat däösig anstellt haer, met kuokend Water ut den Waschkpott üöwerguotten un üewel verbrannt.

Düssen an de Böck was süss en flietigen Mann un haer blaoß eenen Dagg nich arbeiten wullt. Terbroek was faots up Brüses Büro laupen. Töns haer all's in de Riege bracht, un all lang vüör Meddag was de Exekution. All de Russens un Polen, we in de Giegend up de Hüöwe satten, maossen tokieken, äs üören Kameraden, dat Strick all üm den Hals un met dat Schild vüör den Buuk up de Stüörtkaor staonn. Brüse haoll 'ne Priäke, we in beide Spraoken üöwersett't wuor, un dann gaff Terbroek dat Piärd en üörnlicken Schlagg met de Schwiepp. Dat Dier trock an, un den Jungen zappelte no en biettken. Bes an den Aobend bleef he van wiägen de Afschreckung hangen.

Terbroeks Moder kamm all den Meddag in't Duorp laupen. Se lagg in't Pastraot in Holtmanns besten Stuoben up de Knaie, green un wull Afslution hebben. Holtmann un auk siene Süster wussen de aolle Frau nich te tröisten. Se bruekede de Afslution nich, haer Holtmann immer wier seggt. Men de Siälennaut kaonn he miärken. Iärst twee Stunnen läter un nao'n biettken Kaffeedrinken gaong't de Frau wier wat biätter.

Den Polen haer würklick de Arbeit weigert. He haer düör'n Kameraden, we Dütschk verstaonn un küerde, verkläören laoten, he wull jüst düssen Dagg nich arbeiten.

Et wäör doch Fieerdagg, Mariä Empfängnis, un dat wäör an sien Hues in Polen alle Jaor äs haugen Fieerdagg haollen. Öm stäönn daonao, nao de Kiärk te gaohn un sick te biäden. Äs Terbroeks jungen Buern anfaong te schennen, te bölken un te schlagen, wull he sick nich mähr beigen. An'n End haong he in de Böck.

„Tevull Daude, tevull Daude!" haer auk Daudengriäwer Rost mennd, äs m' öm up den laaten Naomdagg de Liek in'ne Plane nao den Kiärkhoff bracht haer, wao den Polen sien Graff kriegen säöll. Twee annere Kriegsgefangene haolpen Rost, dat Graff uttesmieten; de Mannslüe, auk de twee SA-Posten, we tokeeken, haern sick verschruoken, äs up eenmaol tüschken de Graffsteene aolle Pastor Holtmann staonn; de haong sick 'ne Stola üöwer den Wintermantel, trock en Bööksken ut de Taschk un sagg de Daudengebiäde. De SA-Lüe keeken verliägen, haern aower för den Pastor un den Dauden nao so vull Respekt, dat s' auk de Müschken van'n Kopp nammen, äs den Geistlick dat Graff siängde. Wat häer Brüse daon?

Dat Graff was tosmietten, un Rost was wier alleen met sienen Kiärkhoff. He schlöerde de Hacken un Spatens in dat Schöppken an de Hiegge un keek in't leste Lecht nao eenmaol üöwer den Daudenacker, we he all so lang verwaoltet haer. De saog anners ut äs süss Jaoren! Fröher gaff't blaoß de grauten Familgengriäwer van de Roggendüörper Hüöwe un Hüeser, un jeddereen wuß, wao he sien Plätzken kreeg. Nu gaff et patt niee Graffstiärn un Steene met niee Namens. Eene Riege haern s' för de Kriegsgefangenen anleggt. Hölterne Krüüskes, auk socke nao de russischke Mod', haer Rost dao upsett't. Dann gaff't Griäwer van de Evakuierten ut de Stadt, we in de Buerschoppen of in't Duorp inquarteert wassen. Wunnlick was den Lieksteen för de Füerwiährlüe: dao lagg nich eenen unner!

De Roggendüörper Füerwiähr tellde daomaols nao den Füerlöschkverband van't Amt Brentrup. Dat wassen in Roggenduorp nich äs twintig Mann, un äs den Krieg loßgaong, wassen de Jungen faots daobi wegg. De Brentruper kreegen nu wiägen de Luftgefahr en richtig Füerwiährauto, wat för den heelen Amtsbezirk sien säöll, un de Roggendüörper kaonnen de aolle Füersprütz, we no met Piär bespannt was, utrangeeren.

Bi Luftalarm maossen s' nu patt met den nieen Wagen nao Mönster to't Helpen. Se haern en Stadtveerdel todellt krieggen, un wann't Alarm gaff, föhrden de Brentruper un de Roggendüörper loß. Se haern met Mönster no Glück hat. Annere Füerwiähren ut de Giegend bruuseden bes nao't Industriegebiet.

Mönster haern de Tommies all up den teihnden Oktober dreienvettig an'n Grund maakt. Van de aolle schöne Bischopsstadt staonn nich een Hues mähr aohne Schaden. Äs verliedden Fröhjaor all wier Grautalarm kamm, was de Füerwiähr loßföhrt un met de Arbeit anfangen. Jüst haern s' de Rehschopp utpackt, dao gaff't no eenen Angriff aohne 'ne Vüörwarnung: de Sirenen daihen't nich mähr. Veer Mann ut Roggenduorp un drei ut Brentrup kammen unner de Bomben. Dat Füerwiährauto kreeg en Volltreffer. De Mannslüe wassen to een Deel nich te finnen, to'n annern Deel nich te kennen. Se kammen all bineene in dat niee graute Graff up Lauheide ächter Mönster. In Roggenduorp haollen s' 'ne Siälenmiss un satten 'nen Graffsteen met de Namens.

In de Naigte van düt Denkmaol haer Wilm Heidemanns sien Plätzken krieggen, en halw Jaor nao sienen Daud. Dat was auk 'ne schlimme Geschicht, un wiäkenlang küerden de Lüe in Rogenduorp un de Ümgiegend üöwer nicks anners. De Heidemanns wassen all siet unvüördenklicke Tieden Dagglaihners un Hüerlüe van Schult Averkamp. Wilm haer dat Hues van siene Öllern üöwernuomen un sick alltied daodrup un bi de Schult afquiält. Ne Koh kaonn he sick haollen un lait se an Wiäge höden. Met Kuorwmaaken un Bessemsbinnen versochde he, an'n biettken Geld te kuemen. Wünnlickerwies kreeg he all wat äöller 'ne anseihnlicke Frau ut de Stadt. En Jungen un twe Wichter kammen in den siegen Kuotten; de Frau patt gewüehnde sick nich an de Arbeit un dat Liäben up Lannen.

Äs den Krieg kamm, lagg in't Fröhjaor vettig Wehrmacht in Brentrup. De Offziers un Suldaoten keeken auk nao Fraulüe harüm un saogen eenen Dagg de twee Heidemanns-Wichter, we lück lichtfeddig un'n biettken mannsdull wassen. Faots kammen de Suldaoten prick un propper daohen, un baoll kaonn m' wietten, dat nich blaoß de Döchter de Mannslüe te Willen wassen. Et gaff fidele Tieden up den Kuotten, un Heidemanns Fraulüe haern alle Dage guet wat te iätten, te drinken, te fieern un wussen auk met siedene Strümpe un düere Brocken ut de Stadt te laupen.

Wilm Heidemanns schiämde sick afgrundsdaip. Nao buten hen wees he sienen Iärger nich, laip patt nao de Kiärk um Hölpe. Äs Kaplaon Terlauh maol up den Kuotten kamm, satt ön en Offzier in Unnerbücks an de Lucht. Eenes gueden Dages kam Moder Heidemann nao Polßeideiner Wittenbieck laupen, un dai üören Mann Wilm äs vermißt mellen. He wäör met Rad nao'n Bahnhoff föhrt un nao drei Dage no ümmer nich trüggekuemen. De Beamten unnersochden den Fall, gaffen Mellungen up, sochden dat Rad. An'n Bahnhoff was Heidemanns nie nich ankuemen, auk nich bi siene Süster in Hamm, wao hee – so sagg siene Aollschke – för eenen Dagg henwullt haer. Nao'n paar Monate gaffen Heidemanns Fraulüe dat Hüerhues af un trocken nao Roggenduorp. Dao gaong't fidele Liäben wieder.

Den jungen Polßeideiner Schlotmann ut Brentrup haer sienen eegenen Verdacht. Wiäkenslang streek he düör de Buerschopp un üm Heidemanns Hues harüm un keek un sochde. Äs he maol an de Gaornhiege staonn, et haer dagelang riängt, faoll öm up, dat in eene Rabatte den Buoden jüst so afsackt was äs'n Graff up den Kiärkhoff. De nieen Inwüöhners vertellden öm, de Heidemannschke häer ön raoden, de Rabatte liggen te laoten. Dao dai ön wisse nicks wassen. Se sölwst häer de no Kassbeeren puottet. Richtig genoog: unner de Kassbeeren lagg Wilm Heidemanns no in sienen Arbeitskiel. De Unnersökung gaff an't Lecht, dat s' ön dautschlagen haern. Äs de Jung up Urlaub kuemen was, akkordeerten sick de Moder, de Döchter un he daohen, den aollen Knatterpott ut den Wegg te rüümen.

Äs Wittenbieck un Schlotmann de Heidemannschke fastsatten un düör dat Duorp iärst nao't Sprützenhues laupen laiten, keek de aolle Hex no so stolt, böerde den Rock haug un lait de Roggendüörper, we verschruoken üöwer so vull Laighait an de Straote staonnen, in üör Gatt kieken. Et gaff Prozeß un Tuchthues; den Jungen kamm ächterhiär, äs den Krieg schlimmer wuor, in'ne Straofkompanie nao Rußland un bleef dao. Wat van Wilm Heidemann ut de Gerichtsmedizin in Mönster trüggekamm, kreeg up Kiärkenkosten en Graff up Roggenduorps Kamp. Holtmann besuorgte auk en Graffsteen för den armen Mann.

All tehaupe laggen Sassen Lüe in en graut Graff up den nieen Deel van'n Kiärkhoff. Me kaonn je nich den heelen Tropp up eenmaol bi Öllern un Vüöröllern leggen. De gaase Familge was unner de Bomben kuemen, buten in de Buerschopp.

Vüör den Luftkrieg haern de Mensken in un üm Roggenduorp iärst gar kiene Angst. Wann de Engländers un Amerikaners aower up Mönster tostüerden, dann maossen s' faken 'ne graute Kurve üöwer dat heele Mönsterland fleigen, dat se päössig üöwer üör Ziel kammen. Dat gaong naodem, wu de Wind staonn. Nao den Bombenabwurf un wann de dat Ziel nich finnen kaonnen, laggen Roggenduorp un dat heele Amt Brentrup in so'n däösigen Brandwegg. Baoll jede Nacht kammen dao Bombers drüöwer wegg, un de Lüe satten in de Küssens un haern de Rausenkränze in de Hand, et mäögg nicks passeeren.

Up 'nen Dagg kamm't, äs't kuemen maoß.

Eene Bomberstaffel haer dat Ziel nich funnen un was, so mennden s' ächterhiär bi den Luftschutz, üöwer Mönster weggbruust. De haern üören Funk wull nich in Uorder hat un wullen nao Huese hen; drüm maoken s' de Bombenklappen loß un laiten dat Wiärks in den Niewwel harunnerfallen. Mähr äs 160 graute Bomben kammen üöwer de Buerschopp Wiering. Guott Dank explodeerten de miärsten up Kämpe un Wieschken, aower Sassen Hoff kreeg Volltreffer un gaong heel in Flammen up. Acht Mensken, de heele Familge un daobi wecke van de Evakuierten ut de Industrie kammen up düsse Art üm't Liäben. En paar dutz Kohdiers, Kalwer un Rinner, we up de Weiden staohn haern, wassen kapott off maossen nautschlacht wäern. Twiärs düör de Buerschopp trock sick en tweehunnert, dreihunnert Meter breeten Striepen Daud.

De Rausenkranzjuffern un Wittnaiherschken haern nu vull te küern. Häer nich all Anna Katharina Emmerick vüör hunnerttwintig Jaor vüörutseggt, dat ieserne Vüegel van'n Hiemmel Füer up dat Mönsterland spiegen säöllen? Un wat was met aollen Holschken-Jans, den Spökenkieker. De haer all lang vüör den Krieg seggt, ut Gediärm an'n Hiemmel säöll den Daud up Dütschkland harunnerkuemen. Un nu? Me bruekede blaoß alle Dage nao'n Hiemmel te kieken. Dao laipen de langen Striepen ut de Utpuffers van de Bombers düör de Lucht, van eene Hiemmelssiete nao de annere. Saogen dann düsse Striepen nich ut äs de Diärms bit Schlachten inne Wanne? Sölwst Holtmann maoß sick äs aollen Pastor wünnern, dat siene Schäöpkes nu biglaifsk wuorn, Kieernbreefe schreewen un allerlei wunnlicke Saaken daihen, we nich in Rituale Romanum te finnen wassen. Nao de Kiärk laipen aower nu alle, auk de miärsten van de Ortsgruppe. De kreegen nu an'n Sunndagg wier den besten Anzug ut' Schapp un laiten den Uniform hangen.

Besett' was auk de Wand ächten in de Kiärke. Hier haong all een höltern Krüüsken niäben dat annere. Alle Dage brannden dao de lütten Käerssen. De iärste Tied haer Uthoff de Teeken üörnlick verdeelen wullt, äs patt ümmer mähr Jungs gefallen off vermißt melld't wuorn, lait he dat Ümhangen un Ümniägeln sien. De Wand wuor je daovan nich biätter; he maok Riegen, un mankeene Familge keek met Schrecken up den Platz, we de no was. Wann maoß de Köster vlicht för üören Suohn off Mann de Tumba upstellen un'n Krüüsken uphangen? Süss Jaoren haer Uthoff dat Laigensark in dat Kiärkenschöttken ächter sien Hues afstellt. De Döker laggen in de Sakerstie. Nu was he alle Wiäken met dat Ding an't Harümtodden, un drümm gaff Pastor Holtmann Verläöff, de Tumba ächter dat Haugaltaor te verstoppen. Dao haer de Köster nich so vull Arbeit met dat Dingen.

Eenen Dagg den Winter kamm Amtmann Hölscher nao Roggenduorp. He haer no een Auto, wieldes süss de Autos all lang vüör den Krieg introcken wassen. Met de Piär was dat je nich anners gaohn. Hölscher föhrde bes vüör de Schoole, dat de Partei un Brüse meinen kaonnen, he wull daohen. Dann schleek he sick an de Kiärke lang un gaong nao dat Pastraot. Holtmann was heel verwünnert, äs öm siene Süster den Besööker mellen dai. Siet Jaor un Dagg haer sick Hölscher nich mähr hier seihn laoten. Daobi haern de beiden fröher, vüör de verquanten Nazitieden, sick met Kiärk un Amt gued in de Hannen arbeit'.

Holtmann staonn in sienen besten Stuoben, äs den seltenen Besööker harinkamm. Hölscher küerde van 'Gueden

Muorn' un dai wahne upgeriägt. De Pastor maoß sick wünnern, dat den Amtmann nich met ‚Heil Hitler' in't Hues kuemen was. Et gaff auk gar kien Kommando un nicks te liäsen. Et scheen so, äs wull Hölscher üöwer dat Wiär küern. Nao teihn Minuten un'n Tässken Kathreiners-Kaffee rischkede sick Holtmann up: „Un nu, leiwe Häer Hölscher, seggt mi driest, üm wat ji vandage kuemen sind!"

Hölscher schluckede. Dann trock he en Breef ut de Taschke van sienen Rock un lagg ön up den Dischk: „Häer Pastor, ick kannt nich mähr. Nich mähr düsse Breefe un nich mähr de Dooerie met Brüse, wann ick nu loßlaupen maoß nao de Äöllernhüeser van usse dauden Suldaoten. Un düssen hier, den häb'k all fief Dage in de Mappe! Ick biädel ön an, Häer Pastor! Helpet Se mi teminst! Ick kann't nich mähr."

Pastor Holtmann greep üöwer den Dischk nao dat Kuvert. Met biewwerige Hannen trock he siene Brille ut dat Etui, satt se sick up un keek nao de Adresse. He lagg den Breef wier hen, namm sick de Brill sachte af u keek düör dat Feester up den Kiärkhoff: „Den diärden nu auk van Rethmanns. Eenen in Afrika, eenen bi Stalingrad, un nu auk no Willi!"

„Un de Moder is Widdefrau un steiht alleene. De Partei un Brüse häbt daomaols, äs all de beiden Grauten fallen wassen, de UK-Stellung van den diärden bestriedden. Den Kuotten kaonnen Naobers metmaaken. Un nu dat. Ick weet mi nich te helpen. Ick kann düsse Frau nich in de Augen kieken."

„Nee Hölscher," sagg den Pastor un lait alle Titels wegg, „dat könn ji siecker nich mähr. Wi kennt us je all up diärtig Jaor, un ick weet wull, dat he fröher ümmer en üörnlicken Beamten west is. Äs patt de Nazis kammen, is he doch froh west, dat he bi kiene Partei was. Ümmer up den Posten un nie nich met eene Siete haollen off met de annere katten. Un nu – nu kiekt äs üöwer dat Land. Wu wiet sind wi met düsse Politik un ussen glorrieken Führer kuemen? Nu kuemt ji wier nao de Kiärke laupen. Ick will huopen, dat dat laige Aos van Borgmann, de aolle Nazijuffer, ön nich seihn hät. Et is je all en Teeken van Moot, wann 'nen Beamten in't Mönsterland vandage en Geistlick besöch!" Hölscher schweeg still. Schwaor rischkede sick de aolle Mann ut sienen Stool un gaong an dat Feester: „He magg den Breef driest hierlaoten. Ick gaoh van Naomdagg nao Rethmanns hen. Hölpe will'k mi auk haalen. Ick weet auk all wao."

Hölscher wull sick bedanken, patt Holtmann haer nich mähr vull te seggen. He baut den Amtmann de Daggstied, keek nao Breweer un Rausenkranz un präpareerde sick up sienen schwaoren Updragg. Eene Stunn knaiede he nao't Meddaggiätten in de Kiärke vüör de Ümmerwährende Hölpe, dann lait he sick van Bökers Janbernd met de lütte Pastraotenkutschk un Schult Roggenduorps Piärd in de Buerschopp föhren. Janbernd was verwünnert, äs he iärst haorde, wao Holtmann hen wull. Baoll haer he't verstaohn. Den Roggendüörper Pastor namm iärst Brüsen Moder in de Kutschk. Se mäöß met, de aolle Naoberschke te helpen, we nu üör lest' Kind verluorn haer.

Bes daip in de Nacht bleef den Pastor met Moder Brüse up Rethmanns Kuotten. Et was schlimm, de Naut te seihn un nich würklick helpen te käönnen. Et gaong all up teihn Uhr, äs Holtmann sick wier nao Roggenduorp upmaok. Böker was alle twee Stunnen vüörbikuemen, dat den aollen Mann sick nich bi Nacht un Niewwel te Foot up den Patt maok. Brüsen Moder bleef de Nacht üöwer bi Rethmanns un haer den Pastor verspruoken, sick de naigsten Dage üm de Frau, üm Hues un Hoff te suorgen. Se wull auk de Naobers inviteeren to de Hölpe un to't Requiem.

Eene annere Saake haer de aolle Brüse auk düörstaohn düssen Aobend. Met siene graute Uniform un met twee Hölpers was üören Suohn Töns up Rethmanns Hoff kuemen un wull van de Ortsgruppe „in stolzer Trauer“ kondoleeren. Moder Brüse haer üören eegenen Suohn löcht't un Kommando giebben, he mäögg met sien heel Naziprüett van'n Hoff gaohn. Wann so vull annere Roggendüörper Jungs in de Driete off all in't Graff laggen, dann mäögg he men driest bi siene Nazijuffer liggen gaohn! Wann he sick nu nich ielig vertröck, wull s' öm met'n grauten Rüen kuemen. Töns was so platt, dat he sick, aohne wat te seggen, wier in't Auto satt un met siene Nazis afbruusede.

Dat Piärd trock sachte düör den kaollen Winteraobend nao Roggenduorp trügge. De beiden Mannslüe satten in de Kutschk; den Buck haer Janbernd runnerklappt un den Tüegel nao binnen leggt. Den Wegg kaonn he auk aohne Lecht en biettken in't Auge haollen.

„Nich äs de Daudenklock käönn wi mähr trecken!“ haer Pastor Holtmann in Düstern vüör sick hen brummt. Dat stimmde. In'n Hiärwst wassen alle Klocken van den Kiärktaon beschlagnahmt un düör de Schallöcker harunnerlaoten wuorn; van wiägen Aoltmetall för den Krieg. Un nu schweeg Sünte Sebastian, we all de Jaore de Roggendüörper den Dagg un de Tied wieesen haer.

Passion

Ende Februar fiefenvettig wuorn de Schoolen afsluotten. De Schoolkinner kreegen Vakanz un maossen an Huese bliewen. De Kriegslage un de Luftgefahr lait et nich mähr to, de Jungs un Wichter muorns un meddags üöwer de Straoten laupen te laoten. Sölwst de Summertied, we de

Arbeit all up twee Stunnen fröher anfangen lait, üm vüör Dau un Dagg praot te kuemen, haer nicks holpen. Den heelen Summer veerenvettig maossen de Mensken in't Mönsterland tokieken, dat s' ümmer en Plätzken to't Verkrupen in de Naigte haern; de Tieffliegers sueseden daip un gefäöhrlick üöwer't Land un laiten üöre Kanunnen knallen. Iärssig wassen de je. Sietdem se nu all in Frankriek un Belgien üöre Flugplätze haern, wassen s' alle Dage dao. Dütschke Maschinen saog m' an'n Hiemmel nich mähr.

Eelicks was Philipp Stohlers daomet tefriär, dat de Schoole an'n End was. De lesten Jaore wassen nich eenfack west; ümmer gestrennen tüschken de Parteipollitick un sien Lährerhiärt haer he staohn maoßt. Dann de aolle Nazijuffer in de Schoole! All dat Kollekteeren: Drogen, Spinnstoff, Aoltmetall, Kartuffelkäfers, Maikäfers, Böckeckern un Eckeln. He was't so leed äs dicken Papp. Dann haern s' öm no in dreienvettig de Schoole in Gladbieck an de Hand giebben. Den Magister dao maoß in'n Krieg, drüm haoll Philipp meddags in Roggenduorp verküört't Schooltied. Naomdaggs maok he sick up nao Gladbieck, dat de Kinner dao auk no wat lähren kaonnen. Vull kamm daobi nich harut.

Philipp haer sick de lesten Jaore wünnern maoßt, dat s' öm nich unner de Suldaoten trocken haern. Wisse, sien Hiärt, so haern s' bi de leste Musterung seggt, wäör nich so gued. Plattbeene haer he auk un siet den lesten Hiärwst alle Dage 'ne Brill up de Niäse. „Vlicht häbt s' mi vergiäten!" sagg he mangst to siene Kathrin, we daomet gued tefriär was.

Nu kreeg he't aower met de Kreisleitung te doon. He naoss helpen, den Volkssturm uptstellen un all de jungen off aollen Mannslüe te finnen, we 'ne Flinte off 'ne Panzerfuest böeren kaonnen. Dat was 'ne laige Arbeit, un Philipp wull sick daomet auk nich vertruet maaken. De Alliierten staonnen all an de Mosel, un wisse gaong't nao Ostern üöwer den Rhein. Graute Hölpe haer he an den Fähnleinführer van de HJ, Fritz Holtkamps, we alle Dage met Rädken düör dat Amt strampelde, graute Priäken à la Brüse haoll un de Jungs bes nao den Jaorgang diärtigg up Trab brengen wull. Dao haoll den Magister patt nicks van af. Met Kinner kaonn m' kien'n Krieg maaken. Schlimm genoog, dat all Jaorgang achtentwintig introcken wuorn was. Wann m' Glück haer, duerde de Saake vlicht blaoß no bes nao'n Summer!

Et kamm anners, äs m' sick dat utriäkent haer.

Bi Remagen trocken de Amerikaners all in'n Mäet bes an den Rhein un funnen up eenmaol de Iesenbahnbrüegg dao heel un gaas in Uorder. Faots gaff't en Brückenkopf, we de Dütschken met alle Gewaolt nich mähr utrüümen kaonnen. Dann gaong't blaoß no vorwärts.

Üm Passionssunndagg gaongen de Engländers bi Rees un Wesel üöwer den Rhein, un Palmarum staonnen s' praot, dat heele Mönsterland in üöre Gewaolt te niemmen. Den Volkssturm maoß antriäden. Auk Fritz Holtkamps trock met siene Blagen loß, bes nao Borken un Gemen; dao maossen de Jungs in eene Schoole miärst Kartuffeln schiälen. Dat haorde me patt iärst 'ne Wiäke läter, un twee van de Jungs kammen auk nich trügge.

De Lüe satten alle Aobende an't Radio un lusterden to, wu wiet de Alliierten kuemen wassen den Dagg. Üöwer de dütschken Senders laggen all englischke un amerikanischke, we de Stemm van Göbbels un siene Hölpershölper üöwertönen kaonnen. Alle Dage gaff't üm teihn Uhr en genauen Bericht, wu wiet de früemden Suldaoten kuemen wassen, un de Nazis maoggen seggen wat s' wulln: bes nuhen haer't ümmer stimmt.

Grööndonnersdagg gaff't Alarm auk för den Volkssturm van Roggenduorp. Den Tommy was antriäden, dat Kleimönsterland te besetten. Van'n Westen gaong't up Mönster un Rheine to, un tüschken den Kuohlenpott un de Lipp wassen dusende van Panzers unnerweggens. De Fiendsenders un auk dat dütschke Radio haern den Vorstoß melld't un gaffen Raot, de Lüe mäöggen sick biätter in de Kellers vertrecken.

Den Dagg all lait Brüse, we dat Kommando üöwer den Roggendüörper Volkssturm haer, an de Straote nao Brentrup bi Schult Averkamps Knapp Schüttengriäbens utsmieten un Panzersperren bauen. Annern Muorn maossen de äöllrigen Mannslüe un de Jungs antriäden. Panzerfüeste haern s' un'n Karabiners ut den iärsten Krieg; Buern, we daomaols 'ne Eegenjagd haern, kaonnen üöre Büssen un Flinten metbrengen. De Roggendüörper säöllen nu üöre Heimatäer deffendeeren, raip Brüse up den Kiärkplatz. Dann trocken s' nao den Hüewel an de Brentruper Straote.

Et gaong up teihn Uhr to, dao kaonnen s' häören, dat de Engländers nu up de Amtsgemeind' tostüerden. Unner lagg no SS. In Roggenduorp was all's still. Stillen Friedagg.

Dann gaong dat Grummeln un Scheiten an. Fliegers staonnen an'n Hiemmel üöwer Brentrup; 'ne halwe Stunn kaonn m' den Kampf un de Explosionen häören. Töns Brüse staonn in siene SA-Uniform met all's dat Gedöhns un de Afteeken unner de graute Böck un keek äs Feldhäer met sien Fäernrohr runner up de Amtsgemeind'. Sienen Tropp, teihn, füffteihn Mann ut't Duorp un Buerschoppen, satt an de Straote un in de Löcker. Et was wat frischk; Riägenwolken staonnen an den Hiemmel. Kahl staonnen de Appelbaim an de Chaussee. Up maol verschruock sick Brüse bi sien Kieken un kamm den Knapp harunnerstuortt't': „De Brentruper, düsse Verbriäkers, häbt kapituleert! Witte Fahnen dao an den Kiärktaon!" Upgeriägt trampelde he an de Straote hen un hiär.

Janbernd Bökers klaiede ut sienen Graben un steeg den Knapp haug. De Hauptstraote in Brentrup staonn, wat m' seihn kaonn, lechterloh in Flammen. Un richtig, dao, witte Fahnen. Düör dat graute Duorp kammen Panzers. Van de Dütschken un van de SS was nicks mähr te seihn.

Van Roggenduorp kamm up eenmaol wat de Straote haug, en Fraamensk up'n Rad. Janbernd keek genauer. Dat was je Tante Franziska. Se haer en Kuorw un 'ne Düpp an't Rad. De guede Möhne; wisse wull se de Mannslüe wat te iätten brengen. „Aower wull nich för Brüse!" gaong't Janbernd düör den Kopp.

Düör den Buschk an de anner Siet kamm Schult Roggenduorp hento. He dai sick bi Brüse mellen, he häer iärst fröhstücken maoßt. Brüse schnuwkede un gaff den Mann 'ne Armbinne van'n Volkssturm. Roggenduuorp trock de Schullern haug un stoppde dat Dingen in de Taschke. Met sienen aollen Hamerdrilling up den Puckel saog he ut äs'n üörnlicken Jäger, we up de Pirsch gaohn wull. „Wees je sölwst wull, Töns, dat hier duerd nich lang!" Brüse draihede sick venienig üm: „Wat sall dat heiten: duert hier nich lang?"

Jüst wull Roggenduorp wat seggen, dao bruusede ächter den Buschk en Tiefflieger haug. Met Bruesen un Scheiten stuortt' he sick up de Roggendüörper Verteidigers. De Mannslüe schmeeten sick in de Griäbens un Löcker. Up de Straote un tüschken de Kämpe steegen de Explosionen haug. Un eene Riege faonn jüst üören Wegg up dat Rad van Tante Franziska to, we bes unnen an den Hüewel ankuemen was. Janbernd haer no roopen, se säöll sick faots in den Graben smieten; de Möhne patt keek heel verwünnert an'n Hiemmel un nao buoben hen un haer wull mennd, unner de Appelbaim kaonn so'n aolt Fraamensk nicks paseeren. So ielig äs he kuemen was, bruusede den Spök wier af.

Ielig laipen wecke van de Mannslüe de Straote draff. Brüse bölkede wat van ‚Stellung haollen', patt de Käerls lusterden nich to. Janbernd was de iärst bi siene Tante, we so wunnlick verdrait up de Straote lagg. Dat Rad vüörn laip no en biettken, den Kuorw was ümstuortt't. Kaffee laip ut de Düpp: dat m' den Dieckel met dat Buotterams-Papier doch nich dicht kreeg! Schnieen Buotterbrauts laggen dao auk. Un Bloot laip up de Straote un vermischkede sick met den Kaffee.

Tante Franziska was faots daut west. Üöre Augen keeken wat verwünnert in den griesen Hiemmel. Vader Hannes Böker haoll siene Süster in den Arm un keek äs uwies üm sick. De Mannslüe staonnen still. Janbernd paock den Vader an'n Arm un haolp öm up. He drückte de Möhne de Augen to, lagg se längs hen un dai üör dat eegen Halsdook üöwer dat Gesicht. Dann wischkede he sick en paar Träönen ut de Augen un mennde dann: „To Mannslüe, up den Hüewel rup! Wi häbt vandage no 'ne Masse Arbeit!"

Brüse un siene Hölpers, drei off veer Mann in üöre Naziuniform, wassen buoben up den Hüewel bliewwen un keeken nu üöwer den Knapp nao Brentrup hen. Eenen raip: „Dao kuemt'se! Dat is de Panzerspitze!"

Janbernd was up de Straote ankuemen. Dao staonn en Sperrdingen, ut Balkens un Stiäkeldraoht timmert, wat m' so hen- un hiärböeren kaonn. „Packt äs an!" sagg he to Philipp Stohlers un Hannes Böker, we sick langsam wieerfunnen haer. De drei schmeeten un schauwen dat Ding in'n Graben. Brüse wuor uprennig: „Wat maakt ji dann dao?" raip he un kam ielig ran. Janbernd keek ön blaoß an. Dann greep he sick ut sien Lock eene un nao eene Panzerfuest, paock se unnen an'n Stiell un schmeet s' in'n haugen Buogen tüschken de Appelbaime in't Land. De annere flaug faots ächterhiär. „So, Mannslüe," sagg he, „smiet't dat annere Wiärks auk wegg. Wi mött't ielig runner in't Duorp. Et is Tied för de witten Fahnen!"

Brüse bölkede äs'n afgestuoken Schwien. Faots staonn he vüör Janbernd un haer de Pistole in de Hand un wees daomet up Bökers Buuk. Siene Stemm was so heeschk äs de van'n Dübel in't Radio: „Volkssturmmann Böker! Holen Sie sofort die Waffen zurück, und gehen Sie an ihren Platz!"

Janbernd schüelkoppede: „Dat Wiärks hier un dien heele Wiärks met de Nazis is an'n End. Bi us in Roggenduorp sall et kien'n Dauden mähr giebben. Den Krieg un jue dusend Jaore sind rüm! Ut! Vüörbi!" He keek Brüse entsluotten un minnachtig in't Gesicht un speeg ut.

De brüllde loß: „Ick scheit di üöwer den Haupen! Du büss en aollen Verräöder! Dat büss du ümmer all west! To, gaoh an dienen Platz! Ick scheite!"

„Dat läötts du schön bliewen, Töns!" sagg up eenmaol eene klaore Stemm in Brüses Puckel. De haer no jüst metkrieggen, dat 'nen Gewehrlaup tüschken siene Schüllern satt, un dat Knacken van twee Hähne was auk te häören west. „Schult Roggenduorp," wisperde de Nazi, „tells du nu auk nao de Verbriäkers un Verräöders?"

„Nee!“ sagg de aolle Schult. „Dütschkland verraoden, dat häbt ji Nazis daon. Un nich hier up den Hüewel no unnen in't Duorp draff eenen Mensken düör düsse Aaperie ümkuemen. Nu laot men sachte diene Pistole fallen. Mien Drilling is wisse aolt, patt in den eenen Lauf is en Brennekke, un in den annern auk. Un unnen is 'ne Kugel. Du kaas di dat utsöken!“

De Pistole faoll up de Straote, un Janbernd bückede sick daonao. In'n wieden Buogen flaug dat Dingen in't Land. Brüse draihede sick üm. Siene Hölpers wassen van den Volkssturm an de Baim stellt un haollen de Hannen haug, jüst so äs he. Den Nazi speeg ut.

„Un nu, leiwe Häer Ortsgruppenleiter, en paar Wäörde üöwer de rechte Strategie un Taktik!“ Schult Rogenduorp keek Brüse minnachtig an. „Nao veer Jaore in den iärsten Krieg käönnt mi dien Laigenbüel van Hitler un dat Gattlock van Goebbels nicks vüörwiesmaaken. Alle Senders, juen van de Nazis un den van de Engländers häbt den Angriepp up dat Mönsterland melld't. De Alliierten sind all ächter Haltern un gaoht met dusende van Panzers an beide Öwers van de Lipp' nao Austen up Paderborn to. Se sitt't all vüör Mönster un in'n Norden vüör Rheine. Un dat wiss du in Roggenduorp äs grauten Feldhäern uphaollen? Nich äs met mienen Drilling gäöng dat! Du büss so dumm äs'n schwatt Schwien, Brüse! Du salls je wull früemde Fraulüe bekruepen off anner Lüe in Naut brengen käönnen. Patt van'n Krieg häs du nao seß Jaor Etappe kiene Ahnung!“ Vüörsichtig keek sick Roggenduorp üm un raip: „Niemmt de Schaleiers de Knarren wegg! Dann laot't wi se laupen! Vandage is kien Tied. En anner Maol kuemt de us no tüschken de Fingers!“

Brüse scheen düsse Saake nich te truen. Vüörsichtig unschalou gaong he met siene Frönde düör dat Spaleer van den Volkssturm. Se laiten iärst so nao füfftig Meters de Hannen sacken un keeken sick wat ängstlick üm. Brüse menn wull, he mäöß sick no eenmaol wiesen:

„Vaterlandsverräöder!“ raip he. „Bolschewisten!“

Schult Roggenduorp namm sienen Drilling haug un schaut tweemaol to. Bumms! Bumms! gaong dat düör de Lucht. Van de Appelbaime faollen Töge, Ästkes un drüge Blaer. De Nazis laipen, wat s' kaonnen!

„Verdori!“ mennde de Schult un keek verwünnert up sienen Drilling. „Et was de doch Schrott in!“

„Dann häers auk daiper haollen kaonnt!“ sagg eenen van de Mannslüe.

Bi Brinkbaimers kreegen s' en Bollerwagen un laggen Tante Franziska in eene Diecke wickelt daoin. Dann laip den Tropp so ielig äs dat gaong nao Roggenduorp trügge. De Schult haer dat Kommando üöwernuommen. Up den Kiärkplatz kammen s' kuort met Pastor Holtmann bineene.

Den Schult maok met'n Toog 'ne Teknung up de Äer. „Paßt äs up: De Alliierten häbt all Brentrup, hier, un staoht all an de Straote, we van'n Austen nao Mönster geiht. Hier nao de Lippe hen giff't blaoß no Amerikaners off Engländers. Un hier, all wiet ächter Holtduorp, magg no wat an dütschke Truppen staohn. So kamm dat düör't Radio. Un wat dat för 'nen Kinnergaorn was, bruek ick ju nich te vertellen. De laggen je gissern aobend no hier up den Platz un in de Schoole. Dat Wiärks bedütt,“ Schult Roggenduorp schmeet den Toog wegg, „dat all's biätter is äs 'ne Schlacht üm usse Duorp. Wi mött't faots de Kapitulation hier in de Riege maaken. Witte Fahnen an den Kiärktaon un an de Hüeser! Wat düch' ju daoto, Pastor Holtmann?“

„All's gued, Roggenduorp! So mott dat gaohn! Se saggen auk düör't Radio, wann so'n Düörpken kapituleeren wull, maogg m' 'ne Delegation schicken. Ick sin daobi! Un ussen Magister magg no wat Englischk küern, dat us hier nicks mähr passeert!" Den Pastor was för sien Aoller gued up Schuß, mennden de Mannslüe.

Janbernd kamm trügge up den Kiärkplatz. Se haern de daude Möhne iärst nao Huese hen bracht un in'n Flur leggt. Vader un Klara laggen dao te grienen, un de Kinner keeken blaoß met graute Augen.

„Janbernd, wi bruekt Beddelakens! Du kenns doch wisse van fröher den Kiärktaon gued. Geiht dat met dien Been, dao haugteklaien? Uthoff kann dat nich mähr!" Schult Roggenduorp haer all's fast in'n Griepp. Janbernd nickoppede: „Maakt wi. Ick haal iäben de Döker. Kiek äs eenen nao Uthoff un nao den Taonslüedel.

Schult Roggenduorp lait twee Mann aohne 'ne Flinte in de Buerschopp laupen. Se mäöggen de Straote nao Brentrup uppassen un genau Bescheid giebben, wann de iärsten früemden Suldaoten dao ankaimen.

Janbernd kamm düörntieds all met'n paar graute, witte Lakens bi Bökers ut dat Hues un laip hennig nao de Kiärktaonsdöör. Uthoff staonn de all met siene Slüedels un haer eenen van siene grauten Jungs metbracht. Dao kamm Brüse. He kamm ut Mendels Hues stüörtt't un bölkede all wier äs'n Undier: „Wi kapituleert nich! Wi kapituleert nich!" Me kaonn meinen, dat den Kunnen nu heel un gaas dullköppschk wuorn was. Äs 'ne dumme Blage faoll he üöwer Janbernd un den aollen Köster hiär un reet an de Lakens un haer de Fuust all haug un wull toburken.

Vader Böker haer ön wull laupen seihn. Was't 'ne Schneese, was't en aollen Bessemstiell? He kamm daomet laupen un schlaog ön Brüse twiärs üöwer de Mäse, met aller Gewaolt. Brüse sackte bineene. Aolle Böker was patt no nich feddig. So haer Janbernd sienen Vader sien eegen Liäfsdagg no nich seihn! He burkede up den Ortsgruppenleiter in, dat de sick blaoß in de Driete van den Kiärkplatz winnen kaonn: „Dat is för usse Franziska! Dat is för Aron! Dat is för Jans Musiks! . . .!“ He tellde all’s up, wat öm in’n Kopp kamm. Den Knüppel schlaog den Takt. De aolle Sattler was äs dull un nao’n Tiedken heel ächter Aoms. He häer Brüse dautschlagen, wann nich de annern daotüschkengaohn wäörn. Schult Roggenduorp keek genauer hen: „Meinee, Häer Ortsgruppenleiter, auk all in Zivil! Will’t Se sick düör de Lappens maaken?“ Uthoff maoß iärst ’ne annere Döör upsluten, un met’n Kalwerstrick an Iärms un Beene un’n Putzlumpen in de Muule funn sick Töns Brüse wat läter in’n daipen Kiärkenkeller wier.

Met Uthoffs Jungen klaiede Janbernd up den Taon. Buoben in de lütte Kapell haongen s’ de witten Lakens an de langen Stangen, we fröher för de Sebastianus-Bröer un üöre Fahnen bestimmt wassen. Graut un witt faoll dat Linnen an den Taon harunner. Janbernd schmeet no ’nen Blick üöwer Duorp un Kiärspel. An de Straoten kammen nu auk witte Döker harut. Wellmanns haern wull kien Beddelaken üöwer: dao haong ’ne blao-witte Prossionsfahne!

Ächter Roggenduorps Buschk was all’n daip Brummen te häören. An de annere Siet was nicks te seihn. Kiene Wehrmacht, kiene SS, nicks. Schwatt lagg dat Land unner den griesen Hiemmel. Süss Jaoren haer m’ üm düsse Tied de Liturgie van’n Stillen Friedagg haollen.

Uthoffs Jungen wull bes to den Aobend in den Taon bliewen un sick dat Wiärks van buoben ut den Klockenstuoben bekieken. De Idee was gued, un den Jungen ächter de dicken Steenmüern siecker. De haer auk all Kraft noog, een off twee Leddern haugtetrecken. Wann dao no so’n willen Nazi kaim van wiägen de witten Fahnen, kaonn he ielig nao buoben un de Leddern bes in de Turmkapell böeren. Dann kamm de kineen haug. De Kiärktaonsdöör unnen un up den halwen Wegg wull Janbernd afsluten.

To de Kaffeetied wassen de Engländers dao.

De verquanten Jaore wassen in Roggenduorp an'n End.

Twee Stunnen läter gaong Schult Roggenduorp met sienen Baumester düör de Duorpbuerschopp nao Huese trügge. In't Duorp was sowiet all's in de Riege bracht. Den naigsten Muorn wullen s' met'n paar Mann bi den englischken Kommandanten bineenekuemen. Äs de beiden in't leste Lecht van düssen diärtiggsten Mäet fiefenvettig an Wesselmanns Station vüörbikammen, laip ön Alfons Bramkamps inne Möt. Siene Aollschke haer ön den Dagg an Huese haollen, un nu iärst haer he utkniepen kaonnt. He wull in't Duorp un kieken, wu de Lage was. Un, häer Töns auk all's gued in de Hand?

Schult Roggenduorp wull sick up de Schenkels schlagen vüör Vergnögen: „Gaoh men driest nao'n Kiärkhoff hen, Alfons, un kiek äs to. Ick an diene Stiär dai mi patt en annern Kiel antrecken. Düsse Farw is nu nich mähr à la Mod!“

Alfons Bramkamps haer düssen Aobend 't leste Maol SA-Uniform an't Liew.

Annersrüm

Sunnendage

So 'nen schönen Summer äs den van fiefenvettig kaonnen sick sölwst de äöllsten Buern nich denken. Lecht un Wind un Riägen daihen sick met Vernüll afwesseln. De Sunn staonn alle Dage haug üöwer dat grööne Mönsterland un lait de giälen Kämpe uplöchten; auk de rauden Däcker kammen to üör Recht. De Iärnte geraott äs in de besten Jaoren. De heele Natur was een Puchen un Praohlen.

So schön äs den Summer was, so wunnlick wassen de Tieden för de Mensken. Nicks was äs fröher, un Vader Böker mennde up eenen Aobend, de gueden Tieden kaimen wisse nich mähr trügge. Dat heele Land staonn Kopp.

Eene Wiäke nao Maidagg was met de Kapitulation in Reims un Berlin den Krieg to'n End' kuemen. De Tommies wassen nu de Häern in't Mönsterland un haern 'ne Militärregierung utroopen. Teiärst kammen graute Plakate an alle Hüeser un Hööke, in de Düörpers un Städtkes, un dao staonnen de nieen Verfügungen van de Engländers drup; we't kaonn, draofft auk up Englischk liäsen. Iärsthen gaff't de Utgangssperre, un kineen draoff sick van seß Uhr aobends bes to annern Muorn up de Straote off up Lannen seihn laoten. De Schoolen bleewen afsluotten, un de

Schoolmesters un Juffern wassen künnigt. Et gaong no kiene Iesenbahn, un we sick nao Mönster verlaip, kaonn seihn, dat den Kanal lüerig laupen was un drüge staonn. All's was kaputt in de Provinzial-Metropole. Van den Bahnhoff ut kaonn m' üöwer de aolle Stadt wegg, we nu sieg an'n Grund lagg, bes up dat heel verbrannte Schloß kieken. Auk de Kreisstädte, teminst de, we'n Bahnhoff hat haern un an den Marschkwegg van de Alliierten laggen, wassen in Trümmer stuortt't. De Regierung haern s' van Mönster nao Tellgt verleggt; de haer patt nicks te seggen. Up alle Saaken keeken de Engländers.

De Lüe an den Roggenduorper Kiärkhoff haern no en paar laige Dage hat. Äs an Stillen Friedagg de Alliierten düör Roggenduorp kammen, stellden s' iärst üöre Panzers un Wiägens rund üm de Kiärke. Auk de Domänenwieschken staonnen bes an den Buschk heel vull met Wiägens, Kanunnen un anner Rehschopp. Dann wassen de Offziers kuemen, we vüördem an de Straote met Pastor Holtmann, Schult Roggenduorp un Philipp Stohlers de Kapitulation van Roggenduorp in de Riege bracht haern. Alle Hüeser van de Schoole bes nao Kortmanns hen wuorn faots beschlagnahmt. Hier kammen de Suldaoten, de Offziers un auk de Kommandostiärn in. Terbrüggen, Bökers un auk Brüsen haern nich äs eene halwe Stunn Tied, en paar guede Saaken an de Siete te brengen. Se maossen sick in de Schüern un Ställe vertrecken.

Denn Aobend kreegen de Tommies bi Brüse, biätter geseggt in Mendels Hues, so wat Saaken van de Ortsgruppe tüschken de Fingers: Fahnen, Papiere un Stempels. Ächtert Hues was auk en Füerplatz west, un in de Aschke satten no Reste van de Parteipapiere. Dat was noog. Äs de Suldaoten den Aobend dick noog wassen, wuor dat Hues van buoben bes unnen plünnert. Un so gaong dat leste Wiärk, wat an Aron Mendel un siene Familge denken lait, no in de lesten Dage van den afschaihlicken Krieg in'n Tott.

De Kampftruppen in de vüördersten Linien wassen auk bi de Engländers wisse kiene Engelkes. De haern siet de Landung in Frankriek noog beliäft un fraieden sick nu, daip in Dschörmenie, äs se saggen, de Nazis dat Wiärks äs te wiesen. Äs Bökers annern Muorn ut de Schüer kammen, was an Mendels Hues all wier kiene Schiewe mähr heel un gaas, un vüörn ut dat Hues haong de Fahne met de Standarte van de Ortsgruppe harut. De Fahne was üörnlick in lange Striepen schnieen, un up de Standarte was wat schmeert: Schiete – van'n Mensk off van'n Dier! Me kaonnt nich genau seihn.

Bökers haern 'n biettken Glück hat. Äs de Engländers de daude Franziska in den Flur liggen saogen, maoken s' iärst

Platz un schickden üm'n Sark. Den Offzier, we hier met sien Kommando rintrock, saog up eenmaol in Janbernds Wiärkstiär en Beld van Bischop Clemens August. He saluteerde un mennde dann to Janbernd: dat was je wull den gröttsten Dütschken in düsse laigen Tieden. Met sienen Offzierspinn schauw he dann dat Beld en biettken an de Siete un kaonn an de Tapete seihn, dat Clemens August hier all wat länger sien Plätzken haer. Faots gaff he en paar Kommandos, un up düsse Art kamm bi Bökers un ächterhiär bi Terbrüggen nicks wegg off in'n Tott. Stohlers draoffen in de Wuehnung bliewen, patt in de Schoole, in de Turnhalle un auk in Kortmanns Wäertshues saog't en paar Dage läter, äs de Kampftruppen wiederstrocken, ut äs in Schwienschött! Auk in de Buerschoppen gaff't Naut genoog. De Engländers haern Angst vüör versprengte dütschke Suldaoten un laige Nazis, we äs Partisanen no wat anstellen mäöggen. Drüm visiteerden se alle Hüöwe un Hööke. Bi Lütke Grassmann in de Duorpbuerschopp kamm so'n Tropp un keek all's nao in't heele Hues. Buoben in 'nen Wichterstuoben funnen s' 'ne BDM-Uniform. Ne Veerdelstunns läter gaff't kien liäbend Stück Veeh mähr up den Hoff. Van den Rüen bes nao de Hohnerwiem, van de Kostall bes in dat Schwienschott wuor all's dautschuotten. Dann trocken de Suldaoten wier af.

Guste un Anna Terbrüggen wassen froh, dat se de Uniformen van Alwis all in'n lesten Winter upschnieen un för de Kinner vernaiht haern. Bi de Geliägenhait haern s' auk all siene Naziafteeken un dat gaase Geraih in den Aalkump off in'n Uoben smietten. Blaoß de haugen Uordens van üören Suohn wull Guste gäern äs Andenken upbewahren. De laggen üörnlick verpackt bi üör ächten in de Treck.

Männige Fraulüe kammen in düsse Dage auk in Roggenduorp in Naut.

Töns Brüse haer bes den annern Dagg in den Kiärkenkeller liägen. In all de Upriägung haern s' ön heel vergiäten. Un de Schliäge, we öm Vader Böker verpaßt, haern siätten. Äs Uthoff up den annern Naomdagg met Janbernd nao den Ortsgruppenleiter i.R. keek, lagg he no an sienen Platz un wuss sick nich te draihen. Se schneen den Kunnen loß un laiten ön laupen. „Du sass diene Gerechtigkeit wull finnen!" haer Janbernd seggt. „Sophie un de Kinner sind all bi jue Moder up Brüsen Kuotten!" Lamm un stief hümpelde den bruenen Kabeleeren met'n verschruoken Gesicht üöwer den Kiärkhoff tüschken all de Engländers un üöre Panzers un Wiägens nao sien Äöllernhues hen. All den annern Dagg was he arreteert un kamm in'n Internierungslager; Wiäkens läter kaonn m' häören, Brüse wäör nu in Rieckelhuesen ächter den Stiäkeldraoht.

Dat Stiärben was patt no nich an'n End. In Gladbieck funn den Äöllsten van Bollwins 'ne Kist met Munition. He namm sick wat met un wull an Huese in der Timmerkamer 'ne Handgranate loßmaaken un nao dat Pulver kieken. Äs he dat Dingen in de Wiärkbank spannt haer un met Hamer un Tang drup burkte, gaong de Granate loß. De heele Remise flaug uteen un staonn in Flammen. De Jung was faots daut.

Laig was dat auk met de Russen- un Polenliäger. De Engländers haern de üöwernuommen un wullen sick auk üm de Mensken besuorgen; düsse Mannslüe haollen sick nich an dat Utgangsverbott, un de Tommies keeken miärst drüöwer wegg. Baoll jede Nacht wuor nu en Hoff üöwerfallen, kamm Wiärks wegg, wuorn de Mannslüe verbuerkt un wuor de Fraulüe un Wichter Gewaolt andaon. Bi Schult Roggenduorp kammen de Fraulüe un Wichter ut de Naoberschopp wiäkenslang aobends in dat aolle un schöne Steenspieker tehaupe, wat all fiefhunnert Jaor aolt was. De Mensken schlaipen dao up den iärsten Büen, kaonnen de dicke Ekendöör afsluten un haern en paar Mannslüe daobi, we äs in de aollen Tieden düör de Schieß-Scharten nao alle Sieten waken daihen. Wecke Stiärn vertrocken sick Lüe nachts in't hauge Kuorn, schlaogen dao en Telt för Fraulüe un Kinner up.

In Wettrup kammen de Russen äs grauten Tropp an'n lechten Dagg un faongen an, Kohdiers un de Höders up 'ne Wieschke te driewen, te schlagen, Gewaolt te doon. Eenen Jungen laip hennig nao Brentrup un kaonn de Militärpolßei arlameeren. Äs en paar Engländers met üören Jeep ankaimen, kaonnen s' de Russen, we all besuopen wassen, nich te Uorder brengen. De nammen sick üöre Knüppels un wullen nu de Tommies auk burken. De wussen sick nich te helpen un trocken de Maschinenpistolen. An'n End wassen teihn Russen daobi wegg.

Wunnlick was patt, wecke Hüöwe haern gar kien Last met düsse Saake; dao wassen Russen off Polen, we daoblieben wullen. De schreewen met Kreide in üöre Spraoken Wäörde un Teeken an de Paotenhüeser un Niendöören un holpen üöre Buerslüe. Nu kaonn m' seihn, we siene Gefangenen üörnlick un christlick äs Mensken up den Hoff haollen haer.

Terbroek was dat all's egal. He gaong düör de Wiält, äs häer he kien Plecksken up sien Gewietten. Wecke daihen ön warnen. Terbroek un Angst! Wisse nich. Up eenen fröhen Muorn üm Johanni kamm sien'n Naober Bussmann nao Terbroeks Hoff. He wull sick blaoß 'ne Saise för'n Dagg utlehnen, wieldat he met sien Hai un den niemodäernen Maihbalken nich praot kamm. Äs Bussmann vüör dat Paotenhues kamm, saog he faots, dat hier wat nich in Uorder was. Den Hoff lagg still. Kien'n Rüen blieckede, kien Hohn un kien Hahn raip! Jüst in de Infahrt satt Terbroek, schön üörnlick up'n Stool fastbunnen. Se haern öm met'n Hamer den Kopp inschlagen. De Frau lagg daut in't Hues; auk de aollen Lüe haern s' de nich schont. De Kinner laggen fastbunnen in de Upkamer. No Wiäkens läter wassen de in't Brentruper Krankenhues un kaonnen kien Waort seggen un nicks vertellen. All's up Terbroeks Hoff was daut, van de Hohnerwieme bes in'n Rüenschott. Sogar de Schwalwennöster wassen met Ieshakens afrietten. Daodrup wuss kineen wat te seggen. Pastor Holtmann haoll naigsten Sunndagg 'ne Priäke in alle Missen üöwer den aollen Bibelsprauk „Mein ist die Rache, spricht der Herr!"

So gued, äs dat gaong, maoken sick de Roggendüörpers wier an de Arbeit. Dao was 'ne Masse te doon un te helpen, patt et gaff je baoll nicks mähr. Wieldes de Nazis in de lesten Kriegswiäken de heelen Verkährsverbinnungen in Tott smietten haern, gaff't kien'n Hannel mähr up Lannen. Auk in de Städte gaong nicks mähr. De Lüe gaongen to't Hamstern, dat s' nich verschmachteden. Mankeenen Buern maok sick all wier kien Gewietten, wann he 'ne Moder, we sogar üöre Kinner metbracht haer, met'n Rüen off'n Bengel van'n Hoff smeet. De Hiärten van de Lüe wuorn, so scheen't, wat hatter äs vüördem.

Et gaff patt auk guede Teeken.

Rückers Jans was äs iärsten van de Suldaoten dewieer. Wat Lüe mennden, se häern ön wittkaisig un schrao all te Witten Sunndagg an Huese seihn. Aower iärst to Pingsten lait he sick in't Duorp un in de Kiärke seihn. In'n Winter haer he sick bi dat leste Upbaimen van de Wehrmacht in de Ardennen 'ne Kuegel fangen. In Februar kamm he för 'n paar Dage Urlauw nao Roggenduorp. An'n End maoß he wier in'n Krieg, un Rückers brachten ön auck richtig nao'n Bahnhoff. In't Dustern sprung he patt ächter de Gladbiecker Station, we eelicks blaoß för Miälkdüppen un Veehtrasporte bestimmt was, ut den Zug un verstoppede sick bi sienen Frönd Jopp Wittkamps in't Strauh. De was all tweenvettig verwunnet trüggekuemen. Twee Monate bleef he dao up den Büern in sienen Strauhhook, un Wittkamps haern Angst noog, wieldes de Militärpolßei Rückers Öllernhues up den Kopp stelld un üöwerall sick befraoggt haer. Rückers Uniform un Wehrpaß haern Wittkamps in't Backs verbötet, blaoß sienen Verwundetenschien behaollen. De Engländers un Amerikaners häer he daomet vlicht üöwertüegen kaonnt. De kammen Guott Dank blaoß kuort to't Kieken nao Rückers off Wittkamps, un methen was Jans den ennzigsten Deserteur ut Roggenduorp. Jaoren läter gaff't wecke, de wulln ön drüm nich in'n Kriegerverein inschriewen. Et tellde nich, dat he siebben Jaor met Suldaoten, Scheiten un Daud te doon hat haer; siene Gröschkens för de Kriegsgräber gaff Jans Rückers patt duwwelt gäern.

Et gaong up Peter un Paul to; Janbernd Bökers staonn ächten in'n Gaorn un keek nao de Siepeln un de fröhen Kartuffeln, we m' nu baoll utmaaken kaonn. Klara kamm ächten an de Gaorndöör un raip ön so harr, dat he sick verschrack. Gafft all wier wat Laig's? „Nee, nee, patt kuem äs wacker, wi häbt Besöök!"

In Bökers Küek an'n Dischk satt 'nen Mann. Elennig saog de ut, äs den liewhafftigen Daud. Äs he patt sien Muul loßmaok un de Daggstied sagg, dao faoll öm Janbernd üm den Hals. Dat was 'ne Fraide un'n Fraogen. Den Kaplaon wull aower gar nich küern. He wäör an Huese, un dat wäör wisse noog. Den annern Dagg fieerde he de Fröhmisse in Sünte Sebastian un sagg den Häerguott sienen Dank, dat he wier in Roggenduorp ankuemen was. Dat duerde aower, bes he in'n Tratt un te Kräften kamm.

Auk Philipp Stohlers gaong wier an de Arbeit. In'n Juni haer he all sienen Fragebuogen afschicket, we de Engländers an alle Schoolmesters un Juffern giebben haern. Dao maossen de Beamten naowiesen un unner Eid berichten, wu se dat in de verquanten Jaore met de Nazis un de Partei haollen haern. Philipp was'n biettken stolt, äs he düör den Afschnitt „Parteimitgliedschaft und Parteigliederungen" en dicken Striek maaken kaonn. Kathrin keek öm siälsvergnögt to.

En paar Wiäken läter, et gaong all up Sünte Anna to, kamm so'n Jeep van de Engländers in't Duorp föhrt. Harut sprungen 'n Offzier, en Suldaoten un 'nen äöllrigen Mann in Zivil. De Lüe, we dat saogen, wassen faots wack. Wann bes nuhen en Jeep met Suldaoten kuemen was, maoß miärsttieden eenen van de Nazis metkuemen. De Niesgierigen haollen dat Schoolportal, wao den Wagen staohnbliewen was, en biettken in't Auge.

De Delegation haer bi Stohlers lutt, un Kathrin haer de Häerns harinlaoten. Äs Philipp nu ut sienen Stuoben harutkamm, haer he vüör Fraide laut roopen. Dat was je aolle Schoolraot Dange!

„Tje, Philipp, dao häbt s' mi aollen Mann wier in't Büro haalt. Ick sin iärst dreiensesstig, un'n paar Jäöhrkes kann'k för den Wierupbau van usse Schoolen no arbeiten. Wat mennt' Se, Lewtenant Smith?"

Den englischken Offzier verstaonn un küerde bestgued Dütschk. He wäör nu den Reeducation-Officer för den heelen Kreis. De Arbeit wäör hatt, un se mäössen met Hölpe van guede Magisters dat Schoolwiärks bes September wier an't Laupen brengen.

„Und weil wir wissen," sagg he dann, „daß Sie, Herr Stohlers, nich nur einen guten Teacher sind. Sie waren nicht einmal in der Partei und haben beste Zeugnisse von ordentliche Leuten, von Mister Dange hier, der ist nun der Regierungsdezernent für die Volksschulen, und auch von alle guten Leute hier im Amt. Da haben wir Sie elected, daß Sie der neue Kreisschulrat sein sollen. Wir haben das Diploma gleich mitgebracht. Wir wissen auch, daß Sie das annehmen werden!" Dann trock he ut siene Aktentaschk 'ne Urkunne, un Philipp was befüördert. He brüekede nicks te seggen. De Saak wäör perfekt. He dräöff de iärste Tied in Roggenduorp wuehnen bliewen un kreeg up dat Amt in Brentrup en lütt Büro met Telefon.

Dange haer Spaß, dat öm de Üöwerraschkung glückt was. Philipp wuss nich, off he lachen off grienen säöll. Kathrin keek wacker nao de leste Pull Upgesett'ten, we s' no ut de gueden Jaoren upspart haer. Dann gaff't den iärsten Toast, äs Lewtenant Smith dat Toprosten nömmde.

All to de Kaffeetied staonnen Terlauh un Janbernd vüör de Döör un wullen den nieen Schoolraot gralleeren: „Lährers Blagen, Pastors Veeh, dat batt't selten!" haer Terlauh stiekelt. „Un en Lährerssuohn äs Schoolraot in't Mönsterland?"

Papiere

Den Summer gaong vüörbi, un sachte wuorn de Tieden wat rühger. Langsam kamm't de Lüe in'n Kopp, wat dat Enne van de dusend Jaore för jeddereen bracht haer. Wisse, de Russen un Polen wassen nu wegg, un et gaff all wier 'ne Kreisverwaoltung. De Polßei haer Beamte, we nich bi de Nazis west wassen, dat saggen s' wennigstens. Dat Liäben in de Kiärke laip wier äs fröher.

Blaoß te iätten gaff't ümmer wenniger. Dat biettken Beer wuor ümmmer lichter, un et dreew sick ümmer mähr früemd Volk harüm in't Amt Brentrup. Dat wassen kiene Landlaipers, nee, entlaotene Suldaoten, junge Lüe aohne Öllern, Mensken van wiet wegg: DP's – Displaced Persons nömmden de Engländers düsse Kunnen. De wussen nich, wao s' hensäöllen, un de Mönsterlänner wussen nich, wat m' daovan te haollen haer.

In den Kreis gaong't nu auk met de Entnazifizierung loß. In de Stadt haern s' 'ne Kommission fundeert, un Janbernd Böker was äs unbelasteten Bürger inviteert, bi düsse Arbeit te helpen. Baoll gaong öm dat düör den Kopp, wat den Kaplaon daomaols, füffteihn Jaor fröher, de Roggendüörper Jungs üöwer de Politik un dat Liäben un Driewen in de Wiält vertellt haer. Terlauh haer recht behaollen. Auk in Roggenduorp haern de Lüe twiälf Jaor de Laigen ut dat Goebbels-Radio haort, un bi Radio London wuss m' nich genau, off dat nich doch blaoß en Fiendsender wäör. Wat haer nich all's in de Blättkes staohn? Äs nu sachte Lecht in de Tieden kamm, bleef't in de Köppe faken noog duster. Wat dao vertellt wuor, dat kaonn m' nich glaiwen!

Lewtenant Smith haer för den Kreis en Kinoapparat. Met dat Dingen trock he nu üöwer de Düörper un wees de Lüe Filme, we ön en Beld van de Lage in Dütschkland maaken säöllen.

Äs anfangs in Roggenduorp kineen kuemen wull – de Lüe mennden, se sölwst häern alle Suorgen noog – gaff't an'n End Kommando för de vullwassenen Lüe, up Kortmanns Saal tehaupe te kuemen. Dao haoll den Engländer Kino. Iärst äs gaff't en Film üöwer de lesten Monate van'n Krieg; dann kaonn m' de dütschken Städte seihn, we nu all in Trümmer laggen.

Nao so'ne halwe Stunn maoken s' 'ne lütte Rast, un Smith un eenen van siene Hölpers küerden biettken üöwer de SS un de Konzentrationsliägers. Den Film, we nu kamm, wäör wisse schlimm un mankeenen mäögg et hier schlecht wäern, patt me mäöß de Saake in de Augen kieken. Hitler un de Nazis wäörn de laigsten Verbriäkers west, we düsse Wiält beliäft häer. De Roggendüörper mäössen henkieken. Vlicht maoggen de Fraulüe, wann't ön te schlimm wüör, de Augen äs tokniepen.

Et was en schlimmen Film. He wees de KZ's. Et gaff Daude üöwer Daude, un äs eenmaol 'ne Straotenbaumaschin en Biärg verhüngerde Lüe in üör Graff schauw, wuor't Kortmanns Moder schlecht. Nao den Film sagg Kaplaon Terlauh wat daoto, den Mann kaonn m' wisse glaiwen. De haer twee Jaore in Dachau üöwerliäft. Saog he nich jüst so ut, äs he wieerkamm, so dünn un schrao äs de Mensken in den Film?

Un dat met de Juen, was dat dann wull waohr? Dat kaonn nich waohr sien! De van de SS wassen all so üörnlicke Jungs west, so prick un propper! Un dann sowat?

Auk de Rogendüörper gaong de Waorhait schwaor in den Kopp. Daobi wassen de nich äs dicke Nazis west.

An'n End van den Aobend gaff't Upkläörung üöwer de dütschke Zukunft. Dat Land was je nu updellt unner de Siegermächte, un up de Duer säöll dat wier 'ne eegenstaatlicke Verwaoltung giebben, patt dat duerde en biettken. In't Fröhjaor säöllen de iärsten Wahlen för de Gemeinderäöte sien. Aower de Dütschken mäössen iärst äs bewiesen, dat s' üörnlicke Demokraten wäern wullen. „Un so'ne Saake," mennden de Aollen, „de slait lang!"

Vader Terbrüggen un Janbernd staonnen den annern Dagg bi Bökers in de Wiärkstiär un küerden üöwer den Filmaobend. Dat wäör wichtig west, patt dai dat bi de Lüe helpen? Janbernd kaonn nich verstaohn, dat de Prozesse, we m' up de Duer üöwer all de Nazi-Dickbälge haollen wull, nich van de Dütschken sölwst maakt wäern säöllen. „Wi mött't dat sölwst maaken, wi mött't de Nazis bi us sölwst an de Lucht setten!" mennde he. Vader Terbrüggen un auk Vader Böker, we daotokuemen was, haern en anner Meinen.

„Nu kiek äs to, Janbernd," sagg Terbrüggen, „usse Alwis is in de Partei gaohn, wieldat he an düsse Autosaake intresseert was. Häer dann eenen vüör siebben, acht Jaor glaofft, dat de Nazigeschicht so in'n Tott gaong. Dao was kineen mähr, we Hitler un siene Lüe uphaollen kaonn. De Jung maok met, äs Millionen in Dütschkland metmaoken. Ick kann blaoß huopen, dat he us in Rußland nich to'n Verbriäker wuorn is. He is nuhen all twee Jaore vermißt. Wann he no liäft un wi uns nao eenmaol in de Möte kuemt, will'k öm wisse fraogen. Patt en frommen Nazi is usse Alwis nich west!"

Auk Vader Böker mennde, dat m' nich Millionen Lüe vüör Gericht schlöeren käönn. „De Nazitieden wassen so, de Lüe sind metlaupen äs daomaols ächter den dusseligen Kaiser. Un wann m' 't recht bekick, is de schlimme Tied met Wilhelm Zwo un den iärsten Krieg loßgaohn!"

Dao wull Janbernd patt nich methaollen: „Dat hät all's blaoß funktioneert, wieldat an alle Stiärn de Lüe funktioneert häbt. Un bi de Entnazifizierung geiht et baoll gar nich drüm, dat eenen en üörnlicken Mann was, et geiht drüm, dat m' öm nicks naowiesen kann. Ick sin in düsse Kommission, we te Ostern met de Arbeit angaohn sall. Wann't hatt up hatt geiht, draff ick nich äs wat daovan vertellen. Aower een Deel segg ick gäerne, auk hier bi us in de Wiärkstiär. Äs daomaols den Reichskristalldagg west is in usse Düörpken, dao kammen de Kommandos üöwer de Partei. De Amtsverwaoltung patt kreeg üöwer de Gestapo auk Alarm. Se dräöffen Aktionen tieggen de Juen nich hinnern un mäössen twee off drei rieke Juen, we nich te aolt wäörn, ächter de Tralljen brengen. Dat kamm per Telefon an'n Muorn van den teihnden November achtendiärtig in Brentrup an. Hölscher was den Dagg up sien Büro. De Notiz is upschriewwen, un se is de no; un de Anweisung för den Schandarm Wittenbieck van wiägen David Wolff is de auk no. So Mannslüe, nu giew ick ju te raoden: We hät dat all's unnerschriewwen?"

Terbrüggen wuss genau Bescheid: „Na in Brentrup? Hölscher, we süss? De was Ortspolizeibehörde. Süss draoff kineen Kommando an de Schandarmen giebben!"

„Aanschietten!" Janbernd wees sienen aollen Naober de Stirn. „So däösig is ussen Häern Amtmann sien Liäfsdagg nich west. De wuss genau den Ünnerschaid van Recht un Unrecht. De Notiz un auk de Kommandos an de Polßei, de lait he sienen jüngsten Sekretär unnerschriewwen; de was jüst met siene Lehrlingstied an'n End! Dä! Un annern Dagg maoß usse Häer Amtmann Bericht an de Regierung maaken van wiägen de Ausschreitungen tieggen de Juen. Un den Bericht is so schön, dat kass du baoll nich glaiwen!" Janbernd lagg den Kopp trügge un sagg den Text utwennig up: „Im Amtsbezirke Brentrup lebt derzeit nur eine Judenfamilie (Mendel in Roggendorf nebst Schwiegersohn Wolff). In den Mittagsstunden des gestrigen Tages zerschlugen unbekannte Täter die Haustür und zwei große Fensterscheiben des Geschäftes und verwüsteten den Laden. Ein Jude (David Wolff) wurde in Schutzhaft genommen. - Na, wat segg ji nu?"

„Dat is dumm Tüeg, Janbernd! Jeddereen in Roggenduorp weet, we daobi west is den Dagg: Brüse, Nordhoff, Wehlers Jungs, Schoolmester Terboven un . . .!" Auk Vader Böker wuor uprennig.

„Hölscher magg mangst en Windbüel sien, aower süss kaas du öm nicks naoseggen. He was alltied en üörnlicken Beamten. He is bes nuhen auk no Amtmann, off nich?" sagg Terbrüggen.

„Wisse is he dat! Et kann öm kineen wat naoseggen. Dat is so schön: alltied up alle Schullern driägen. Üm Guotts willen nich en eegen Meinen hebben! Jau nich en eegenen Mensken sien met'n eegenen Kopp!" Janbernd schüedelde sienen Kopp: „So nich, Häer Amtmann!"

Terbrüggen keek wat naodenklick: „Mienen leiwen Janbernd, äs maol sachte met de jungen Piärde! Ick kenn je wisse auk wat van't Liäben un van de Politik. En paar Jaor was ick je auk Büörgermester hier, un de Nazis häbt mi afsett't. Nich dat ick met de Schaleiers tohaollen will, patt wann du sowat seggs, maoß du dat bewiesen können. Paß up met so'ne Saake!"

Janbernd sagg nicks mähr. Dann staonn he up, trock en Slüedel ut de Niägeltreck un schlaut dat ekene Liäderschapp loß. Ut de Treck namm he en Aktenheft, blao inbunnen, un lagg et met de rechte Siete nao unnen de beiden Mannslüe vüör de Niäse. Dann schlaog he eene Siete up.

Terbrüggen faong an te liäsen. „Dat giff't doch gar nich!" mennde he nao'n Tiedken. Dann schlaog he den Aktendieckel trügge: „Dat is gewiß 'ne Amtsakte. De Unnerschriften sind echt, dat Papier auk! Wao häs du dat wegg, Janbernd?"

„Akten laggen satt bi Brüsen up den Hoff. Äs daomaols Stillen Friedagg de Engländers kammen, hät Brüse all sien Papierwiärks un auk wat van't Amt verbriännen wullt. He kamm daomet nich praot, wieldes usse Vader, Uthoff un icke ön in'n Kiärkenkeller stoppt haern. Annern Dagg häbt de Engländers dat Wiärks funnen; ick häb't mi dann metnuommen. Un in Brentrup wull de Gattaape van Hölscher sien Archiv auk reinmaaken. Häer Philipp Stohlers nich düör Tofall ut sien Büro kiecken, wüör de dusendjäöhrige Geschicht van Roggenduorp un dat Amt Brentrup un van de Roggenduorper Ortsgruppe unnergaohn. Dat Wiärks ligg bi mi wat sieckerer!"

De beiden aollen Häerns keeken sick fraogend an. Janbernd sagg heel rühg: „Ick will blaoß uppassen, dat s' de Geschicht nich ümdrait. Dat is't, wat bi us nu all passeert. Up eenmaol gaff't in gaas Roggenduorp gar kien'n Nazi äs blaoß den laigen Töns Brüse! Wat doot s' nich all, üm vüör de Kommissionen te bestaohn. Laigen, bedraigen, verdraihen, annere Lüe denunzeeren! Un sock Schlagg Amtmann helpt daobi met. Dat is't! Wu sallt wi in Dütschkland praot kuemen, wann wi dat tolaot't. Philipp Stohlers vertellt mi, dat sienen Naofolger in Wettrup, we dao kuort vüör de Nazitieden kamm, de heele Schoolchronik ümschriewwen hät. De hät de Sieten üörnlick harutschnieen un 'ne heel niee Geschicht äs Dagebook baoll üöwer de twiälf Jaore schriewwen. Wat en flietigen Mann! Pech auk, dat jüst en Kollegen ut de Naigte Schoolraot wäern maoß! Gaff ick nu düsse Akte hier an de Kommission, kreeg den jungen Sekretär Möllmann kiene Stiär mähr; den Hölscher kaonn patt siene Pension in Ruhe geneiten. So is dat! Un drüm haoll'k den Dummen drup. För de iärste Tied!"

„Un wat häs du süss no in de Treck?" wull Vader Terbrüggen wietten.

„Hoh, de heele Mitgliederlisten van usse Nazis in Roggenduorp un wecke Papiere, dat de us nich mähr te graut wäd!" Janbernd keek schalou.

„Un du mennst, du kaas de Lüe ännern?" Vader Terbrüggen fraog wat vüörsichtig.

„Nee, dat kann ick wisse nich!" Janbernd sochde sick de Papiere wier bineene. „Patt 'n schlecht Gewietten sall't se behaollen, wann't bi de Entnazifizierung kiene Gerechtigkeit giff." He schweeg en Augenschlagg still. Dann sagg he: „Leste Wiäke kamm aollen Schult Averkamp to mi. De hät je twee Süöhne bi de SS hat, den eenen bi de Daudenkoppverbände, den annern bi den Reitersturm. Dat was aower blaoß den aollen Reiterverein van't Amt Brentrup. De Jung is all ut de Saake rut. Den annern patt . . ." Janbernd verdraihede beide Hannen. „Siene Einheit was in'n Austen bi Sonderaktionen daobi. Maott'k ju mähr vertellen? De Schult kamm iärst üm Hölpe in, dann faong he an te biädeln, un an'n End gaff he vertwiefelt te verstaohn, wi kaonn'n auk üöwer de Anweid ächter usse lütte Wieschke an den Telgengrund küern. So, un nu küert ji üöwer dat Gewietten in Dütschkland wieders un üöwer den Wierupbau. Patt nich up düsse Art un Wiese, un nich met Janbernd Bökers!"

He schlaut de Papiere wier in de Treck un schmeet dat Slüedelken eenmaol in de Höchte. Dann stoppede he 't in siene Westentaschk.

Dat Kuffer

Ächterhiär vertellden s', den Besööker wäör all fröhmuorns in Brentrup west, häer sick 'n biettken dat Duorp bekiecken, patt niärnsnich en Besöök maakt. Met sien Fahrrad föhrde he dann üöwer de Brentruper Straote up Roggenduorp to. Buoben up Averkamps Knapp keek he eenmaol üöwer de Giegend un dat Duorp, strampelde aower iärst rechts nao Wiering, bes he an den grauten Buschk kamm. Dao schauw he sien Rädken ächter'n Hollunnerstruek, maok sick de Bucksenknieppen draff un gaong twiärs düör den Buschk, dat he ächten an Küötter Dinklohs Land kamm. An den End van den Liekwegg ankuemen, saog he de Paote van den aollen Juenkiärkhoff. De steenernen Pielers laggen ümstuortt't; de schönen Gitters met de hebräischken Teekens haern s' wull in de Iesenkollekte giebben. De Hiegge an de linke Siet was de nich mähr; utrietten; de eene Halfschaid van den Kiärkhoff was nu en Anschuß an Dinklohs Schwieneweide. Den Mann keek blaoß to. Äs he patt düör dat hauge Gräs up den Daudenacker gaong, satt he sick en lütt Käppi up un trock ut siene Manteltaschk en Bööksken. Dann sochde he 'ne Graffstiär. Up de rechte Siet staonnen no en paar Steene, Stelen, Säulen un anner Wiärks. De Süege ächter den Tuen up de annere Siet sprungen harüm, äs se den Besööker saogen.

Den Mann funn dat Graff, wat he socht haer, tratt dat Gräs un de Nieteln runner, we dao so haug staonnen, un haoll sien Gebätt. An'n End keek he sick üm, sochde sick en paar Steenkes bineene un lagg se up dat Denkmaol. De Taofeln met de Namens wassen uthauen un laggen verstrait in't hauge Gräs. An de eene Siete lagg en Haupen buorstene Graffsteene; Üöwerreste.

Dann föhrde den Früemden runner nao Roggenduorp.

Bi Bökers was nich vull loß. De Lüe haern nicks un beholpen sick met alle Saaken. Janbernd was nu mähr Buer äs Sattler, aower de Arbeit an de frischke Lucht dai öm auk gued. Den Dagg satt he patt in de Wiärkstiär un naihede an den Tornister van sienen Twedden harüm. De Schoole was Mariä Geburt wier angaohn, un den Jungen maoß de nieen Bööker trasporteeren können. De saogen anners ut äs de aollen, un dat Papier was auk nicks.

Wieldes he üöwer de Flicken satt, gaong sien Blick düör dat Eckfeester nao Kortmanns hen. Dao staonn en früemden Mann. De keek üöwer den Kiärkhoff, nao Mendels hen, up Bökers un Terbrüggen Hues.

„All wier so'n DP!“ knuerrede Janbernd. „Arme Lüe! De häbt auk nicks mähr äs dat Tüeg up't Liew!“ Äs he wier haugkeek van siene Arbeit, was den Mann wegg.

Kuort drup schiepperde de Ladenklingel. Janbernd draihede sick üm un keek düör dat Döörenfeester. Dao was je den Früemden un staonn in'n Laden. Janbernd rischkede sick up un gaong ächter de Thek. „Gueden Dagg! Waomet kann'k deinen?“

Den Mann, wittkaisig un schrao, haer sick an den Döörenposten liehnt, haoll siene Müschk wat schüe in de Hannen un draihede se ümmer rund. Dann hoostede he un sagg blaoß: „Kennst du mi auk nich mähr, Janbernd Bökers?“

De wuor met eenen Schlagg witt in't Gesicht, so äs häer he 'ne Fuust in de Magenkuhle krieggen: „David! David Wolff! Büss du van de Dauden trüggekuemen?“

Den Mann schmeet sienen Kopp trügge an'n Döörenposten: „Van de Dauden, Janbernd, dao häs du recht an. Ick sin trügge ut de Hölle kuemen. David Wolff is patt daut, den giff't nich mähr!“

Janbernd gaff Aron Mendels Schwiegersuohn iärst äs de Hand, trock ön met ächter de Thek in de Küeke un raip nao Klara, we buoben in't Hues an de Arbeit was. En Wierseihn; aohne Fraide. David wull bloß teihn Minuten bliewen; upgeriägt was he, düörneen un ängstlick. Nao en Tiedken haer he patt miärkt, dat he bi Bökers van Hiärten willkuemen was; he lait sick gued toküern un bleef no wat länger. An'n End draoffen Bökers auk Terlauh Naoricht giebben, un David Wolff vertellde ön all's, wat he van Mendels un de annern Juen wuss.

Et was all's so passeert, äs den Film dat wieesen haer. Et was aower kien'n Film. De Mendels wassen iärst gued nao Holland kuemen, nao Zwolle. De iärste Tied gaong dat gaas gued, wieldes de Verwandtschopp ön holp un se auk Arbeit kriegen kaonnen. Dann kamm Mai vettig Hitler auk nao Holland, un daomet auk all de Gesetze tieggen de Juen. De Bischöppe in Holland wassen ähr un iärssig för de Juen up de Kanzeln triäden; an'n End was't kiene Hölpe. Üöwer so'n Lager in Westerbuork kammen alle Juen nao'n Austen, nao Auschwitz, in de Gaskamern. Van siene Frau Jula, de Kinner, van Aron Mendel, siene Frau Lea un de Dochter Rachel was nicks üöwerblieben äs Rauck un Aschke. David Wolff vertellde dat so hen, äs wann he kiene Truer häer. Bökers un den Kaplaon kaonnen nicks mähr fraogen off seggen.

David wull gäerne wietten, wu't in Roggenduorp un in't Amt Brentrup wieders gaohn was. He lusterde gued to un green an'n End, äs he häören maoß, dat Tante Franziska jüst up den lesten Kriegsdagg ümkuemen un in'n englischken Suldaotensark up den nieen Kiärkhoff lagg. Mendels Hues wuor nu van de Amtsverwaoltung besuorgt. Et was behäölpsmäötig repareert. Brüsen draoffen nich mähr drin wuehnen, un de Gemeind' haer Utgebombte un Flüchtlinge drinsett't.

„Un wat wuss du nu maaken, David? Kümps du trügge nao Roggenduorp off nao Brentrup?"

Wolff schüedelde den Kopp: „Hitler hät wunnen. För'n Juen is in Dütschkland kien Platz mähr. Met'n Naober Böker magg 'n Juen vlicht liäben können, aower de annern Lüe auk hier in't Amt maakt sick en schlecht Gewietten. An'n End is de Jue wier schuld! Ick gaoh würklick 'ab nao Palästina', äs't daomaols an usse tebruokenen Schaufeesters staonn. Et wäd seggt, dat de Juen nu dao en eegenen Staat kriegen säöllt. So aolt sin ick no nich, un vlicht kann ick met miene vettig no eenmaol wat upstellen. Men, de lesten sess Jaor häbt mi mähr kost't äs de diärtig vüördem. So vull Naut un Daud!"

Se küerden den heelen Naomdagg üöwer Wolffs Beliäfnisse. He wuss no te vertellen, dat männige Dütschke, auk in't Mönsterland, de Juen holpen haern. Eene Buernfamilge bi Lünkhusen haer 'ne Juenfrau üöwer veer Jaore unner'n falschken Namen upnuommen un äs Utgebombte vüörwieesen. Anners, wat häer m' würklick tieggen de Nazis doon kaonnt?

Äs't up den Aobend togaong, lait sick Wolff beküern, doch bi Bökers te üöwernachten. He kaonn je in Tante Franziskas Stuoben schlaopen. Nao't Aobendiätten steeg Janbernd up den Büen an'n Kohstall un haalde dat Kuffer, wat Aron öm daomaols in de leste Tied bracht haer. „Dat is jue Wiärks," sagg he to David, „ick häb de nie nich rinkiecken. Un wann Aron de nich mähr is, kann'k di dat getrost metdoon!" He maok dat Dingen vüör de Döör met'n füchten Lappen blank van den Stoff un de Spinnköpp. „Du kaas ön so metniemmen, äs Aron mi'n daon hät."

In de Küeke lait David up den Dischk de Kufferschlüötter springen. Se wassen all en biettken röstrig. Binnen was allerhand Wiärks, in Döker, Diecken un fien Papier inpackt. An de eene Siet satt de lütte Truhe met de Papiere, we Aron daomaols an den Langen Dagg Klara wieest haer. Se kannde dat schöne Ding faots wier: De Geschicht van de Juen in Roggenduorp. David trock den Dieckel met den schönen Stäern draff. Up de aollen Papiere laggen seß Wessels up den Namen van Töns Brüse un Schuldbreefe van annere Nazis. „Aron haer mennd, he käönn met'n Dübel hanneln!" David kaonn blaoß met'n Kopp schüeddeln. Dat sienen Schiegervader aower auk en vüörsichtigen Kaupmann west was, kaonn he faots klook wäern. En Liäderbüel was de met Goldmünzen ut Amerika un Kanada.

„Dat Kaptaol kann di wisse helpen, David!“ fraieden sick Bökers.

An de rechte Siet van dat Kuffer lagg schwaor Wiärks in ennzelne Döker wickelt. Sachte un baoll andächtig faollde David de Saaken uteen un satt an’n End auk dat aolle Kuffer an de Siete. Met heel verdraimte Augen keek he up den Dischk.

Dao staonnen de twee sülwernen Sabbatlöchter, we fröher bi Mendels de Käerssen üöwer den Fieerdagg driägen maossen. In de Midd haer he de graute Sülwerschale för den Sederaobend sett’t: „De is för Passcha, för dat Braut!“ Dann staonn de no Arons schönen, sülwernen Kiddusch-Biäcker un de lütte Raikerbüss för de Fieerdage. Dat Wiärks haer kien’n Glanz mähr, un Klara wull all nao’n Sülwerdook kieken. Äs se aower den Glanz un dat Draimen in Davids Augen saog, bleef se leiwer staohn.

Janbernd keek in dat Kuffer un sagg: „Dao is je no wat!“ He kreeg ’n paar Döker, en paar Böökskes un en Büelken harut. David Wolff kamm ut sien Draimen harut: „Aron was en klooken Mann. Dat schöne Wiärks, wat all van Mendels Vüöröllern is, lait he hier. He hät blaoß sienen Gebiädsmantel, den Tallith, sienen eegenen Talmud un ’n paar annere Saaken metnuommen. All dat Sülwerwiärk maossen de Juen bi de Utreise afgiebben, un he gaff de Nazis wisse blaoß de diärde Garnitur. En Bekannten in Mönster sagg mi, de dütschken Juweliere häern dat Juen-Sülwer schuffkaornwies kaupen kaonnt.“ Dann keek he de lesten Brocken nao, we Janbernd ut den Kuffer krieggen haer.

Äs he den Büel saog, faong Wolff dat iärste Maol düfftig an te grienen, satt sick up den Stool, lagg den Kopp up de Iärms un sagg hebräischke Wäörde, we Bökers nich verstaohn kaonnen. Janbernd keek verwünnert. He trock dat Bändken loß: in den Büel wassen blaoß twee Hannen vull Äer un Sand met Steenkes. Un den Linnenwickel, we daobi satt, was bunt bemaolt.

Äs he sick funnen haer, verkläörde David dat Wiärks. „Dat is'n Thorawimpel, maoß Du wietten; dat is de Linnenwinnel, we en Juen-Jungen to Britt Mila, an'n Dagg van siene Beschneidung, ümhät. Un de kümp läter, wann he Bar Mizwah wedd un äs vullwassenen Mann för de Synagoge to Minian riäkent wäd, an de Thorarulle dran. Un den Büel hier, dat is Äer ut Erez Israel, ut Palästina. De häer Aron eelicks in sien Graff kriegen maoßt." Dann haoll he in. „Aron un Lea, Jula, Rachel un de Kinner – de heele Familge hät patt kien Graff krieggen. Üör Graff is in de Lucht. Aron sall sick wull dacht hebben, he kamm äs maol wier un wull sienen Platz up ussen Beth Hachajim, ächter Wierings Buschk kriegen. Ick sin, Janbernd, vanmuorn dao west un häb nao dat Graff van miene Öllern kiecken. Dao süht't laig ut! Off hät Aron mennt, he kaim nich dewieer? Dat hier is wisse sien Daudenhiemd, wat he süss Jaoren all Jom Kippur an't Liew haer!"

Bes daip in de Nacht küerden de Lüe bi Bökers üöwer de Mendels un de Roggendüörper Juen. An'n End lait sick David ut un vertellde van de Tieden in de Liägers in'n Austen.

Annern Muorn gaong he met Janbernd nao eenmaol up den Juen-Kiärkhoff. Äs he in'n Meddag föhren wull, gaff he Janbernd de Kist met de Papiere. De Geschicht van de Juen in Roggenduorp wäör vüörbi. Un we wull biätter up de Saaken uppassen äs Janbernd? Klara un he brachden David an'n Bahnhoff. Dao bruekede he nich den heelen Wegg bes Mönster met dat Rad te föhren. He wull sick up de Duer ut Palästina mellen. Aron Mendels Kaptaol un de Sülwersaaken namm he in'n klenneren Kuffer met. Een halw Jaor läter staonnen s' up en siegen Dischk in Tel Aviv, wao David den iärsten Sederaobend in de niee Heimat haoll.

Dat Fröhjaor haer Janbernd sick no üm eene Saake besuorgt. Dinkloh maoß dat Grundstück van den aollen Juenkiärkhoff wier harutrücken. En paar Lüe satten den Denkmäöler, we runnerrietten wassen, wier up de Fundamente. Dann wuorn de Hieggen rund üm den Platz nie anpuottet un en paar Baime sett't. Den nieen Amtmann un auk Janbernd keeken nao, dat de Arbeit gued un flietig daon wäör. An'n End was dat Portal wier feddig un kreeg nie Iesengitters.

De Arbeiters, dat wassen de Mannslüe van de Roggendüörper SA met Alfons Bramkamps un Nordhoff vüörneweg. Den Amtmann haer Uorder krieggen, besunners belastete Nazis net düsse Arbeit te verseihn. De Lüe kaonn m' je kennen. Töns Brüse paock daobi aower kiene Schute an. He satt no ümmer ächter de Tralljen.

Heimkährers

Wat Lüe keeken afgünstig up Rückers, dat s' üören Jans up so'ne kommodige Art trüggekrieggen häern. Wisse was he en Deserteur, he liäfde patt, un siene Lüe wussen ümmer, wao he was. Süss wuor m' je nicks klook üöwer de Jungs un Mannslüe. De Post laip no nich, un de Bahn in't heele Dütschkland was lang no in'n Tott. Üöwer de Gefangenen un Vermißten kammen de iärste Tied kiene Naorichten. Eenen Dagg küerde dat heele Amt Brentrup üöwer de Geschicht met Baimers.

De junge Bäckermester was je eenenvettig introcken wuorn, un de Brentruper haern düör den heelen Krieg Last hat, noog Braut te kriegen. Veer Jaoren lang lagg nu all de Backstuowe kaolt. Up 'nen Saoterdagg, et gaong up

Mariae Himmelfahrt to, kreeg de junge Frau dat in'n Kopp, de Backstuowe upterüümen. Se haer so'n Driewen daoto; auk de Moder un'n annern Hölper wuorn naidigt, met antepacken. De haern eelicks kiene Lust an düsse Arbeit. En Bäcker was de nich, un de junge Mester? De was vlicht daut off kamm nao Jaor un Dagg ut de Gefangenschaft. Dat Hassebassen dai wisse nich naidig. De junge Frau patt lait kiene Ruh.

De drei maoken den grauten Backuowen rein, wischkeden de Kachelwand un schuerden alle Maschinen, Kiettels un de heele Rehschopp. De Waage wuor wier poleert un de Platten an'n End wischked. Häern s' Miäl un Kuohlen hat, häern s' faots wat backen kaonnt.

Den Aobend satten Baimers vüör de Döör up den Hoff. Up maol kamm en Mann in verschlietten Suldaotentüeg düör de graute Hoffpaote: Bäckermester Baimer! Mott m' mähr vertellen? Van Vüörgesicht un Vüörspöksel küerden de eenen, van'n Hiemmelswaolten de annern; so'n Tofall kaonn de Lüe würklick in't Simeleeren brengen!

Wat de Gefangenen un Vermißten van Roggenduorp angaong, was Bendine Kortmanns allerbest instrueert. Den heelen Krieg haer se Poststiär haollen un dai düsse Arbeit gäerne wieders: „Patt blaoß för de Rente!" sagg se sölwst. De Roggendüörper wussen genau, dat de Möhne üöwer de Poststiär all's in' Duorp un de Buerschoppen klook wäern kaonn. „Et is bar Niesgierigkait!" saggen de Mannslüe un haern üör drüm all lang den Binamen „Blättken" giebben. De Möhne staonn all muorns üm halw siebben an de Straote un kaonn't gar nich afwaochten, dat dat Postauto endlick van Brentrup heranbruusede.

Wat an Breefe kamm, was aower würklick interessant. Wann se den Post-Büel utschüedeln un de Breefbünne loßbinnen dai, keek se iärst nao de Ümschliäge, we van de Gefangenen kuemen maossen. Dat wassen de met de utländschken Breefmarken, de wunnlicken Upkliäbers un de ungewüehnlicken Stempels. De sochde se sick bi dat Sorteeren faots harut, un – se föhrde de bi Wind un Wiär äs iärste wegg, maogg et auk för de Tour verquant sien. An so'n Dagg maoß mankeenen Buern wat länger up siene Post off dat Buernblatt waochten.

Faken noog haer se dann beliäft, wat so 'nen Breef doon kaonn. Dao was de Geschicht met Franz Denklers. De was je all siet dreienvettig in Rußland vermißt. Up eenen Muorn greep Bendine ut üören Postsack een't van de wunnlicken Kuverts ut Rußland up düt schlechte Papier. Den Afsender staonn ächten in dat Feld klaor un dütlick te liäsen: Franz Denkler! Un den Breef was – äs't scheen – blaoß twee Monate unnerweggens west. Faots haer Bendine de annere Post för Wiering harutsocht un was stantepee in de Buerschopp kassjakelt. Äs se nu up den Hoff tostüert, fäöllt üör iärst wier in, dat an düssen Dagg Denklers twedde Dochter afhieraoden will. Den Hoff is schmückt, vüör dat Paotenhues steiht 'nen Buogen; de Naobers sind an't Scheiten, un de Familge stigg jüst in de Kutschken, üm met de Bruut nao't Duorp to de Kiärke te föhren. Un dao kümp Kortmanns Möhne up den Hoff jaggt, läött üör Rädken vüör't Backs rullen un brengt Moder Denklers den Breef ut Rußland direkt an de Kutschk. De Fraide, äs de Moder 'ne Haornadel krieggen un met biewrigge Hannen den Breef endlick loßrietten haer! Schwatt up Witt kaonn s' liäsen, dat den ennzigsten Jungen den Krieg üöwerstaohn haer un nu Huopnung sien kaonn, he mäögg üöwer een off twee Jaor wier nao Huese up den Hoff kuemen. „Dat is'n Wunner!" saggen alle, we daobi wassen, un: „De Moderguotts hät holpen!" De Familge wuss genau, dat Moder Denklers en Gelübd maakt haer. Se wull unnen an'n Hoff de Moderguotts en Kapellken bauen, wann üören Franz jemaols wierkaim. Nao de Bruut miß gaff et en Dankgebätt för den Jungen. Bendine Kortmanns wuor faots up den Naommdagg to'n Kaffee inviteert un auk up den Aobend. So kamm de Roggendüörper Poststiär äs maol wier up 'ne Hochtied.

In wecke Familgen was patt alle Huopnung buorsten. Äs nu een nao'n annern de Gefangenen van de Engländers, Franzosen un Amerikaners trüggekammen, kaonnen de Naoricht giebben, wat se so wussen, üöwer üöre Kameraden. Dao kamm dann faken nog en Breef van den Sööke denst, un düsse Kuverts saog Bendine nich so gäerne. Dao druckste se mangst wat länger met rüm un gaong auk wull nao Pastor Holtmann üm Hölpe.

Dann gaff et wier 'ne Daudenmiß met Tumba, Helm un Säöbel, un an de Wand kamm en niee Krüüsken. An'n End haer den Platz an beide Sieten van dat Portal in Sünte Sebastian jüst so iäben reekt. Uthoff mennde, de Vermißten mäöggen doch so nett sien, allbineen wieertekuemen. Süss saog dat met de Updeelung nich mähr so gued ut.

Et kamm aower auk wecke wier, we nich vermißt wassen.

Eenen Muorn kamm Klara in de Wiärkstiär laupen un wuss te vertellen, dat Töns Brüse an'n Bahnhoff ankuemen un te Foot nao Brüsen Kuotten laupen wäör. Kathrin Stohlers häer ön all seihn. „Kiek äs an," sagg Janbernd un keek van de Naihmaschin up, „häbt s' ön nu up Bewährung laupen laoten?", un maok wieders bi siene Arbeit

Den annern Sunndagg was äs ümmer Haugmiß in Sünte Sebastian. De gaong no ümmer Punkt teihn Uhr an; vüördem gaff't „Asperges", un den Geistlick laip met Wiehwaterswedel un twee Mißdeiners, we dat Water un den Chormantel haollen maossen, düör de Kiärke un dai de frommen Roggendüörpers up dat Hauge Amt präpareeren. Aolle Pastor Holtmann was jüst unnen an dat Portal ankuemen un haer de Epistelsiete siängt, dao gaong de Döör

nao eenmaol loß. Unner dat Portal staonn – Holtmann kaonn nich mähr gued seihn, un he satt sick siene Brill t'recht, dao staonnen Töns un Sophie Brüse un üöre veer Kinner. Holtmann wuor iärssig, haoll ön faots den Wiehwaterswedel hen un lait se dat Krüüsteeken maaken; dann trock he met siene Mißdeiners trügge an't Altaor – un de Familge Brüse laip aerig ächterhiär bes an de aolle Brüsenbänke, we siet unvüördenklicke Tieden nao den Kuotten haort haern. Daomaols wassen de Plätze in de Roggendüörper Kiärke met Schildkes verseihn, dao staonn drup, wecken Hoff hier för wuvull Lüe Platz haer; un dat was so up de Epistelsiete för de Mannslüe, un up de Evangeliensiete för de Fraulüe.

Dat gaff een Anstauten, Kieken un Wispern in de Kiärke, äs Töns un Sophie sick de aollen Brüsenplätze sochden, we all siet füffteihn Jaor miärst lüerig bliewwen wassen. Et was je blaoß Brüsen-Moder no kuemen, so lang äs se't kaonnt haer. Nu maossen Lüe rücken, we düsse Plätze düörntieds in Beschlagg nuommen haern. De Haugmiß gaong an, un för Töns un Sophie laip all's gued, blaoß dat Knaien un Upstaohn was 'n biettken utschlietten. De beiden maoggen sick auk nich so gued föhlen.

Wat afgünstige Lüe mennden ächterhiär, Töns un Sophie wäörn afsichtlick te laate kuemen, dat alle se seihn käönnen. Dat se auk van Holtmann äs de verluornen Schäöpkes in de Kiärke bracht wuorn! Daobi wäörn de je nich äs kiärklick verhieraot't, blaoß up't Amt un unner Roggenduorps dicken Ekbaum.

Nao de Miß kammen vüör de Kiärkendöören de Buern un de Duorplüe äs ümmer bineene. Dao gaff't alle Sunndage wat de küern üöwer de Geschäfte un de Priese un den Schwatthannel. Töns kamm auk ut de Kiärke un stellde sick eenfack daoto. De Mannslüe saggen nicks anners äs de Daggstied, un Töns küerde baoll met üöwer düt un dat. Ächterhiär gaong he auk met nao Kortmanns up so'n Glässken Dünnbeer, wat den Wäert düer in de Stadt kaupen maoß. Kortmanns eegene Brauerei was je kaputt, siet Amtmann Hölscher in Brentrup daomaols de Kuopperkrankhait hat haer un all de Braubüeddens un Kiedels ut Kuopper äs Aoltmetall för den Krieg beschlagnahmt un kollekteerd haer.

Dat Küern gaong so, äs wann Brüse nich eenen Dagg wegg west wäör. Töns hier un Töns dao, so gaong dat.

„Dat he sick nich schiämt!" saggen de annern Lüe.

No wunnlicker wuor dat Wiärks, äs en paar Sunndage läter Antonius Brüse un Sophia Brüse gebuorne Heckmann van de Kanzel roopen wuorn „zum heiligen Stande der Ehe“!

Dao wuorn wat Lüe up Pastor Holtmann dull; de haoll sick aower an, usse leiwe Häer dai sick üöwer een reuig Schäöpken mähr fraien äs üöwer dusend Gerechte, un wann de twee nao sovull Jaoren üöre Saake met den Häerguott in de Riege maaken wullen, un dat dai he wisse fast glaiwen, dann mäöß he äs Geistlick bi de Gnade methelpen. Un we süss äs den Brentruper Geistlick, Pastor Holtmann un Kaplaon Terlauh häern dann in Roggenduorp wietten kaonnt, dat Sophie üöre Kinner, äs se up de modäerne Art in't Brentruper Krankenhues in'n Kraom lagg, stickum haer döpen laoten ? De Lüe wassen baff!

Klara mennde to Janbernd, dat wäör eelicks 'ne praktischke Saake, so'n laate Hochtied: „De häbt de Blagen all graut un wennig Verwandtschopp. Den Äöllsten magg de Käersse driägen, de Wichter könnt Blöemkes straihen un den Bruutschleier böeren!“

So wöst wuor de Saake aower nich. Den Ortsgruppenleiter i.R. kreeg blaoß 'ne Stille Miß üm halw Siebben an 'nen Hiärwstmuorn; aower üm Sünte Sebastian wassen so fröh selten sovull Lüe te striecken äs an düssen Dagg.

Niee Lüe

Den annern Summer gaong Terlauh van Roggenduorp wegg un wuor Pastor. He kreeg 'ne graute Gemeind' un haer nu sölwst Kapläöne te kummedeeren. Dao laip ön je en gued Rad van'n Wagen, mennden de Roggendüörper, un de Lüe in Westbieck mäöggen sick all gralleeren met so'n düfftigen Geistlick. Holtmann funn et auk schad', was he doch so lang met Terlauh gued utkuemen. He maoß patt togiebben un sagg dat auk in'n Kiärkenvöürstand, Terlauh häer all lang Pastor sien mäößt. Wiägen de Nazis un Kaplaons Iärsse in de Politik häer den Bischop ön vüör den Krieg leiwer up Lannen haollen un nich in'ne gröttere Gemeind' versett't. Un dann was je auk de Saake met Dachau kuemen. De Lüe van den Kiärkhoff haollen üören lesten Küeraobend bi Terlauh. Anna Terbrüggen kamm daoto un fraiede sick daoan. Äs Alwis daomaols nao de Partei gaohn was, draoffen s' sick van wiägen Brüse bi Terlauh nich mähr seihn laoten. Den Aobend gaong't üm de schlechten Tieden un de Probleme met de vullen Flüchtlinge.

De iärsten Monate haer't je auk in Roggenduorp kiene Zeitung giebben. All de Blättkes ut de fröheren Jaore wassen van de Engländers verbuotten, un 'ne Konzession kaonn blaoß 'nen Verliäger kriegen, we in Gesinnung afslut kien Nazi west was. Dann maossen de Firmen auk no Druckmaschinen un Papier hebben. Un dat gaff't in Dütschkland in de Tied nich. Wat gaff't dann üöwerhaupt?

Äs dann wat läter de iärsten Blättkes kammen un de Mensken auk in Roggenduorp wier wat ut de wiede Wiält liäsen kaonnen, dao kreegen s' schwatt up witt met, wu de Lage in Dütschkland würklick was. In't Radio kaonn m' dat auk häören, patt Liäsen was 'ne biättere Saake. Un so lausen de Lüe in't Mönsterland dat iärste Maol wat üöwer de „Operation Schwalbe". Begriepen kaonnen s' dat patt nich.

Goebbels haer all twee Jaor vüördem de Lüe vüörwies maaken wullt, dat de Allierten dat heele Dütschkland updeelen un ruineeren wullen. Un nu daihen de dat würklick! De Nazis wassen aower wegg! Waorüm dann düsse Saake?

Auk an Terlauhs lesten Aobend schüeddelden alle den Kopp üöwer de Aktion. Stalin un de Russen kreegen en grauten Deel van Ostpolen, un de Polen maossen met all üöre Lüe ut düsse Giegend nao Ostprüeßen, nao Pommern un Schlesien trecken. All de Dütschken, we bes nuhen dao satten, maossen nao'n Westen hen. De niee Grenz laip nu längs de Oder un de Neisse. „Un allerbest bi de Saake is," vertellde Terlauh, „dat de Russen jüst de Grenz' an'n Bug kriegen säöllt, we s' met Hitler niegendiärtig afküert häbt!"

Iärst mennden de Lüe in Roggenduorp, se häern met düsse Saake nich vull te doon, patt dann gaff't Bekanntmachungen an dat Schwatte Brett in de Amtsgemeinden, me mäöß met Inquarteerung riäknen. Dao wuorn de Buern beenig! Se laipen nao der Verwaoltung hen un wullen't genau wietten, aower den nieen Amtmann sagg iärst in de Saake nicks un wull Bescheid giebben, wann he genau wüss, wuvull Lüe nao Roggenduorp kuemen mäössen. Alle Düörper in't Mönsterland kreegen 'ne Quote för de Flüchtlinge un Verdriewwenen un maossen sounsovull Familgen upniemmen. Dat was en Stüehnen bi de Lüe! Graut Vüörwiesmaaken kaonn m' de Verwaoltung auk nicks. Dao haer all in de Tieden van den Bombenkrieg Hölscher met siene Sekretärs alle Hüeser un Hüöwe upnuommen, de Stuobens tellt un vermiäten. Nu satten s' fast, dat up sounsovull Quadraotmeters iäben de un de Lüe liäben kaonnen. De Meirschken haern all Angst üm üöre besten Stüöbens.

Un dat met Recht.

Terlauh wünschkede sick to sienen Afschaid, de Roggendüörper mäöggen düsse niee Bewährungsprobe äs guede Christen bestaohn. He wuss patt auk, dat siene Schäöpkes Mensken wassen, un daoto Buern in't Mönsterland.

Et was up eenen schönen Julidagg, dao kreeg de Amtsverwaoltung Bescheid, an düssen Naomdagg maoß m' in dat Üöwergangslager en Tropp Lüe ut Schlesien üöwerniemmen. Et säöllen mähr äs hunnerttwintig sien. Den Amtmann stuortt baoll dat Hiärt in de Buckse. All de Lüe maossen nao Roggenduorp. He föhrde faots hen un raip den Gemeinderaot met Schult Roggenduorp bineene, so ielig äs dat in düsse Tieden gaong. De Wintergerst' was jüst riep. Allbineene keeken s' de Listen düör van Wuehnungen un Hüöwe un de Listen, we de Kreisflüchtlings verwaoltung üöwer de nieen Lüe schickt haer. Janbernd Bökers äs Mitglied van den Gemeinderaot haer't üöwernuommen, för den Empfang up Kortmanns Saal dat Wiärks te bestellen. Muckefuck un Straiselkooken säöllt giebben. Jüst so äs för 'n Beerdigungskaffee.

Naomdaggs kammen dann twee graute Lastwiägens in dat Duorp bruust un haollen an den Kiärkplatz. Hunnerttwintig Lüe staonnen up de Ladeflächen, Aolle un Junge, Vullwassene un Kinner. Mankeenen maoß m' helpen, van de Autos drafftekIaien. Dat was en Bohei un Roopen un eene Dooerie. Dann gaff't den Kaffee up Kortmanns Saal. De Lüe maoken eelicks en üörnlicken Indruck, haern aower blaoß üör Tüeg up't Liew un en paar Kuffers un Kartons met sick. Süss nicks.

Nu kamm harut, dat düsse Mensken all bineene de Inwüehners van een lütt Düörpken in Oberschlesien wassen. Se haern üören Büörgermester metbracht un wull guede Uorder in den Tropp. Düssen Mann, van Huese ut en grauten Buern, wuss te küern un wull alle Suorgen met Vernüll in de Riege brengen. So lang äs m' hier in Roggenduorp bliewen mäöß, wull m' wacker met anpacken. Up de Duer gaong't je gewiß wier nao Huese hen, un bes daohen wull m' de Lüe hier in't Mönsterland nich to Last fallen. „Dat is gued seggt," mennde Schult Roggenduorp to Janbernd, „un wann de Lüe van Lannen sind, krieegt wi nu en paar guede Hölpers in de Iärnte."

De Updeelung was ’ne schwaore Saake; nao ’ne Stunn was baoll all’s in de Riege, un de Familgen, we nu Inquarteerung krieggen haern, trocken met üöre Lüe un dat Gepäck af. Temiärst haern de Roggendüörper Bollerwiägens för de Kuffers un Kastens metbracht, de ut de Buerschoppen wassen met Wiägens kuemen. So wuor den Saal lüerig. Den schlesischken Büörgermester mennde met ’ne heeschke Stemm, dat wäör nu den laigsten Moment up düsse Reise; drei Wiäkens wäörn se nu tehaupe unnerweggens west. Un nu, nu gaong Walldorf, üör Heimatdüörpken, würklick uteen.

Eeene Familge was staohn bliewwen. Vader, Moder, sess Kinner! Niärns nich was Platz för so’n grauten Tropp. Drüm bleef nicks anners üöwer, äs de Lüe uptedeelen. De Öllern kammen met de twee jüngsten Kinner nao Gladbieck up eenen Hoff; de middelsten kammen in't Duorp te wuehnen, un de twee Grauten van vetteihn un sessteihn Jaoren in de Buerschopp Wiering. Dat wassen te Foot licht sess Kilometers uteen. „Aower alle Sunndage könnt ji ju doch seihn!" wullen s' de Familge tröisten. De haer de Träönen in de Augen staohn. All dat Elend up den Trasport, un nu no uteenrieten! Et haolp nicks. De Roggenduorper saogen nu auk, wat se för en Glück hat haern met düssen Krieg. Duorp un Heimat wassen ön je bliewwen.

All de naigsten Dage kaonn m' de nieen Lüe in't Duorp un in de Buerschoppen an de Arbeit seihn. Dat was en taoh Buernvolk, mennden de Roggendüörper. Un met sock Schlagg Lüe maogg m' wull tefriär sien. De kaonnen anpacken – un de wullen't auk. De haern üören Stolt un wullen nicks umsüss hebben.

Äs de iärsten Dage met de Iärntearbeiten rüm wassen, gaong dat Vertellen loß. Van de Heimat dao in Schlesien, van dat lütte Düörpken met siene hunnertfüfftig Lüe. In'n Mäet fiefenvettig häern de Russen 't üöwerrullt. Eenen Tropp Naobers, etlicke twintig Lüe, wäör all dao mit Piärd un Wagen utknieppen. Wao de patt afbliewwen wäörn, wussen de Walldorfer bes nuhen nich. De Tied unner de Russen un dann unner de Polen was schlimm: Daud, Brand, Gewaolt! Wat haern de Lüe nich all's beliäft? Me maogg baoll nich üöwer küern. Alleen de Fraulüe! Dann gaff't je baoll anderthalw Jaor kiene Schoole för de Kinner dao. Utplünnert wassen s' van vüörn bes ächten. Äs dann de „Aktion Schwalbe" nu auk in üöre Giegend kamm, kreegen s' muorns Bescheid un maossen s' üöwer 'ne halwe Stunn all üöre Brocken metniemmen un sick up den Patt maaken. All's, wat en biettken Wäert haer, maoß daobliewen. Dagelang satten s' in Veehwaggons; twiärs düör Dütschkland was den Zug föhrt. An de Grenzen maossen s' sick ümmer wier met witt Pulver tieggen Flaih un Lüese instueben laoten. Un dann wassen s' an'n End in't Mönsterland kuemen. Men gued, saggen de Walldorfer, dat se met üören Büörgermester so'n üörnlicken Mann häern. De häer met den Kreis hatt un taoh verhannelt, dat sien Duorp nich uteenrietten wuor. So kaonn m' sick äs Walldorfer wieerfinnen un sick up de Duer, wann de Tieden biätter wassen, wier nao Huse hen upmaaken.

Faots wassen de nieen Lüe in Roggenduorp an de Arbeit gaohn. Se maoken sick nütte un saogen to, dat s' üör Braut auk verdennden. Arbeit gaff't in Roggenduorp blaoß bi de Buern. Wat säöll en Kaupmann hier doon? Eenen van de Walldorfer timmerde sick en Kistken ut Holt un lait sick bi Bökers en paar üörnlicke Reimens daoto maaken. He haer in Mönster 'ne Stiär funnen, wao he Seepenflokken kriegen kaonn. Nu laip den Mann met dat Wiärks düör't Duorp un Buerschoppen un dai Seep verkaupen. Den flietigen Kunnen – he was nich de Gröttste – nömmden s' faots dat Seepenkiärlken, un dat was üöwerall willkuemen, so äs fröher den Kiepenkäerl. En Metzger un en Bäcker haern de Walldorfer metbracht, un de bleewen bi üöre Rezepte. In Kortmanns Bäckerie gaff't nu an de Fieerdage Mohnkooken, un an'n End maossen de Roggendüörper schlesischke Wittwüörste probeeren.

Temiärst haern't de Früemden gued bi de Roggendüörper; et gaff patt auk vull Naut daomet un Afgunst. Wecke Lüe wullen sick nich dran gewüehnen, dat s' van eenen up den annern Dagg Früemde in't Hues haern. Met dat Volk maossen s' sick de Rüüme, de Küeke un dat Hüesken deelen! Afgunst steeg up un Iärger. Dao gaff't wier twee Dischke in wecke Hüeser! Un anners: Wu kamm sick en Buer vüör, we an Huese füfftig Muorn bestgued Land unnern Ploog hat haer, nu patt met siene Kinner un aohne de Moder up'n Stüöwken van drei maol veer Meters sitten maoß. „Aolle Baime kann m' eelicks nich verpuotten!" saggen de Roggendüörper, un kreegen Metgeföhl.

Met de jungen Lüe gaong dat wat biätter. De Früemden haern nüdlicke Wichter metbracht un hennige Jungs, un de Kinner laipen baoll düörneen. In de Schoole wassen de jüst so iärssig off so däösig äs de Roggendüörper Blagen auk. Sunndaggs kamm de heele Duorpgemeind' van Walldorf bi Kortmanns bineene un haoll Versammlung. De Äöllrigen wullen drup kieken, dat de jungen Lüe bineenebleewen. Wann m' up de Duer wier nao Huese kamm, was't biätter, wann de sick üören Mann off üöre Huesfrau ut den eegenen Tropp nammen. Äs patt den Termin för de Heimkehr ümmer mähr in de Tied sett't wuor, schleet dat sachte ut.

Twee Jaore drup sung den Kiärkenchor up Wiehnachten en schlesischk Chorleed up Latien: Transeamus usque Bethlehem! Dat wäör bi ön an Huese den Kiärkengesang üöwerhaupt an Midwinter, haern de Walldorfer vertellt, we nu auk in den Chor metsungen. Äs nu de fieerlicke Ucht vüörbi was, mennde sölwst Bendine Kortmann, we't süss nich so met de Flüchtlinge haoll, dat m' in Rogggenduorp Glück hat haer met düsse Lüe: „De in Brentrup sind dao wat schlechter dran. De häbt bar wegg lutherschke Prüeßen krieggen! Aower wi in Roggenduorp, wi häbt üörnlicke Katholiken ut Schlesien!"

Balkenbrand

An'n End van den Krieg wassen de Sebastianer den lesten kiärklicken Verein, we üöwerbleew. Et gaff up't Papier no den Mütterverein un de Jungfrauenkongregation, aower de kammen je blaoß no to'n Rausenkranz un'ne Andacht bineene; den grauten Kaffee- un Theaternaommdagg bi Kortmanns haern s' ümmer äs NS-Frauenschaft haollen. Den nieen Kiärkenchor tellde de iärste Tied nich met. De was upkuemen, äs de Nazis den Männergesangverein verbeiden wullen, in de Kiärke te singen. Dao gaongen de Mannslüe hen, den heelen Tropp, un maoken en twedden Chor loß. An den Maundaggaobend kammen s' äs Männergesangverein bineene un sungen wat weltlicke Leeder, un an'n Friedaggaobend wassen desülwigen Mannslüe met Uthoff den Kiärkenchor Sünte Caecilia un sungen geistlicke Leeder.

Bi düssen Chor gaff't je daomaols de graute Revolution, äs up Driewen van Kaplaon Terlauh Fraulüe to't Singen kuemen draoffen. „Dat häöllt nich an!" knuerrede Menkes Öhm, un wünnerte sick üöwer de haugen Stemmen un Bökers Klara: „De singt je, dao is de Nachtigall 'n Vuegel tieggen!" Et bleef dann daobi, un düör den Krieg maoß den Männergesangverein sien Singen afseggen, wieldes den Kiärkenchor met'n paar aolle Mannslüe alle Fieerdage up den Üörgelbüen staonn un sick in de Buorst schmeet. Et was iäben en Fraulüe-Verein, un de Mannslüe saggen sick, se wullen up de Duer de Aaperie met dat Singen van Fraulüe wier afhelpen. De Nazis wäöern je nu wegg, un drüm käönn den Männergesangverein wier alleen in de Kiärke antriäden. Haer de nich auch Privileg, up dat Patronatsfest van de Sebastianer te singen?

Düör den Krieg haer sick de Broerschopp blaoß tweemaol in't Jaor seihn laoten. In'n Januar haoll se Sunndagg nao Sünte Sebastian met de Kiärke dat graute Patronatsfest un kreeg nao't Hauge Amt 'ne eegene Miß, de Pestmiß. De wuor fieert wiägen en Gelübd, wat de Roggendüörper mähr äs dreihunnert Jaor fröher in de schlimmen Pesttieden maakt haern. Ächterhiär was dann Versammlung in Bökers besten Stuoben, wieldat m' nao Kortmanns van wiägen de Nazis nich gaohn wull. Et kammen auk blaoß de Vüörstandslüe, twiälf, füffteihn Mann. De Kiärke was den Dagg ümmer gued besett't, was Sebastian auk eenen van de Pesthilligen un met siene Kollegen Antonius un Rochus tostännig för de Krankheiten un Pestilenzen bi Mensk un Veeh. Düör de Oktav staonn den hölternen Sebastian vüörn an't Altaor, un Uthoff haer den Sunndagg ümmer twee aöllrige Möhnen an de Kiärkendöören sitten, we flietig Käerssen verkofften. De wuorn düör de Wiäke bi Sünte Sebastian anstuoken. Bi de Versammlungen passeerde nich vull. Me kamm üöwereen, dat auk wiägen den Krieg kien Schüttenbeer sien kaonn. Dann maok m' Termin för de Miss üm Johanni. Dao was süss Jaoren dat dat graute Fest; nu gaff't blaoß an'n Maundaggmuorn 'ne Haugmiß för de „Lebenden un Verstorbenen der St. Sebastianus-Bruderschaft". Wann Ümgang was in'n Januar draoffen de Sebastianer nich äs üöwer de Straote an'n Kiärkhoff laupen. Se gaongen met üören hölten Hilligen aohne Fahnen un Offziers, patt wull in'n schwatten Anzug met Zylinner un witte Handschken eenmaol üörnlick üm de Kiärke un saogen to, dat s' nich van'n Kiärkengrund kammen. Bi de grauten Prossionen draoffen de Bröers äs Verein nich met; se laipen nu in Zivil, patt allbineen in eenen Tropp.

Üm Johanni fiefenvettig was de Tied no wat druck, un drüm gaff't nich äs de Haugmiß an den Maundaggmuorn. Iärst to Mariae Himmelfahrt raip dann Vader Böker äs Gildemester den Vüörstand wier bineene. De Nazis wassen nu wegg, un drüm kaonn m' dao wieders maaken, wao m' vüör'n Krieg an'n End kuemen wäör. De Mannslüe küerden van all de dauden Bröers, van de Missen un Prossionen, we s' maaken wullen, un an'n End auk van'n Schüttenbeer.

Dat kaonn aower no duern. Iärst äs draoffen Dütschke in de Tied nich äs grauten Tropp bineenekuemen un draoffen eelicks nich äs bi't Dustern buten laupen; van Scheiten was gar nich te küern. Alle Flinten un Püsters haern de Dütschken afgiebben an de Engländers. Wisse kaonn m' up Duer Schult Roggenduorps schönen Hamerdrilling wier brueken; de haong je in Wassdoek packt in sienen Schuortsteen, patt de naigste Tied was dat schlecht van wiägen de Militärpolice. So maossen s' dat Fest no in de Tied setten.

Düsse Versammlung was, me maogg et nich glaiwen, all wier in Kortmanns Gaststuow. Den Wäert haer van den Termin haort un kamm den Aobend vüördem nao Bökers hen. In aller Form dai he de Sebastianus-Bröer inviteeren, se mäöggen met üöre Versammlungen wacker, äs üöwer Jaorhunnerte gebrüeklick, in dat aolle Roggendüörper Wäertshues kuemen. Un – se mäöggen de Fahne metbrengen un wier äs süss Jaoren auk an de Wand hangen.

Bökers haern iärst kiecken un sick met de annern befraoggt; dann haern s' nao Uthoff schickt, we dat schöne aolle Dingen üöwer Jaor un Dagg up sienen Büen verstoppt haer. Annern Aobend haong Sünte Sebastian wier bi Kortmanns. Wecke van de Broerschopp mennden, dat dat nich blaoß gued utsaog. Kortmanns häern kiene nieen Tapeten, un an düsse Wand häern doch süss de Bellers van de drei grauten Namenspatrone hangen. Et was je waohr: den jungen Kortmann haer sienen iärsten Suohn döpen laoten äs Adolf Hermann Josef, un in düsse Riege haern graute Bellers van Hitler, Göring un Goebbels in dat Roggendüörper Wäertshues en Ährenplätzken funnen. Jüst wiägen de Plecken up de Tapete wäör Kortmanns de Fahne döönlick.

Dat Jaor drup was de Tied no ümmer schlecht, dat Geld ut den Wäert un de Engländers kniepig met de Konzessionen. Drüm kammen de Sebastianer iärst siebbenvettig daohen, in Roggenduorp wier en Schüttenbeer te fieern. Janbernd lait sick van Philipp Stohlers den Breef üöwersetten, we ön de Militärverwaoltung schickt haer. Dao staonn in, de Schüttenbröers „are allowed to held a traditional walk of the members through te village of Roggendorf".

„Walk", haer Philipp gneest, dat mennde je eelicks Spazeergang, aower he haer auk Spaß an düsse wunnlicke Konzession för dat iärste Schüttenbeer nao den laigen Krieg.

Kortmann haer Last hat, Beer te kriegen. Et was je nicks dao. Met Hölpe van'n gueden Bekannten kaonn he an'n End twee Fättkes Beer ut Dortmund kuemen laoten, we öm Hiemmel un Geld kosten mäöggen, patt nich in Geld betahlt wuorn. Et gaong an'n End üm Miäl un'n Schinken.

Schnaps haern s' patt noog. Dat was men blaoß eegenen Fuesel: Balkenbrand. De Wiäken vüör dat Schüttenbeer was in de Buerschoppen nachts allerhand loß. Mannlüe schleeken sick van hierhen nao daohen, un up Strauhwiägens wuor allerhand trasporteerd. Eenen off annern haer so'n Apparätken ut Kuopperschliäger Hensinks Wiärkstiär; met düt Dingen kaonn m' ut Water, Roggen off Wait, Füer un düt un dat ut de Apthek en eegenen Fuesel kuoken. Besunners de aollen Öhms haern up düt Gebiet daipe Wiettenschopp un lährden nu de jungen Mannslüe an. Et was patt 'ne gefäöhrlicke Saake van wiägen de Polßei. Eelicks was't auk nich inteseihn, dat m' för 'nen Liter Schnaps en Schiäpel Kuorn verdampen lait. Männige Braude häer m' daout backen kaonnt; noog Kinner kreegen in de Tied nich äs een Brötken an'n Dagg! Aower den Küening Fuesel haer auk üöwer den Krieg siene Macht behaollen. Mangst was wull te häören, dat wekke van de Balkenbriänners in de Saake nich kunnig west un nu daut off stiärbenskrank wäörn. Dao gaff't je, wann den Brand nich üörnlick laip, 'ne venienige Suort Alkohol. Drüm wasst biätter, met kunnige Mannslüe de Nacht tehaupe te kuemen un auk twee off drei Hölpers äs Waklüe uptestellen. Teminst de Kuopperschlange maoß m' verstoppen un den Apparat in de Fitzebauhnen driägen. Bi so'ne Aaaperie haer sick Schult Roggenduorps Baumester eenmaol de heelen Hannen un Iärms verbrannt. Äs nu de Sebastianus-Bröer dat iärste Maol nao'n Krieg to'n Schüttenbeer antriäden draoffen, haern de miärsten Mannslüe teminst eenen Flachmann in de Taschke. En biettken Spaß maoß sien nao all de schlimmen Jaore.

De Bröers haern je nu allbineen kien Gewehr mähr. Drüm laipen s' met hölterne Knarren up de Schüllern, mankeenen auk met'n Handstock. De Aaperie haoll sick patt nich lang. Allerbest was dat Küeningsscheiten.

Wieldes nich eenen Dütschken en Gewehr hebben draoff, haer de Broerschopp en lichten Vuegel baut, we up de halwe Höchte van de Vuegelrod' sien Plätzken up 'ne Iesenvüörrichtung kreeg. Bi'n Rockendreier haern s' 'ne Dutz Bengels draihen laoten, dicke Kuegeln met'n langen Griepp dran. Daomet schmeeten nun vullwassene Mannslüe nao'n hölternen Vuegel. Dat was je afsunderlikke Blagendoerie, mennden de äöllrigen Bröers; patt in düsse verquante Tied was je all's müeglick. Nao'n Tiedken haer dann Wesselmanns Öhm dat Glück, den Vuegel drafftesmieten. He was nu Küening van de Sebastianer un kreeg de aolle Kieer met den sülwernen Vuegel ümleggt. De haer aolle Pastor Holtmann teihn Jaor fröher stickum in't Pastraot nuommen un in sien Schapp verstoppt.

Äs nao'n Kaffee den Zug in't Duorp kamm un de Schüttenbröers up den Kiärkhoff üören nieen Küening Pastor Holtmann un Kaplaon Winkelheck präsenteerten, äs Fahnenschlagg un Parade kammen unner de gröönen Linnen van Roggenduorp, dao mennden wecke Lüe, et was all's wier äs fröher. De Musik wäör patt nich so gued äs süss Jaoren. Iärst äs feihlden no vull Mannslüe, dann haern s' je auk kiene Uniformen mehr van wiägen SA-Kapelle; un de Instrumente kaonn m' anhäören, dat s' all wat äöller wassen. M'haolp sick so met. Aower den Küeningsball was nett un iärst bi Lecht an'n End.

Jaoren läter gaff't üm düt Schüttenbeer nao eenmaol Iärger. Wesselmanns Öhm maoß sick unner de Vuegelrod' seggen laoten, siene Küeningswürde van siebbenvettig wäör nich vull wäert; de wäör met Brandholt bineenesmietten. Et was je wull bi't Beer, un de Mannslüe wullen ön en biettken nieetken. Aower de aolle Öhm wuor daodrup so dull, dat he faots den Püster greep un den Vuegel stantepee afschaut. So was he nu en rechten Küening van de Sebastianus-Bröer in Roggenduorp, sess Jaor läter.

Naogedanken

„We is eelicks Reinhard Kövener?“ fraogg Vader Terbrüggen un lagg en Breef up den Küekendischk. „De is ut Hamm an Frau Anna Terbrüggen! Häss du nu en Verehrer?“ Anna wuss nich, maogg et nu Spaß sien off Bessvaders Verquantigkait. Se haer an düsse Küerie kiene Fraide. „Reinhard Kövener? Den Namen häb'k mien Liäfsdagg nao nich haort! Wisse is dat eenen, we wat verkaupen will!“

„Nu maak'n doch äs loß!“ stiekelde Vader Terbrüggen wieders, un auk Moder Guste keek van üöre Kartuffels haug un mennde, Anna mäögg nich so schenant sien un de heele Familge so niesgierig maaken. Dao trock se sick 'ne Haornadel ut den Knoten un reet dat Kuvert up. Dann keek se dat Schriewen düör un satt sick iärst an'n Küekendischk. Se haoll den Breef tüschken beide Hannen, un et scheen, äs wenn üör de Iärms uteengaohn un dat Papier uteenrietten wullen: „Moder! Vader! Alwis liäft!" Maott m' vertellen, wat dao bi Terbrüggen in de Küeke loß was? Den heelen Dagg laip Anna met düssen Breef harüm un wees ön auk de Naobers. Dat iärste Teeken van Alwis nao mähr äs veer Jaor.

Düssen Reinhard Kövener haer sick de Möhe maakt, Anna up Biädeln van Alwis te schriewen. De beiden wassen sick in een Lager in Sibirien in'ne Möt kuemen: „Ihr Mann gehörte als Panzerabwehrsoldat einer den Russen besonders unangenehmen Einheit an. Nach seiner Gefangennahme haben sie irgendwie herausgekriegt, daß er hochdekorierter Soldat war, und haben ihn daher in ein besonders schlimmes Straflager gesteckt. Dort gab es nur harte Arbeit, wenig Essen, keine Post und keinerlei Annehmlichkeiten. Als zäher Sohn der westfälischen Erde hat Ihr Mann aber diese Quälereien trotz zunehmender Probleme bis zum Frühjahr dieses Jahres, als ich ihn sah, überstanden. Im Rahmen meiner Bürotätigkeit in der sowjetischen Gefangenenverwaltung bekam ich zufällig Kontakt mit dem abgelegenen Lager. Ihr Mann konnte mir einen Adresszettel zustecken und kurz die Bitte ausdrücken, Ihnen irgendwie Nachricht zu geben. Nachdem ich in der vergangenen Woche selbst über Friedland zurückgekehrt bin und endlich keiner Zensur mehr unterliege, erfülle ich diese Kameradenpflicht besonders gern. Anbei teile ich Ihnen die offizielle Lagernummer der Sowjetverwaltung mit. Vielleicht können Sie über das Internationale Rote Kreuz einen Brief nach Rußland schicken. Dabei muß es leider zweifelhaft bleiben, ob der auch ankommt."

Anna schreew no den Dagg nao Rußland hen, un dann nao Hamm un dai sick bi den Häern Kövener van Hiärten för de guede Naoricht bedanken.

Laat in'n Hiärwst kamm den iärsten Breef van Alwis sölwst. Auk Janbernd draoff ön liäsen. Aobends sagg he to Klara: „Met Alwis stimmt wat nich. De schriff so komischk. Siecker, dao is Zensur, patt ick föhl, dao is no wat; he vertellt us nich all's!

In'n Winter kamm en Breef van't Raude Krüüs; Terbrüggen kaonnen drup riäken, dat Alwis kamm. Se mäössen ön up telefonischke Naoricht an'n Bahnhoff in Mönster afhaalen. Dao kamm he met'n versuorgten Trasport düör. Terbrüggen gaffen de Nummer van de Poststiär wieders, un würklick kamm Bendine Kortmanns in de Wiäke nao Lechtmiß nao Terbrüggen laupen, se mäössen den Naomdagg Alwis in Mönster afhaalen.

Se besuorgten sick in Brentrup en Auto, un Anna un Janbernd föhrden daomet loß. Bi de Raud-Krüüs-Station up den Bahnhoff kreegen s' Alwis te seihn. De Hölpers satten den Heimkährer in'n Krankenstohl un brachten ön bis an't Auto. So'n jäömerlick Mensk haer sölwst Janbernd in Rußland nich seihn. Et dai ön leed, saggen de Hölpers, patt den Krankenstohl mäössen s' wier metniemmen. De Krüecken draoff Alwis behaollen. Häer he de nich all ut Rußland metbracht? Un met dat eene Been, wat öm bliewwen was, kaonn he aohne de Dinger gar nicks maaken. No Wiäkens läter maoß sick Janbernd fraogen, wu Anna düssen Empfang so wacker un aohne Hülen üöwerstaohn haer.

Dütmaol gaff't kien'n Fackelzug; de Naobers haern'n aower 'nen Kranz uphangen un 'n Schild maolt. Äs se up Terbrüggens Hoff dat Auto anhaollen un den Kranken harutholpen, gaong't nich mähr aohne Grienen af. Vader Terbrüggen un Guste wassen heel düörnanner. Alwis wull blaoß met siene Krüecken bes an de Huesecke laupen. Dat kaonn he wull no. Sachte hümpelde den Heimkährer üöwer de Kattenköppe bes an de Straote. He keek üöwer den Kiärkhoff, dat Denkmaol, de Kiärke, de Hüeser lang bes Kortmanns un de annere Siete nao de Schoole un dat Pastraot. Auk Kathrin Stohlers kamm laupen, we ächtert Feester afwaochtet haer. Üöwer den Kiärkplatz kamm aolle Pastor Holtmann an'n Stock. De Naobers raipen van Willkuemmen, aower Alwis sagg nich vull un keek blaoß so to. Dann lait he'n Söcht: „Dat ick dat no seihn un beliäwen draff!"

Wiäkenslang duerde dat, bes Anna den Alwis wier up sien Been kreeg un he en biettken te Kräften kamm. Nu gaff't je wier'n biätter Iätten, un bi Terbrüggens maoken s' all de gueden Weckgliäser loß, we s' lang all upspart haern. Sachte kreeg Alwis wier Fleeschk an de Knuoken. Faken maoß he nao'n Dokter nao Brentrup hen, off de kamm nao Terbrüggen. Alwis maoß inseihn, dat sienen Beenstump, we s' in Rußland men blaoß so provisorischk inricht't haern, nao een- off tweemaol opereert wäern maoß. Dat gaong patt blaoß in Mönster in de grauten Uni-Kliniken.

Äs den Winter gaong, kamm sachte wier Liäben in den Mann. Blaoß üöwer Rußland küerde he nie.

Anna haer äs düt un dat fraogen wullt; Alwis wull siene Ruh hebben. Auk wann öm Lüe nao de Kiärke, bi Kortmanns, up'n Spazeergang off süss met Fraogen kammen, wu't nu in Rußland utsaog, lait he de Niesgierigen staohn un hümpelde wegg. He häer in Rußland noog seihn, metkrieggen un daolaoten.

Eenen Aobend vertellde Anna to Klara in't Vertruen, wu schlimm dat üören Mann gaong. Teminst eenmaol in de Wiäke satt he sicks nachts in'n Schlaop in't Bedd up, was heel düörnatt van Schweet, an't Grienen un Hülen, mangst auk an't Schreien. Un dann mäöß se öm up'n Puckel hauen off an de Iärms trecken, dat he wack wuor. Bi Lecht saog Alwis dann, dat he an Huese wäör. Un dann was't wier gued. „Wat häbt de Mannslüe wull all's in'n Krieg beliäft?" fraogg Anna.

„Wat häbt s' beliäft, – un wat häbt s' sölwst daon, wao s' up de Duer met för en annern Richter staoht?" mennde Janbernd, äs Klara öm de Geschicht unner veer Augen vertellde. „Wat mennst du wull, wat Lüe in Dütschkland ut de lesten teihn off füffteihn Jaor up't Gewietten met sick harümschlöert?"

„Patt nich usse Naober Alwis!" haer Klara seggt.

„Auk Alwis käönn wi blaoß vüör den Kopp kieken. Met de Nazis is dat Laige in de Wiält kuemen un hät de Mensken verföhrt. Un äs Suldaot in Rußland? Met'n gueden Kompaniechef un trüe Kameraden kaonn m' vlicht üörnlick bliewen, patt anners?" Janbernd trock de Schüllern haug.

Eenen Aobend satten Janbernd un den Heimkährer up de Gaornbank, küerden eenmaol, een ennzig Maol üöwer de Nazitieden. Janbernd scheen dat ächterhiär, äs wann Alwis de Geschicht een för alle Maole ut de Wiält hebben wull: „In de Saake häb ick mi verdaohn, verdaohn äs Millionen annere Lüe in Dütschkland. Et dööt mi leed, ick kann't patt nich mähr ännern. Du weeß je sölwst, dat ick kien'n iärssigen Nazi west bin. Häer'k süss an düssen verquanten Dagg Mendels 'ne Warnung giebben vüör Brüse un sienen Tropp? Nee, nee, Janbernd. De Saake will ick afsluten. Dat is för mi all's afsluotten! Ick sin baoll kaputt. Siebben Jaor häb'k in de Driete liägen. Mien Been is af, mienen Beroop kann'k nich mähr doon; usse Wiärkstiär ligg sieg annen Grund. Vader kann't auk nich mähr. Anna un de Kinner mött't versuorgt wäern. Et is noog west nu. Un fang mi nich no eenmaol van de Nazis, van Rußland un van Töns Brüse an. Dao wäd nu en Schlußstrieck trocken. De Summ hät en Wennigerteeken daovüör. Schluß, wegg un af daomet!"

Janbernd Bökers kreeg met, dat et Alwis Terbrüggen ernst was. Se küerden van den Dagg an blaoß no üöwer de Zukunft. Alwis lait sick opereeren, kreeg'n höltern Been, kreeg wier Farwe in't Gesicht un kreeg up'n gueden Dagg dat iärste Kaptaol lennt för en nieen Bedriew.

Dat Katten met Vader Terbrüggen duerde en biettken, aower an'n End haer he sick düörsett't. Alwis wull mähr Kaupmann sien un sick an'n Schriewdischk setten. Trekkers un Autos, dat was nu wat. Daomet mäöß den Upschwung kuemen. Hiärwst achtenvetttig kreeg he den iärsten Schlepper un 'ne Wiäke drup den iärsten Wagen up den Hoff stellt.

Dao was dat Geld all wier in'n Wäert.

Küörwe Geld

Bi Kortmanns wassen s' allbineen dull. Moder Kortmanns schennde met de Möhne! De Möhne schennde met de Öhm! Den Vader Kortmann un de annern drei schennden up de Meirschke Averkamp. Haer de Schult nich all siet unvüördenklicke Tieden sienen Utspann up de Hoff? Haer m' düssen Kunnen nich düör de heele schlechte Tied un jüst in'n Krieg ümmer de gueden Saaken toschuowen? Gaong m' nich all jaorenlang düörneen un inviteerde sick tieggensietig eenmaol in't Jaor to'n Kaffee? Un nu so wat?

Nee, de Kinner gaongen nu nich mähr to't Kartuffelsöken bi Schult Averkamp; un wann m' sick en Piärd lehnen mäöß – et gaf auk no annere Buern in Roggenduorp! Dann bruekede man auk nich mähr dat Schultenpack flatteeren!

Häer dann de Möhne nich de Ladendöör afsluten off de Meirschke up 'ne annere Art un Wiese löchten kaonnt?

De Geschicht was eelicks normal anfangen. Den Schult Averkamp un siene Meirschke wullen Sülwerne Hochtied fieern. Drüm gaffen s' bi Kortmanns en schönen Updragg in't Hues. Et mäöß Braut un Kooken giebben, Torten un Wuorstbrötkes, Büödens, Plätzkes un Pastetkes. Auk üm den Wien säöllen sick Kortmanns besuorgen: en schönen grauten Updragg, den iärsten nao düssen Krieg. Averkamps wullen sick vüör de Verwandten un de Naobers wiesen. Blaoß den Fuesel maok de Schult sölwst, met sienen Baumester un nachts in't aolle Backs

Twee Dage wassen s' bi Kortmanns an de Arbeit. Pässig was auk, dat Schult Averkamp en gued Miähl daobigaff un kien Maisbraut ut den Uoben trocken wuor. Den Bäcker haer Spaß, un ut de Backstuowe trock 'n Rüek up den Kiärkhoff, we m' all lang in Roggenduorp nich mähr metkrieggen haer. De Hochtied sölwst was auk gaas nett, un Kortmanns wuorn daoto inviteert, probeerden den eegenen Kooken un kreegen auk wat ut de schönen Pötte. So wiet, so gued!

Dat patt de aolle Meirschke jüst up düssen Saoterdagg to't Afriäknen kuemen maoß! Den Friedaggaobend vüördem kamm't iärste Maol düör't Radio, dat't nu 'ne niee Währung giebben säöll. Un all den Sunndagg drup, annern Dagg, säöllen sick de Lüe dat niee Geld een för teihn, patt blaoß vettig Mark för jeddereen, up de Kassen afhaalen. Un de schöne Riäknung, we Bendine Kortmanns för Schult Averkamp all bineenestellt haer, staonn in Reichs-Mark, wuor Saoterdaggsaobends richtig betahlt un was nich äs dat Papier wäert. Kortmanns wussen nu, dat den Dickbalg van Schult Averkamp up üöre Kosten 'ne stäödige Sülwerne Hochtied fieert haer. De Fröndschaopp maoß an'n End sien.

Bi de Buernkass in Brentrup was den Dübel loß. Den Rendanten un den Vüörstand satten den heelen Dagg bineene un keeken to, dat se de Saake gued präpareeren daihen. Dat niee Geld, düsse D-Mark, säöll van enen up den andern Dagg de Schwatthannelstieden un de Zigarettenwährung afsluten. Dat Geld gaff't patt blaoß för de Westzonen! Kaonn dat dann gued gaohn, wann de Länner unner de russischke Verwaoltung utsluotten wäörn?

In Roggenduorp maoken s' dat Ümtuschken in de Jungsschoole an'n Kiärkhoff. Lange Listen wassen te schriewen, un de Lüe kreegen düör den Rundfunk un Plakate Bescheid, se mäöggen an düssen Sunndagg vüör Johanni all üör Bargeld afgiebben. De Sparkonten kreegen s' läterhen runnerriäkent – an'n End kaonn m' dat driest vergiäten – , un för alle Lüe gaff't een Koppgeld. Saoterdaggs föhrden daip in de Nacht Autos düör den Kreis un gaffen üöwerall nieet Geld af. De Lüe keeken verwünnert: Dat Wiärks was so gued in'n Stiell stott't wuorn, dat in de twee Dage nich de Schiebers un Spekulanten üören Rebbach maaken kaonnen. Auk de ehrenamtlicken Vüörstände van de Buernkass maossen methelpen. So satt Philipp Stohlers met daobi, äs de Lüe met üöre Sparstrümp kammen. Auk in Roggenduorp wussen s' wull, dat de Reichsmark düör den Krieg nicks mähr wäert was. De miärsten maossen't patt all dat twedde Maol beliäwen, dat all üör Geld ut den Wäert gaong. Anners kaonn m'nu huoppen, dat met dat niee Geld Hannel un Wannel wier in Pinn un Poneil kuemen maoggen.

Den heelen Dagg staonnen de Lüe in de Jungsschoole un gaffen dat Geld trügge an de Buernkass. Se kreegen dann de nieen Schiene van de Bank deutscher Länder un kaonnen sick nu wat daomet kaupen. Äs an'n Aobend den lesten gaohn was, satten de Mannslüe un de Wichter, we up düssen Dagg methelpen maossen, heel af un eegen bineene. Nu kamm de Hauptarbeit. Se maossen all dat Geld tellen un de Listen un Kassenbestände verglieken. De Geldschiene maossen den annern Dagg nao Mönster up de Zentralkass bracht wäern.

Eeen, twee Stunnen lang gaong dat Tellen an. Et kamm nich topass. Ümmmer feihlden en paar Mark bi den grauten Bestand. Rendanten Meier, en üörnlicken un peniblen Mann, gaff Uorder, no eenmaol düörtetellen. Se kreegen't nich hen. Deip in de Nacht, de miärsten Hölpers wassen all lang erschuotten nao Huese hen gaohn, kamm den Feihler harut: Eenen haer sick bi'n Üöwerdragg up eene Siete verschriewwen. Guott Dank, de Buernkass in't Amt Brentrup kaonn up de Zentralkass akraot Riäknung leggen.

Den annern Muorn staonnen de Schiene schön bünnelt un in twee Waschkküörwe verpackt. Meier, we ümmer up Uorder haoll, haer se met in sienen Schlaopstuoben nuommen, un he was froh, dat Philipp Stohlers den Dagg met sien Auto nao Mönster maoß. Dao kaonn den Rendanten nao de kuorte Nacht met de Küörwe Geld gued metföhren.

De beiden daihen sick up de Zentralkass mellen un reekten de Listen in. Genau äs he was, maok sick den Rendanten kunnig: „Wat is nu met dat aolle Geld un dat Verglieken?“

„Aoh, miene Häerns,“ den Kassenbeamten wuss genau Bescheid, „brengt Se de Küörwe men wacker in’n Hoff. Dao sallt ji wull praot kuemen daomet!“

In’n Hoff staonn ’ne Riege van lange Dischke, un Philipp un den Rendanten gaffen dat Geld an de Beamten, we dao iärssig an de Arbeit wassen. Patt nu, wat was dat? Dao gaff’t kien Verglieken un kontrolleeren! Den Rendanten Meier kreeg en Stempel up siene Listen, un dat Geld ut dat Amt Brentrup flaug met ’nen Schwung up den grauten Haupen, we all den twedden Deel van den grauten Hoff üöwerdeckte!

Den Verdruott was iärst graut! An’n End maossen de beiden aower lachen un saogen to, dat s’ in Mönster no ’n Kaffee kreegen.

De Geldstücke bleewen no ’n Tiedken met teihn för een in Ümlaup. Dann gaff’t auk hier de nieen Penninge, Gröschkens un Markstücke. De Hindenburgs, Hitlers un de Hakenkrüüse flaugen in de Bierken un in Roggenduorp in Pastors Diek. Dao in de Driete laggen s’ gued. Iärst Jaoren läter faongen de Jungs an, düsse Schätze te söken, un se satten bes an’t Gatt in’t Water un wassen äs uwies ächter düsse Penninge ächterhiär.

Aower de Tieden met 600 R-Mark för’n Pündken Kaffee, 300 R-Mark för’n Pündken Buotter off twiälf R-Mark för een ennzig Ei wassen vüörbi! De Riäknung van Schult Averkamp häbt Kortmanns bes an üör Graff patt nich vergiäten.

De niee Partei

Arbeit un Wiält kammen sachte in'n Tratt. De Lüe küerden wier van Politik un maoken sick Gedanken üöwer de Gesetze un Verfügungen, we van de Militärregierung so verkünnigt wuorn. De dütschken Landtage nammen de Arbeit up, patt daof gaff't je niee Länner. Man wuor nu auk klook, dat dat aolle Prüeßen düör een Kontrollratsgesetz van eenen up den annern Dagg an'n End was. De äöllriggen Roggendüörper keeken verwünnert in üöre Papiere. Se wassen je wisse nich äs Dütschke up de Wiält kumen: bi ön staonn unner de Staatsangehörigkait kuort un knapp: Preuße!

Aower van de Geschicht haern s' nu eelicks de Niäse vull.

„Wat häbt wi dann van de Prüeßen in de hunnertdiärtig Jaore hat?" fraog an eenen Aobend so'n Schaleier bi't Dispelteeren up den Kiärkhoff. He gaff sölwst te Antwaort: „So äs ick dat bi aollen Lährer Stohlers lährt häb, was sen de iärsten Lüe in Roggenduorp all in de Steinzeit hier. Kaiser Karl saog to, dat he us to siene Franken kreeg, Bischop Ludgerus hät us allbineen hier döpt. Den adeligen Kabeleeren up de aolle Burg van Roggenduorp satt us de Kiärke hier hen. Den Pastor, we ümmer den hilligen Sebastian deinen maoß, de haer den Kiärkhoff unner sick. Dat Kloster in Brentrup gaff de Lüe de Wieschken un dat Brandholt. Un de iärste Schoole kamm, äs ick dat weet, van Bischop Christoph Bernhard, den Bommen-Bäernd! En Bischop lait auk Jue Mendel hierhen trecken. Kortmanns Familge hät dat Gasthues in den Halwen Maond fundeert. Te iätten haern wi alltied sölwst. Hebbt wi van de Prüeßen auk wat krieggen?"

Sölwst Janbernd was de nich up kuemen. Un Homanns Öhm, we all sien Liäfsdagg en Latinsken Buern was, maok wieders met siene Priäke: „De Prüeßen häbt ussen aollen Pastor Vehoff ächter de Tralljen stoppt; se laiten us ümmer pünktlick 'ne Masse Stüern betahlen. Un dann daihen s' de Appelbaumchausseen puotten un laggen twiärs düör den schönen Roggenduorper Eschk de Iesenbahn!"

„Dat was wisse 'ne üörnlicke Saake, off nich?" mennden de Tohöerers. Homanns Öhm was patt no nich an'n End:

„De Chauseen wassen auk för dat Marscheeren, un de Iesenbahnen auk för de Truppentrasporte. Gued, magg sien, Hannel un Wannel kammen daodüör in Upschwung. Un van wiägen de prüesschken Farwen häbt de Sebastianer witte Bucks un schwatten Kiel bi't Schüttenbeer. Aower süss, sied doch ährlick, wat häbt de Prüeßen äs 'ne würklick niee Saake, Bauwiärk off Gebaid anners hierlaoten äs" – he verhaoll 'n biettken, trock an sienen Düemel – „äs dat Kriegerdenkmaol? Dao staoht de dauden Roggendüörper Jungs drup, we tieggen Dänemark, Österriek, Frankriek un tieggen de heele Wiält in den iärsten grauten Krieg ümkuemen sind! Dä! Un nu mött't eelicks all de Jungs no daotokuemen, we in den lesten Krieg fallen sind!"

Janbernd keek den aollen Öhm wat naodenklick an. Wann m' de Saake so bekeek, was de würklick wat an. Haern nich sine Vader un aolle Terbrüggen alltied seggt, de heele Aaperie in düt Jaorhunnert wäör met Wilhelm Zwo togangkuemen, we iärst midden in den twedden Krieg in Holland ut de Tied gaohn was?

Patt wu säöll m' met 'ne niee un biättere Politik vüöran kuemen? Wat kaonn m' ut de Nazitieden dann metniemmen? Den eenen Deel van de Roggendüörper haoll sick an dat Zentrum. De Partei haer doch de Mönsterlänner gued vertriäden üöwer all de Jaore siet den Kulturkampf. Un wann dat Schienaos van Hinnenburg den Brüning nich sakken laoten häer en paar Meters van't guede Öwer, dann wäör Hitler bestimmt nich kuemen. Feihlers haern de Zentrumslüe je wull maakt, aower drüm maäöss m' doch nich all's ümsmieten!

Wecke annern mennden, met de Afstemmung üöwer dat Ermächtigungsgesetz häer sick dat Zentrum sölwst in't Graff schickt. Jüst met düsse Stemmen häer Hitler daomaols in'n Reichstag wunnen, blaoß de SPD häer no tieggenstüern wullt! Kaonn m' dao so eenfack wiedersmaaken? Was nich 'ne niee Partei för de Christen vann beide grauten Kiärken biätter? Ut den Austen haer sick en grauten Tropp Evangelschke Lüe in't Mönsterland vertrecken maoßt. Nich mähr blaoß den Schuortsteenfiäger was lutherschk!

Janbernd un Philipp haollen sick wieders an dat Zentrum. Terlauh haoll van de Politik düörntieds de Muule un wuor Pastor, un Alwis wull van Politik, äs he sagg, sien Liäfsdagg nicks mähr häören. He häer eenmaol bi so'n grauten Tropp metmaakt, un dat wäör wisse eenmaol tevull west.

Janbernd maok patt bi dat Zentrum met un kreeg en Pöstken in'n Kreisvüörstand. In Roggenduorp saogen s' to, dat van de aollen Nazis kineen in de Partei kamm. Nao de iärsten Kommunalwahlen för de Gemeinden un dat Amt satten baoll jüst sovull Mannslüe van't Zentrum in de Räöte äs vüör de Nazitieden. Blaoß de Sozialdemokraten haern nu veer Sitze. Dat de Lutherschken auk düsse Kunnen wiählen daihen? De Flüchtlinge un Verdriewwenen maoken 'ne eegene Partei up, den „Bund der Heimatvertriebenen und Entrechteten". Den Büörgermester Schulz van Walldorf was dao iärste Mann un satt auk in den Kreis-Flüchtlingsbiraot.

In den Kreis aower kamm de niee Partei stark up. De nömmde sick christlick un paock all's bineene: De Katholschken un de Lutherschken, de Buern, de Arbeitslüe, de Vereine un de Gewerkschaften. Äs an den iärsten Wahlaobend achtenvettig de Stemmen uttellt wuorn, kreegen de Zentrumslüe en grauten Schrecken. Van de eenendiärtig Sitze in'n Kreistag kreegen s' jüst diärteihn, de CDU all twiälf un de SPD sogar sess! Daobi gaff't de CDU no nich äs in't heele Dütschkland äs eene Partei; se satt amtlick blaoß in de ennzelnen Länner.

Eenen Aobend in den Winter achtenvettig kamm den Landesvüörsitzenden van't Zentrum nao Roggenduorp. Dat was en stäödigen Magister hier ut dat Mönsterland, we würklick 'ne Masse van de Politik verstaonn un met de Lüe sogar up Platt dispelteerde. He haoll sien Referat un küerde auk üöwer den Ümgang met de Nazijaore. Wat he so sagg, haer Vernüll un was inteseihn. Me maäöss up de eene Siete met de Tied un de Jaoren liäben, draoff nich vergiäten, mäöß dran arbeiten un toseihn, wat m' sölwst düör Stillschwiegen un Tolaoten müeglick maakt häer. Auk de eegene Partei, dat Zentrum, häer sick metschüllig maakt. Aower de aolle Riege, we daomaols dreiendiärtig den Tüegel för Hitler trock, häern s' jaggt un löcht; eenen haugen Prälaten häer m' sogar nao Rom schickt. Un dao mäögg he gäern bliewen. De niee Spitzsk van de Partei wäör nu en jungen Tropp, we de annern helpen kaonn. Daoto wäörn de Emigranten ut England trügg. Met düsse Mensken kaonn m' wat upstellen. Wisse mäössen evangelschke Christen bi't Zentrum willkuemen sien; un den eenen off annern wäör all bitriäden.

In de eenen Hook van Kortmanns grauten Saal satt'n heelen Tropp van de aolle Ortsgruppe. Töns Brüse sölwst was de nich, aower siene Unterführeres un Fahnendriägers satten bineene an eenen Dischk.

An'n End van de Anspraoke gaff't Fraogen, un dann up eenmaol staonn Wehlers Bäernd up: „Seggt se äs, Häer Landesvüörsitzender, wat denkt dat Zentrum üöwer de Entnazifizierung, un wat is jue Meinen van düsse Saake?"

„Den Vüörgang sall up de Duer wull an'n End kuemen. Et sind je bes nuhen" – den Redner kamm kuort in't Üöwerleggen – „mähr äs diärteihn Millionen Fragebüögens utfüllt un kontrolleert wuorn. De Spruchkamern kuemt langsam an'n End; de dicken Nazis häbt üöre Prozesse all hat. Wecke, besunners van de SS, sind wegglaupen, kineen weet waohen. In Polen un Rußland giff't no eegene Prozesse, wao m' patt wennig van te häören krigg. De Geschicht sall nu baoll an'n End kuemen, un dat is wull richtig! Wi mött't up de Duer wier Friär in't Land un unner de Lüe kriegen!"

„Mennt Se dann auk", fraogg Wehlers iärssig wieders, „dat m' äs reuigen Nazi-Sünner wier en Plätzken in de Politik finnen draff?"

„Dat mäöß doch eelicks gaohn!" sagg den Landesvüörsitzenden un haer nich miärkt, dat Janbernd all upgeriägt up sienen Stool harümrutschkede. „Et kümp wisse up de Ümstänne an un de eegene Geschicht!" Wehlers wullt nu genau wietten: „Mennt' Se vlicht, icke sölwst kaonn hier in Roggenduorp Zentrums-Mann wäern?"

Dao schaut Janbernd Bökers in de Höchte, dat sienen Stool nao ächten weggpolterde, un bölkede in'n Saal: „Du nich, Bäernd Wehlers! We Aron Mendels Hues kaputtschlagen un ‚Juda verrecke!' drannschmeert hät, de kümp in usse Partei in Roggenduorp nich in! Teminst nich, so lange ick in den Vüörstand sin!" Et was met eenen Schlagg still.

Wehlers keek tefriär un sagg luthalschk: „Seiht Se nu, Häer Landesvüörsitzender, so läöpp dat hier met dat Vergiebben un Helpen in Roggenduorp! Ick weet wull, annere Parteien fraogt nich so vull, wann m' äs üörnlicken dütschken Mann wier de Iärmels upkrempeln un met anpacken will. Wi müegt Feihlers maakt hebben, gued! Aron Mendel un siene Lüe kuemt drüm nich trügge, wann wi auk alle Dage in Sack un Aschke laupet. Patt de biättere Zukunft käönnt wi in Roggenduorp met Twiärsbrenners, Klookschieters un" – he keek Janbernd stramm in de Augen – „un met Denunzianten nich bauen!"

Dat Spitakel was graut! Wecke Lüe bölkeden üöwer de bruene Pest, we all wier üören Kopp haugböerde, annere kloppten up de Dischke un haollen't met Wehlers. Janbernd haer'n Augenschlagg all nao sienen Stool grieepen; häer den haugen Besööker nich van Ruh un Friär roopen, de Geschicht wäör vlicht in'ne üörnlicke Burkerie utlaupen.

Wehlers raip blaoß: „To, Mannslüe, kuemt met an de Thek', et giff no annere Parteien!" He gaong, un de Lüe van sienen Dischk auk. Dann gaongen auk wecke van de annern Dischke un schennden van Krakeelerie un uwiese Politik. An'n End maogg blaoß de Halfschaid sitten bliebben sien. De Versammlung gaong verbiestert uteen.

Den annern Dagg haer Janbernd in de Kreisstadt te doon. Nao siene Sitzungen gaong he nao'n Photographen un lait van de Wessels un Schuldbreefe, we he üöwer Aron Mendels Geschäfte met Brüse un de aollen Nazis in de Treck liggen haer, Bellers maaken. De Vergrötterungen stoppde he en paar Dage läter in Ümschliäge un lait se nao de aollen Nazis brengen. Up de Kuverts schreew he blaoß:

„Mit verbindlichem Gruß und vorzüglicher Hochachtung!

Janbernd Böker, Denunziant".

De Piärdeversieckerung

Den Brentruper Ortsverein haer de Buern düör dat Blättken inviteert, se mäöggen sick äs eenmaol de Arbeit van so'n nieen Maihdüörschker bekieken, Daoto haern s' sick en Feld met Summergiärst utsocht, wat in de Naigte van'n Bahnhoff lagg. Richtig genoog kammen vull niesgierige Buern. Dat Wiäer was schön, un et maok en interessant Beld, äs Terbrüggens dicken Trecker de niee Maschin üöwer den Kamp trock. Vüörn schneed dat Dingen dat Kuorn af, tüschkendüör wuor't utdüörschket, un ächten kamm dat Strauh harut. Nao'n Tiedken kaonnen sick de Buern üöwertüegen, dat dat Kuorn rein un sauber ut de Maschin kamm un auk 'ne eegene Kuornreinigung, en Trieur, met insatt. Den Vertriäder van de Firma haoll 'ne Anspraoke üöwer de Maschinen un de Zukunft van de Landwirtschaft; he mennde, den büöwersten Updragg, we m' nu up Lannen häer, mäöß sien, up de Duer de Dütschken ut dat eegene Land te foern. „Au Mann," raip Schult Roggenduorp, „Autarkie! Dao häbt wi all unner Adolf so'n Spaß met hat!" Den Vertriäder lait sick patt nich öwen, verdellde an'n End van de Vorführung Prospekte un sagg üöwerall rund, den Agenten för siene Maschinen in't Amt Brentrup wäör de Firma Terbrüggen.

Den aollen Weiring mennde ächterhiär bi Kortmanns: „Dat Wiärks sett sick nich düör! Häss du dat Strauh seihn? Heel kapott un verdrietten! Un met dat Wiär häbt de doch Glück hat. Stell di äs vüör, 't häer riänget vandage, dann wäör sien Kuorn heel natt west. Dat mott dann füehnig wäern! Den Maihdüörschker is'ne Aaperie!" De annern Buern nickoppeden; Weiring maoß't wieeten, he was den Dämperkäerl in Roggenduorp un trock met twee graute

Düörschkkästens düör dat Duorp un de Buerschoppen. He haer sick ümmer an dat Aolle un Gewuehnte haollen un auk lang no veer Piärde vüör de Maschinen hat, düfftige Belgiers un Brabanters met so'n breed Gatt. Et was ümmer 'n Beld för sick, wann Weiring met siene stäödigen Petermann-Kästen aftrock. Dat was auk bliewwen, äs he kuort vüör den Krieg twee graute Hanomags anstiär van de Belgier in Vüörspann kreeg.

Dat Brusen van de Düörschkkästens tellde in de Tieden daoto. Kamm m' in'n Winter düör Roggenduorp, kaonn m' häören, wao Weiring an't Wirken was. Sien Vader haer all den iärsten Dämper in't heele Amt Brentrup hat, un düsse Lokomobile maok no wat hiär. Wann dat Ding met Füer un Qualm uppen Hoff staonn un de langen Reimens sick draiden, gaff't Liäben un 'ne Masse Arbeit. De heele

Naoberschopp maoß tieggensietig to't Helpen kuemen. Düör't heele Hues gaong dat Draien un Schüeddeln van den Düörschker, un de Fraulüe wassen froh, wann de Dämperkäerls wier wegg wassen. Iärst äs bruekeden se nich mähr so vull te kuoken; dann was auk den Stoff wegg, we de Düörschkdage düör't heele Hues gaong.

Äs patt Roggenduorp in'n iärsten Krieg Strom kreeg, wuor de Saake wat lichter, un Weiring kaonn siene Lokomobile verkaupen. Siene nieen Petermann-Düörschker wassen modäerne Maschinen un haern all en Sackupzug, dat de Hölpers sick de schwaoren Kuornsäcke nich mähr sölwst up den Puckel smieten maossen. Eeene Wiäke in'n Hiärwst stellde he sick met eene Maschin up 'ne Wieschke vüör't Duorp, un lait all de Küötter un Duorplüe to't Düörschken kuemen. De haern temiärst blaoß 'n Plecksken Land un'n paar Foer te haalen. För de Lüe was dat kommodig, wann Weiring för paar Gröschkens düörschkede. En Fliägeldüörschken äs in aolle Tieden maok in Roggenduorp all nich eenen mähr.

Düssen Hiärwst staonn dat Kuorn äs ümmer up Lannen, üörnlick in Richten sett't, un dat saog maneerlick ut. Wat äöllrige Lüe mennden patt, baoll kaonn kineen mähr richtig Klanken maaken. Düsse Bunne wäörn je all düör den Binner laupen. De namm je vull Arbeit wegg. Un würklick, van't Losschnieden af bruekeden de Lüe in Roggenduorp de grauten Saisen nich mähr. Dat Saisendengeln, wat m' fröher nao't Aobendiätten äs Musik düör't heele Duorp un de Buerschoppen haort haer, was wenniger. Bi't Inföhren haern de Buern aower no 'ne Masse Arbeit met Haugdoon, Packen, Wieesbaumbinnen, Afdoon, Vüörsmieten un Packen up't Fack. Un dat säöll up de Duer all's weggkuemen met de Maihdüörschkers?

In'n Hiärwst haollen s' äs alle Jaor an'n Kiärkhoff in Roggenduorp de Piärdetellung. Dao kamm eenen van de

Versieckerung, un de Buern maossen sick met üöre Piärde un de Papiere vüörstellen. Dann wuor naokiecken, dat nich 'nen Rieckel twee Diers up eenen Schien haoll, üm sick Prämie te sparen. Den Amtmann keek van wiägen de Veehstatistik faots met to. Dat was een Upwaschken. Düsse Kontrollen maoken s' daomaols no in't heele Mönsterland. In Roggenduorp was dat so Bruek, dat de ut't Duorp un de Duorpbuerschopp an de Kiärke bineenekammen, de ut Wiering un Gladbieck gaongen dao up eenen Hoff. Dat was ümmer en schönen Termin, för't Küern un Hanneln; de Buern keeken auk to, wu dat so met de Diers in de Naoberschopp was för de Zucht.

Düt Jaor kammen s' met dat Tellen nich in'n Gang. Den Amtmann met siene Listen un auk den Käerl van de Versieckerung tratten van een Been up't annere un keeken ümmers maol wier nao de Kiärktaonuhr. An'n End faongen s' dann doch an, un so nao anderthalw Stündkes was de Saake in de Riege bracht.

Janbernd was tüschkendüör auk buten west un haer sick met de Buern en biettken unterhaollen. Dao gaff't vlicht no Arbeit te kriegen off'n annern Akkord te maaken. Düt Jaor gaff't patt nicks.

He raip Klara in'n Laden un wees düör dat Feester: „Kiek äs an, Klara, de Piärde van't Jaor!" Klara haoll de Niäse nao buten un sagg up eenmaol: „Mähr sind dat nich mähr?" Würklick staonnen doch blaoß so diärtig, fiefendiärtig Stück an'n Kiärkhoff. „Süss Jaoren wassen dat all an siebbenssig, achtzig Stück!"

„In't heele Amt Brentrup häbt wi all an fiefhunnert Piärde hat!" sagg Janbernd un keek wat naodenklick düör den Laden. „Den Amtmann sagg mi iäben, wann't haug kamm, bleewen vanjaor tweehunnert, tweehunnerttwintig. De grauten Buern teminst häbt nu all en Trecker; blaoß de lütten un de Küötters könnt sick de Maschin no nich leisten. De häbt no Piärde!"

„Eelicks is't schad drüm, dat de Piärde so weggaoht." Klara keek wier up den Kiärkhoff. „Dat lett doch so gued up't Düörpken, wann dao Piärde düör de Straoten laupt!"

„Lett gued? Lett gued?" Janbernd wuor üör baoll verquant. „Wann de Piärde gaoht, kann'k met miene Arbeit auk gaohn! Dao is baoll nich mähr eenen, we en üörnlick Liädertüeg hebben will. De leste Tied blaoß so'n paar Repraturen hier un dao. Süss nicks! Siet Wiäken kien üörnlick Geschäft! Wann wi de Polstersaaken nich häern, kaonnen'w den Laden tomaaken. Ick weet nich, Klara, wu dat wiedersgaohn sall?"

„Is't dann so laig?" Klara keek bestüörtt't. Janbernd wull se'n biettken berühgen: „Wi häbt Guott Dank no de Polsterie daobi. Patt up de Duer käönn wi de Saake met de Piärde upgiebben. Et lauhnt nich mähr, dat Liäder, de Rehschopp un de Maschinen hier staohn te laoten, wann wi ümmer wenniger Piärde in Roggenduorp haollt. Eelicks mäössen wi en Hues för Möbelmang maaken off so wat! Men, dao feihlt us Kaptaol! Un de Kinner gaoht nu all nao de Schoolen hen. Ussen Äöllsten will studeeren! Ick weet nich, wao't van kuemen sall!"

De Suorgen bi Bökers wuorn langsam grötter. Bi Terbrüggen was't ümgekäehrt. Alwis kaonn eene Maschine nao de naigste verkaupen, un he satt nu heele Dage ächtern Schriewdischk off föhrde to't Verkaupen düör de Buerschoppen. He lagg sick nich unner Maschinen, all van wiägen sien Holtbeen nich, un dat Liäben äs Kaupmann gefaoll öm.

Dat naigste Fröhjaor gaffen s' bi Terbrüggen dat Beschlagen up. Vader Terbrüggen gaong dat schwaor af, he sölwst kaonn't patt nich mähr doon; Alwis wull't nich, un de Lährjungens kaonn m' nich an de Piärde laoten. Anna was de nich gued met tefriär. Fröher gaff't ümmer noog

Piärappels up'n Hoff, we m' för den Gaorn gued gebrueken kaonn, besunners för de Rausen. Dat was an'n End.

Se un Klara haern nu ächter de Hueseck ümmer so'n Emmer met 'ne lütte Schüpp staohn. Kamm en Piärd an'n Kiärkhoff un lait vüör de Döören wat fallen, dann wassen s' faots daobi un käehrden dat guede Wiärks för den Gaorn bineene.

Up'n Patt

Siet dat Philipp Stohlers nu met Kathrin un de Kinner in de niee Denstwuehnung in de Kreisstadt satt, fraiede he sick ümmer up den lesten Gunsdagg in'n Monat. He saog to, dat dao kiene Termine mähr wassen un kien Besööker kamm. Den Denst ennigte düssen Beamtenfieerdagg all wat fröher, auk wann 'ne Masse up den Schriewdischk liggen bleef. Miärst so tieggen drei Uhr staonn Terlauh met sie nie Auto vüör de Döör, un de beiden bruuseden nao 'nen schönen Pleck in't Mönsterland un laipen so een off twee Stunnen düör de schöne Natur. Eelicks wäör je den Maundagg, so mennde Terlauh, den Geistlicken-Ruhedagg, un he haoll dann aobends ümmer Conveniat met siene Metbröers. Wunnlick wäör blaoß, dat de Friseure in de Stadt nu auk an'n Maundagg kineen mähr bedeinen wullen. Eenen Gunsdagg-Naomdagg in'n Monat maoß aower för'n Spazeergang met'n gued Frönd dransitten. Dann trocken de beiden bi Wind un Wiär düör Buschk un Heid un küerden van Guott un de Wiält. Aobends haollen s' in een Wäertshues 'ne Station, wao m' en biettken müemmeln kaonn, un dann was't för veer Wiäkens wier gued.

Dat heele Land küerde düsse Dage van den lesten grauten Naziprozeß. Et gaong üm de Kommandeure van de Einsatzgruppen, fief hauge SS-Offziers, we jeddereen so'n Mördertropp in Rußland unner sick hat haer. Den allieerten Hoch-Kommissar McCloy wull düsse fief, we s' to'n Strang verurdeelt haern, nich begnadigen un nich liäbenslang ächter de Tralljen stoppen. Düörntieds haern s' aower de Nazi-Industriellen un wecke van de annern Verbriäkers van eenen up den annern Dagg wier an de Lucht laoten. Dütschke Politikers un auk Kiärken-Lüe saogen sick tieggen de Hinrichtungen an un wullen s' nich tolaoten. Wisse staonnen de haugen Nazis unner dat Recht van de Siegermächte, aower in't niee Grundgesetz staonn fast un siecker in, dat't in Dütschkland kiene Daudsstraofe mähr giebben dräöff.

An'n siewwten Juni eenenfüfftig wuorn de fief Mann upknüppt. Terlauh mennde, dat de Saake so nich richtig utlaupen wäör. Me mäöß met de Kieer van Daud üm Daud en End maaken. De Mörders maoggen üör Liäfsdagg ächter de Tralljen sitten bliewen; patt met de Methoden van Gewaolt kreeg m' de Saake nich in de richtige Richtung. Un de Lüe in't Land verstäönnen auk nich mähr. Dat wull Philipp wat genauer wieetten, un Terlauh faong an te küern, äs se üöwer so'ne breede Allee an'n stäödigen Schulten-Hoff langtrocken.

„Nu segg äs, Philipp, waorüm häbt de Alliierten all vüör knapp twee Jaore de Saake met de Entnazifizierung heel afgiebben an de dütschken Spruchkamern?"

Philipp wuss Bescheid: „Met de Gründung van usse Bundesrepublik käönnt wi dat alleene in de Riege brengen!"

„Nee, nee, mienen Frönd!" raip Terlauh un lait sienen Handstock düör de Lucht dreihen. „De häbt seihn, dat se met de Saake nich mähr praot kammen. Baoll füffteihn Millionen Lüe kontrolleeren, un dann de Reeducation

üöwer dat heele Land! Dat kaonn nich klappen! Wies du mi äs in't Mönsterland twiälf Mann, van de nich teihn up de eene off annere Art bi de Nazis off eenen van üöre Vereine biwest sind! Dat geiht gar nich! Dao sind wi beiden met Glück van afbliewwen. Un wat maakt sick de Lüe en Gewietten? Wann dao so'n Prozeß met 'nen haugen Nazi is, dann fraogt de sick auk wat, un rumms, geiht't ön wier twiärs düör den Kopp; up eenmaol föhlt se sick sölwst angrieppen, un se haollt't in't Hiärt faken noog met düssen Mörder. Nich äs, dat se Nazis direkt wassen off't no wäörn! De Prozesse brengt nu 'ne annere Iärnte in äs daomaols kuort nao den Krieg."

„Menns du dann, Bäernd, wi mäöggen de Kunnen laupen laoten?"

„Üm Guotts willen! Wi mött't se äs'n Rechtsstaat ächter de Tralljen setten, patt nich upknüppen. So wäd de an'n End to Märtyrers, un de Nazis kuemt us no eenmaol trügge. In't Kaschott magg m' de Verbriäkers üöwer teihn off füffteihn Jaor vlicht vergiäten. De Lüe häbt anners nu noog te doon un in'n Kopp te wiähren!"

„Du sass wull an Korea denken!"

Terlauh trock an sien Zigarillo. „Korea is wiet, aower dank Hitler sitt't de Kommunisten nu an de Elbe. Wi könnt et us nich leisten, so männige Lüe tieggen den nieen Staat uptebrengen. Wann wi nu nich fast staoht, steiht Stalin üöwer en paar Jaor an'n Rhein. Kiek di äs üm in de Bundesrepublik! Wi häbt van't heele Dütschkland knapp veer Millionen daude Suldaoten telld. Eene Million un baoll siewenhunnertdusend Mensken van de Zivilbevölkerung sind ümkuemen. Siebben Millionen häbt s' ut de Ostprovinzen jaggt; daovan häbt wi in'n Westen veerenhalw Millionen krieggen. Et is kiene Familge, we nich up de eene off annere Art un Wiese an düssen Krieg liedden hät. Un dat Schlimmste is wull nich, dat Hitler un siene Ganoven heel Europa up den Kopp stelld häbt; in de Mensken, binnen drin, in Hiärt un Kopp, dao is all's düörneen un kapott! Kiek di äs in de grauten Städte üm, wat dao all's ümgeiht: Gewaolt, Verbriäken, Prostitution! Nich eene laige Dooerie, we s' utlaot't. Et is schlimm! Wann wi patt de vullen Millionen, we in'n grauten Tropp met de Nazis laupen sind, nich trüggekrieget, dao mäögg ick üm wetten, fäöllt auk düsse Republik wier uteen!"

„Aoh, Häer Pastor Terlauh! Schwamm drüöwer äs in de Schoole! Dat is mi patt en biettken eenfack!" mennde Philipp Stohlers un keek schüelkoppend nao sienen geistlicken Frönd.

„Et gaiht nich üm't Vergiätten, Philipp! Wi mött't alle Lüe 'ne guede Geliägenhait giebben! En Eksempel! Bi us in Westbieck was je auk 'ne graute Nazi-Ortsgruppe, de iärste in't heele Mönsterland üöwerhaupt. Den aollen Schult Westbieck was den Grünner un ewig den Ortsgruppenleiter. An'n End was he auk Kreisbauernführer. En Dusendperzentigen! De hät doch eenmaol up den grauten Buerndagg in Mönster 'ne Anspraoke haollen üöwer den Führer un dat Entschuldungsgesetz. Un he haer met siene Familge Last noog daomet hat; den Hoff was daomaols bes an den Stiefkragen üöwerschullt. Dao segg den Kunnen: ‚Wo wäre der deutsche Bauer geblieben, wenn nicht Adolf Hitler gekommen wäre!' Un eenen uwiesen Nickel röpp daotüschken: ‚Wisse nich in de Westbiecker Buerschopp!' Wat dööt düssen Schulten midden in den Krieg? Äs daomaols nao Stalingrad den Goebbels de graute Priäke van wiägen den totalen Krieg haoll, dao is de ut de Partei uttriäden! De Schulte Westbieck was patt so prominent, den kaonnen s' nich äs in't KZ stoppen. In Westbieck sind wi froh, dat de Schult wier Politik mäck. De häöllt us all de aollen Nazis bi de Stang!"

„Dat is doch Buernfängerie!" Philipp was an'n Diek staohn bliewwen un schmeet 'n paar Töge in't Water. „Dao is doch wat nich richtig! Mött't wi för 'n Appel un'n Ei all de Ideale upgiebben, we wi in de verquanten Jaore fasthaollen häbt? För'n fuulen Friär in't klennere Dütschkland?"

Terlauh satt sick an dat Öwer in de Sunn: „Wu häbt de Nazis dat eelicks antoch krieggen, dat heele Land in üöre Hannen de brengen? Dao laus ick lesthen en päössig Waort van 'nen Espedisten, we nu in'n Bundestag sitt. En klooken Mann, en Professor, we all in'n Raot för dat Grundgesetz en Sitz haer. De schreew, un ick segg dat maol so nao den Sinn: Wi sind an düsse Saake schüllig. Wi – un daomet mennde he de Intellektuellen, de Geistlicken, de Magisters un annere ut dat konservative Lager, wi sind schüllig, wieldat wi us te gued wassen; te gued wassen, us so sieg un daip up de Knaie te smieten, äs de Äer unner den Stäernenhiemel ligg. De Äer, wao m' de Fundamente för all dat Guede un de Ideale leggen mott, wao patt auk dat Unkruet un de Undöchten wassen könnt. De Äer, wao auk de Mensken met üöre gueden un schlechten Sieten wuehnt: de eenfacken Lüe, we m' auk verföhren un in't Dustern schicken kann. Wi häbt de Niäse haug in'n Stäernenhiemel haollen un us nich noog üm de Politik un de Suorgen van de gewüehnlicken Lüe küemmern wullt; un dat mott nu an'n End sien! Ick mein, de Mann hät recht. Usse Art Lüe mött't in de Politik, wi mött't in de Verantwortung. Un wi mött't met de Lüe arbeiten, we dao sind. Et giff kiene annern! Un dao sind wisse vull aolle Nazis!"

„Un Kanzler Adenauer häöllt sick en Beraoter in sien Amt, we daomaols unner Hitler an de Nürnberger Gesetze arbei't un daoför suorgt hät, dat Aron un Lea Mendel sick Israel un Sarah nömmen maossen. Is dat dann richtig, is dat gerecht?"

„Richtig? Gerecht? – Ick weet et nich genau. Dusende van Beamten bi us sind schüllig wuorn, wieldat s' dat daihen, wat üöre Amtsplichten wassen. Kiek doch äs blaoß nao de Polßei hen, nao de Beamten in de Raothüeser un Amtsverwaoltungen! Wat is met den Befehlsnotstand? Ick mäögg dao kiene Sentenz drüöwer maaken. Bekiek di de Juffer Borgmann, we daomaols den BDM in Roggenduorp upbaut hät!"

Philipp verdreihede de Augen: „Dat laige Wiew! Un so wat is all wier in'n Denst!"

„Sachte! Du weeß sölwst biätter äs icke, dat wi vull tewennig Lüe för de Schoolen häbt. Un de Borgmannschke haer doch wull Uorder in üöre Klass' un kaonn de Kinner gued instrueeren! De Därn kamm ut de Stadt, satt up eenmaol äs Juffer up Lannen. Alleen in jue Schoole dao. Se sitt wiäkenslang up üör Stüöwken un hät nao de Schoole nich vull te doon. Un dao kuemt Schoolraot Knopp un Töns

Brüse un seggt to düsse Juffer, se kreeg nu en Gruppenraum, 'ne Uniform, en biettken Geld un mäögg met de Wichter wat upstellen. Se krigg up eenmaol wat te seggen, is nich blaoß Juffer in de Schoole, wedd luowt, un Töns Brüse strick en biettken dran hiär un segg üör no, wat se doch eelicks för'n facünlick Fraamensk is. Un dao sall so'n Wichtken nich schwack wäern! Vertell mi nicks, dat sind all's blaoß Mensken; un dat, dat häbt den Düwel ut Braunau un de annern Verbriäkers genau wietten!"

„Un du daihst di met sock Schlagg Lüe an'n Kaffeedischk setten!" raip Philipp.

„Gewiß, ick häb't all daon! Ick häb auk all lang met Töns Brüse küert. Holtmann haer daomaols recht. Wi mött't de reuigen Schäöpkes trüggekriegen. Ick mein nich Verbriäkers! Du kaas di wull nich denken, dat wecke up 'ne gaas verquante Art up den falschken Patt kuemen sind? An'n End satten s' bes an de Struote in de bruene Driete. Wi mött't de Lüe dao wier haruthelpen. Wann de daodrin bliewet, dann batt't us dat nicks. Lagg nich auk usse leiwe Häer met Zöllners u Sünners an eenen Dischk? Maria Magdalena hät doch wisse miähr beliäft äs 'ne Schwester Oberin in't Krankenhues! Et sind allbineen Mensken, un de mött't wi wier dao unnen afhaalen, up de Äer, bi üöre Lüe, dao mött't wi de afhaalen för 'ne biättere Zukunft!"

„Ade, du irdische Gerechtigkeit!" sagg Stohlers kuortaf, un satt sick nu auk an't Öwer. „Is dat nu de Linie van de Katholschke Kiärke?"

„Dat is de Linie van alle Lüe met Vernüll. Ick giewe di 'nen Raot. Sett di äs eenen Dagg in dien Archiv un kiek alle Personalakten van diene Magisters un Juffern düör, we so nao fiefendiärtig üöwer de teihn Jaore in'n Denst kuemen sind. Dao steiht üöwerall 'ne Beschienigung daobi, dat se weltanschaulick unbedenklick sind. Dao giff't Staotsmensken bi! Vlicht häbt de de Nazis öwen kaonnt, off se häbt so daon för de Lüe! Off – doot't se vandage blaoß so, äs wäörn s' echte Demokraoten? Weeß du dat genau? Wi käönnt de Lüe blaoß vüör den Kopp kieken, nich daoächter!"

Philipp namm sick wat Äer van'n Göersopper un schmeet de Klümpkes in't Water, dat't Ringe gaff: „Aower et mott doch Trüe giebben un Ährlichkait un Waorhait!"

Terlauh keek wat truerig üöwer dat Water: „Ick staoh alle Sunndage up miene Kanzel un an't Altaor. Wi biädet dat Sünnenbekenntnis. Bi de Priäke kann'k in de Kiärke kieken un saih dao miene Mannslüe van Westbieck. Dann mott'k mi faken noog fraogen: Du dao, wat häs du in Rußland maakt? Wu was dat met dienen Karabiner? Wu was dat met di in Frankriek? Un du dao, wu häs du dat met de Frauen un Kinner haollen up de Partisanenjagd in Jugoslawien? In wecke Bordelle häs du dao liägen? Kass du dao met'n rein Gewietten vüör dienen Häerguott triäden? – Ick kriege kiene Antwaort, nich äs in'n Bichtstohl! Un dat is dat Schlimmste, wat us Hitler un siene Verbriäkers trüggelaoten häbt! Un Trüe? Dao sind wecke van trüe, bes in'n Daud! Van de Nazis!"

„Wat sall dat dann bedüden?" Stohlers wuor baoll uprennig.

„En Eksempel ut de praktischke Pastoral! Dao is bi uns in't Duorp so'n aollen Küötter, de was bi de Nazis un haer anduernd Spitakel met mienen Vüörgänger. Twee Jaor vüör den Krieg tratt he ut de Kiärke ut. He is de nich wier inkuemen. Ick haer van de Saake haort un dai met de Dochter küern; 'ne üörnlicke Frau, en gueden Mann un anseihnlicke Kinner. De Oma all daut. Wu gäerne dai ick doch den aollen Mann wier an't Altaor un de Kommjonbank brengen? De Frau segg mi, un et is üör grienensmaot daobi, Vader wäör so bedrüewt üöwer de heele Geschicht met de Nazis un Dütschkland un häer auk'n Eid daon. Sien

Liäfsdagg draoff kien'n Schwattkiel mähr unner sien Dack kuemen. Den Mann wedd krank. Ick schick Naoricht, dat'k gäern kuemen wull. Nicks te maaken! De Frau segg, ick dräöff nich äs düör sien Feester met den aollen Vader küern, auk wann'k dann wisse nich unner Dack kuemen wüör. De Mann geiht daut, aohne Afslution, Ölung un Sakrament! En richtigen Heiden. Ick drai mi hen un hiär un maak all de Saake met de Beerdigung praot, dao kümp mienen Kiärkenvüörstand; de hät auk no 'ne aolle Riäknung un will met den Nazi nicks te doon hebben. Un miene Lüe seggt mi met een Maol: Wi häbt hier en katholschken Kiärkhoff. De aolle Eschmann draff nich in'n geweihten Grund! Bumms, dao staonn ick dao. Ick faots nao'n Bischop hen! De stellt sick up de Siete van'n Kiärkenvüörstand. Un den Küötter Eschmann, süss 'ne aolle un angeseihne Familge in Westbieck, krigg en lütt Plecksken ächter Müer un Paote, jüst an'n Kompost, wat kien gesiängt Kiärkhoffsland is!"

Philipp was niesgierig wuorn: „Un wat kamm daonao?"

Terlauh vetrock de Muule: „Et was en Triumph för de aollen Nazis. De Saake haer sick van eenen up den annern Dagg harümküert. Den Dübel was wisse icke, den nieen Pastor. Eschmann bleef eenen Dagg länger üöwer Äerden, un bi siene Beerdigung kammen all de aollen Nazis ut den Kreis un küerden van Trüe un Waorhait un Gerechtigkait. Häern s' mi de Saake üöwer de Wiärke der Barmherzigkeit maaken laoten, dann wäör den aollen Kreisleiter van de Nazis nich to siene Anspraoke kuemen! Sühs du nu, wat ick daomet meine?"

„Dao is siecker wat an!" gaff Philipp to.

Terlauh küerde wieders: „Ick was in Dachau, lang noog. Ick häb bestguede Lüe dautgaohn seihn; ermuordet van de Nazis. Ick häb met düsse Müörders un Verbriäkers nicks an'n Hoot, patt de Kleinen mött't wi trüggekriegen. Un in dat biettken Dütschkland, wat de nao üöwerbliewwen is, bruekt wi ’ne starke Koalition van de Christen, de Konservativen un de Lüe, we nao an Wäerte glaiben könnt! Verdori!“ raip den Pastor up eenmaol, „hier sind barwegg Miegampeln!“ Terlauh sprung up: „Dat bedütt auk, dat dat Zentrum an’n End is. De Bischopskonferenz will’t nu heel met de CDU haollen. Janbernd hät leste Wiäke in’n Kreistag wier Bohei van wiägen de Entnazifizierung maakt. He süht dat nich in. Segg öm maol, wann he di besööken kümp, ick mäöß öm in de naigste Tied äs spriäken. Ick mott ön langsam te Vernüll brengen!“

Auk Stohlers was upstaohn un schüeddelde sick de Buckse af: „Janbernd in de Saake te Vernüll brengen? Dat weet ick nich. Up siene Art is he auk trüe. Un met de Nazis hät he tevull beliäft.“

„Un du, Schoolraot Philipp Stohlers! Denk äs drüöwer nao! Du maoß auk in de Politik, up de Äer, un nich in den Stäernenhiemel van de Ideale!“

„Un wat menns du daomet? Sall ick Gäörner wäern?“ Stohlers gneesede en biettken.

Terlauh keek wat schalou: „De Häerguott magg mi vüör Haugmood bewahren, patt ick bliewe up de Duer nich Pastor in Westbieck, un du bliffs nich Schoolraot in düssen Kreis! Üöwer’t Jaor is dao ’ne Stiär van’n Dezernenten bi de Regierung te hebben. Du büss all in Vüörschlagg nuommen. Dange hät dao no metküert. Men, bi socke Pöstkes regeert all de Hillige Proportia. Philipp Stohlers, denk dao an! Ick häb di dat to de rechten Tied seggt.“

De beiden laipen no een Stündken düör den schönen Summernaomdagg un atten wat in so’ne Buernwäertschopp.

Den Monat drup gaff Philipp Stohlers sien Parteibööksken van’t Zentrum af un schreew üm Upnahme in de niee Partei nao Mönster hen.

Verännerungen

Den Dagg haer Pastor Holtmann to'n Meddag no gued giätten. Nao'n Kaffee lagg he sick hen, un to'n Angelus lait he den Kaplaon roopen. Niegen Uhr aobends was den aollen Häerohm daut. Baoll füfftig Jaor haer he de Parochie van den Hilligen Sebastian to Roggenduorp unner sick hat. An de niegendzig Jaore feihlte blaoß en biettken. Uthoff un siene Jungs maossen den dauden Pastor insargen. Se laiten ut Brentrup graute, schwatte Paravents kuemen, schlaogen den besten Stuoben in't Pastraot heel schwatt ut un satten graute giäle Käerssens up, we süss an de Tumba staonnen; dao lagg Holtmann in de violetten Bußparamente un haer vüör dat Sark sienen Kelch staohn. De Schoolkinner kammen to't Kieken met üöre Magisters un Juffern, troppwies kammen de Naobers un de Vereine to't Biäden un för de Daudenwake.

De Roggendüörper Lüe gaong düssen Daud te Hiärten. De miärsten haer Pastor Holtmann in sien Liäwen üöwer de Fünte haollen, in de Schoole instrueert off an't Altaor to de Kommjon föhrt un läterhen kopleert. All sien Liäfsdagg was he unner de Lüe gaohn, haer Platt küert un 'n Hiärt för de eenfacken Mensken bewieesen. De haer't nich so met de Schulten un de annern Dickbälg haollen. Pastor Mersmann in Brentrup, de lait sick blaoß van de grauten Buern to'n Kaffee inviteeren, sagg sölwst in de Schoole de Riege Schultennamens up un mennde daoto: „Das sind Namen, die klingen!“ Holtmann patt was bes in't hauge Aoller sölwst met de Kranken-Kommjonen bes in den lesten Hook un de siegste Stuowe kuemen.

En paar Wiäken vüör sienen Daud haer Holtmann in den Kiärkenvüörstand Riäknung leegt üöwer de nieen

Klocken. De Gemeind' haer in'n Krieg up Druck van de Nazis üöre Klocken afliewwern maoßt för de Rüstungsindustrie. Een Jaor nao den Krieg was up eenmaol Naoricht kuemen, dat de schöne Sebastianus-Klocke den Krieg up 'nen Lagerplatz bi Hamburg üöwerstaohn häer. Baoll haong de wier in'n Kiärktaon. Patt eene Klocke un dat Klöcksken buoben in de Turmkapell wassen för Roggenduorp doch en biettken wennig. Drüm haer Holtmann düfftig kollekteert, äs nu dat niee Geld dao was, un de dikken Buern flatteert un üm Geld för twee niee Klocken anbiädelt. Teminst wann he nao Roggenduorps Kamp kaim, mäöß doch wier 'ne graute Marien-Klock buoben in den Taon sien. Et gäöng doch nich an, en Pastor unner de Äer te brengen aohne 'ne stäödige Daudenklock. De Lüe maossen togiebben, dat dat wull stimmde.

Twee Jaor läter was de Roggendüörper Pastor so wiet west. Met twee graute Busse föhrden männige Lüe ut de Gemeind' nao Gescher bi Coesfeld un keeken to, wu dao de nieen Klocken för Sünte Sebastian guotten wuorn. Man saog patt wennig. Et laip dao blaoß so glainige Bronze düör den Sand. En paar Wiäken läter kammen de Marien-Klokke un de Antonius-Klocke schön dekoreert up den grauten Wagen van Schult Roggenduorp an'n Kiärkplatz an. Holtmann haoll in'n Liehnstohl, we s' öm buoben up den Wagen stelld haern, siene Priäke un sagg de Gebiäde. De Roggendüörper wassen stolt up de schönen Klocken. En paar Brentruper Puggbüels kreegen den Naomdagg bi Kortmanns no wat an de Muule. Se haern nao de Fieer an de Thek' seggt: „Ut so'n Klöcksken drinkt wi an Huese alle Dage ussen Fuesel!“ un haern mennd, de Klocken van de Amtsgemeind wäörn vull grötter. Dat was wier echten Brentrupsken Wind, un för düsse graute Muule kreegen de Jungs dann auck wat an de Muule.

Äs dann 'n paar Dage läter de Klocken haugtrocken un uphangen wassen un probewies van den Taon küerden, keeken de Roggendüörper tefriär. Holtmann gaff Uthoff faots den Updragg, he mäögg all den naigsten Sunndagg siene Hölpers för'n fieerlick Lüden bineeneroopen. Äs dat dann düör de schöne Sunndaggsmuornslucht kamm, wuor't vulle Mensken warm üm't Hiärt un se mennden, nu kaonn't baoll wier so sien äs vüör de verquanten Jaore.

Aolle Pastor Holtmann sagg in den Kiärkenvüörstand, äs de Riäknung leggt wuor, nu käönnen s' ön met Anstand un 'ne üörnlicke Daudenklocke up den Kiärkhoff brengen. Auk düsse Saake wäör wier in de Riege bracht.

Et was en staotsmäötig Naofolgen! Nich blaoß alle Pastörs un Kapläöne ut de Naigte gaongen met, nee, auk den Bischop gaff Roggenduorp de Ähre, wieldes he den aollen Holtmann gued kannt haer. Den Kiärkhoff staonn schwatt vull met Mensken, de Kiärke was bes up den lesten Platz besett't; Uthoff namm sick vüör bar Upriägung all in't Rochett no'n Kluck; he haer Angst, he kreeg bi de Miss dat „Requiem eeternam dona eis Domine“ nich harut, wieldes unnen in'n Chorstohl den Häern Bischop sölwst satt. Et gaong dann aower gaas gued, un den Kiärkenchor holp auk met.

Nao de Miss wuor dat Sark ut de Kiärke driägen un up den schönen Liekenwagen sett't, we tweespännig met sien höltern Dack, de schönen Schiewen un all dat Schnitzwiärks de Roggendüörper för de leste Fahrt upnamm. De Wagen was nu baoll füfftig Jaor aolt. Dat was Holtmanns iärsten Kaup west, äs he daomaols nao Roggenduorp kuemen was. Bes daohen haern de Lüe hier üöre Dauden met graute Bahren un up den Nacken nao de Kiärke un den Kiärkhoff bracht. De ut de Buerschoppen kammen met üöre Dauden up'n Ringsenwagen bes an dat Düörper Heck off Wesselmanns Station, wao de aollen Liekwiäge in't Duorp gaongen. Daohen kamm temiärst de Broerschopp, namm dat Sark uppen Nacken un haong no dat schöne Bohldook üöwer Sark un Bahre, 'ne dicke schwatte Dieck met sülwerne Schildkes drup. Holtmann funn dat daomaols aoltmodäern un maok faots en Akkord üöwer en Liekenwagen. De aollen Roggendüörper haern iärst üöwer den niemoodsken jungen Pastor schennt. Maoß m' sick nich an de aollen Brüeke jüst bi den Daud un dat Naofolgen haollen? Wu verliägen was m' daomaols no üm de Liekwiäge un saog to, dat den Dauden met de Föte vüörut blaoß üöwer düsse Pättkes nao'n Kiärkhoff kamm. In Wiering haer so'n Windbüel van totrockenen Buern sienen nieen Hoff üöwer en Liekwegg baut. De maoos dann jaorenlang beliäwen, dat öm Naobers de Siärge düör dat Hues totteden, bes Pastor Vehoff dao met „Androhung der Exkommunikation" en P vüörsatt. Holtmanns Liekenwagen kamm up de Duer gued an; de Mannslüe van de Broerschopp mennden an'n End, dat Böhren up de Tragbahre van de Kiärke bes nao den nieen Kiärkhoff wäör ön doch mangst benaut wuorn. Dat was je en heelen End. Un so kamm nu auk Pastor Holtmann up den schönen Liekenwagen un kreeg sien Plätzken unner dat graute Krüüs bi siene Vüörgängers un Amtsbröers.

Met Holtmann was, so mennden de miärsten Lüe in Roggenduorp, en Stück Tied vergaohn. De nieen Pastörs laipen nich met Holschken un Qualmstaken düör de Rausen un kaonnen je auk kien Platt mähr. Wecke Pastörs häern dann no sölwst Imm off küemmerden sick üm de Geschicht un Kultur van üör Düörpken? „Glaiwt mi menn," sagg Kortmanns Möhne to de Kunnen, we an de Theke satten, „de jungen Pastörs vandage rüöhrt alle Dage blaoß in'n Speiß un maakt Vereine loß. Dao luow ick mi den aollen Holtmann!"

Den Bischop haer patt en Inseihn met de Roggendüörpers un schickte ön en jungen Pastor, we sölwst van Lannen kamm; en Buernsuohn van Huese ut, we düör de Jugendarbeit tieggen de Nazis sick up de Kiärke verleggt haer un'n bestgueden Doppelkopp spiellen kaonn. Siene Priäken wassen wat niemodäern, aower et gaong je wull, mennden de Möhnen un Wittnaiherschken. Äs niee Pastor Henrichmann siene Schäöpkes up den Utflugg van'n Arbeiterverein patt met 'ne Badebückse in de Möte kamm, keeken s' verliägen an de Siete. Süss kaonn m' aower tieggen den jungen Häerohm nicks seggen.

Auk up de annere Siete van'n Kiärkplatz gaff't Verännerungen. Up eenen Aobend kammen Alwis un Anna Terbrüggen nao Bökers hen un satten 'ne schöne Butellje Wien up den Dischk. Bökers keeken wat verwünnert un mennden all, se häern en Namensdagg off en Jubiläum vergiäten. Dat was't aower nich. Alwis satt breeet in sienen Sessel un mennde:

„Wi mött't ju dat sölwst vertellen, Janbernd, Klara, süss wäörn wi schlechte Naobers. Un bi Kortmanns draffs du dat wisse nich klook wäern un auk nich in den Gemeinderaot! Kuort un gued," he keek eenmaol in de Runde, „wi hebt Mendels Hues kofft un sallt up de Duer Naobers nao de annere Siet wäern!"

Dat was je wull 'ne Üöwerraschkung. Janbernd un Klara daihen gralleeren. Alwis vertellde, wu se met düsse Saake praot kuemen wassen. Bökers haern auk wull wusst, dat Mendels Hues verkofft wuor. Janbernd was no drup laupen, dat den Titel in't Grundbook an David Wolff gaong. De lait sick de lesten Jaore düör'n Avkaoten in Mönster vertriäden un haer wiägen de Entschädigung met de Ämters vull te kungeln hat. Äs iärste dai he dat Hues, den Gaorn un de Kämpe Bökers för'n mäötigen Pries anbeiden. Janbernd un Klara schreewen faots an den Avkaoten un nao Israel hen, se wullen Arons Hues nich hebben, sölwst wann se't üöwerhaupt kaonnen. De Saake was ön heel kunträr. Wolff schreew trügge un wull würklick blaoß en siegen Kaupschilling. Bökers aower kaonnen de Saake nich draihen un wullen't eelicks auk nich. Den Avkaoten was dann up de Duer nao Terbrüggens gaohn, un de haern nich so lang üöwerleggt. So wuor Mendels Hues nu Terbrüggens eegen un tostännig.

Klara un Alwis fraieden sick würklick: Dat schöne Hues! Et was düör de lesten Jaore nich so gued in'n Schuß, patt et lait sick wull wier upresselveeren.

Janbernd fraogg so stickum nao: „Un wat is met jue aolle Hues un de Wiärkstiär?" Alwis trock 'ne Teeknung ut sienen Frack: „Tje, Janbernd, Klara, wi sallt ju wull en paar Wiäkens Stoff un Driete maaken müetten. Wi sölwst will't Mendels Hues repareeren, ümbauen un daohen trecken. Unner in Arons aollen Laden kümp mien Büro. Dat aolle Hues, Terbrüggens Smie, mott an'n Grund. Kiekt äs to: Hier an den Dreih van den Kiärkhoff kümp miene eegene Tankstiär hen. Met de Uolggesellschopp häbt wi all akkordeert. Un dao ächter kuemt de nieen Wiärkstiärn. Twee sind dat. Wieders hier de för de Autos, un ächten up den grauten Hoff un in den aollen Gaorn de Halle för de Landmaschinen. Den Gaorn krigg bes an de Grenz 'ne Teerdiecke, un dann häbt wi'n modäernen Bedriew, den besten in de heele Giegend. Dao käönnt wi wat upstellen!"

„Schön is't, dat ji in de Naigte bliewet un wi wieders de rechten Naobers sind!" sagg Klara. Se drunken dat Pülleken Wien un küerden üöwer de nieen Projekte. Janbernd haer bi düsse Saake en biettken Buukpiene.

En paar Wiäkens läter faoll dat aolle Fackwiärkhues van Terbrüggens an den Grund. Äs den grauten Tank för Uolg un Benzin in de Äer leggt wuor, kamm en Bagger un maok'n daip Lock. Dao saog m' up maol, dat auk Terbrüggens Grund van aolle Tieden to'n Kiärkhoff bitellde. Männige aolle Daudskisten met Knuoken drin kammen an de Lucht, un de Blagen, we van de Schoole kammen, fungen hennig an, met de Daudenköppe te spiellen. Pastor Henrichmann lait aower de Knuoken faots insammeln un de Kistens an'n Aobend up Roggenduorps Kamp ingraben.

He sölwst kamm met Stola un Wiehwaterspöttken nao Terbrüggens hen, äs in'n Hiärwst de Tankstiär, de Wiärkstiärn un den heelen Bedriew inwieht wuorn. Un he laip daomet düör de Technik äs daomaols Terlauh düör de Schoole.

Up Fabrik!

Philipp Stohlers haer Spaß, dat he siene Schoolräötekonferenz för düssen Monat nao Brentrup in de niee Schoole inviteeren kaonn. Siet dat he nun bi de Regierung an'n Domplatz satt un auk met de Familge in Mönster wuehnde, kamm he nich mähr faken in de aolle Heimat. Äs de Küerie met'n Kaffee an'n End was, föhrde he de paar Kilometers bes nao Roggenduorp hen un laip äs eenmaol üm den Kiärkhoff. Iärst keek he bi Tebrüggens to, wao he faots tanken un Uolg naokieken lait; he küerde en biettken met Alwis un gaong dann nao Bökers hen.

De aolle Ladenklingel schiepperde äs fröher; Stohlers keek sick üm un dai sick en biettken wünnern. Den Laden sog so verännert ut, so lüerig. Düör de Pendeldöör kamm Janbernd ut de Küek un fraiede sick, den aollen Frönd te seihn. Äs Philipp daomaols nao de niee Partei gaohn was, haern s' en paar Monate nich metnanner küert. Läterhen maoß Janbernd aower inseihn, dat dat Zentrum blaoß no up de Düörper en Plätzken haollen kaonn. För den Bundestag off de Landtage kreeg de Partei nich mähr noog Stemmen. Äs dat allgemein wuor, kamm auk de Saake tüschken Bökers un Stohlers wier in de Riege.

Bi'n Kaffee satten Janbernd, Klara un Philipp in'n Gaorn. Ne hauge Müer haern s' hensett't, we de grauten Wiärkstiärn van Alwis en biettken verstoppen säöll. „Üöwer Dagg is' aower würklick Krach nu!" lait Klara 'n Söcht.

„Un wat giff't Niees in Roggenduorp?" wull Philipp wietten. Bökers vertellden van de Kinner, we sick gued maoken. Den Äöllsten studeerde all up sienen Ingenieur, un dat wäör de Familge langsam wat benaut met de Kosten. Janbernd was doch ährlick.

„Mi düch patt auk, dat du nich so vull in'n Laden häs, Janbernd. Bau doch driest niee Schaufeesters! Et is nu üöwerall Wirtschaftswunner un Upschwung!"

Den Sattlermester keek nao siene Frau. De saog ön fast an un nickoppede.

Böker vertrock sick en biettken: „Wirtschaftswunner? Upschwung? Aower nich bi Bökers in Roggenduorp! Du büss den iärsten, we wi dat vertellt, Philipp. Bes nuhen weet dat no nich eenen in Roggenduorp, auk Alwis nich: Wi haort up met Laden un Wiärkstiär!"

Stohlers verschrack un fraogg: „Is't 'ne laige Saake, Janbernd, Klara?"

De schüddelde den Kopp: „Laig wisse nich, patt en Buern, we 'n Trecker hät, geiht daomet nao Alwis. Dao is nicks mähr te doon off te verdeinen för'n Sattlermester. Ussen Beroop hier up Lannen is an'n End. De Polstermöbels kaupt de Lüe in de Stadt. Dat Geld, wat ick för 'ne guede Handarbeit hebben maoß, könnt un willt de nich betahlen. Kann'k verstaohn! To Michaeli wedd dat Gewiärbe afmelld!"

„Un wat dann? Janbernd, Klara? Hebb ji dat gued üöwerleggt?“

„Dao giff't in Mönster in de Naigte van'n Bahnhoff 'ne niee Fabrik. De Lüe maakt all's met Planen, met graute Telte, Afdäcker un so'n Wiärks. Dao fang ick naigsten Monat an. De Saake is perfekt! Den Sattlermester wäd Fabrikarbeiter! Muorns geiht't met de Bahn nao Mönster hen, met de Taschke, met Henkelmann un Thermoskanne, patt naomdaggs is de Arbeit an'n End!“ Janbernd sagg dat so hen. Fraide was nich daobi.

Klara mischkede sick nu in: „Philipp, et gaiht nich mähr. Dat Handwiärk hät kien'n güllenen Buoden. Wi maossen vüör'n lesten Winter dat Hues upresselveeren. Wi haern dat Geld nich un maossen doch ran. Wi häbt dann de Wieschke an de Brentruper Straote verkofft; dao kuemt nu Hüeser för de niee Siedlung hen. Dao baut je teihn, twiälf Familgen van de Walldorfer 'ne heele Straote. Nu häbt wi kiene Wieschke un kiene Koh mähr, patt en gued Dack, en Badstuoben un üörnlicke Rüüme met'ne Heizung!“

Janbernd keek wat bedrüewt: „Ick sölwst häb dat üöwer twee, drei Jaor nich inseihn wullt. Aower den Vertriäder Dahlmann, we all vüör den lesten Krieg nao us kamm; de hät mi huolpen. Äs he dat diärde Maol hier was, aohne dat he en Updragg för sienen Block kreeg, sagg he mi, he wull mi äs eenmaol alleen spriäken. Bi us vüörne up de Trepp' hät he mi de Saake verkläört. He vertellde mi van de Fabrik in Mönster. Dao liewert he auk hen. He kennt den Chef dao, un de was jüst nao'n Mester an't Kieken. Dahlbusch is met mi henföhrt un hät mi gued toküert.“

„Dao was patt kien lang Üöwerleggen mähr!“ sagg Klara üöwern Dischk. „Janbernd krigg wisse blaoß aftellt Geld, aower in eenen Monat is dat jüst sovull, äs Wiärkstiär un

Laden in't leste Jaor in twee Monate afsmietten häbt. So süht't ut."

„Dat stimmt, Philipp, wat Klara segg! Aower" – Janbernd schüeddelde sienen Kopp hen un hiär – „wi häbt de Wiärkstiär üöwer so vull Generationen. Hier an den Kiärkhoff in Roggenduorp. Un jüst icke, ick mott daomet uphäören. Dat löpp mi äs aollen Handwiärker twiärs. Ick sinn all diärtig Jaore in düssen Beroop, patt de Fahne kann'k nich mähr haughaollen. Dat wäör uwiese Dooerie un ick möök mi to'n Pajass. Un üöwer 'n paar Jaor wäör dann siecker Auktion!"

Philipp wull de bedrüewten Frönde Moot maaken: „Wann dat so is, Janbernd, dann maak dat so! De Geschicht kann m' blaoß met Vernüll in de Riege brengen. Du häs je auk no twintig Jaor vüör di, un dann sall dat je wull richtig sien. Ick weet et wull, de Roggendüörpers sallt sick dat Muul vüör Quaterie kapottrieten, aower biätter in anner Lüe Muul äs unner anner Lües Föte!"

„Dat Geld stimmt, un dat is auk all wat! Un wann ick gued sin, kriege ick üöwer en Veerdeljaor all de Mesterstiär. Äs ick met Klara düör dat Üöwerleggen was, sin'k eelicks richtig froh wuorn. Aower – ick mott di dat nich verkläören, du kennst doch de Lüe hier allerbest! En Handwiärker van'n Kiärkhoff föhrt nich met'n Rad nao de Bahn un arbei't nich för aftellt Geld!"

Stohlers maok de Frönde wieders Moot un küerde Janbernd un Klara gued to. Dat de Maschinen up Lannen aower so ielig up'n Vüörmarschk wassen, dat häer he sick auk nich dacht.

Annern Monat faong Janbernd Bökers in de Stadt in de graute Planenfabrik an. De Roggendüörpers staonnen Kopp. Wat iärssige Lüe laipen nao de Buernkass un wullen van den Rendanten wietten, off dat no all's in Uorder was; off kaonn m' Bökers Hues vlicht kaupen? De maossen patt häören, dat Bökers sick gued staonnen un sölwst no gued-seggen kaonnen. De Niesgierigen mäössen wisse lang af-waochten.

Klara haong an de Schaufeesters graute Gardinen. Dat schwatte Marmorschild „Sattlerei und Polsterei von Johann Böker“ dai Janbernd afschruwen. Iärst wull he’t met’n Hamer uteenschlagen. „Gued, dat usse Vader dat nich mähr beliäft hät!“ sagg he vüör sick hen. Dann wickelte he dat Schild in Packpapier un lagg’t in de Wiärkstiär in’t aolle Liäderschapp.

In de Fabrik gaong’t eelicks gued an. Den Chef saog baoll, dat he en gueden Fang met den Mester daon haer. Nao twee Monate kreeg Janbernd de Mesterstiär in de Planennaiherie. Nao een Jaor kaonnen s’ den Roggendüörper gar nich mähr üöwertellen, un he kreeg en Firmenauto. Drei Jaor wieders wuor Janbernd Bökers den „Technischen Betriebsleiter“.

Den Sitz för dat Zentrum in’n Gemeinderaot Roggenduorp haer he tüschkendüör wiägen de berooplicke Üöwerlastung upgiebben.

Denkmäöler

Teihn Jaor was den Krieg nu vüörbi, un auk in Roggenduorp gaong dat Liäben wier en gewuehnten Tratt. Üöwer all de Naut un de Arbeit gaongen de verquanten Jaore so langsam ut den Kopp. Drüm faong den eenen off annern auk an, üöwer dat Kriegerdenkmaol te küern. Me dräöff den grauten Krieg un de dauden Jungs nich vergiäten. Un met Denklers Kapellken alleen was’t je nich daon.

Franz Denklers was niegenvettig äs eenen van de lesten Roggendüörper Kriegsgefangenen trüggekuemen. Jüst was he dewieer, dao faong de aolle Moder an te driewen, se mäössen um üör Gelübd nu de Station för de Moderguotts un'n Kapellken bauen. Dat duerde twee, drei Jaor, bes dat Denklers dat Wiärks bineene haern. Pastor Henrichmann gaff ön auk gueden Raot un wuss up'n üörnlicken Beldhauer te laupen. An'n End gaff't Telgter Moderguotts up 'ne niemodäerne Art un en stäödig Kapellken van sess Ecken drüöwer. De Pastor spikeleerde drup, unner de Graute Prossion bi Denklers Siängensstation te haollen. Up 'n Sunndaggnaomdagg in'n Marienmonat haoll de gaase Buerschopp Maiandacht, un Pastor Henrichmann gaff de Moderguotts un dat Kapellken den Siängen. De stäönn nich blaoß för Ümmerwährende Hölpe un Moder Denklers Gelübd, se käönn hier an de Straote in Wiering auk Denk up de Roggendüörper brengen, we nich trüggekuemen wäörn. Dat sagg de Pastor in siene kuorte Priäke.

Ächterhiär was up Denklers Hoff Kaffee un Kooken för alle. Nao den Kaffee satt sick de aolle Moder in'n besten Stuoben in üören Stool un was gued tefriär: Nu was je all's in Uorder un nicks mähr te doon; un to'n Angelus dai se üören lesten Söcht un gaong sachte ut de Tied. Dat Kapellken un de Moderguotts haer se an't Staohn krieggen; dat Gelübd was inlöst. De Geschicht gaong de Roggendüörper te Hiärten. Et gaff en anseihnlick Naofolgen, un wat Lüe küerden all wier van Hiemmelswaolten.

Drüm maoken s' sick nu auk dran, dat Roggendüörper Kriegerdenkmaol upteresselveeren. Et duerde sien Tiedken; in de Amtsvertriädung haern de Brentruper no so'n biettken hen- un hiärstüökelt, patt an'n End maossen s' dat Geld daoto harutrücken. Den Kriegerverein kollekteerde düfftig in't Duorp un in de Buerschoppen, bes dat Geld tehaupe lagg. En Steen- un Beldhauer in de Stadt kreeg den Updragg. Den Hook an den Kiärkhoff wuor nu schön

met Platten beleggt, un ächter den aollen, grauten Engel, we en biettken sieger te staohn kamm, satten s' nu 'ne Müer ut Sandsteen. Dao kammen graut de Jaore van de beiden Wiältkriege drin, un up Taofeln staonnen de Namen van de dauden Roggendüörpers, we ut den Krieg nich trüggekuemen wassen. Et saog all's gaas maneerlick ut; de grauten Bloemenschalen un auk de Rhododendren un de annern Büschke, we m' an de Sieten puottet haer, gaff de Kiärk daobi. De junge Köster Uthoff säöll nu dat Denkmaol in Uorder haollen.

Alwis haer vull met dat Projekt te doon. Vüör de leste Kommunalwahl haern s' öm so lang gued toküert, bes dat he sick för de CDU upstellen lait. An'n End was he – jüst äs sien Vader fröher – Büörgermester van Roggenduorp; de Geschicht met dat Denkmaol was de iärste Geliägenhait, sick de Lüe up den nieen Posten te wiesen. Äs de Arbeiten feddig wassen, en paar Wiäken vüör Midsummer, kamm Janbernd nao'n Fieraobend in Terbrüggens Büro, satt sick an'n Schriewdischk un fraogg so schalou: „Häer Büörgermester! Is dat Denkmaol nu so gued? Is't feddig? Feihlt dao nich no wat?" Alwis sagg öm so hen, dat wäör genau nao den Entwurf upstellt, we s' daomaols in'n Gemeinderaot beküert häern. Un so häer't je auk in't Blättken staohn. Nu wäör't feddig. Janbernd fraogg patt wieders, off öm, Alwis sölwst, nich wat feihlen dai? Dann was he gaohn.

Alwis wäör naodenklick. Den annern Dagg raip he in Brentrup an un küerde met den Amtsdirektor. De lait faots den Muorn alle Listen van de Gefallenen kontrolleeren. Se maossen düsse Saake genau maaken. Dao draoff van wiägen de Weekmödigkait kien'n Feihler sien un kiene Familge utsluotten wäern. Auk de Kiärkengemeind was in düsse Saake flietig west. Pastor Henrichmann wull up de Duer gäern all de hölternen Krüüskes, we ächten in de Kiärke haongen, weggmaaken un en biätter Plätzken för de Ümmerwährende Hölpe un Judas Thaddäus finnen. Drüm kamm öm de Vergrötterung van dat Denkmaol gued tepass.

Bi dat Verglieken feihlde patt kineen van de Gefallenen un de Vermißten, we s' all för daut verkläört haern. Alwis was tefriär. Wat haer Janbernd blaoß mennt?

Veer Jaor trügg was den Upstand in de Zone west, we sick nu DDR nömmde. Dao haern de Kommunisten met Hölpe van russischke Panzers de Lüe up de Straote bineeneschuotten un den Volkswillen met de Föte triäden. Nu mäöß m' auk an de Mensken dao denken un an all dat Lieden, wat üöwer Dütschkland kuemen wäör. Drüm wassen s' sick in Roggenduorp allbineen ennig wuorn, de Inwiehung un de Fieerstunn an dat Denkmaol up den siewteihnden Juni te haollen, an'n Aobend un nao 'ne Gedenkmiß. De Lüe an'n Kiärkhoff kreegen lütte Käerssen van de Gemeind'. „Mein Licht brennt für Dich!" staonn dao drup un „Macht das Tor auf!" Düsse schönen Lechter säöllen s' an den Aobend up de Feesterbänke upstellen.

De Straotenlantüchten bleewen den Aobend ut. Den Kiärkhoff lagg duster un saog met de Käerssen schön un fieerlick ut. De Füerwiähr was in Uniformen antriäden, de Mannslüe haern Pieckfackeln in de Hannen. De Baime ruschkeden so'n biettken in den Aobendwind. Dat Denkmaol haern s' van Terbrüggens Tankstiärndack hiär belöcht't. Daoächter staonn up den Kiärkhoff de Blaoskapell un maok sick praot för de Musik.

Alwis haoll siene Anspraoke, un wat he sagg, dat haer Vernüll. He küerde van all dat Offer, de Naut, de Dauden, üöwer all dat, wat nich wieerkuemen dräöff. Besunners wäör je de Heimat de dauden Suldaoten to Dank verplichtet, we üör Liäben up de Schlachtfelder verluorn häern. Dat mennde he to'n Schluß, un nu kamm eene Sermonie, we met den nieen Magister afküert was. Twee Wichter un eenen Jungen kammen an dat Mikrophon, wat de Gemeind' ut de Stadt bestellt haer, un dat eene Wichtken sagg en Gedicht up. Dann raipen de beiden annern Kinner nao de Riege all de Namens van de Dauden up. Et wassen an'n End an hunnert wuorn.

Nao den Uproop haern s' 'ne Minut Stillschwiegen ansett't, un Alwis keek sick all üm, dat den Kapellmester to de rechte Tied dat Leed van den gueden Kameraden anstimmen dai. Dat säöll dann dat Dütschklandleed daoächter dat Enne van de Fieerstunn sien. De Büörgermester haer sick jüst ümdrait, dao verschrack he up eenmaol; ächter sienen Rücken haer sick eenen dat Mikrophon grieepen: Janbernd Bökers! Met'n Sieddel in de Hand!

Alwis winkede äs uwies nao den Kapellmester, he säöll de Musik blaosen, patt Janbernd faong all an te küern, un Alwis wuss sick nich te draihen. He maoß et laupen laoten, süss gaff't en Skandal!

Janbernd küerde kuort un knapp:

„Usse Gedenken is auk för de, we nich up de Taofeln hier staoht, we wi vergiäten häbt, wieldat wi de so gäerne vergiäten willt! We us nich so gäern in'n Kopp kuemt, wieldat se us vlicht en schlecht Gewietten maakt. Aower se wassen auk Lüe hier in Roggenduorp: Ingesiättene of Früemde, aolle Naobers off för'ne Tied Gäst in usse Düörpken."

Un dann laus Janbernd Bökers de Riege nao all de Namens vüör, we öm nich ut den Kopp gaongen siet de verquanten Tieden: Jans Musiks, Berlmanns Öhm, Mendels heele Familge, acht Polen un füffteihn Russen, Terbroeks Familge, de Utgebombten up Sassen Hoff, de Füerwiährlüe un an'n End de Mensken, we up den Treck van Walldorf nao Roggenduorp ümkuemen wassen. Dann sagg Janbernd blaoß:

„En Kriegerdenkmaol mott för de Mensken staohn, we falschke Politik un den laigen Krieg upfriätten häbt. Den Krieg hät auk düsse Lüe upfriätten. He was patt nich 'ne Saake, we äs'n Geschick üöwer us kuemen is. He kamm, wieldat wi nich uppassen wullen un dat Laige in de Wiält nich noog wehren daihen. Un drüm tellt düsse baoll füfftig Lüe daoto. Wann wi de vergiät't, brengt wi se no eenmaol üm!"

Janbernd gaong wier in de Riege van de Tohäörers; Alwis gaff heel verstuortt't dat Teeken för de Musik, patt de miärsten was den Spaß an't Singen vergaohn. De Fieerstunn gaong bedrüewt te Enne, un auk den Empfang bi Kortmanns lait nicks mähr an Fraide upkuemen.

Wiäkenslang wull Alwis nich mähr met Janbernd küern.

En paar Dage drup wuor den aollen Juenkiärkhoff in Wiering uppen End sett't. Up de aollen Graffsteene haern s' met Farwe Hakenkrüüse schmeert.

Tiedsverlaup

De Lüe in Roggenduorp mennden, Janbernd wäör nu bar Verquantigkait, un't anner Jaor kreeg he nich mähr Daonoog Stemmen äs Gildemester van de Broerschopp. Daomet kaonn he aower gued praot kuemen; he haer met siene Firma in Mönster so vull te doon. Bes dat he Rente kreeg, bleef he dao, verdennde en üörnlick Stück Geld un kamm auk düör de Wiält, wieldes dat Planen- un Zeltwiärks üöwerall verkofft wuor. Eenmaol kreegen s' Updragg för'n grauten Zeltpalast, we en Wüstenscheich ut Arabien sick bauen lait. Den Juniorchef un Janbernd flaugen met'n graut Düsenflugzeug daohen un keeken nao den Upbau. Dat was aower iärst, äs dat Uolg met sienen Pries in de Höchte gaong un Janbernd all kuort vüör de Rente staonn.

Terbrüggens Familge bleef gued in'n Tratt. Baoll saog m' üöwerall in't Amt Brentrup Autos, we ut sienen Laden kammen. Äs dat twintig Jaor läter met de Landmaschinen nich mähr so gued laip, gaffen s' düssen Part up. An'n End haern Terbrüggens drei Autohüeser, haollen in Roggenduorp aower blaoß de Tankstiär an'n Kiärkhoff. Dat höl terne Been tellde för Alwis met; sien Draimen van Rußland wuor met de Tied wat wenniger, men so eenmaol in't Jaor kamm't doch no vüör. Äs Büörgermester staonn he haug in Anseihn. Wecke van de jungen Lüe daihen sick aower wünnern, dat he up't Schüttenbeer siene Suldaoten-Uordens van't EK I bes to den güllenen Stäern met dat Hakenkrüüs in Gold up sien Wams draug. Alwis mennde, dat he düsse Uorden rechtmäötig wunnen häer, un kloppede up sien höltern Been. Wünnern dai öm patt, dat sienen Enkel, we dat Geschäft up de Duer gäern hebben wull, äs Betriebswirt studeeren dai. „Latinske Kauplüe, dat schiälde us jüst no!" gneesede he drüöwer.

Töns Brüse trock en paar Jaor nao den Krieg wegg in de Kreisstadt un maok dao en Geschäft up in'n Straotenbau, verdennde bestgued an de Konjunktur un haoll sien Wiärks auk wull in Uorder. Patt nie küerde he van Politik un gaong auk in kiene Partei. Wat Lüe mennden, drüm kreeg he mangst düssen off den Updragg nich, aower Brüse bleef in düsse Saake konsequent. Eeenmaol, een ennzig Maol küerde he no met Janbernd Bökers; dat was en halw Jaor vüör sienen Daud, äs m' auk in Roggenduorp haort haer, Töns häer Krebs. He schreew en Breef an Janbernd Bökers, un de beiden äöllrigen Häerns kammen up 'ne Hotelterrasse in Mönster bineene. Wat s' de twee Stunnen küert häbt, weet bes nuhen kineen, an'n End gaffen s' sick aower de Hannen.

Alle Jaor kreegen Bökers Breefe ut Tel Aviv van David Wolff, un de Blagen ut de Noberschopp wassen äs uwies ächter de Breefmarken hiär. David haer sick dao 'ne niee Existenz upbaut, 'ne Frau funnen un haer wier Kinner. Et gäöng öm nicht schlecht, schreew he, aower dat Mönsterland kaonn he nich vergiäten. Mähr äs twintig Jaor nao den Krieg kamm he wier nao Roggenduorp.

David ben Jehuda nömmde he sick nu un kaonn auk kien Platt mähr küern. Siene Ankunft un den Besöök bi Bökers – he bleef fief Dage in Roggenduorp un Brentrup – säöll kineen wietten, besunners nich de Lüe van't Blättken. Alwis un Anna Terbrüggen weesen den Besööker ut Israel dat schöne Hues, wao siene iärste Frau gebuoren was un David sölwst den Reichskristalldagg beliäft haer.

Bi Kortmanns gaffen s' de Bäckerie un dat Kolonial up. Äs de Gemeind' dat Armelüe-Hues up Verkaup satt, wassen Kortmanns hennig daobi. An'n End timmerden s'dao en nie Wäertshues met Stuobens för de Touristen, we nu alle Jaor in'n Summer met't Rad düör dat Mönsterland trampelden. Auk dat Bruehues un de aolle Kiegelbahn gaongen wegg. Baoll staonn en modäern Familgenhotel met allerhand kommodig Wiärks an'n Roggendüörper Kiärkhoff.

Aolle Köster Uthoff haoll Spaß an siene Jungs. Eenen Suohn was je sienen eegenen Naofolger, de annern patt verdennnden üör Geld äs Magisters, Dokters un Bankiers. Penningskeswies haer de Familge dat Geld för't Studium bineenbracht, äs m' van Studienförderung no nich te küern wuss. Bes sienen Stiärwsdagg paock aolle Uthoff in de Kiärke met an off schlaug dat Üörgel. Aower in de Kiärke sölwst was't nu anners. En Kaplaon haern s' in Roggenduorp nich mähr, un Uthoffs kreegen Kaplaons Hues äs Geschäft daobi. Dat Lüden in'n Kiärktaon gaong elektrischk; de Klocken van Sünte Sebastian raipen nu miärsttieden düörnanner un nich mähr schön in'n Takt äs fröher bi't Beiern un Tehaup-Lüden.

Unner in de Kiärk haern Uthoffs ümmer up de Fahnen, de Bloemen un den Altaorteppich seihn. Faken noog haer de Köster wat te schennen krieggen, wann he düör de Naobergäörns an'n Kiärkhoff schliecken un sick aohne te fraogen Bloemen för den Häerguott afhaalt haer. Nu gaff't höggstens no eene Miß an'n Dagg, un auk sunndaggs bleewen wat Plätze lüerig. De Wallfahrt schlaip sachte in, de Bittprossionen un de Ümgänge kammen ut den Kalenner rut, un blaoß de Sebastianers haollen fast an Pestmiß un Ümgang in'n Januar. De Brentruper Schüttenbröers haern sogar Verbott krieggen, bi grauten Prossionen üm dat Allerhilligste met Kompanie unner Gewehr te laupen. De Upriägung was graut, un den Protest staonn sogar in't Kiärkenblatt.

Up Roggenduorps Kamp satt de Gemeind' 'ne Liekenhalle; den Daudenwagen gaong in'n Tott un kineen mähr satt siene Dauden an Huese üöwer Äerden. Dat Laigensark wuor nu nich mähr upstellt, un anstiär van drei Dage Daudenwake kammen Lüe eenen Aobend to'n Rausenkranz in de Kiärke. Kien Buer haalde sick mähr Dispens, wann he an'n Sunndagg in't Hai off up'n Kamp maoß.

Laig was dat, äs up eenen Dagg nao dat Konzil de Kiärke auk in Roggenduorp en nie Altaor kreeg un den Pastor de Miss up Dütschk met Blick in de Kiärke haollen maoß. Dat aolle Altaor, et was 'ne Stiftung van Holtmann sienen Vüörgänger, wuor uteennuommen un ächter de Pastraotenschüer leggt. Dat Jaor drup laggt all in't graute Paoschkfüer vüör't Duorp. Klooke Lüe arlameerten den Kreisheimatpfleger, un de lagg in de Nacht up Ostern dat heele Holt üm un haalde sick de hölternen Hilligen, we de Roggendüörper verböten wullen. Jaoren läter gaff't üm düsse Saake no'n Prozess; de Richters mennden patt, de Kiärke un den Kiärkenvüörstand häern kien'n starken Willen to't Eegendom, wann s' de Moderguotts un de Hilligen Sebastianus, Rochus un Antonius in't Paoschkfüer stoppt häern.

Nordhoff haer sick ut all de Geschichten in de verquanten Jaore kien Gewietten maakt. Nao den Krieg baude he an sienen Kuotten buten in Gladbieck en Utschank un 'ne

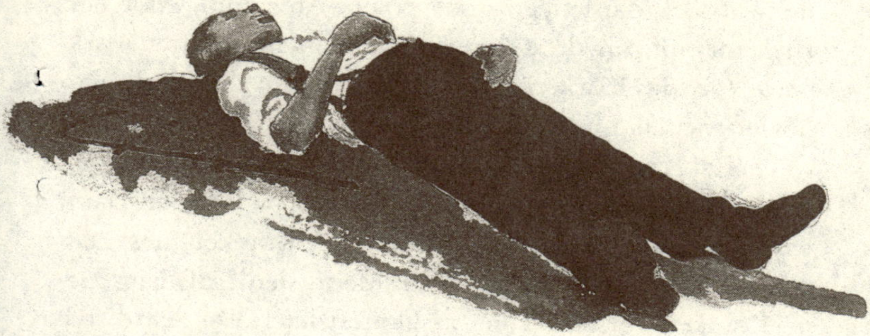

Wäertschopp. Twintig Jaor läter kamm up eenen Dagg en Früemden un bestellde Beer. Äs de Wäert tüschkendüör in de Küek keek, paock den Kunnen, we alleen in den Gastruum satt, in de Kass. Nordhoff kamm drüöwer rin un wull sien Geld deffendeern. Bi de Burkerie gaong't den Stiähldeiw iärst schlecht; Nordhoff was hennig daobi. In siene Naut greep den Früemden an'n Grund harüm, kreeg en Tapprüöhr van'n Beerfättken te packen un trock dat den Wäert üöwern Kopp. Nordhoff mäöß nao düssen Schlagg all daut west sien, ähr dat he up de Dielen stüörtt't wäör, mennde aobends den Polßeidokter. Äs de Naoricht van düt Verbriäken düör't Duorp laip, kreeg Klara Bökers unchristlicke Gedanken. Se haer üör Liäfsdagg nich vergiäten kaonnt, dat düssen Mann daomaols bi Mendels an den Reichskristalldagg Lüe un Hues an'n Grund schlagen haer. De Buernfraulüe un Möhnen, we ümmer nao de Miß bi Kortmanns Kaffee haollen, küerden annern Sunndagg van Guotts Müelsteene, we sich blaoß langsam draiheden.

Äs nao den Autobahnbau ümmer mähr Lüe nao Roggenduorp un in't heele Amt Brentrup trocken, kammen Waterleitung un auk Kanalisation. Alle Hüeser haern je nu Badestüöbens, un de Kämpe kreegen Drainagen. Dao was't kien Wunner, dat de Roggendüörper Bierk faken noog drüge lagg. Pastors Diek stunk nu alle Summer, un de Wäöschk dai kineen drin spölen. An'n End wuor den Diek tokippt, un de Kiärkengemeind maok dao en Parkplatz för de Kiärkenbesööker. Wat van de Bierk nao üöwer was, laip in Rüöhrs daip unner den Platz.

Veehdokter Lanwer kamm haug te Jaoren un bleef alltieden en Eenspänner. Een paar Wiäken vüör sienen Daud wuor he krank un maoß in't Brentruper Krankenhues. Dao miärkten de Lüe, dat den aollen Mann sien Liäfsdagg kiene Kranken-Versieckerung afsluotten haer. De Schwester Oberin aower, we sick up annere Tieden besinnen kaonn, gaff den Kranken Bett un Stuoben up Riäknung van't Kuratorium. Den jungen Pastor un de annern Häerns verkläörde se, Dokter Lanwer maogg en Heiden sien, patt nich eenen anner häer för de Kranken un den Konvent in de schlechten Tieden so suorgt äs den Brentruper Veehdokter. Un wann't met dat Kiärkenlaupen nich so gued bestellt wäör, häer he sienen Glauben patt düör guede Wiärke ümmer wieesen. Lanwer lait sick in't Krankenhues 'n Besöök van'n Pastor gefallen, lait sick sogar verseihn un gaong an'n End tefriär ut de Tied.

Rund üm Roggenduorp saog't nu anners ut. Dat gaong daomaols loß, äs den Kreis en nieen Oberkreisdirektor kreeg. De haoll dat met de modäernen Tieden un sagg in'n Kreistag, he wull laiwer Rausenstrüeker anstiär von Baim an de Straoten saihn. An de Baim föhrden sick tevull Lüe daut. Üöwer eenen Hiärwst un Winter kammen de Saagekolonnen van den Kreis auk düör Roggenduorp, un an'n End staonn nich äs eene Appelbaumchaussee mähr in't heele Amt. De Lüe daihen sick nich mähr graut upreegen, wieldes blaoß wennige no Appeln kaupen wullen. Un de Baime wassen je all aolt. Twintig Jaor läter kaonn m' in't Blättken liäsen, dat s' van'n Landschaftsverband ut wecke van de Chausseebaime nu in Museen anpuotten wullen. De lütten Appelsuorten wäörn niärnsnich mähr te kriegen.

No up sien Daudenbedd küerde Büörgermester Schulz ut Walldorf van sien lütt Düörpken dao buoben in Oberschlesien. Siene Lüe wassen nu all lang Roggendüörper. De haern sick twiärs düör de Familgen kopleert un Hüeser up Bökers aolle Wieschke baut. De Walldorfer tellden nu heel met un wassen üörnlicke un taohe Kunnen. Eenen ut de Metzgerfamilge baude an'n End den iärsten Supermarkt in Roggenduorp met Fleeschk- un Brauttheke, un drüm gaffen Kortmanns dat Wiärks auk up. Äs Jaoren läter de Verdriäge met Polen afsluotten wuorn, föhrden twee van de Schulz-Süöhne sölwst äs in de aolle Heimat. Se bekeeken sick dat Düörpken, laipen de eene Straote een off tweemaol up en af, saogen dat Buernhues, wat vlicht üör eegen häer sien kaonnt. De polnischken Buern wassen fröndlick un inviteerden de Besööker ut Dütschkland, aower an'n Aobend all mennden de beiden, se mäössen baoll wier nao Huese hen, nao Roggenduorp in't Mönsterland. Aollen Schulz maossen s' up sienen Graffsteen schriewen, dat siene Heimat Walldorf in Oberschlesien west was.

Dann gaong't loß met de Flurbereinigung. Dat Amt schmeet de Äckers un Wieschken düörneen, maok gröttere Flächen un lagg niee Teerstraoten twiärs düör de Buerschoppen. De Wallhieggen kammen harut; de Kämpe maossen all maschinenmäötig wäern, un bi Terbrüggen kaonn m' de Jaore ümmer gröttere un düerere Maschinen up den Hoff seihn. Et gaong loß met dat Güllewiärks un de grauten Ställe. Sölwst stäödige Schultenfrauen maossen nu de Eier in'n Supermarkt kaupen, wieldat kieneen mähr eegene Hohner haoll. Kien Buer gaong mähr met siene Lüe uppen Kamp to't Disselstiäken; dat kaonn je nu all's de Chemie. De uesseligen Lüe, we nu in de aolle Gladbiecker

Müel wuehnden, de wussen dat je all's biätter un küerden van Naturvergiftung. Latinschke ut de Stadt! De puotteden üören Gaorn äs in de aollen Tieden un mennden, all's wat de Buern nu so rein un üörnlick verkaupen daihen, wäör ungesund. Et was iäben totrocken Volk, dao in de aolle Müel, 'ne Kommune! Studenten un sock Schlagg Volk, un nich äs verhieraot't un laggen wisse all binanner te liggen. Wat kaonnen de wietten van Buernwiärks? Un wann m' nu Prämien kreeg, üm de aollen Obstbaim ümtehacken, was dat 'ne Saake van Vernüll. De Fraulüe haern je doch kiene Tied mähr, intekuoken off sölwst Marmeladen te rüöhren.

Amtmann Hölscher haer no'n paar Jaohre Spaß an siene Pension, un kineen kaonn öm wat Laig's naoküern. Nao sienen Daud nömmden de Brentruper 'ne Straote nao den aollen Amtmann, jüst an den aollen Eschk, we he daomaols äs Bauland för Flüchtlinge bineenekofft haer. To de Tied gaff't de Gemeind' Roggendorf all nich mähr, wieldes met de Kommunalreform dat aolle Amt Brentrup 'ne Grautgemeind' wuor. In de Jaoren lait auk Alwis Terbrüggen van sienen Posten äs Büörgermester. De Brentruper wull he nich in't Gatt kruepen, sagg he up eenen Aobend bi Kortmanns an'n Stammdischk. De Gemeind' haer in siene Tied äs Büörgermester üöre Ingesiättenen verdubbelt. Den Bahnhoff was je wegg, aower de Autobahn was kuemen, un vull Lüe ut de Stadt trocken up de Düörpkes un bauden sick dao Hüeser. Dat Roggendüörper Gaornland un de aollen Klosterwieschken wassen all lang bes an den Domänenbuschk äs Baugrund verkofft, un üöwerall haern Lüe flietig timmert. En grauten Sportplatz gaff't nu, 'ne Sporthalle un Tennisplätze. Blaoß Kinner, de gaff't nich mähr. De Klassen haern nu so wennig Blagen, dat't för de Grundschoole no so iäben noog was. Alle annern Kinner maossen sick in'n Schoolbus setten un nao

Brentrup off in de Kreisstadt föhren. Drüm was de aolle Schoole met de Niebauden würklick graut genoog. Twee Klassenrüüme haer de Gemeind' all an de Kiärk aftriäden äs Seniorenbegegnungsstätte.

In de Tied, äs dat Uolg up eenmaol so düer wuor, kammen de Lüe doch wat in Naodenken. Me keek wier mähr nao de Natur un de Baime, un äs de Kreisstraote nao Brentrup utbaut wuor, kreeg de 'nen Radwegg un eene Riege schöne Linnen. Et was je nu en annern Oberkreisdirektor! Natur- un Denkmaolschutz kammen up, un up'n gueden Dagg kreegen Bökers un Terbrüggen Bescheid, dat üöre aollen Hüeser äs leste ut den Kiärkenkrink an Sünte Sebastian unner Denkmaolschutz kuemen säöllen. Alwis un Janbernd keeken sick üm: Dat stimmde! Üöwer 'ne Tied van twintig Jaor was baoll kien Hues mähr so äs fröher bliewwen. De Kuotten in de Buerschoppen wassen to eenen Deel Niebauden, den annern Deel haern sick Lüe ut de Stadt äs twedden Wuehnsitz upreselveert. Häer Sünte Sebastian nich Kiärk un Taon behaollen, David ben Jehuda häer dat Duorp bi sienen twedden Besöök üöwerhaupt nich kannt.

Weirings junge Lüe maoken in dat niee Industriegebiet in Brentrup 'ne graute Firma up met Landmaschinen un Lauhnbedriew. Aolle Weiring bleef in Roggenduorp wuehnen un haoll teminst eenen van de grauten Düörschkkästens un de twee grauten Hanomags, we sienen gaasen Stolt wassen. Äs patt twee Jaor ächternanner kien Buer kuemen was met'n Updragg vüör't Düörschken, trock he den grauten Petermann-Kasten up eenen Novembernaomdagg nao Martini in de Roggendüörper Heid', wao he 'ne Wieschke haer. Dao stellde he den grauten Kasten midden drin. Dann namm he Putzlumpens, gaut de Benzin drüöwer, stack se an un schmeet s' in de graute Maschin. He sölwst gaong wegg un draide sick nich üm. Dat Ding brannde äs Strauh. Twee Dage drup gaff aolle Weiring en Pluerenkäerl Bescheid, he mäögg sick de Iesendeele haalen. De schönen Hanomags, we süss so'n üörnlicken Rüek düör Duorp un Buerschoppen maoken, kreeg en grauten Zirkus, we in de Kreisstadt gasteerde. Weirings junge Lüe haern bi'n Besöök dao vertellt, üören Opa häer no twee stäödige Hanomags. En paar Jaor behaoll aolle Weiring patt sienen Spitzskdüörschker, en lütt, schön Dingen. Dat gaff he dann an'n Museum af. Bes in siene lesten Jaoren wuor he to't Iärntedankfest inviteert. De Stadtkinner spiellden dao so wat van de Buern nao met Inföhren un Düörschken, Wannemüelen, Mahlen un Brautbacken.

Terlauh laip tüschkendüör lila an un wuor an'n End Domkapitular in Mönster. Philipp Stohlers maok Karriere un was an'n End Staatssekretär. Häern dao nich de annern de Wahlen sessensesstig wunnen, vlicht wäör he no Minister wuorn. Fritz Holtkamps, den lesten HJ-Fähnleinführer in't Amt Brentrup, bleef auk nao den Krieg en iärssigen Jungen un was üöwerall iärste Mann. Twintig Jaor läter was he Bundestagsabgeordneter.

Schoolmester Terboven kamm laat nao den Krieg ut Gefangenschaft trügge. De Entnazifizierung wass all an'n End kuemen, un m' kaonn froh sien üöwer jeden üörnlicken Magister. Terboven kamm wier in'n Denst, bleef nen bestgueden Lährer un kreeg an'n End Pension äs Schoolraot van'n Kreis an den Holländske Grenz, wietwegg van't Amt Brentrup.

Schult Roggenduorps dicke Ek kamm unner Naturschutz. Äs Philipp un Janbernd bi'n Spazeergang dao no eenmaol vüörbikammen, bekeeken s' sick den schönen Baum. Hier was siälgen Bramkamp met sien Gatt in't Füer stuortt't. Hier was den Weihehain, wao Töns un Sophie sick unner de Ek kopleert haern. Philipp dai sick en biettken amüseeren. Janbernd was wat naiger an den Stamm gaohn un faong up eenmaol an te lachen. Dann wees he Philipp den Mast, we nao ümmer buoben in de Krone satt. An düsse Schleite haern Töns un siene Lüe an de grauten Partei-Fieerdage faken noog de Nazi-Fahne uphangen.

Dann kamm auk alle Jaor in'n Hiärwst de Bundeswehr för'n Manöver in de Gladbiecker Buerschopp. De Suldaoten staonnen met üöre Autos un Rehschopp unner de Baime un in de Schüern; aobends satten s' in Natrups Wäertshues un wassen an't Suupen un an't Singen. Eenmaol, all daip in de Nacht, stack ön de Haber. Se sungen met dicken Kopp van „De Fahne haug" un sock verquante Nazi-Leeder. Wisse kaonnen de jungen Mannslüe de Wäörde nich so recht, patt de Musik satt de miärsten wull in't Aor. Dao was düör de Küekendöör Natrups Öhm stuortt't, dat Haor wild up den Kopp un dat Nachthiemd ut de Buckse hangend. Ielig trock he de Gardinen vüör de Feesters un schauw faots den Riegel vüör de graute Wäertshuesdöör. Dann draide he sick nao de jungen Suldaoten üm. Glanz haer he in de Augen, de aolle Mann, un raip: „Singt, Jungs! Singt! Ji bruekt auk nicks te betahlen!"

Füfftig Jaor nao den Reichskristalldagg kreeg den nieen Brentruper Gemeindearchivar Updragg, he mäögg sick eenmaol üm de Geschicht van de Juen in't Amt besuorgen. Äs he siene Amtsakten lüerig funn, dai he sick hier un dao befraogen. Dao saggen s' öm, wann van de Saake met de Juen un üöwerhaupt van de Nazitieden no eenen wat genauer wietten kaonn, dann mäögg dat höggstens den aollen Mester Böker in Roggenduorp an'n Kiärkhoff sien. Un, den jungen Häern Archivar mäöß sick hennig an sien Befraogen un de Söökerie maaken. So'n aollen Mann äs Bökers Janbernd wäör doch men blaoß en Mann för eenen Dagg.

Nachwort

Meine Erzählung „Niewweltieden“ hat – wie jedes Buch – eine eigene Geschichte. Als ich in den 50er und 60er Jahren in Nottuln in den Baumbergen bei Münster aufwuchs, gab es hier noch lebendige Erzählgemeinschaften: in der Familie, der Nachbarschaft, dem Dorf und den Bauerschaften. Moderne Massenmedien spielten eine nur unbedeutende Rolle; die Verarbeitung aller möglichen Themen wurde noch selbst geleistet, in vielen langen Gesprächen. Der Krieg und die Nazizeit waren sehr nahe, und anders, als immer wieder gerade aus bürgerlichen Familien berichtet wird, wurde in unserer Umgebung recht offen über Ereignisse und Personen gesprochen. Im elterlichen Betrieb – einer Bäckerei –, auf Kundenfahrten, während vieler Familienfeste kamen immer wieder die aufwühlenden Ereignisse und die fürchterlichen Verluste ins Gespräch. Man nahm – wohl größtenteils mit Recht – in Anspruch, auf der anderen Seite gestanden zu haben. Gleichwohl legte sich gegenüber den Kindern Nebel um einzelne Details. „All s' kann't Küern nich hebben!“ Erst dem Herangewachsenen gestand man zum Beispiel die Erfahrung zu, daß nicht die Dülmener SA, vielmehr eigene Leute aus Dorf und Bauerschaften der jüdischen Nachbarfamilie Lippers Haus und Heimat zerschlagen hatten.

Der eigenen Familie, meinem Lehrer Andreas Materna an der Nottulner Volksschule – einem Heimatvertriebenen aus dem Ermland – dem Nottulner Amtsdirektor Franz Ballhorn und seiner Frau Hildegard (sie haben sechs Jahre Emigration in Holland und anschließend Gestapohaft bzw. fünf Jahre KZ Sachsenhausen überstanden) verdanke ich das Interesse an der Politik, an der Heimat und ihrer auch neueren Geschichte. Dem Schüler des Gymnasiums Paulinum, der täglich mit dem Bus aus dem Dorf in die Stadt fahren durfte, öffneten sich zu der Zeit noch andere Horizonte.

Als ich 1972 meine Examensarbeit über „Mündliche Traditionen und ihre Bedeutung für die Geschichtsforschung“ schrieb, gab mir meine Lehrerin Prof. Dr. Almuth Salomon (Universität Münster) während eines Gespräches am Rande des „Tages der Westfälischen Geschichte“ in Coesfeld den Rat, nicht nur alte und volkskundlich interessante Traditionen zu sammeln. Angesichts des Generationswechsels sei der tradierte Stoff aus den letzten fünfzig, sechzig Jahren höchst gefährdet. Wegen der gezielten Aktenvernichtung durch die NS-Verwaltung gegen Ende des 2. Weltkrieges dürften sich viele Ereignisse auch wohl nur durch Gewährsleute festhalten lassen. So begann sich mein Zettelkasten zu füllen. Erfahrungen als Landzusteller der Bundespost in den Semesterferien, neue Familienbindungen, geschärftes volkskundliches Interesse sowie Erzählmaterial, das mir auf verschiedenen Lehrerstellen im Münsterland und im Kreise auch älterer Freunde zugetragen wurde, rundeten das Bild ab.

1984 entschied ich mich, das gesammelte Material literarisch zu verarbeiten, setzte den Plan aber noch in die Zeit. Auslöser war die Begegnung mit einer Familie, deren Tante über 40 Jahre den Tod des einzigen Sohnes nicht hatte verwinden können. Diese einsame Mutter hatte in einem Dorf im Altkreis Lüdinghausen das Jungenzimmer ihres 1945 vermißten Kindes vier Jahrzehnte bis ins Kleinste bewahrt und gepflegt. Bei meinen schulgeschichtlichen Forschungen erhielt ich über Jahre auf verschiedenen Wegen Einblick in Lehrerbiographien und Schulchroniken und gewann so ein Bild von den Problemen meines eigenen Berufsstandes in diesem Jahrhundert. Der 1988 erteilte Auftrag meiner Heimatgemeinde, eine Geschichte der örtlichen Judenschaft zu schreiben, brachte mich mit neuen Gewährsleuten in Kontakt. Die Gespräche waren aufwühlend für alle, für die Zeitzeugen ebenso wie für den Forscher. Eine historisch-wissenschaftliche Darstellung der Problemkreise und Fragen schien mir nur eine Möglichkeit zu sein, dem Thema gerecht zu werden.

Im Benehmen mit der Redaktion des „Westfälischen Hörspiels“ beim WDR-Landesstudio Münster entwickelte ich ein Szenario für eine Hörspielstaffel, mußte jedoch bald vor der Fülle des Stoffes kapitulieren. Ohne Rat und Ermunterung des zuständigen Redakteurs Georg Bühren wäre ich am Thema fast verzweifelt; dann entschied ich mich jedoch, den Stoff zunächst in Prosa niederzuschreiben.

Hierzu trieben mich auch die politischen Ereignisse seit dem Herbst 1989. Wie gerne ist man geneigt, mit dem offiziellen Schlußstrich unter Kriegs- und Nachkriegszeit und der deutschen Wiedervereinigung den Ballast der letzten siebzig, achtzig Jahre abzustreifen. Und zugleich stehen auch bei uns im Münsterland wieder Uniformierte an den Straßen, erschreckenderweise junge Leute, die zum Haß gegen andersdenkende, andersgläubige oder andersstämmige Menschen aufrufen. Über andere vielfältige Brüche unserer heimatlichen Region herrscht zudem weitgehend Unsicherheit vor. Der alte dörfliche Mikrokosmos jedenfalls mit seinen Strukturen aus Bauern und Handwerkern, Natur und Arbeit, Kirche und Brauchtum ist inzwischen fast vollständig der Moderne verfallen.

Aus grundsätzlichen Erwägungen entwickelte ich ein fiktives Dorf, das vom Typus und seinen Strukturen her so nur im Münsterland existieren dürfte. Die handelnden Personen orientieren sich an Charakteren, die mir begegnet sind und dem Leser auch nicht unbekannt sein dürften. Auf diese Folie habe ich dann die Ereignisse projiziert, für deren Wahrhaftigkeit ich gerne einstehe. „Niewweltieden“ ist gleichwohl kein Schlüsselroman. Mit Heinrich Böll jedoch muß ich bemerken, daß gewisse Ähnlichkeiten nicht zufällig, sondern unvermeidlich sind. Sie gelten wohl für das ganze Münsterland. „Ich habe keine Personen beschrieben, sondern Typen!“ (Klaus Mann, Mephisto)

Lektorate verschiedener Verlage, denen ich das Rohmanuskript vorlegte, fragten an, warum denn dieser reiche und spannungsreiche Stoff ausgerechnet auf Plattdeutsch herauskommen solle. Interesse wurde zunächst nur für eine hochdeutsche Fassung bekundet. Mir schien es jedoch richtig zu sein, die Geschichten in der Sprache niederzuschreiben, in der sie ursprünglich erlebt und erzählt wurden. Nur damit – so meine feste Überzeugung – wird man dem Stoff, den Menschen und der Erfahrungswelt gerecht werden können. Man höre einmal die Dokumentation, die ich für den Rundfunk über die Reichskristallnacht in meiner Heimatgemeinde erstellen durfte. Näher kann man den Ereignissen nicht kommen. Hier ist das durch Vielredner völlig derangierte Wort von der „Betroffenheit“ noch angebracht und echt. Plattdeutsch ist nicht nur die Sprache der Heiterkeit, der Unterhaltung oder der vordergründigen „Döhnkes“, wie sie leider z. B. an vielen Heimatabenden allein zu hören sind. Die dort hartnäckig wie liebevoll beschworene gute, alte Zeit hat es nicht gegeben. Das Niederdeutsche läuft hier Gefahr, zum Vehikel für Idyllen und Wunschbilder zu werden, obwohl es in seiner Schönheit auch eine kräftige Sprache voller Wahrheit, Erfahrung und praller Lebenswirklichkeit ist.

Dem Verlag Aschendorff in Münster, insbesondere Herrn Dr. Anton Wilhelm Hüffer, danke ich für den Mut, nach intensiver Diskussion „Niewweltieden“ in Verlag genommen zu haben. Hannes Demming (Münster) hat das Buch freundlicherweise durchgesehen und wertvolle Verbesserungsvorschläge insbesondere auch zur Sprachgestaltung gemacht. Die Schreibweise folgt weitgehend Walter Borns „Kleinem Wörterbuch des Münsterländer Platt“, läßt aber auch einige Modifikationen zu, die mir im Ohr lagen. Thea Ross gestaltete die Graphik, wobei sie ihre eigenen Kindheitserfahrungen aus dem kleinstädtischen Billerbeck jener Zeit einzubinden vermochte.

Diese Arbeit habe ich dem Gedächtnis meiner Eltern Hermann Boer (1908 – 1973) und Elisabeth Boer geb. Bücker (1909 – 1970) in Dankbarkeit gewidmet.

H.-P. B.